HERA LIND | Verwandt in alle Ewigkeit

HERA LIND

Verwandt in alle Ewigkeit

ROMAN

Diana Verlag

Vorbemerkung
Dieses Buch erhebt keinen Faktizitätsanspruch. Es basiert zwar zum Teil auf wahren Begebenheiten und behandelt typisierte Personen, die es so oder so ähnlich gegeben haben könnte. Diese Urbilder wurden jedoch durch künstlerische Gestaltung des Stoffs und dessen Ein- und Unterordnung in den Gesamtorganismus dieses Kunstwerks gegenüber den im Text beschriebenen Abbildern so stark verselbstständigt, dass das Individuelle, Persönlich-Intime zugunsten des Allgemeinen, Zeichenhaften der Figuren objektiviert ist.

Für alle Leser erkennbar erschöpft sich der Text nicht in einer reportagehaften Schilderung von realen Personen und Ereignissen, sondern besitzt eine zweite Ebene hinter der realistischen Ebene. Es findet ein Spiel der Autorin mit der Verschränkung von Wahrheit und Fiktion statt. Sie lässt bewusst Grenzen verschwimmen.

MIX
Papier aus verantwortungsvollen Quellen
FSC® C014496
FSC
www.fsc.org

Verlagsgruppe Random House FSC® N001967
Das für dieses Buch verwendete
FSC®-zertifizierte Papier *EOS*
liefert Salzer Papier, St. Pölten, Austria.

Umschlaggestaltung: t.mutzenbach design, München,
unter Verwendung von Motiven
von © plainpicture/Joern Rynio; shutterstock
Autorenfoto: © Gabo
Satz: Leingärtner, Nabburg
Druck und Bindung: GGP Media GmbH, Pößneck
Printed in Germany 2014

ISBN 978-3-453-29123-2

www.diana-verlag.de

Für meine Mutter
mit Dank für ihr Erbe:
Lebensfreude und Fantasie

Lisa
Salzburg, Juni 2013

Nebenan flog die Tür ins Schloss.

»Eh, Mama, heulst du etwa?«

Ronja warf ihre Schultasche auf die Bank im Flur, drehte sich vor dem großen Spiegel, kontrollierte kritisch ihre Wimperntusche und den Sitz ihrer steifen Dreadlocks und ließ sich dann zu mir aufs weiße Wohnzimmersofa herabsinken: »Was ist los? Ist jemand gestorben?«

»Dein Vater hat uns verlassen.« Schluchzend umklammerte ich das Sofakissen.

Ronja richtete sich auf. »Hat er's dir also endlich gesagt.«

»Was? Du hast gewusst, dass …?!« Das war ja wohl der Gipfel! Rotfleckig, verheult und verquollen, am absoluten Nullpunkt meines weiblichen Selbstbewusstseins starrte ich es an – mein eigen Fleisch und Blut.

»Ach, Mamilein …« Ronja wischte mir zärtlich die Tränen von den Wangen. »Du bist wirklich blind wie ein Maulwurf und taub wie Beethoven! Dass der Papa was mit Sandra hat, wusste fast schon die ganze Stadt!«

»Ich aber nicht«, begehrte ich auf. »Und keiner hat es mir gesagt!« Wütend boxte ich auf das Sofakissen ein. Nur mein angeborener Mutterinstinkt hinderte mich daran, auf meine Tochter einzuschlagen. »Schöne Freundinnen habe ich! Und du bist auch nicht besser!«

»Mamilein, ich wusste auch nicht, was ich machen sollte!« Ronja strich mir ein paar nass geweinte Haarsträhnen aus der

Stirn. »Ich hab dich lieb, ich hab Papa lieb, und die Sandra hab ich auch irgendwie lieb!«

Das gab mir den Rest. »Du hast die Sandra lieb?«, schnauzte ich sie an. »Die falsche, hinterhältige Schlampe?«

»Na ja, du hast sie mir doch als Babysitterin vor die Nase gesetzt, als ich gerade mal drei war!« Da hatte Ronja leider recht. Ich hatte einfach nicht einsehen wollen, dass ich von früh bis spät bei meinem Krabbelkind sitzen, Papierblumen falten, Knetgummiwürste rollen, Laternen basteln und Dinkelplätzchen backen sollte. Da ich Tourismus und Sprachen studiert hatte, wollte ich über kurz oder lang in meinen Traumberuf zurückkehren und hatte die nette blonde Fünfzehnjährige als Babysitterin eingestellt!

Kann man doch nicht ahnen, dass sie sich irgendwann an den eigenen Ehemann heranmacht!

Ich griff nach dem letzten Blatt der Küchenrolle und schnäuzte hinein.

»Aber deshalb kann sie doch nicht einfach so – ihre Kompetenzen überschreiten!«

Ronja nahm meinen Arm. »Also von ›einfach so‹ kann keine Rede sein. Du wolltest mit Papa viel verreisen – hast du gemacht. Du wolltest dir keine Sorgen um mich machen – musstest du auch nicht. Du hattest einen Riesenspaß – klasse für dich. Du hast super Kohle verdient in eurem Reisebüro – habe ich dir immer gegönnt.«

»Ich weiß, Süße!« Gebeugt vor Gram und Scham tätschelte ich ihre Hand.

»Ich war eine Rabenmutter, und das ist jetzt die Strafe!«

»Ach Quatsch, Mama. Hör auf mit dem Selbstmitleid.«

»Ist es etwa kein Schicksal?«, fragte ich theatralisch. »Du kriegst vom Leben immer zurück, was du dem Geringsten deiner Mitmenschen angetan hast! Das steht schon in der Bibel!«

»Also bin ich das Geringste?«

»Nein«, ruderte ich eifrig zurück. »Du bist das Kostbarste, was ich habe!«

»Ich geh dir ja nicht verloren! Aber jetzt, wo Papa sich in Sandra verliebt hat, da … Na ja, ich würde sagen, dumm gelaufen.« Sie nahm mich mitfühlend in die Arme und schmiegte sich an mich.

Ich schluchzte wie eine Fünfjährige: Man muss sich das mal vorstellen: Frank und ich hatten das exklusivste, trendigste Reisebüro weit und breit! Frank, mein zukünftiger Exmann, hatte meinen Mädchennamen »Klüger« angenommen, weil sich das so toll machte auf unseren Werbeplakaten: »Klüger Reisen!« Das Logo war so gestaltet, dass die Pünktchen auf dem »ü« wie zwei kleine weiße Wölkchen aussahen, die aus den Schornsteinen eines Luxusschiffes herauskamen und sich im strahlend blauen Himmel verloren. Wir versprachen den Menschen, die es sich leisten konnten, den Super-Mega-Traumurlaub mit Rundum-sorglos-Paket. An Südseestränden, in Afrika, in den aufregendsten Metropolen dieser Welt. Die Konkurrenz konnte da nicht mithalten. Jetzt wurde ich für meinen Hochmut bestraft: »Klüger Reisen.« Wie zynisch für alle, die sich »Klüger Reisen« nicht leisten konnten! Die kamen sich dann ja automatisch dümmer vor! Die ganze Stadt musste ständig auf meine Werbeplakate starren und sich grün und blau ärgern vor Neid. Jetzt würde man sich die Hände reiben vor Schadenfreude!

Frau Klüger von »Klüger Reisen« ist eine gehörnte dumme Ziege!

Ronja streute zusätzlich Salz in meine Wunden.

»Weißt du, die Sandra ist wirklich total nett! Das findet eben auch der Papa! Das darf man ihm noch nicht mal übel nehmen!«

Ja, ich selten dumme Nuss hatte Sandra sogar noch geraten, ebenfalls ins Tourismusgeschäft einzusteigen! Ich hatte sie mit den vielen tollen Reisen gelockt, die man in unserer Branche macht.

Um mein schlechtes Gewissen Ronja gegenüber zu beruhigen, hatte ich beschlossen, eine Weile zu Hause zu bleiben, um meinem Kind ein Einser-Abitur zu ermöglichen. Ihm etwas auf die Finger zu schauen. »Wer Dreadlocks hat, kifft auch«, hatte Frank gemeint. Und dass es meine Aufgabe sei, das Kind auf den rechten Weg zu bringen. Ich fand das in Ordnung, und seit einem halben Jahr spielte ich wieder die Hausfrau. Seit einem halben Jahr saß nun die kesse blonde Sandra in Franks Reisebüro und machte meinen Job. Und dass sie jetzt von Frank ein Kind bekam, das war … Das war einfach der Gipfel der Geschmacklosigkeit! Die ganze Stadt würde sich über mich kaputtlachen! Über mich, die ich immer getönt hatte, Karriere und Kind seien doch spielend unter einen Hut zu bringen, man müsse nur delegieren können und sich nicht einbilden, unersetzlich zu sein! Ja. Schnauf. Das hatte ich jetzt gründlich bewiesen. Toll delegiert, Lisa! Wieder mal hatte ich mir selbst ein Bein gestellt. Und ersetzlich war ich leider doch. Wie entsetzlich!

Ich würde es nicht ertragen, Frank und Sandra mit Kinderwagen in der Stadt zu treffen! Ich kam mir vor wie Scarlett O'Hara in »Vom Winde verweht«. Erst beneidet, dann geächtet. Die totale Selbstüberschätzung. Wie das mit den riesigen Schaukästen von »Klüger Reisen«, in denen ich dem Betrachter als Repräsentantin unseres Reisebüros vor blauem Himmel entgegenstrahlte. Meine verdammte Eitelkeit hatte auch nicht verhindern können, dass ich Fotos von meiner braun gebrannten Wenigkeit auf Facebook postete und die ohnehin schon neidischen Besucher aufforderte, das Ganze auch noch mit »Gefällt mir!« zu kommentieren.

O Gott, warum hatte ich das getan!

»Tja, Kind«, hörte ich meine Mutter sagen. »Wer Neid

schürt, kriegt den grünen Sack der Missgunst eines Tages mit voller Wucht ins Gesicht.«

Ich hatte mich deswegen schon lange von Mutter abgewandt. Selbst sie gönnte es mir doch nicht. Und meine spießige Zwillingsschwester Hannah auch nicht. Alle waren sie neidisch – alle, alle, alle!! Doch jetzt bestimmt nicht mehr. Jetzt würden sie mich noch nicht mal trösten!

In mir krampfte sich alles zusammen. Warum hatte ich das nur getan, warum?! Mich von meiner Familie in Schierchstadt abgewandt, weil ich ihnen zeigen wollte, dass mir die ganze Welt gehört. Dass ich auf Hausfrauenpflichten und Elternabende scheiße! Ich heulte schon wieder.

Ronja ging in die Küche und holte eine neue Rolle Küchenpapier. »Bis du heiratest, ist es wieder gut.«

Hallo? Das war mein Spruch gewesen, als Ronja damals ohne Stützräder in den Ententeich geradelt war! Ich erinnerte mich noch genau an diese Situation. »Klüger Reisen« hatte im Schlosspark ein Champagnerfrühstück für die zahlungsfreudigste Kundschaft gegeben, und ich war im weißen Outfit wie in der Werbung für die Praline ohne Schokolade von betuchtem Gast zu betuchtem Gast geflattert, als das damals fünfjährige Ronjalein mit Schmackes in den Seerosenteich gefahren war. Sie hatte vor Schreck und Scham geheult, weil alle sie auslachten. »Bis du heiratest, ist es wieder gut!«

Jetzt wurde mir zum ersten Mal klar, wie herablassend das in den Ohren des gedemütigten Opfers klingen musste.

»Ich werde NIE WIEDER heiraten«, schluchzte ich trotzig. »Männer sind Schweine!«

Irgendwann richtete ich mich auf. »Und was machen wir jetzt?«

»Gut, dass du fragst«, sagte Ronja und zielte mit den zerknüllten Küchenpapierbällchen auf den Papierkorb unterm

Schreibtisch. Etwa zwei Dutzend vollgeheulte Rotzbomben lagen schon auf dem Teppich. Es war ein trauriges Bild.

»Ich werde doch bald achtzehn.«

»Ja und? Willst du mich etwa auch verlassen?«

Schon wieder bahnten sich Sturzbäche voller Selbstmitleid einen Weg. »Dann nehme ich mir das Leben!«

»Nee, Mama, lass mal. Aber weißt du, was ich mir wünsche?«

»Dass du Patentante bei Papas und Sandras Kind werden darfst?« Ich starrte Ronja mit angstgeweiteten Augen an.

»Quatsch, Mama. Ich bin ja schon Halbschwester, das reicht.«

»Jetzt sag aber nicht, dass ICH Patentante von dem Balg werden soll!« Dem Kind war alles zuzutrauen.

Ronja lachte, dass ihre Rastalocken flogen. »Du bist ja voll auf dem Maso-Trip!«

Ja, war ich. Keiner hatte mich mehr lieb. Am liebsten hätte ich mich mit einer Handgranate aus meinem Leben katapultiert. Am besten so, dass Franks Reisebüro dabei kaputtging.

»Mama, ich wünsche mir, dass du mit mir den Führerschein machst.«

»Wieso? Ich hab ihn doch schon!«

»Nein, du sollst mir das Fahren beibringen! Hm? Lenk, lenk, brems, kuppel, Gas geb, hup!«

»Wie? Ich bin doch keine Fahrlehrerin?«

»Nee, aber es gibt die Möglichkeit, schon mit siebzehn den Führerschein zu machen. Da muss man vorher nur dreitausend Kilometer fahren. Aber mit einem Elternteil auf dem Beifahrersitz. Das nennt man L17. Danach muss man nur noch die Prüfung ablegen.«

»Frag Papa«, röchelte ich kraftlos.

»Hab ich schon«, gab das Kind zurück. »Der kann nicht. Er sagt, er hätte keine Zeit und müsste sich um das Reisebüro, Sandra und den Eumel kümmern.«

Ich schluckte. *Eumel.* Mir wurde schlecht. Hoffentlich musste Sandra dauernd würgen. Ich wünschte ihr, dass ihr der Eumel sauer aufstieß und ihr die Speiseröhre verätzte.

»Kind, ich bin am Boden zerstört, und du verlangst solche Dinge von mir!«

»Ach komm, Mama! Das bringt dich auf andere Gedanken!«

»Ja. Auf Suizidgedanken.«

»Och bitte, Mama! Sei doch nicht so uncool!«

»Nur über meine Leiche! – Vielleicht mag Sandra mit dir dreitausend Kilometer zurücklegen«, ätzte ich. »Dann kannst du sie gleich an einen Baum fahren, mitsamt ihrem kleinen Wurm!«

Ingeborg

Frankfurt an der Oder, April 1945

»Mitsamt dem kleinen Wurm liege ich hier, sein Kopf ist stecken geblieben. Hallo, warum hilft mir denn niemand?!«

Ingeborg kämpfte mit den Wehen und stöhnte verzweifelt. Nach ihrer Flucht aus Schlesien war sie am Ende ihrer Kräfte. Tagelang war sie mit Kathrin, ihrer dreijährigen Tochter, im Bombenhagel unterwegs gewesen. Und jetzt kam auch noch das Baby, um Wochen zu früh!

»Aaaaaarggh!«

Wieder wurde sie von Wehen überrollt, während die Kleine neben ihr laut wimmerte. Das war wirklich kein Anblick für eine Dreijährige. Aber wo hätte sie ihre Tochter sonst lassen sollen? Sie war ganz auf sich gestellt, ihr Mann war im Krieg geblieben und … Ingeborg schrie gellend auf, hatte das Gefühl, innerlich zerrissen zu werden. Wenn ihr jetzt niemand half, dann …

»Herr Doktor, bitte kommen Sie!«, hörte sie Marianne, die junge Schwesternschülerin nebenan rufen. »Die Flüchtlingsfrau kriegt ihr Kind!«

»Um Gottes willen, ich kann jetzt nicht!«, schrie der Arzt. »Mädel, das musst du allein hinkriegen!«

»Aber Herr Doktor Kriegerer, ich hab doch noch nie …«

Lautes Dröhnen herannahender Panzer übertönte das hilflose Gestammel. Kathrins Wimmern wurde lauter.

Endlich kam die Schwesternschülerin mit dem Arzt ins Zimmer. »Wie heißen Sie?«

»Ingeborg Gärtner!«

»Wie alt?«

»Zweiundzwanzig! Bitte hel…«

In diesem Moment ertönten Schüsse. Fenster zerbarsten, Scherben klirrten.

»Jesus, Mutter Maria, jetzt ist alles aus!«, entfuhr es Marianne. »Die Russen kommen!«

»Halten Sie den Mund und packen Sie hier mit an!«

Routiniert griff der Arzt zu. »Gleich haben wir's. Pressen, los! Pressen, ja – jetzt kommt es! Es ist ein Mädchen«, sagte er.

»Clara«, flüsterte Ingeborg. »Sie heißt Clara.«

»Aber viel zu klein, es atmet kaum.« Hastig blies er dem winzigen Wesen seinen Atem ein.

Ingeborg schloss die Augen. »Wo ist Kathrin?«, fragte sie, als die Erde erneut erbebte. Weitere Panzer fuhren vor, und Geschützdonner wurde laut. Die Glühbirne flackerte, um dann endgültig zu erlöschen. Im Krankenhaus herrschte finsterste Nacht. Auch um Ingeborg wurde es schwarz.

»Laufen Sie, Frau Gärtner! Los, beeilen Sie sich!«

Die junge Mutter kam langsam wieder zu sich, war völlig orientierungslos. Erschöpft hob sie den Kopf. Durch die offene Tür sah sie, wie die Schwestern an ihrem Zimmer vorbeirannten, in panischer Angst dem Ausgang zustrebten. Was wollte man denn noch von ihr? Hatte sie nicht gerade ihr Kind zur Welt gebracht? Wie durch eine Nebelwand hörte sie grölende Männerstimmen, gefolgt von lautem Kreischen.

»Ich kann nicht, lassen Sie mich ...« Ingeborg wollte schlafen, nichts als schlafen. Jemand zog an ihrem Arm. War das Kathrin?

»Los, aufstehen! Sie müssen schleunigst von hier verschwinden.«

Ungläubig starrte Ingeborg den Arzt an, der ihr die Decke wegriss. Wie sollte sie in diesem Zustand laufen? Ihre frischen Wunden bluteten noch.

»Ich kann Sie nicht länger beschützen. Die Russen wüten hier, was das Zeug hält. Sie sind betrunken und machen auch vor den Wöchnerinnen nicht halt. Glauben Sie mir, ich habe mit eigenen Augen gesehen, wie ...«

»Bitte nicht, nein! Neeeeein!« Die gellenden Schreie von Patientinnen hallten durch das Krankenhaus.

»Hier, kriechen Sie da rein!« Doktor Kriegerer riss eine Tür auf, drückte der jungen Frau die kleine Kathrin in die Arme. »Fliehen Sie durch den Wäscheschacht, Sie schaffen das!«

»Aber mein Baby, was ist mit meinem Baby?«, fragte Ingeborg, während sie die Hand ihrer Tochter verzweifelt umklammerte.

»Das Baby würde die Flucht niemals überleben. Wir kümmern uns darum, aber jetzt sehen Sie zu, dass Sie verschwinden ...«

Schon kamen schwere Stiefel um die Ecke. »Springen Sie, los!« Geistesgegenwärtig versetzte der Arzt beiden einen Stoß und machte die Tür wieder zu. Die Dreijährige begann verstört zu schreien. Instinktiv hielt Ingeborg ihrer Tochter den Mund zu.

»Psssst, du musst jetzt ganz leise sein. Niemand darf uns finden. Komm, schnell!«

Nur gut, dass ich so abgemagert bin!, dachte die junge Frau zynisch. So bleibe ich in dem engen Versorgungsschacht wenigstens nicht stecken. Auf allen vieren robbte sie in der Dunkelheit vorwärts. Nach endlosen Windungen ertastete sie die Tür zum Waschkeller. Sie lauschte, nichts war zu hören. Mit angehaltenem Atem wagte sie sich aus dem Schacht. Doch wohin jetzt? Ihr Blick irrte durch den Raum und erfasste einen Berg blutiger Leintücher. »Komm, wir müssen uns verstecken!« Sie hatte sich und die Kleine gerade damit bedeckt, als Stimmen laut wurden. Russische Stimmen.

Ingeborg hielt die Luft an, doch die Plünderer und Vergewaltiger gingen weiter. Sie wusste nicht, wie lange sie unter den Lumpen liegen blieb. Als sie sich endlich mit Kathrin zitternd aus ihrem Schlupfwinkel hervorwagte, war eine gefühlte Ewigkeit vergangen.

Lisa

Salzburg, Juni 2013

Eine gefühlte Ewigkeit war vergangen, als ich mich endlich aus meinem Schlupfwinkel Sofaecke hervorwagte. Ronja, die im Nebenzimmer telefonierte, riss mich aus meiner Lethargie.

»Der geht es wirklich schlecht, ich glaube, die kann jetzt nicht mit dir sprechen. – Nein, die liegt seit Tagen rum und heult. – Ich versuche es ja! Meine Nudeln von gestern stehen immer noch da. – Nee, tut sie auch nicht mehr. Sie stinkt schon nach totem Biber. – Professionelle Hilfe? Klapse, oder was? Weiß nicht. – Würde ich mich so verhalten, würde Mama sagen, ich soll mich zusammenreißen. Aber für sie selbst gilt das wohl nicht. – Ja, dann verbringe ich meine Sommerferien eben bei euch. Kann ich bei euch ein Praktikum machen?«

Tief gedemütigt, spitzte ich nun doch die Ohren. Sprach sie etwa mit ihrem Vater? Sie wollte bei Frank, Sandra und dem EUMEL die Sommerferien verbringen? Und bei denen ein *Praktikum* machen? Mein Herz zog sich schmerzhaft zusammen. Und mich wollten sie einweisen lassen? In eine geschlossene Anstalt? Und mich so aus dem Weg schaffen?

Auf einmal hatte ich die Kraft, mich aufzurichten.

»Ronja«, krächzte ich. »Mit wem redest du?«

»Mit Hannah.« Ronja erschien mit fliegenden Rastalocken im Türrahmen. »Willst du sie sprechen?«

O Gott! Mit geschlossenen Augen sank ich in mein Sofakissen zurück. Meine Zwillingsschwester Hannah war meine beste Feindin. Sie die Brave, die immer schön zu Hause in der heimatlichen Reihenhaussiedlung geblieben war und einen ausgesprochen erdverbundenen Beruf hatte. Und ich die Wilde, die freche Ausreißerin, die es mit der Businessclass bis in den Himmel geschafft hatte wie Goldmarie.

Doch jetzt würde Pechmarie triumphieren.

Nicht auch noch diese Katastrophe. Die nächste Baustelle meines Lebens.

Hannah trug den schönen Doppelnamen Klüger-Wasserthal und besaß mit ihrem todlangweiligen Mann Klaus ein florierendes Bestattungsinstitut. Und zwar in Schierchstadt, unserer Heimatgemeinde an der ehemaligen deutsch-deutschen Grenze. Da tat sich nicht viel. Ihre blassen Söhne hießen Benedikt und Johannes Paul. Man bedenke: Ich hatte mein Kind nach einer Räubertochter benannt, während Hannah ihren Söhnen Papstnamen gab! Unterschiedlicher können Zwillingsschwestern gar nicht sein! Ich rockte auf Kreuzfahrtschiffen und sang nachts in Bars. Hannah sang im Kirchenchor und backte Kuchen für das Gemeindefest. Sie hatte noch keinen Elternabend in ihrem Leben geschwänzt und erschien jeden Sonntag bei unserer Mutter zum Kaffee. Sie war so was von durch und durch gut, dass wir seit gefühlten zwanzig Jahren nicht mehr miteinander sprachen.

»Hast du sie angerufen oder sie dich?«, zischte ich entsetzt. Ronja würde mir doch nicht so sehr in den Rücken fallen, dass sie meine verhasste Mischpoke in mein persönliches Elend einweihte?

»Sie DICH!« Ronja reichte mir das Telefon. Ich starrte es an wie einen widerlichen Mistkäfer.

»Hallo?!«, sagte ich ganz sachlich und geschäftsmäßig, nachdem ich mich geräuspert hatte.

»Klüger Reisen, wir erfüllen Urlaubsträume – was kann ich für Sie tun?«

»Hier ist Hannah.«

»Ach. Das ist ja eine Überraschung.«

»Wie ich höre, geht es dir nicht gut?!«

»Mir geht es blendend«, log ich dreist.

»Dann hat Ronja also unrecht, wenn sie sagt, du liegst mit Depressionen auf dem Sofa?«

»Völlig unrecht. Ich hatte nur ein bisschen Migräne. Ist schon wieder vorbei.«

Ich schwang meine Beine vom Sofa und schüttelte meine Haare in Form.

Ronja staunte mich an. Ein ungläubiges Lächeln stahl sich auf ihr Gesicht.

»Ronja sagt, es gibt Stress mit Frank?«

»Ach, du kennst doch Frank!« Ich rang mir ein quirliges Lachen ab. »Der ist nie um eine Überraschung verlegen. Mit dem habe ich mich noch nie gelangweilt!« Ganz im Gegensatz zu deinem Mann, der zum Lachen in den Keller geht, wo er immer ein paar Leichen liegen hat.

»Also stimmt es nicht, dass er eine Freundin hat?!«

»EINE?« Ich kicherte künstlich. »Hunderte! Du weißt doch, wie der Funken sprüht! Hast du doch selbst gesagt, damals! Frank ist wie eine Wunderkerze, weißt du noch?«

»Ja. Weil ich dich vor ihm warnen wollte. Eine Wunderkerze macht erst mal Eindruck, verglüht aber auch schnell.«

»Im Gegensatz zu deiner Grabfunzel«, erwiderte ich. »Der brennt nur auf Sparflamme.«

»Mag sein, aber dafür dauerhaft.«

»Können wir bitte das Thema wechseln?«, stöhnte ich.

»Natürlich. Ich muss mir um dich also keine Sorgen machen?«

»Bei uns ist alles bestens, so wie immer. Und wie geht's euch?«

Ich suchte erst mal das Bad auf, um meine Körperfunktionen wieder in Gang zu setzen. Das Telefon legte ich auf den Badewannenrand und stellte auf »Laut«.

Hannahs Redestrom plätscherte parallel zu meinem Strom dahin. Erst erzählte sie von ihren tollen vorbildlichen Strebersöhnen, die immer alles richtig machten und schon ganz heiß darauf waren, das Bestattungsinstitut zu übernehmen. Dann kam sie auf unsere Mutter zu sprechen. Die sei in letzter Zeit ganz merkwürdig.

Ich betätigte die Klospülung und griff wieder zum Telefon.

»Merkwürdig? Wie meinst du das?« Ich fing an, mir die Zähne zu putzen.

»Sie wird immer vergesslicher, ist verwirrt und verwechselt uns.«

»Ach komm!«, lachte ich das Ganze mit Zahnpastaschaum im Mund weg. »Unsch hat schie schon immer verwechschelt.«

»Nein, wirklich, Lisa! Die Ärzte haben Alzheimer im Anfangsstadium bei ihr diagnostiziert.«

Ich hielt mitten im Zähneschrubben inne. »Alschheimer?«

»Ja. Zuerst war es harmlos, und wir haben das alles nicht so ernst genommen, genau wie du.«

Ich spuckte aus und griff zum Glas. »Aber …?«

»Aber dann wurde es immer schlimmer, so schlimm, dass man sie nicht mehr alleine lassen kann. Sie verlegt und verliert wichtige Dokumente, kann nicht mehr mit Geld umgehen, vergisst unsere Namen und erinnert sich nicht mehr an die letzten zwei Sätze, die man mit ihr gewechselt hat. Gestern wollte sie mit dem Telefonhörer den Fernseher umschalten und ihre beste Freundin mit der Fernbedienung anrufen, aber sie hatte den Namen ihrer Freundin vergessen.«

Nachdenklich betrachtete ich mein Gesicht im Spiegel. Nicht dass ich gewusst hätte, wer die beste Freundin meiner Mutter war, aber ich war doch negativ überrascht.

Ronja lehnte abwartend im Türrahmen und spielte mit ihren verfilzten Haaren.

»Meine Güte«, entfuhr es mir schließlich. »Was machen wir denn da?«

»Schön, dass du WIR sagst«, kam es zurück. »Daraus schließe ich, dass du dich auch mal wieder einbringen willst?«

»Ähm … Klar.« Ich spritzte mir kaltes Wasser ins Gesicht und griff zum Handtuch. »Jederzeit. Ich meine, wenn du jetzt mal ne Auszeit brauchst?!«

Ich werde sie wieder öfter anrufen, nahm ich mir vor.

»Du kannst also kommen!«, sagte Hannah, und in ihrer Stimme schwang Erleichterung mit. »Ich bin nämlich jetzt auch mal dran mit Urlaub. Während du deinen Arsch in den

Pazifik getunkt hast, hatte ich nämlich immer nur die Arschkarte.«

»Ähm ... Wohin soll ich kommen?«

»Nach HAUSE!«, sagte Hannah scharf. »Was dachtest du denn?«

»Nach Schierchstadt?« Hilflos sah ich meine Tochter an. »Aber das sind mehr als tausend Kilometer!« Ich hatte gar nicht weit genug wegkommen können, als ich damals mit Frank das Reisebüro im wunderschönen Salzburg eröffnete.

Im Türrahmen begann Ronja mit fliegenden Rastalocken auf und ab zu hüpfen. Sie klatschte dabei leise in die Hände und machte Lenkbewegungen mit einem imaginären Lenkrad.

»Du musst selbst wissen, wie wichtig dir unsere Mutter ist.« Hannah klang schon wieder eingeschnappt. »Aber wenn du dich überhaupt nicht kümmerst, sehe ich auch nicht ein, dass du am Erbe beteiligt wirst.«

»Wie ... ähm ... Wie meinst du das?«

»In ihrer Patientenvollmacht hat sie nur Klaus und mich eingetragen. Du kommst gar nicht mehr vor. Ich sage das nur aus – Fairness. Noch kannst du das ändern.«

Mir blieb das Herz stehen. Mann weg, Job weg, Familie weg, Erbe weg? Ich sah mich schon als Obdachlose unter der Brücke.

»Also, Hannah, jetzt lass mal die Kirche im Dorf!«

»Hahaha«, sagte Hannah trocken. »Sehr witzig. Wenn hier einer mitsamt Kirche im Dorf geblieben ist, dann doch wohl ich. DU bist vor zwanzig Jahren mit deinem Frank abgehauen und wolltest was ganz Besonderes sein.«

»Wie meinst du das?«

Sie räusperte sich spöttisch. »Ronja, zum Beispiel. Frag mal dein Kind, ob es als Erwachsene auch noch so heißen möchte.«

»Frag mal deine Söhne, ob sie als gestandene Männer so heißen wollen wie schwächliche alte Päpste, die beim Predigen vom Hocker fallen!«

»Ich bin nur vernünftig und reif.«

»Du bist altbacken wie Brot von gestern.«

»Aber dafür zuverlässig und nachhaltig verheiratet.«

Bumm, das hatte gesessen! Sie wusste immer, wie sie mich treffen konnte.

»Gratuliere«, ätzte ich. »Und du hast einen Bausparvertrag geheiratet!«

»Und du eine Champagnerflasche, die nichts als Schaum enthält.«

»Meinst du, ein Bestattungsinstitut ist prickelnder? Ihr prostet euch wohl mit Weihwasser zu!«

»Mama, ihr streitet ja schon wieder!« Ronja hob warnend die Hand. »Los, entschuldige dich!«

Bevor mir auch noch mein Kind die Freundschaft kündigte, war ich zu allem bereit.

»'tschuldigung!«, sagte ich zerknirscht. »Ich bin im Moment etwas angeschlagen.«

»Schon gut«, kam es gnädig von Hannah. »Ich will auch mal in Urlaub fahren. Also, was ist? Kommst du?«

Ingeborg

Frankfurt an der Oder, 1946

»Also was ist, kommst du?«

In der Morgendämmerung hastete Ingeborg über Straßenbahnschienen, ihre kleine Tochter zog sie hinter sich her. Es hatte wieder begonnen zu schneien. Dichter Winternebel stand über der Stadt. Soldaten vertraten sich frierend die Beine, hie und da glomm ein Zigarettenstummel auf.

»Komm, Kathrin! Hier ist es schon.«

»Ich will nicht wieder da rein, Mama!«

Die Umrisse des Krankenhauses ragten düster vor ihnen auf.

»Wir suchen Clara, dein Schwesterchen!«

»Ich habe Angst! Da sind die bösen Männer drin!«

»Jetzt nicht mehr, Kathrin! Ich habe dir doch schon gesagt, dass die weitergezogen sind!«

»Überall stehen böse Männer!« Kathrin verkroch sich noch mehr in ihr Kapuzenmäntelchen und ballte die Hände zu Fäusten. Ingeborg strich ihrer Tochter übers Haar. »Das sind doch die Guten, die auf uns aufpassen!«

Ein Militärfahrzeug hupte.

Kathrin verkrampfte sich. »Lass uns weglaufen, Mama! Ich hab Angst!«

»Kathrin!« Ingeborg ging in die Hocke und drückte dem Mädchen einen liebevollen Kuss auf die Nase. »Dort, wo wir jetzt leben – im Westsektor – sind die netten Amerikaner, die immer Schokolade und Kaugummis für dich haben!«

»So, wie Dschonn einer ist?«

»Ja.« Ingeborg lächelte aufmunternd. »So wie John. Für den die Mama putzt und wäscht.«

»Sind die alle schwarz bei uns im Westsektor?«

»Nein. Nicht alle. Nur manche.«

»Warum ist Dschonn schwarz? Wenn du doch immer für den putzt und wäschst.«

Ingeborg verkniff sich ein Grinsen.

»Es gibt schwarze und weiße Amerikaner.«

»Waruhum?«

»Weil in Amerika immer die Sonne scheint.«

»Und wenn wir mein Schwesterchen gefunden haben, gehen wir dann mit Dschonn nach Amerika?«

Ingeborg biss sich auf die Lippen. »Das wäre zu schön, um wahr zu sein, nicht wahr, kleine Kathrin?«

»Ich finde den Dschonn sehr nett, und ich glaube, er mag dich auch, Mama!«

»Ja, ich denke, der John mag uns beide.«

»Meinst du, er hat zu Hause in Amerika keine Frau, die für ihn sorgt?«

»Nein. Er hat in Amerika keine Frau, die für ihn sorgt.« Ingeborg machte eine kleine Kunstpause. »Ich habe ihn schon gefragt.« Auf ihr Gesicht stahl sich ein verschmitztes Lächeln.

»Dann können wir das ja unser ganzes Leben lang machen.«

»Das wäre ein guter Plan.«

»Und unser eigener weißer Papa kommt wirklich nicht wieder?«

Ingeborg schluckte. »Nein. Unser weißer Papa ist in Russland geblieben.« Sie dachte an den Brief mit der Todesnachricht zurück: *Im Kampf für den Führer als Held für Deutschland in Sibirien gefallen – Franz Gärtner.*

Die kleine Kathrin erinnerte sich gar nicht mehr an ihren Vater, der nur ein einziges Mal auf Kurzurlaub aus dem Krieg gekommen war. Sie dachte pragmatischer.

»Werde ich auch so braun, wenn ich in Amerika lebe?«

»Nein, mein Schatz. Wir sind weiß, und John ist braun.«

»Ich finde, der Dschonn würde blöd aussehen, wenn er weiß wäre.«

Ingeborg lächelte zärtlich. »Ich mag ihn so, wie er ist.«

»Ich mag ihn auch so, wie er ist. Sind alle schwarzen Soldaten so nett zu den weißen Frauen?«

»Nicht alle. Aber John. Da haben wir Glück gehabt, was?«

»Und wird er die kleine Clara auch lieb haben, Mama?«

»Ganz bestimmt.«

Die beiden gingen Hand in Hand weiter. Kathrins Angst vor dem schwarzen Gebäude war verflogen. Ihre kleine, helle Stimme klang zutraulich wie das erste Zwitschern eines kleinen Vogels.

Es war die Stimme der Hoffnung. Auf ein warmes Amerika, wo alle Menschen gutmütig waren und mit sanften Stimmen dieses weiche Kauderwelsch sprachen.

»So. Hier wären wir.« Ingeborg schluckte und presste die kleine Hand ihrer Tochter an die Brust. Als könnte das ihr rasendes Herzklopfen stoppen.

»Lieber Gott, mach, dass sie noch lebt!«

Mit zittrigen Beinen ging sie die steinernen Stufen hinauf. Überall lagen Kriegsheimkehrer. Krankenschwestern verteilten erste Morgenmedizin, maßen Fieber oder den Puls.

»Die Wöchnerinnenstation?«, fragte Ingeborg. Ihre Finger umklammerten nervös Kathrins kleinen Arm.

»Die gibt es hier nicht mehr.«

»Aber – ich habe mein Baby hiergelassen, als die Russen kamen …«

Eine ältere Nonne, die hier offensichtlich das Sagen hatte, kam mit wehendem Gewand herbeigeeilt.

»Was gibt's?«

»Die Frau hat ihr Baby hiergelassen, als die Russen kamen.«

»Vor neun Monaten also?«

»Ja. Es war gerade erst geboren«, mischte Ingeborg sich

hastig ein. »Der Arzt, Doktor Kriegerer, meinte, es würde die Flucht nicht überleben, deshalb …«

»Doktor Kriegerer arbeitet hier nicht mehr.«

»Nein? Wo ist er … Ich meine – wer ist denn jetzt zuständig?«

»Die Wöchnerinnenstation wurde zu Jahresbeginn aufgelöst. Wir behandeln hier nur noch verwundete Soldaten.«

»Aber mein Baby! Es muss doch eine Spur geben … Es ist ein Mädchen, sie heißt Clara! Clara Gärtner!«

»Kommen Sie mit.« Die Nonne drehte sich um und rauschte vor Ingeborg durch lange, schwach beleuchtete Gänge. Schließlich öffnete sie eine Nebentür und bat sie in ein notdürftig eingerichtetes Büro. Eine trostlose Glühbirne baumelte von der Decke und spendete einem Schreibtisch, auf dem sich staubige Akten stapelten, trübes Licht.

»Hier können Sie stöbern.«

»Aber es muss doch jemanden geben, der …«

»Das Personal hat komplett gewechselt. Wir tun, was wir können. Aber nehmen Sie sich alle Zeit der Welt. Es gibt auch Kinderheime und Waisenhäuser.« Sie zeigte auf den Aktenberg. »Wenn sie irgendwo ist, dann ist es hier vermerkt.«

»Clara. Sie ist jetzt neun Monate alt. Sie müsste schon lächeln können und sitzen!« Ingeborgs Stimme klang verzweifelt. »Sie muss doch bei irgendjemandem zu finden sein!«

»So Gott will …«, sagte die Nonne. »Ich bringe Ihnen Kaffee.« Sie strich Kathrin freundlich über den Kopf. »Und für dich haben wir sicher einen schönen Muckefuck.«

Lisa

Unterwegs nach Schierchstadt, Juni 2013

»Und für mich einen schönen Muckefuck? Was hast du dir nur dabei gedacht, mir heute Morgen so eine Brühe zu bringen?«, sagte ich vorwurfsvoll. »Der Schatten einer Kaffeebohne auf eine Badewanne voll Wasser oder wie?«

Missmutig startete ich den Wagen. Jetzt trat ich sie doch tatsächlich an, die gefürchtete Fahrt in meine verhasste Heimat. »Wir haben tausend Kilometer vor uns – wie soll ich bei so einer Plörre bitte schön wach bleiben?«

»Das musst du doch auch gar nicht!«, sagte Ronja fröhlich. »Schließlich wechseln wir uns ab, Mama! Und damit du nicht gleich auf hundertachtzig bist, wenn ich fahre, dachte ich, ich mach den Kaffee heute mal nicht ganz so stark.«

»Damit ich seelenruhig zuschaue, wie du den Wagen auf hundertachtzig bringst? Das kannst du dir abschminken, meine Liebe.« Energisch setzte ich den Blinker und nahm die Ausfahrt. »Wir lassen es erst mal ganz langsam angehen. Und zwar auf dem Feldweg.«

Betont lässig stieg ich aus und umrundete dann mit schnellen Schritten die Kühlerhaube, um nicht gleich bei der ersten Fahrstunde von meinem Kind überfahren zu werden. Immerhin hatten wir die deutsch-österreichische Grenze bereits passiert und befanden uns in neutralem Niemandsland. Rechts und links Kornfelder, Kühe und bayrische Gemütlichkeit. Hier konnten wir in Ruhe üben.

»Wir müssen erst das L17-Schild anbringen.« Ronja pappte die blauen Schilder energisch an Windschutz- und Heckscheibe. »Und dann hab ich hier noch was entworfen …« Sie beugte sich nach hinten und griff nach einem selbst gemalten Plakat.

»Kannst du das noch an das hintere Seitenfenster kleben?«

Ich erstarrte. Unter einem riesigen Totenkopf stand in dicken roten Lettern: »Weiblich, 17, blond. Hupen zwecklos«.

»Willst du das ernsthaft …?«

»Mama! Sei doch cool! Ist doch lustig!«

»Na, wenn du meinst …« Ich befestigte ihr originelles Plakat mit Tesafilm. Besonders der Totenkopf war imposant.

»Na, dann wollen wir mal!« Ich klatschte in die Hände und ließ mich auf den Beifahrersitz fallen. Wir befanden uns auf einem asphaltierten Weg, der parallel zur Autobahn verlief. Die Sonne stand senkrecht am Himmel und brannte gnadenlos auf uns herab. Es war der erste Tag der Sommerferien. Unser Ziel hieß Schierchstadt. Aber wir hatten Zeit. Viel Zeit. Wenn wir kamen, waren wir da. Vorher nicht.

Ronja saß hinter dem Lenkrad und schaute mich auffordernd an.

»Gut«, sagte ich tapfer. »Hast du dir schon den Sitz richtig eingestellt?«

»Der passt. Ich bin so groß wie du.«

»Und die Spiegel?«

»Mama, Schierchstadt ist nur noch neunhundertachtundneunzig Kilometer entfernt!«

»Weißt du, wo das Gaspedal ist?«

»Natürlich!«

»Hast du etwa Flipflops an?«

»Soll ich Skistiefel anziehen bei der Hitze?«

»Und die Haare musst du dir auch zusammenbinden. Die hängen dir sonst in die Augen.«

Ich kam mir genauso spießig vor wie Hannah. Die hätte das auch gesagt. Die hätte vorher noch den Ölstand geprüft, das Reifenprofil gemessen, die orangefarbene Notfallweste angelegt und eine Vollkaskoversicherung abgeschlossen. Mir schauderte. Hannah – warum tat ich mir das an! Warum fuhren wir jetzt tatsächlich dorthin!

»Los, Pferdeschwanz, oder ich steig aus!«, ließ ich meinen Frust ab.

»Boh, Mama, du bist ja schon hysterisch, bevor wir überhaupt losgefahren sind!«

»Nee, mein Kind.« Ich schüttelte energisch den Kopf. »So geht das nicht.«

»Wie – so geht das nicht?!« Ronjas Stimme klang gefährlich aggressiv.

Ich schaute auf die Strohballen rechts und links und fürchtete, die knisternde Spannung hier bei uns im überhitzten Auto könnte sie jeden Moment Feuer fangen lassen.

Ich ließ das Fenster herunter und fächelte mir Luft zu. »Hör zu. Du willst fahren lernen. Ich kann es dir beibringen. Aber es gelten meine Regeln. Solange du deine Füße auf meine Pedale stellst, bestimme ich, wo es langgeht.«

»Und DU sagst, Hannah sei spießig?«

Ronja drehte sich die Haare zu einem verfilzten Knoten und schlüpfte in ihre Sneakers. »So. Zufrieden?«

»Wo sind die Schnürsenkel?«

»Habe ich mir in die Haare getan! Das wolltest du doch!«

»Nein, das wollte ich NICHT! Du brauchst Schnürsenkel in den Schuhen.«

»Okeeeeeh!« Ronja riss sich mit genervtem Blick die Schnürsenkel aus den Haaren und fädelte sie wutentbrannt in die Schuhe. In unserem Auto herrschten inzwischen Temperaturen wie in einer finnischen Sauna. Ronjas Haare fielen ihr zottelig ins Gesicht.

»Zufrieden?!«

»Lass den gereizten Ton.« Meine Stimme klang schrill.

»He? Du solltest mal DEINEN gereizten Ton hören!«

Meine Mutter Ursula hätte mir längst eine gescheuert.

Nein, falsch. Die hätte mich nie im Leben in ihrem heiligen Kleinwagen fahren lassen. Die hätte mir mit siebzehn nie im Leben was anderes erlaubt als Kirchenchor, Klavier üben, Geschirr spülen und Rasen mähen.

»Ronja? Noch ein Wort, und du steigst aus.«

»Ja? Bitte schön! Dann kannst du aber alleine nach Schierchstadt fahren! Was soll ich in dem Scheißkaff! Ich trampe zurück und verbringe meine Ferien bei Papa und Sandra!«

»Gut«, sagte ich und staunte über meine gut gespielte Gelassenheit. »Das ist doch eine prima Idee.« Dabei traktierten tausend glühende Dolche mein Herz.

»Okay, Mama, wie du willst. Viel Spaß mit Hannah und deiner Mutter! Ich wünsch dir schöne Sommerferien!«

Verdammt. Das Kind saß eindeutig am längeren Schalthebel. Das konnte es mir doch nicht antun.

Doch. Es konnte.

Beleidigt schälte Ronja sich aus dem Auto, holte ihre Tasche aus dem Kofferraum und schwang sie sich über die Schulter. »Gute Fahrt und schöne Grüße!« Kaltherzig latschte sie in der glühenden Hitze davon. Ihre Rastalocken wippten.

Sie würde Ernst machen. Ich kannte mein Kind. Ronja war so kompromissbereit wie ein Sack Kartoffeln. Von wem hatte sie das nur?

Ich würde das allein nicht durchstehen. Nicht Schierchstadt im ehemaligen Zonenrandgebiet. Nicht die tausend Kilometer. Nicht bei der Hitze. Nicht in meiner momentanen Verfassung.

»Ronja!«, schnauzte ich und riss die Beifahrertür auf. »Komm sofort zurück!«

Ein Rennradfahrer konnte gerade noch ausweichen, sonst hätte ich ihn böse zu Fall gebracht. Er zeigte auf ein Schild und schrie, sich an den Helm tippend: »Das ist ein Radweg! Bist du bescheuert?!« Dann drehte er sich nach Ronja um, wahrscheinlich um abzuchecken, ob wenigstens sie weiblich, blond und siebzehn war. Und raste weiter, nicht ohne mir noch einen rüden urbayrischen Fluch hinterherzubrüllen. Irgendwas mit »Luada, damisches!«.

Zitternd setzte ich mich ans Steuer, legte den Rückwärtsgang ein und preschte mit aufheulendem Motor hinter Ronja her. So gekonnt wie möglich schnitt ich ihr den Weg ab. Sie sprang etwas zu übertrieben in die Strohballen und ließ sich dort fallen.

»Willst du mich jetzt auch noch überfahren oder was?«

»Ronja. Los, steig wieder ein.«

»Wieso denn!?«

»Weil ich nicht will, dass du trampst.«

Sie lachte schnippisch und pflückte sich ein paar Strohhalme aus den Haaren. »Ich bin schon so oft getrampt, Mama! Du weißt es bloß nicht!«

Ich spürte, dass sie mir wehtun wollte. Sie fühlte sich in die Enge getrieben. Ich hatte sie in den letzten Tagen überfordert mit meinen Heulkrämpfen und Selbstvorwürfen, meinen Flüchen auf Frank, Sandra und deren Embryo namens Eumel. Schließlich handelte es sich um Ronjas Vater. Und ihr Halbgeschwisterchen.

»Komm, Ronja. Lass uns in Ruhe reden.« Meine Stimme zitterte. Ich half ihr auf und legte den Arm um ihre Schultern. Ihre Augen standen voller Tränen. Als ich das sah, stieg auch bei mir der Wasserpegel wieder an. Jetzt heulten wir beide. Wir saßen völlig erschöpft auf dem heißen Strohballen neben unserem heißen Auto und heulten heiße Tränen.

Ronja schmiegte ihre Wange an meine: »Sorry, Mami. Ich will dich doch nicht im Stich lassen! Aber ich bin halt auch so aufgeregt mit dem Fahren, und wenn wir beide solche Nervenbündel sind …«

»… schreiben wir an die Scheibe: ›Vorsicht, zwei hysterische Weiber!‹«

Ronja lachte unter Tränen. »Wir kommen nie in Schierchstadt an, oder?«

»Jedenfalls nicht heute.« Ich schob sie auf den Fahrersitz und setzte mich daneben.

»Heute versuchen wir es mal bis zum Waginger See.«

»Zum Vagina-See? Was kennst du denn für versaute Seen?!«

Wir schwankten beide zwischen Lachen und Weinen.

»Der Weg ist das Ziel«, sagte ich. »Kupplung drücken und gedrückt halten. Ersten Gang einlegen. Ich lasse jetzt den Motor an.«

Als wir abends auf dem Balkon unseres Hotels saßen, waren wir fix und fertig. Für die zwanzig Kilometer hatten wir zwei Stunden gebraucht. Ich hatte geschrien und ins Lenkrad gegriffen, sie hatte nach mir geschlagen. Ich hatte Schweißausbrüche wie im kubanischen Regenwald bekommen, der Wagen hatte gebockt und geschlingert, und als wir beinahe eine Kuh gerammt hätten, war mir das Adrenalin bis in die Haarwurzeln geschossen. Die Kuh hatte uns entrüstet angeblökt, und wir hatten uns zitternd vor Angst im wahrsten Sinne des Wortes vom Acker gemacht.

Einmal war uns ein Trecker entgegengekommen, und wir hatten die Augen zugekniffen, weil wir uns schon platt gewalzt wähnten. Nachdem ich entnervt das Warnblinklicht eingeschaltet hatte, kam der Jungbauer vom Trecker gesprungen und bot uns seine Hilfe an.

»Nein, danke. Wir brauchen keine Hilfe!«

»Aber Sie blinken doch.«

»Meine Mutter ist einfach nur hysterisch!«

»Meine Tochter hat noch keinen Führerschein.«

Es war zermürbend und anstrengend gewesen, aber schließlich hatte es geklappt. Ronja war schon im dritten Gang gefahren, hatte den Blinker gefunden (wenn sie auch gleichzeitig die Scheibenwischer angestellt hatte) und war schließlich mit fast blutig gebissenen Lippen auf den Hotelparkplatz gerollt. Ich quälte mich aus dem Auto wie aus einer Weltraumkapsel und hätte am liebsten den Boden geküsst. Wir waren angekommen! Am Waginger See!

Wir warfen uns hinein und spülten erst mal den Angstschweiß ab. Wir spritzten uns gegenseitig nass, tauchten uns unter und tobten herum wie die Kinder. Auf einmal wichen Anspannung und Aggression einer übermütigen Vertrautheit.

»Wer hat diese bescheuerte L17-Regelung eigentlich erfunden?«, fragte ich, als wir schließlich bei einem gespritzten Weißwein auf dem Balkon unseres kleinen Seehotels saßen.

»Keine Ahnung, Mama.« Ronja hatte frisch geduscht und war in ein Handtuch gewickelt. Mit ihrem Turban sah sie aus wie eine indische Prinzessin. In diesem Moment liebte ich dieses Kind so sehr, dass sich mein Herz schmerzhaft zusammenzog. Nicht auszudenken, wenn es zu Frank und Sandra abgehauen wäre! Ronjas Wangen waren gerötet vor Freude und Aufregung. »Ich find's cool.«

»Was denken sich die Führerscheinleute eigentlich dabei, die armen unschuldigen Eltern auf den Beifahrersitz zu verbannen, wo sie kein eigenes Bremspedal haben wie die Fahrlehrer, und sie Todesängsten auszuliefern?«

»Vertrauen Sie Ihren Kindern«, hatte der Pimpf in der Fahrschule gesagt, als wir Eltern dort zu einer Infostunde aufschlugen und unsere Unterschrift abgaben, damit wir das L17-Schild überhaupt bekamen. »Sie können mehr, als Sie glauben!«

Und auf meine bange Frage an die anderen Eltern, ob sie denn gar keine Angst hätten, ihrem Nachwuchs Leib, Leben und nicht unerhebliche Sachwerte anzuvertrauen, hatte ein völlig erleuchteter Vater behauptet, die Zeit mit dem Kind am Steuer sei für ihn die wertvollste Zeit überhaupt gewesen. Er habe dadurch eine tiefe Beziehung zu seinem Sohn aufgebaut, der vorher jahrelang nicht mehr mit ihm gesprochen habe.

»Macht doch Spaß!« Ronja nahm einen großen Schluck aus ihrem Glas. »Und du bist cool, Mama! Danke, dass du das mit mir machst!«

»Aber wir können noch lange nicht auf die Autobahn.«

»Nee, will ich auch gar nicht.«

»Wir haben ja Zeit«, behauptete ich lässig.

Je später wir in Schierchstadt ankamen, desto besser. An meine dortige Kindheit erinnerte ich mich nur mit Grausen. In den letzten Jahrzehnten hatte ich immer weniger Gedanken an Schierchstadt und die dort freiwillig Lebenden verschwendet. Nur aus schlechtem Gewissen und mangels einer Alternative hatte ich diese Reise angetreten. Eigentlich bloß, um Frank, Sandra, Eumel und der schadenfrohen Restgemeinde zu entgehen. So nach dem Motto: »Duld ich schon hier Spott und Hohn, kann ich auch in Schierchstadt wohn'.«

»Also, wir fahren so langsam wie möglich. Wegen mir erst mal nur im zweiten Gang!«

Ronja lachte. »Ach mein kleines verängstigtes Mamilein! Ich habe doch auch Fahrrad fahren gelernt!«

»Ja. Und bist dabei in den Ententeich gefallen, Darling!«

Ingeborg

Berlin, 1946

»Darling, wie war dein Tag heute?« John Bancroft sah Ingeborg Gärtner aus seinen dunkelbraunen Augen gutmütig an. »Immer noch keine Spur von Clara?«

Das »Clara« klang mit seinem amerikanischen R so weich und zärtlich, dass Ingeborg die Tränen in die Augen traten.

»Nein.« Sie schüttelte traurig den Kopf und starrte auf ihre Schuhspitzen. Kathrin versuchte, mit einem Stöckchen Figuren in den Dreck zu zeichnen. In ihrem knapp vierjährigen Leben hatte sich bisher alles um die Suche nach Familienmitgliedern gedreht, die sie gar nicht kannte. Erst ihr verschollener Vater Franz, der irgendwo bei den Russen geblieben war, und dann dieses Baby Clara, an das sie keinerlei Erinnerung hatte. Denn an die grässliche Nacht in diesem Krankenhaus wollte die Kleine nie wieder denken. Sie wusste nur, dass ihre Mutter dort etwas Blutiges hinterlassen hatte, dass sie schließlich durch einen gruselig-dunklen Schacht gekrochen waren und sich in einem Haufen ungewaschener Lumpen versteckt hatten, um diesen lauten, betrunkenen Soldaten zu entgehen, die hinter allen Frauen her waren, um ihnen wehzutun. Von einer Clara, die diese Katastrophe ja wohl ausgelöst hatte, wollte sie folglich nichts wissen.

»Well, Käthrrin«, tröstete John die Kleine. »Dein Schwesterchen spielt wohl gern Verstecken!«

»Die soll einfach wegbleiben«, murmelte Kathrin, den Blick zu Boden gerichtet.

John lachte sein melodiöses Lachen. »Wir drei haben es doch auch ganz gut, willst du damit sagen?!«

Sie standen vor der Kantine der Kaserne, in der John mit seinen Kameraden untergebracht war. Die Fenster waren geöffnet, und laue Frühlingsluft spielte mit den bunten Gardinen, die Ingeborg eigenhändig aus Stoffresten genäht hatte.

»Die ganze Kompanie hat schon großen Hunger«, plauderte John freundlich weiter. »Ohne Ingeborrrg gibt's nix zu frrrressen.«

Kathrin richtete sich auf und staunte den baumlangen Schwarzen an. Sachen konnte der sagen!

»John, bitte!« Ingeborg räusperte sich und schaute vielsagend auf ihre Tochter. »Wie soll sie denn gutes Deutsch lernen?«

»Hauptsache, sie lernt gutes Englisch!« John lachte und nahm die Kleine auf den Arm. »Sobald die Army grünes Licht gibt, nehm ich euch mit nach California!« Er warf sie ein paar Mal in die Luft, und Kathrin jauchzte vor Vergnügen. »In California ist es immer warm, dort scheint immer die Sonne! Und es gibt *icecream* und Coca-Cola! Das schmeckt wie der Himmel!« Ja, der große schwarze Mann mit den weißen Zähnen und den lustigen Sprüchen war seit Langem das Beste, was ihr und ihrer Mama passiert war. Wie gut, dass sie sich in den Westsektor von Berlin gerettet hatten.

»Komm, Kathrin, wir müssen Kartoffeln schälen!« Ingeborg streckte die Arme nach ihrem Mädchen aus.

»Spiel noch mit mir, bitte, Dschonn!«, rief es verzückt.

Ingeborg schüttelte den Kopf, ging aber pflichtbewusst in die Kantinenküche und band sich eine Schürze um.

»Und?«, fragte Mechthild, die dralle Bauerntochter, die ebenfalls aus Schlesien geflüchtet war und gegen Hausarbeit Unterkunft und die schützenden, wärmenden Hände eines amerikanischen Soldaten erhalten hatte. »Gehst du mit, wenn es so weit ist?«

Ingeborg ließ das Messer und die Kartoffel sinken. Ihr Mund wurde schmal.

»Nicht, bevor ich Clara gefunden habe.«

»Und wenn sie tot ist?« Mechthild wischte sich mit dem Handrücken über die Stirn. Sie sah Ingeborg prüfend an. »Ich meine, du musst den Tatsachen ins Auge sehen …«

»Wenn ich sicher weiß, dass sie tot ist …« Ingeborg starrte auf die schmutzige Knolle in ihrer Hand, und eine Träne löste sich aus ihrem Augenwinkel. Entschlossen zog sie die Nase hoch, wischte sich mit dem Schürzenzipfel die Augen und verkündete: »Ich werde es so machen wie bei Franz. Wenn man es sicher weiß …« Sie sah Mechthild traurig an. »Wenn man weiß, dass es nichts mehr zu hoffen gibt, dann … Dann kann man irgendwann auch damit abschließen. Das Leben muss ja weitergehen. Schon wegen Kathrin.«

»John ist echt ein Volltreffer«, munterte Mechthild sie auf. »Einen besseren Vater für Kathrin kannst du gar nicht finden.« Sie schaute durch das Küchenfenster nach draußen, wo das übermütige Lachen der Kleinen sich mit dem Vogelgezwitscher eines Mainachmittags mischte: »Fangt doch einfach drüben ein neues Leben an!«

»Wie gesagt: Nicht solange ich nicht weiß, was mit Clara ist.« Ingeborg blickte ebenfalls aus dem Küchenfenster, und vor ihrem inneren Auge stand plötzlich ein Kinderwagen unter den Zweigen der Birke. »Sie ist jetzt genau ein Jahr.«

Mechthild strich ihr sanft über die Schulter. »Sie wäre jetzt genau ein Jahr. Finde dich damit ab, Ingeborg! Sie hat es nicht überlebt.«

Ingeborg wirbelte herum. »Woher weißt du das? Ist – Post gekommen?«

»Nein. Aber denk doch mal logisch! Wie hätte sie das schaffen sollen? Ein Frühchen! Nicht in dieser Kälte. In diesen grauenvollen Nächten, als die Russen kamen. Keine einzige Wöchnerin hat da drin überlebt. Geschweige denn ein mutterloser Wurm.«

Ingeborg zog unbewusst die Schultern hoch, als wollte sie

die Hand ihrer Kollegin Mechthild abstreifen. Dabei wollte sie nur diese entsetzliche Vorstellung abstreifen. Doch Mechthild sagte einfach unverblümt die Wahrheit. Das war zwar grausam, aber hilfreich. Noch immer konnte Ingeborg sich nicht mit dem Gedanken abfinden. Obwohl ihre Vernunft dasselbe sagte. Der unterernährte Wurm war in den letzten Tagen des Krieges ganz einfach verreckt. Niemand hatte es bemerkt. Es gab keine Aktennotiz über seinen Tod. Und erst recht nicht über seinen Verbleib. Ihr Kind hatte einfach keine Spuren hinterlassen. Es existierte nicht mehr.

»Mädels, wo bleibt das Essen?«, rief John von draußen. »Plaudert ihr noch, oder kocht ihr schon?«

»Ja, Mädels, wo bleibt das Essen?«, quietschte Kathrin übermütig, die er wie ein Flugzeug zum Fenster hineingleiten ließ. Ihr blonder Zopf hing fast in den Riesenbottich mit dampfendem Salzwasser.

»Geh mit ihm mit!«, raunte Mechthild, die plötzlich geschäftig tat. »Und denk dran, Ingeborg: Mit John kannst du noch eine Menge Kinder kriegen. Geh nach Amerika! Bald wirst du es als Heimat bezeichnen.«

Lisa

Unterwegs nach Schierchstadt, Juni 2013

Als Heimat konnte ich Schierchstadt weiß Gott nicht bezeichnen. Dabei hätte mich doch alles dorthin ziehen müssen: Wie in den amerikanischen Filmen, wo alle zu Thanksgiving Tausende von Meilen in die Heimat fliegen, nur um zusammen mit der Familie Unmengen von Truthahn zu verspeisen.

Dabei wird immer gelacht, geplaudert und mit alten Cousins geflirtet. Der Vater ist ein gemütlicher Alter mit Strickjoppe und Stirnglatze, die Mutter total gutmütig. Und in der Küche beim Abwasch führen die weiblichen Familienmitglieder innige Gespräche, berichten von ihren Erfolgen im Berufsleben und ihren Problemen in der Ehe – halten auf jeden Fall total zusammen.

Warum hatte ich nur null Sehnsucht nach »zu Hause«? Warum schüttelte es mich regelrecht, wenn ich bloß daran dachte? Weil Schierchstadt nicht mein »Zuhause« war. Nie gewesen war. Für mich war Schierchstadt eine Ansammlung zweckmäßiger Reihenhäuser, ohne Stadtkern, ohne Geschichte, ohne Kultur und ohne Vergangenheit. Daran konnten die putzigen Früchtenamen der Straßen auch nichts ändern.

Trostloser kann man seine Kindheit nicht verbringen als in einem der vierzigtausend auf dem Reißbrett entstandenen Zweckbauten. Jede Straße in einer anderen Farbe: Im Brombeerenweg konnte man Pech haben und in blauschwarz angestrichenen Häusern wohnen, während man im Pfirsichweg in rosafarbenen und im Zitronenweg in grüngelben Behausungen sein Dasein fristete.

»Wir wohnten im Ananasweg 1 a«, berichtete ich Ronja. »Das war die allerfeinste Adresse, und unser Haus war sonnengelb. Wir wohnten im Südfrüchteviertel.«

»Ist doch süß.«

»Ja, aber Hannah wohnt jetzt im Dörrpflaumenweg, und ihr Haus hat die Farbe eines Hundehaufens.«

Ronja lachte sich kaputt.

»Ich bin gespannt, wie abgeblättert inzwischen die Rathausfassade auf dem Bananenplatz ist«, orakelte ich vor mich hin. »Und wie saftlos die Wassermelonenallee.«

Wir gingen alle Straßennamen durch, die uns einfielen,

und hatten einen Riesenspaß. Unsere Reise nach Schierchstadt dauerte über eine Woche. Ronja und ich trauten uns anfangs nämlich noch nicht auf die Autobahn und gurkten planlos auf kurvigen Nebenstraßen herum. Aber die Zweisamkeit tat uns gut. Sie tat mir gut in ihrer frechen Unbekümmertheit, und ich tat ihr gut, weil sie so Kilometer für den Führerschein sammeln konnte. Und weil ich endlich mal nur für sie da war. Keine konnte vor der anderen weglaufen. Keine konnte türenknallend im Nebenzimmer verschwinden, sich hinter Laptop oder Handy verschanzen und sich Kopfhörer oder die Bettdecke über die Ohren ziehen.

Wir waren einander ausgeliefert. Auf Gedeih und Verderb. Und das war gut so. Wir würden noch früh genug nach Schierchstadt kommen. Statt elterlichem Trost entgegenzufahren, wie in besagten amerikanischen Truthahnfilmen, wartete eine Mutter, von der ich mich seit Langem entfremdet hatte. In einer Stadt, die ich schon lange verlassen hatte. Ich hätte auch eine Mondlandung planen können. Es graute mir davor. Wenn wir nach ein paar Kilometern wieder irgendwo Pause machten, auf einer Bank saßen oder im Gras lagen, wenn wir durch ein gemütliches altes Städtchen bummelten, Eis essend auf einem Mäuerchen saßen oder in einem Freibad auf der Wolldecke lagen, forderte Ronja mich schon nach kurzer Zeit auf, mehr von Schierchstadt zu erzählen. Und von Dunkelweiher, dem Ortsteil hinter der Grenze. Von uns Schierchstädtern gern auch das »Tal der Ahnungslosen« genannt. Wir belächelten es, wähnten uns auf der sicheren, besseren Seite. Schierchstadt war der moderne Westen, allerdings mit dem Charme eines Schuhkartons. In Dunkelweiher herrschte zwar seit 1961 die Politik des Ostens, und Westfernsehen war verboten, aber immerhin befand sich dort der malerische alte Ortskern: zwei romanische Kirchen, backsteinerne Schulen, das altmodische Theater, der Park mit dem verwitterten Schloss, das früher ein Musikinternat samt Konservatorium gewesen war, und das Rathaus, an dem ein bronzener Pferdekopf hing. Die Altstadt mit ihren Fachwerkhäusern aus dem Mittelalter verfiel zwar langsam, aber es gab sie noch. Das alles kannte ich als Kind nur aus Erzählungen meiner Mutter Ursula und aus ihrem grünen Fotoalbum mit den spärlichen Schwarz-Weiß-Fotos aus ihrer eigenen Jugend.

Dunkelweiher wurde von ihr immer geschildert wie das Paradies. Ach, wie glücklich sie damals alle waren, in der Nachkriegszeit, in ihren Lastexhosen und Faltenröcken. Immer wenn sie von ihren Freunden aus dem Chor erzählte, war sie wieder in einer anderen Welt.

Na ja, wer verklärt seine Jugend nicht? Mutter hatte am Dunkelweiher Konservatorium Musik studieren wollen, war aber vom Mauerbau insofern überrascht worden, als sie ausgesperrt wurde! Die anderen durften alle bleiben, nur sie nicht. Ihr Elternhaus mit der Bäckerei stand auf dem Zipfel Westen, aus dem später Schierchstadt werden sollte.

Der Mauerbau vollzog sich innerhalb weniger Tage. »Kein Mensch hat die Absicht, eine Mauer zu errichten!« Viele Anwohner glaubten diesen Worten und trafen keine Vorkehrungen. Dunkelweiher duckte sich in jenem Sommer 1961 im Schatten seiner alten Bäume und stellte sich tot, so als würde man es dann nicht bemerken. Aber der Stacheldraht wurde gezogen. In den Sommerferien, als niemand rüber zur Schule ging. Erst hielten das alle für einen Scherz, aber als sie den Ernst der Lage erkannten, war es schon zu spät. Wo der schwarz rauschende Bach, die wild wachsenden Büsche und Bäume eine natürliche Grenze gebildet hatten, stand bald eine dicke Betonmauer. Sie sollte die beiden Welten für achtundzwanzig Jahre trennen wie die Dornenhecke das Dornröschenschloss vom Prinzen. Heute war Dunkelweiher längst wieder wach geküsst. Liebevoll restauriert mit florierender

Kultur in Kirchen und Theatern. Dunkelweiher war heute ein schmuckes Vorzeigestädtchen. Und Schierchstadt, unsere »Heimat«, eine verfallende Trabantenstadt.

Der Tag des Mauerbaus war für meine Mutter und ihre Freunde ein schrecklicher Schock. Lange verwahrte man sich gegen die Trennung der beiden Stadthälften. Freunde wurden auseinandergerissen, aber auch Liebespaare, ganze Familien. Uschi konnte nicht auf ihr geliebtes Konservatorium gehen.

Mutter erzählte immer von dem sagenumwobenen Grenzkonzert, das sie mit ihren Schulkollegen noch am letzten Abend vor den Sommerferien 1961 gegeben hatte. Man versammelte sich damals jeden Abend im wildromantischen Schattenbachtal, »lungerte« dort herum, wie Bäckermeisterin Lina, meine Großmutter, damals schimpfte, und probte trotz des bereits hochgezogenen Maschendrahtzauns für das Sommerkonzert im Freien – so wie jedes Jahr. Das müssen unvergessliche Szenen gewesen sein. Meine Mutter hatte die Dunkelweiher Einheitshymne selbst komponiert und dirigiert, und die ganze Stadt sprach noch lange davon. Der Zeitungsausschnitt mit dem Grenzchorbild war mir noch deutlich vor Augen, so oft hatte sie ihn uns gezeigt: Mutter steht rechts, und ihre beste Freundin Renate steht links vom Zaun, jeder in einem Teil des Schulchores, und sie singen gemeinsam und halten sich sogar durch den Maschendraht an den Händen.

Die Grenzsoldaten hüben wie drüben duldeten offenbar die romantischen Eskapaden. Sie »guckten weg«, aber weghören konnten sie nicht. Den meisten standen dabei Tränen in den Augen, und der Legende nach sangen sogar einige mit. Es war ein bisschen wie bei Asterix und Obelix, mit dem einzigen Dorf, das sich gegen die römische Belagerung wehrt und sie schlichtweg ignoriert, indem es sein eigenes Leben stur weiterführt.

Nur dass sich die Mauer mit Selbstschussanlage irgendwann nicht mehr ignorieren ließ. Sie wurde so hoch und breit gebaut, dass keine Chorproben mehr möglich waren, noch nicht mal mit Fernglas und Megafon. Da zerbrach der Traum vom Grenzchor.

Um diese Zeit lernte Mutter unseren Vater Ewald kennen, der mit dem Aufbau der Neustadt im Westen betraut war. Und weil ihm die temperamentvolle Uschi mit ihren ausgefallenen Ideen so gefiel, ließ er sie die Straßennamen aussuchen. Bald suchten sie die Namen für ihre gemeinsamen Kinder aus. Und Ursula Klüger, wie meine Mutter nun seriöserweise hieß, wurde in Schierchstadt zu einer angesehenen Persönlichkeit. Sie war nicht nur die Frau des Städteplaners, sondern auch Musiklehrerin und Organistin, hatte die Stadt also voll im Griff. Aber sie wurde nie wieder die Legende, die sie in Dunkelweiher gewesen war. Als die Mauer achtundzwanzig Jahre später fiel, versuchte Mutter, sofort wieder einen vereinigten »Chor ohne Grenze« zu gründen, und kramte die selbst komponierte Dunkelweiher Einheitshymne hervor. Aber wie bei den *Comedian Harmonists* ist es nie wieder richtig was geworden. Es lagen ja mittlerweile ganze Generationen dazwischen, die Leute hatten hüben und drüben das Weite gesucht, und auch der Musikgeschmack hatte sich deutlich geändert. »In einem kleinen Apfel« war nicht mehr unbedingt jedermanns Lieblingslied und »die bunten Fahnen« wehten auch nicht mehr so doll.

Das alles erzählte ich Ronja unterwegs. Wir übernachteten in lauschigen kleinen Pensionen und kuschelten uns abends im Bett zusammen, flüsterten und kicherten stundenlang. Tagsüber übten wir gewissenhaft. Jeder kleine Weg wurde genutzt, um hineinzufahren und zu wenden. Erster Gang, zweiter Gang, Rückwärtsgang, unermüdlich. Ronjas Eifer färbte auf mich ab. Wir ließen nichts aus. Auf einem abgelegenen

Waldparkplatz trainierten wir das Rückwärts-Einparken. Ich steckte ihr mit Stöcken Parklücken ab, zuerst riesengroße, in die bequem ein ganzer Reisebus gepasst hätte, dann immer engere. Sie rangierte tausendmal hin und her, und ich saß im lauen Sommerwind auf einem Baumstamm, genoss das Rascheln der Blätter, den Tannenduft und das Spiel von Sonne und Schatten auf meiner Haut. Immer kleiner wurde der Schmerz um Frank und Sandra. Mir wurde klar, dass unsere Liebe schon lange dem Reisebüro zum Opfer gefallen war. Nur um der Leute willen hatten wir den Schein des intakten Ehepaares aufrechterhalten. Was uns immer miteinander verbinden würde, war Ronja. Ich betrachtete ihr Profil und spürte, wie unendlich lieb ich dieses Kind hatte. Ihre Zungenspitze schaute heraus, so konzentriert war sie. Immer wieder fuhr sie krachend die Äste um, sodass ich fast Mitleid mit der Karosserie und den armen Reifen bekam. Das Auto starrte nur so vor Dreck. Manchmal kamen Waldarbeiter oder Trecker fahrende Bauernburschen vorbei. Sie lachten über das »Weiblich-17-blond-Hupen-zwecklos«-Schild mit dem Totenkopf, blieben stehen und gaben Ratschläge. Ronja flirtete und kokettierte ein bisschen, und ich flirtete und kokettierte auch ein bisschen, um mein angeknackstes Ego zu trösten. Am Abend saßen wir auf einer sommerlichen Wirtshausterrasse und taten so, als wären wir Schwestern. Wie schnell mein Küken doch groß geworden war, wie selbstbewusst und stark! Ich erzählte geradezu manisch von meiner trostlosen Jugend in Schierchstadt. Ich hatte eine Menge verdrängt, und das sprudelte jetzt aus mir heraus wie aus einer kaputten Wasserleitung:

»Von wegen mit siebzehn durch die Kneipen ziehen und mit Barkeepern Spaß haben! Wir durften in den Kirchenchor, und wenn eine von uns sich eine kleine Verfehlung geleistet hatte, war dieser Spaß auch vorbei!«

»Boah eh, ich glaub es nicht! Kirchenchor und Spaß!«

»Ja, das war das Einzige, was uns abends nach neunzehn Uhr außer Haus gestattet war. Ich erinnere mich noch gut an meine Vier in Latein, die mir dann die Teilnahme an der Kantate ›Du aber, Daniel, gehe hin‹ verwehrt hat. Während Hannah, die eine Drei geschrieben hatte, das Solo singen durfte!«

»Du aber, Daniel, geh scheißen!«, sagte Ronja trocken.

Ich belehrte meine Tochter, dass es sich um eine Kantate von Telemann handele, aber sie meinte unbeeindruckt, dass Telemann bestimmt genauso ein Langweiler sei wie Tilmann aus ihrer Klasse.

»Nee, das hat meinem Ego einen tiefen Knacks gegeben: Dass Hannah und ich immer miteinander verglichen wurden. Sie das Solo und ich auf der Zuhörerbank – eine schlimmere Schmach konnte meine Mutter mir nicht antun.«

Ronja seufzte. »Das Vergleichen ist das Ende des Glücks und der Anfang der Unzufriedenheit.«

»Wer sagt das?«

»Sören Kierkegaard.«

»Wow. Mein gebildetes Mädchen.«

Ronja sah mich mit halb zusammengekniffenen Augen an. »Habt ihr euch schon immer gehasst?«

Ich schluckte. »Wir hassen uns doch nicht.«

»Natürlich nicht«, sagte Ronja mit spöttischem Unterton. »Ihr liebt euch heiß und innig.« Sie riss ihre Serviette in Fetzen. »Nur dass ihr seit zwanzig Jahren fast nicht mehr miteinander redet.«

»Wir haben uns halt total auseinandergelebt«, verteidigte ich mich. »Unterschiedlicher kann man gar nicht sein.«

»Singt sie immer noch im Kirchenchor das Solo in dem Lied, wo Daniel sich vertschüssen soll?«

»Er soll hingehen«, sagte ich. »Bis das Ende komme.«

»Sicher so ne Art ›*Hit the Road Jack*‹ für Arme.«

Ich musste grinsen. »Für Fromme.«

»Krass, dabei seid ihr doch Zwillingsschwestern! Sie so voll das Landei und du die Jetsetterin!«

Ich zuckte die Achseln. »Sie hat es nicht anders gewollt. Ich will deswegen kein schlechtes Gewissen haben. Es war ihre Entscheidung.«

»Sie hätte Sprachen studieren können«, stellte Ronja fest. »Und reisen. So wie du!«

»Hat sie aber nicht gemacht.« Ich atmete scharf aus. »Sie hat Klaus Wasserthal geheiratet und mit ihm sein florierendes Beerdigungsinstitut.«

»Und als du damals mit Frank das Reisebüro aufgemacht hast?«

»Haben sich alle entsetzlich aufgeregt.« Ich nahm einen Schluck Wasser. »Klüger Reisen.« Ich machte eine weit ausholende Geste. »Sie haben mir schon übel genommen, dass ich den Namen Klüger missbraucht habe.«

»Aber so heißt du doch? Wieso missbraucht?!«

»Klüger stand in Schierchstadt für klassische Klaviermusik und braves Beamtentum – nicht für Luxushotel und Highlife!«

»Die Schierchstädter waren ganz schön neidisch auf dich, stimmt's?«

»Hm«, machte ich dumpf. »Sie haben immer gesagt, eines Tages komme ich reumütig wieder angekrochen.«

»Verdammt, dann hatten sie ja recht!« Ronja schlug mir gönnerhaft auf die Schulter. »Du kommst wieder angekrochen. Im zweiten Gang.«

Endlich wagten wir uns mit klopfenden Herzen zum ersten Mal auf die Autobahn.

»So, Kind, Blinker setzen, Blick in den Rückspiegel, Gas

geben!« Ich kniff die Augen zusammen, krallte mich an die Beifahrermuttischlaufe und hielt die Luft an.

»Da kommen Laster!«, schrie Ronja mit zusammengekniffenen Augen.

»Blinken, dann lassen die dich rein!«

»Lassen die NICHT!«

Ließen die auch nicht.

Als die Einfädelspur schmaler wurde, bremste Ronja: »Mama, Scheiße, tu doch was!«

»Einfädeln! Nicht anhalten!« Donnernde Lastwagen näherten sich wie riesige Untiere, und ich zog den Kopf ein und hörte dieses lang gezogene Hupen, das mich noch bis in meine Träume verfolgen sollte.

»Gib Gas«, schrie ich, und sie: »Ja, wie denn?!«. Wie ein altersschwacher Trecker tuckerte das Auto über die durchgezogene Linie auf die zweispurige Autobahn und hatte gerade noch zwanzig Sachen drauf.

»O Gott, ich will nicht sterben!«

»Schalt runter!«

»Ich kann nicht!«

Ich griff ihr in die Gangschaltung, und sie schlug nach mir.

»Kuppeln!«

»Es geht nicht!«

»Huuuuuup! Dröööööhn!«

Die Lastwagen schepperten so eng an uns vorbei, dass unser kleiner BMW zitterte.

»Was soll ich MACHEN?!«

»FAHREN!«

»Ich will sterben!«

»Okay, lass los!«

»WAS?«

»Hände weg!« Ich griff ihr ins Lenkrad, und sie verbarg einfach das Gesicht in den Armen.

Auf dem Pannenstreifen rollten wir hilflos aus wie ein kaputter Bollerwagen. Der Wagen holperte noch ein paar Meter und blieb dann stehen. Reflexartig schaltete ich das Warnblinklicht ein, und diesmal machte Ronja es nicht trotzig wieder aus wie auf dem Radweg.

Meine Zunge schmeckte nach alter Socke. Draußen waren es vierunddreißig Grad, der Asphalt kochte, und die Autos rasten wenige Millimeter von uns entfernt vorbei. Jedes Mal wackelte unser kleines Auto.

»Mama, ich fahr keinen Meter mehr!«

»Schön, dass dir das jetzt einfällt!«

»Ich kann doch nichts dafür«, schrie Ronja gellend.

Donner, krach, überhol, Vogel zeig …

»Nein … Du wolltest den Führerschein nicht mit siebzehn machen! Ich wollte das unbedingt!«

»Oh, Mama, ich fahre nie wieder!«

»Okay! Fahrerwechsel!«

»WAS? HIER?«

»Nein, in Wanne-Eickel! Stopp, schau in den Rückspiegel, bevor du die Tür …«

»DRÖÖÖÖHN!«

»HUUUUP!«

Reifen quietschten, heißer Wind wurde aufgewirbelt, Benzingestank verbreitet, bevor Ronja die Tür wie von der Tarantel gestochen wieder zuknallte.

»Du steigst überhaupt nicht aus, hörst du! Du rutschst rüber!«

Ronja nickte artig und schob ihren Popo auf den Beifahrersitz, wobei sie Spuren hinterließ wie eine Nacktschnecke, so sehr war ihr der Angstschweiß ausgebrochen.

Zitternd zwängte ich mich durch den winzigen Spalt, der noch zwischen Beifahrertür und Leitplanke vorhanden war, drehte mich wie ein Sektkorken ins Freie und verbrutzelte mir erst mal den Hintern an dem kochend heißen Plankenblech.

»Scheiße! Aua! Da kann man ja Spiegeleier drauf braten!«

»Mama, mach was!«

Die Lastwagenfahrer, die im Unterhemd und mit tätowierten Armen aus ihren Fenstern hingen, lasen nur »Weiblich, 17, blond. Hupen zwecklos« und lachten mich aus. Manche stiegen erst recht aufs Gas, und kein Schwein kam auf die Idee, mich reinzulassen. Im Gegenteil. Bulliges Gorillagehabe, Stinkefinger und rüpelhafte Bemerkungen. »Frau am Steuer« war noch das Harmloseste.

»Selber Arsch!«, brüllte ich gestresst.

Ich kam mir ganz schön blöd vor, als ich wie ein Känguru um das Auto herumhüpfte, auf einen passenden Moment hoffte, in dem ich die Autotür aufreißen und mich, allen Anfeindungen zum Trotz, auf den Fahrersitz fallen lassen konnte. Nur, sie ließen mich nicht! Ronja kauerte auf dem Beifahrersitz und hatte ihre Rastalockenpracht unter den Armen vergraben.

Endlich schaltete jemand das Warnblinklicht ein, winkte freundlich und räumte die Spur. Es war jemand mit einem Handy. Ich sah in ein spöttisches Männergrinsen, umrahmt von einem Dreitagebart. Schwarzer BMW. Vielen Dank auch, Sie Kavalier! Er lachte schallend und schien seinem Gesprächspartner höchst amüsiert zu schildern, was er da sah. Währenddessen riss ich die Tür auf, zwängte mich rein und knallte sie wieder zu.

Der Verkehr kam zum Erliegen. Stau auf der A 8. Jetzt gibt's ne Schlägerei, dachte ich. Oder ne Massenkarambolage.

»HUPEN ZWECKLOS«, brüllte ein Lastwagenfahrer, an dessen Windschutzscheibe das Namensschild »Daniel« prangte.

»Wieso, die hat doch Hupen, und nicht zu knapp!«

»Aber siebzehn ist sie nicht!«

»Nee, leider.«

Selig sind, die da Leid tragen, dachte ich. Denn sie werden getröstet werden. Du aber, Daniel, gehe hin. Ich ließ mit zitternden Fingern den Motor an. Es dauerte gefühlte zehn Minuten, bis ich den kleinen BMW mit dem Totenkopf und dem kecken Spruch zentimeterweise wieder in Fahrtrichtung manövriert hatte.

»Geht's denn jetzt weiter, junge Frau?«

Der dunkelhaarige Mensch mit dem Handy ließ die Scheibe herunter und ließ mich mit gönnerhafter Geste vor.

Duld ich schon hier Spott und Hohn!

Immerhin hatte der Dreitagebart eine Menge Geduld, er schien mich wirklich nicht weiter verspotten zu wollen. Obwohl meine Hände zitterten, bekam ich die Kiste wieder flott und reihte mich in die Schlange kochender Autos ein. Ich bedankte mich bei dem Kerl hinter mir, und er antwortete vergnügt mit seiner Lichthupe.

Ronja war immer noch nicht ansprechbar. Ihre Beine zitterten wie Espenlaub, und ihre Lippen waren blau. Bei der nächsten Ausfahrt fuhr ich raus.

»Das war's für heute. – Freibad oder Baggersee.«

»Ich rühre nie wieder ein Lenkrad an«, murmelte Ronja.

Im Rückspiegel sah ich meinen Retter im schneidigen BMW Gas geben und verschwinden. Bildete ich mir das ein, oder hatte er mir noch einmal freundlich zugewinkt?

Lina

Dunkelweiher, 1948

Hatte er ihr noch mal freundlich zugewinkt? Lina Wolke sah dem kleinen Jungen, der gerade mit seiner Mutter an der Bäckerei vorbeigelaufen war, sehnsüchtig nach. Dann wandte sie sich Grete Wirberg zu, einer stadtbekannten Plaudertasche, die im geblümten Küchenkittel und mit Lockenwicklern im Haar bei ihr im Laden stand.

»Na, was darf's denn sein? Wie immer vier Brötchen von gestern und zwei Plundertaschen?«

Draußen vor dem Fenster raschelten die hellgrünen Birkenzweige, und es duftete nach Maiglöckchen. Dunkelweiher erblühte im dritten Friedensfrühling. Aus dem Schattenbachtal hörte man die Vögel zwitschern. Milde Lüfte strichen um die teilweise noch zerstörten Hausmauern, ließen die ersten Blumen erzittern und die kriegsmüden Menschen unwillkürlich lächeln.

Grete Wirberg stellte ihren Einkaufskorb fordernd auf die Theke.

»Wie immer, Frau Wolke. Schließlich warten zu Hause fünf hungrige Mäuler auf mich.«

Sie sah Lina aus zusammengekniffenen Augen dabei zu, wie sie die Brötchen und Plunderteilchen sorgfältig mit der Zange in eine Papiertüte steckte.

»Wir müssen ja zum Glück nicht mehr hungern, nicht wahr?«

»Ja. Zum Glück. Darf es sonst noch etwas sein?«

»Ein halbes Brot von gestern. Zum halben Preis.«

»Hier, bitte, Frau Wirberg. Ich schenk es Ihnen. Kriegen doch sonst heute Abend die Pferde.«

»Danke, Frau Wolke. Was macht der Gatte?«

»Oh, der ist heute wie immer um vier Uhr früh aufgestanden und hält jetzt sein Mittagsschläfchen. Sie wissen ja, wie das Bäckerhandwerk ist.«

»Und Sie haben gar keine Zeit, ihm dabei Gesellschaft zu leisten?« Grete Wirberg sandte Lina einen vielsagenden Blick. »Nichts für ungut, aber sonst wird es ja nie was mit dem Nachwuchs!« Sie stemmte die Arme in die Hüften und sah Lina Wolke abschätzig an. »Ich meine, der Storch wirft die Kinder nicht mehr vom Himmel in Ihrem Alter!«

Das traf Lina Wolke mitten ins Herz. Sie war inzwischen zweiundvierzig, und sosehr sie ihren kriegsversehrten Paul liebte: Es hatte einfach noch nicht geklappt! Und jetzt, nach dem Krieg, also nachdem Paul ein Bein verloren hatte und damit auch seinen Lebensmut und seine Manneskraft, nun versuchten sie es gar nicht mehr. Ganz Dunkelweiher wusste von Linas und Pauls sehnlichem Kinderwunsch! Natürlich wünschten sich die Wolkes einen Stammhalter, der eines Tages die Bäckerei übernehmen würde. Dass die geschwätzige Gebärmaschine Grete ihr diesen schönen Frühlingstag verderben musste! Lina Wolke biss sich auf die Lippen und zählte innerlich bis zehn. Dann setzte sie ihr professionelles Bäckereilächeln auf:

»Darf es sonst noch was sein, Frau Wirberg?«

»Ich mein ja bloß, Frau Wolke.« Die Wirberg sah sich verschwörerisch um und tat so, als wollte sie eine wichtige Neuigkeit loswerden.

»Sonst noch ein Wunsch?«

»Kinderwunsch!«

Frau Wirberg näherte sich vertraulich und zischte über die Backwaren hinweg, um die die ersten Wespen herumschwirrten: »Es ist ein Flüchtlingstreck gekommen. Aus'm Osten. Drüben in der Schule sind sie untergebracht. Da sind auch ein paar Waisenkinder dabei.«

Lina Wolke zuckte zurück. Ihr blieb der Mund offen stehen. Sie wünschte sich nichts sehnlicher, als dass ihr Paul aus der Backstube käme, bewaffnet mit einem Nudelholz, und es der blöden Tratschtante Wirberg über den lockenwickler-versehenen Schädel hauen würde. Er sollte sie zerquetschen wie die Wespen, sie, die ihren giftigen Stachel genauso tief und schmerzhaft in ihre Seele rammte wie die Insekten ihre Mundwerkzeuge in den Blechkuchen.

»Ja, denn mal tschüs, nicht?!« Frau Wirberg packte ihre Tüten in den Korb. »Und nix für ungut, Frau Wolke. Wir beide sind gleich alt. Aber ich hab fünf Bengels zu Hause, die mir die Haare vom Kopf fressen. Und Sie könnten auch so n Bengel haben. Einer muss ja mal den Laden hier schmeißen, wenn Ihr Paul das nicht mehr schafft. Wär doch schade um die Goldgrube hier!« Sie schüttelte den Kopf. »Wenn meine Bengels so was erben könnten! Aber ihr Vater ist ja im Krieg geblieben, und ich weiß nicht, wie ich ihre Mäuler stopfen soll außer mit Ihrem alten Pferdebrot.« Ihre Augen wurden schmal. »Das Leben ist nicht gerecht!«

Mit diesen Worten stapfte sie auf ihren groben braunen Schnürschuhen wieder raus.

Lina Wolke musste sich abwenden, bevor ein paar englische Soldaten hereinpolterten und nach dem saftigen Kuchen verlangten. Mit dem Zipfel ihrer Schürze wischte sie sich hastig über die Augen. Nein, das Leben war nicht gerecht.

Lisa

Unterwegs nach Schierchstadt, Juni 2013

Nein, das Leben war nicht gerecht. Während Frank mit seiner Sandra turtelte, schwitzte ich auf der Autobahn. Das lag allerdings mehr an den sommerlichen Temperaturen und weniger an Ronja. Die fuhr inzwischen gut und sicher.

Die letzte Station vor unserem Ziel war eine nette kleine Pension. Ein letztes Mal schliefen wir eng aneinandergekuschelt in einem Doppelbett ein. Ein letztes Mal frühstückten wir gemütlich im kleinen Garten der Pension, ein letztes Mal schmierten wir uns heimlich ein Butterbrot zum Mitnehmen, und ein letztes Mal ließ Ronja den Motor an. Ich wünschte mir insgeheim, der Wagen würde hier verrecken. Aber er tuckerte zuverlässig los, Schierchstadt entgegen.

Schweigend fuhren wir durch eine immer trostlosere Gegend. Keine sanften Hügel mehr, nur eine endlose, öde, flache Landschaft. Ich seufzte laut: Es war eine wunderbare Woche gewesen: Ich hatte Ronja mein Leben anvertraut und sie mir ihres. Ich wusste nun alle Einzelheiten über Sandra und Frank, wie alles begonnen hatte und mit welcher Last Ronja die letzten Monate hatte leben müssen. Und sie erfuhr immer mehr von mir. Zwar war die Mauer gefallen zwischen Dunkelweiher und Schierchstadt, aber nicht zwischen Hannah, meiner Mutter und mir. Ich spürte wieder dieses Unwohlsein, dieses innere Frösteln von früher. Wie damals, als ich voller unbestimmter Sehnsucht hinter der Gardine stand und mich fühlte wie ein Kartoffelsack, der im Keller vor sich hin fault. Als wir von der Bundesstraße in die Wassermelonenallee abbogen, überkam mich unsagbarer Frust. Ich hatte mir doch geschworen, nie wieder hierherzukommen, nie wieder! Als ich damals wegging, mit Frank, die Sonne putzen, hatte ich noch Träume gehabt, in denen ich als Prinzessin hoch zu Ross zurückkam oder in einer goldenen Kutsche. Jetzt war ich als Verliererin hier: als betrogene Ehefrau, die Mann und Existenz an eine achtundzwanzigjährige Sandra mit Nasenpiercing und einem Eumel im Bauch verloren hatte. Ich drückte das Rückgrat durch und versuchte, nicht in Tränen auszubrechen.

Okay, hier kam ich. Aber ganz sicher nicht, um zu bleiben! Ich würde mich ein paar Wochen um meine Mutter kümmern und dann wieder fahren. Meine Tochterpflichten erledigen.

Die Früchte hatten an Farbe eingebüßt: Fast alle waren nun grau: grauschwarze Reihenhäuser im Heidelbeerweg. Grüngraue Reihenhäuser im Kiwiweg. Orangegraue Reihenhäuser im Aprikosenweg. Bald darauf standen wir vor Hannahs Haustür. Ein Reiheneckhaus. Dunkelbraun. Dörrpflaumenweg. Neben dem städtischen Friedhof von Schierchstadt. Das goldene Messingschild »Bestattung Klüger-Wasserthal« zierte ein fallendes Herbstblatt. Ich wollte hier weg! Ronja wippte mit den Füßen.

»Los, Mama. Klingel!«

»Klingel du.«

Ich fühlte mich wie beim Zahnarzt, wenn man aufgerufen wird und lieber seinen Wartezimmernachbarn vorlassen würde.

Gute Töchter hätten einen Schlüssel gehabt. Böse Töchter mussten klingeln.

»Ich hab es nicht eilig. Bitte nach dir.«

»Mama, sei nicht feige. Ich bin ja bei dir.«

Ronja drückte auf den Knopf, wobei ihr grün lackierter Fingernagel aufglänzte, und drinnen ertönte ein durch Mark und Bein gehendes Scheppern. Das konnte fast Tote zum Leben erwecken! In Erwartung eines Skeletts, das uns mit klappernden Knochen die Tür öffnen würde, um uns für immer in eine schwarze Gruft zu ziehen, standen wir da.

Auf dem nackten Marmorfußboden wurden Schritte laut, die meine hätten sein können. Die Tür wurde aufgerissen, und da stand … Hannah.

Uff. Schock. Ronja schaute zwischen uns hin und her wie ein Zuschauer beim Tennismatch. Nun gut. Wir hatten uns … auseinanderentwickelt. Also nicht nur charakterlich. Auch optisch.

Wir sahen aus wie die berühmten Vorher-nachher-Fotos in Frauenzeitschriften, wo man brave Hausfrauen in coole Klamotten steckt, ihre biederen Frisuren aufpeppt und sie endlich mal schminkt. Gut, ich gebe es zu: Schon von Berufs wegen musste ich mehr als Hannah auf mein Äußeres achten. Ich posierte schließlich in all unseren Reiseprospekten. Hannahs Klientel legte auf solcherlei Äußerlichkeiten selbstverständlich keinen Wert. Da kam es mehr aufs Bodenständige an. Hannahs Outfit war erdfarben, und ihre Figur erinnerte eher an einen Grabhügel als an einen Düsenjet.

Wir starrten uns erst mal eine Weile sprachlos an.

»Ist ja voll krass«, entfuhr es Ronja. »Seid ihr etwa gleich alt?«

»Lisa?«

»Hannah?«

»Du hast dich – verändert.«

»Ich hätte dich jetzt nur an der Stimme erkannt.«

»Danke für die Blumen!«

»Oh, Entschuldigung, daran habe ich jetzt auf die Schnelle … Mist, Blumenladen … Hab ich jetzt nicht mehr auf dem Schirm. Wo wäre denn einer gewesen?«

»Litschistraße, Ecke Süßbananenweg.«

»Tut mir echt leid. Ich hol das nach.«

»Ja, dann kommt doch … Habt ihr gut hergefunden?«

»Gut nicht, aber gefunden.«

»Na, ihr habt euch aber auch Zeit gelassen!«

Hannah sandte mir einen Blick, mit dem man ein Steak hätte schneiden können. Es war genau der Blick, mit dem sie damals »Du aber, Daniel, gehe hin« gesungen hatte, während ich zerknirscht in der vorletzten Reihe sämtliche Programmhefte zu Schiffchen gefaltet hatte.

Ich wünschte mir nichts sehnlicher, als diese Szene noch mal neu drehen zu können: Klappe, Begegnung Landmaus und Stadtmaus die Zweite. Goldmarie kommt, Pechmarie öffnet und dann – dicke Umarmung! Freudentränen! Wie in den amerikanischen Truthahnfilmen zu Thanksgiving. Nicht zu vergessen der gigantische Strauß weißer Rosen in Klarsichtfolie!

Ich hätte liebevoll sagen können: »Das Landleben bekommt dir aber ausgezeichnet! Du siehst prima aus, Schwesterherz! Und die Rhododendren, die hier blühen: Man sieht, du hast einen grünen Daumen!«

Und sie hätte sagen können: »Wahnsinn, diese hippen Klamotten! Die kriegt man ja bei uns im Ratio-Großmarkt nicht! Darf ich die auch mal anprobieren?«

Woraufhin ich gerufen hätte: »Die schenk ich dir! Du wirst hinreißend darin aussehen!«

Und sie: »Dafür zeig ich dir, wie man Rhododendren pflanzt! – Das hier sind nämlich Kugeldahlien!«

Ich: »Wie ich mich FREUE, in meiner alten Heimat zu sein!«

Sie: »Wir haben dich auch schon alle schrecklich VERMISST! Komm in die Küche, der Truthahn ist schon tot und wartet darauf, dass du ihn …« Äh, was macht man mit so nem Truthahn? Mit Innereien ausstopfen? Nee, ich glaube, die nimmt man raus. Aber man stopft was anderes rein. Dörrpflaumen oder so.

Aber Hannah hatte sich schon wieder gefangen. Natürlich wusste sie aus dem Internet, wie ich aussah. Ich hätte sie ja auch mal googeln können. Ihr Beerdigungsinstitut hatte bestimmt einen Internetauftritt. Auf die Idee war ich natürlich nicht gekommen. Bestimmt posierte sie mit runtergezogenen Mundwinkeln und Merkel'scher Rauten-Handhaltung neben einem Sarg. Den Modegeschmack der Kanzlerin teilte sie jedenfalls.

Hannah hielt uns die schwere Tür auf, und wir zwängten uns an ihr vorbei. Als die Tür hinter uns krachend ins Schloss fiel, beschlich mich das Gefühl, mein eigener Sargdeckel wäre zugefallen. Im Flur hallte es wie in einer Friedhofskapelle. Es war kühl und roch nach welken Blumen, leicht moderig. Ein riesiges Kreuz hing an der Wand. Die Fenster waren aus buntem Kirchenglas, und in einer Nische standen zwei Kirchenbänke. Allerheiligenkerzen flackerten. Irgendwie rechnete ich ständig mit einem Sarg. Vielleicht noch ein offener. Mit Leiche drin.

»Voll gruftig«, murmelte Ronja beeindruckt.

In dem Moment öffnete sich knarrend die Kellertür, und Klaus Klüger-Wasserthal, mein Schwager, stand im Schein des Kellerlichts auf der Schwelle. Sein Haar war schütter geworden, er hatte einen Bauchansatz, Plattfüße und eine dicke Brille. In seinem Gesicht sprossen ein paar Barthaare, die nicht wussten, was sie werden wollten, wenn sie einmal groß waren.

»Hannah, wo ist das Foto von Herrn Reuter?«

Klaus hatte eine Lederschürze um und gummibehandschuhte Hände wie ein Chirurg. Ich wollte gar nicht sehen, was er darin hielt. Lieber Gott!, dachte ich. Lass es bitte kein Gebiss sein.

»Oh. Hallo. Seid ihr auch schon da.« Er ließ den Blick wohlwollend über mich gleiten, und ich sah Hannahs Mundwinkel noch etwas tiefer sinken.

»Da seid ihr ja endlich! Aber das Warten hat sich gelohnt! Welch Glanz in unserer Hütte!«

Nicht gut!, dachte ich. Gar nicht gut. Er soll die Klappe halten und Hannah nicht noch mehr verärgern.

»Wir haben über eine Woche gebraucht«, sagte ich erklärend. »Ronja hat Autofahren geübt. Du weißt schon: L17.«

Ich schüttelte ihm zur Begrüßung den Ellenbogen. Er schaute zu Ronja hinüber:

»Süße siebzehn«, entfuhr es ihm. »Und du bist deiner Mutter ja wie aus dem Gesicht geschnitten!« Klaus konnte gar nicht mehr damit aufhören, zwischen Hannah, mir und Ronja hin und her zu starren. Dörrpflaume, Erdbeere und Himbeere, würde ich mal sagen.

»Was hast du da?«, fragte Ronja interessiert.

»Klaus macht gerade eine Leiche fertig«, erklärte Hannah. Sie wühlte in einer Schublade und nahm ein Foto heraus, das sie ihrem Gatten unter die Nase hielt.

»Links«, sagte sie.

»Ah«, sagte Klaus und wandte sich zum Gehen. »Ich wollte nur wissen, wie rum Herr Reuter den Scheitel trägt.«

»Wie cool ist das denn!« Ronja war ganz begeistert. »Du hast da echt ne Leiche im Keller?«

»Ich mache gerade jemanden sargfertig«, sagte Klaus würdevoll. »Waschen, kämmen, schminken, anziehen, das volle Programm.«

Wie? Die Leichen wurden geschminkt, aber Hannah nicht?

Ronja hüpfte auf und ab, dass ihre Rastalocken flogen.

»Darf ich mal gucken? Bitte! Ich will Herrn Reuter mal sehen!«

»Kind«, mahnte ich. Vielleicht will Herr Reuter DICH aber nicht sehen.

»Kleiner Scherz«, sagte ich entschuldigend in Klaus' Richtung.

»Später«, sagte Hannah. »Herr Reuter kann warten. Kommt doch weiter, Mutter sitzt im Garten.«

Klaus verschwand wieder im Keller.

Hannah ging uns voraus. Im Wohnzimmer stand ein Harmonium. Darauf lag aufgeschlagen das Gesangbuch mit dem Choral »Wir sind nur Gast auf Erden«.

Mich fröstelte, als schritte ich zu meiner eigenen Beerdigung.

»Mutter, schau mal, wer hier ist«, hörte ich Hannah sagen, die forsch durch den spanischen Vorhang schlüpfte. Dieser gab ein leise klirrendes Geräusch von sich und schloss sich hinter ihr. So fühlt sich eine Fliege, die im Spinnennetz gefangen ist, dachte ich. Ich atmete ein paar Mal tief durch.

»Ich will Herrn Reuter aber unbedingt noch sehen«, flüsterte Ronja.

»Ich würde jetzt auch lieber Herrn Reuter sehen«, zischte ich. »Aber wir sind nicht zum Vergnügen hier!« Ich scheuchte Ronja durch den spanischen Vorhang. Dann schritt ich tapfer hinterher.

Lina

Dunkelweiher, 1948

Lina schritt tapfer hinterher, während der Amtsarzt die Tür zur Schulaula aufstieß.

»Sie dürfte ungefähr zwei Jahre alt sein, aber sie spricht nicht.« Der Mann im weißen Kittel musterte die Bäckersfrau im grauen Mantel. »Sie ist als Einzige übrig geblieben.«

Lina Wolke kniete mit Tränen in den Augen vor einem winzigen, unterernährten Mädchen, das teilnahmslos auf einer Matratze hockte und mit glasigen Augen ins Leere starrte.

»Aber wie ist sie denn überhaupt hierhergekommen?«

»Sie war beim Flüchtlingstreck dabei. Aber niemand bekennt sich zu ihr.«

Lina Wolke versuchte, das winzige Händchen zu fassen – in der Hoffnung, das kleine Mädchen hätte vielleicht einen Greifreflex. Aber die kleinen Finger waren schlaff und kalt und erwiderten ihren Händedruck nicht.

»Wo kamen diese Leute überhaupt her?«

Paul Wolke, der einbeinige Bäcker, lehnte erschöpft mit seinen Krücken an der Fensterbank und wischte sich mit einem weißen Taschentuch den Schweiß von der Stirn. Er keuchte noch vom Treppensteigen. Diese blöde Aula lag doch tatsächlich im dritten Stock des altehrwürdigen Gymnasiums!

»Es waren zum Teil Spätheimkehrer aus dem Osten. Aber auch andere Flüchtlinge. Sie werden in verschiedene Auffanglager verteilt. Wir versuchen, die Familien zusammenzulassen, doch dieser kleine Wurm hier gehört zu keiner Familie.«

»Aber irgendwo muss sie doch hergekommen sein!«

»Die Leute, die das Kind dabeihatten, sagten was von Frankfurt an der Oder. Sie muss in den letzten Kriegstagen geboren worden sein.«

»Da muss doch Genaueres zu erfahren sein!«

»Tut mir leid!« Der Amtsarzt schüttelte den Kopf. »Sie sind schon weitertransportiert worden, in verschiedene Auffanglager weiter im Westen. Aber die Kleine hier ist wirklich nicht mehr reisefähig. Das kann ich nicht verantworten.«

»Sie muss doch zu irgendjemandem gehören!« Lina Wolke beugte sich zu dem kleinen, zerlumpten Wesen hinunter und versuchte behutsam, die graue Wange zu streicheln. Das Kind reagierte nicht.

»Ja, wie gesagt.« Der Amtsarzt steckte die Hände in die Kitteltaschen. »Sie wäre im Grunde sofort zu haben. Sie braucht sicherlich unglaublich viel Geduld und Hingabe. Sie hat viel nachzuholen.«

»Aber wir haben doch von einem Stammhalter gesprochen«, ließ Paul Wolke sich von der Fensterbank vernehmen. »Lina. Wenn wir schon eins adoptieren, dann einen Jungen!«

»Zwei Jungen wurden gestern in den Nachbarort vermittelt«, sagte der Arzt bedauernd. »Dies Mädchen hier ist das letzte.«

»Sie sagen es, Herr Doktor.« Paul Wolke konnte seinen Sarkasmus nicht unterdrücken.

»Paul, du wolltest ja nicht eher mitkommen! Frau Wirberg hat mir schon letzte Woche …«

»Heute ist Sonntag, und heute ist die Bäckerei geschlossen.«

»Paul, dann ist es ein Sonntagskind. Ich will es haben!«

»Lina, so sei doch vernünftig! Die stirbt uns ja unter den Händen weg!«

»Stimmt das, Herr Doktor?« Lina sah zu dem Arzt auf, der sich umständlich die Brille putzte.

»Sie scheint wahnsinnig zäh zu sein. Wenn sie es mit dem Flüchtlingstreck bis hierher geschafft hat …« Er zuckte die Achseln. »Wie gesagt, ich kann sie unmöglich weiterschicken. Sie gehört aufgepäppelt und wahrscheinlich erst mal entlaust, aber sie hat keine ansteckenden Krankheiten.«

»Paul!«

»Nix Paul. Ich will einen Jungen.«

»Aber Paul, wenn es doch keinen mehr gibt!«

»Sie reden so, als wären die Brötchen aus!«, murmelte der Arzt.

»Dann warten wir eben den nächsten Flüchtlingstreck ab.«

»Paul.« Lina hatte das kraftlose Mädchen bereits aufgeklaubt und drückte es an sich. Die Ärmchen fielen schlaff herab.

»Jedes Affenkind hätte mehr Anhänglichkeit gezeigt!« Paul schüttelte den Kopf.

»Da kennst du mich aber schlecht. Du glaubst doch nicht im Ernst, dass ich dieses Kind hier zurücklasse?«

Sie machte eine weit ausholende Geste. Überall lagen schmutzige Matratzen mit benutzter Bettwäsche. Es roch nach allen möglichen menschlichen Ausdünstungen. Ein zerrissenes Hemd hing über dem Waschbecken, ein Kinderwagen, dem ein Rad fehlte, stand in der Ecke.

»Herr Doktor«, sagte Paul flehend. »Reden Sie es meiner Lina aus, bitte!«

»Hm«, machte der Doktor. »Sie haben eine Bäckerei. Sie wünschen sich seit Langem ein Kind. Auf natürlichem Wege werden Sie wohl keines mehr kriegen. Ich würde das Schicksal nicht noch weiter herausfordern.«

»Siehste, Paul!« Lina presste das Mädchen noch fester an sich. Seine dünnen Haare standen ihm vom Kopf ab wie Federn bei einem kranken Sperling.

»Aber wenn ich doch einen Jungen will!«

»Solche Bestellungen funktionieren auch auf normalem Wege nicht.« Der Doktor zwinkerte Lina heimlich zu. »Sie können den lieben Gott nicht bestechen!«

»Siehste, Paul!« Lina schnaufte. »Danke, Herr Doktor.« Sie knuffte den Arzt vertraulich in die Seite.

»Wer soll denn dann überhaupt in der Bäckerei arbeiten!«

»Ich! Das kleine Bündel hier stört doch nicht!«

»Und wenn sie größer ist?«

»Dann hilft sie mit!«

»Die kann noch nicht mal eine Rosine halten.«

»Wir päppeln sie auf! Sie wird Bäckerin!«

»Machen Sie es, Herr Wolke. Geben Sie Ihrem Herzen einen Stoß!«

Der Arzt blätterte in den Unterlagen. »Sie müssen nur hier unterschreiben. In diesem Fall geht das ganz schnell und unbürokratisch. Die Kleine hat nachweislich keine Eltern.«

»Und wenn sich irgendwann doch welche melden?«

»Ausgeschlossen.« Der Arzt schüttelte den Kopf und verschränkte die Arme. »Die letzten Kriegstage in Frankfurt an der Oder waren die Hölle. Ein Wunder, dass dieser Wurm überlebt hat!«

»Weil sie zäh ist«, trumpfte Lina auf. »Weil sie leben WILL!«

»Wie heißt die Kleine denn überhaupt?«, wollte Paul, nun halbwegs versöhnt, wissen. Immerhin humpelte er auf Lina zu und streichelte das Bündel unbeholfen.

»Schwester Erika?«, rief der Arzt in den Flur. »Wie heißt die Kleine?«

»Sie hat keinen Namen«, sagte Schwester Erika im Vorbeigehen. Sie trug einen Eimer mit übel riechender Flüssigkeit in Richtung Waschraum.

»Wie heißt du denn, meine Kleine?« Paul streichelte ihren Kopf.

Das Kind wandte sich wortlos ab und kuschelte sich in Linas Armbeuge.

»Wir nennen es Ursula!«, beschloss Lina strahlend. »Kleiner Bär.«

»Ursula Wolke«, sagte der Arzt nickend und trug den Namen in seine Liste ein.

Paul murmelte etwas Unverständliches und humpelte mühsam die Treppen hinunter.

»Wie bitte?«, fragte Lina.

Da drehte er sich um und sagte nur: »Uschi.«

Lisa

Schierchstadt, Juli 2013

»Uschi«, sagte meine Mutter, als sie mich sah. So als müsste sie sich mir vorstellen. »Hannah. Hast du dich fein gemacht!«

»Hallo, Mutter«, sagte ich. »Ich bin nicht Hannah. Ich bin Lisa.«

»Wer ist Lisa?« Mutter sah mich erstaunt an. »Ist Lisa denn meine Nachbarin, hier im Ananasweg?«

»Lisa ist deine Tochter«, sagte Hannah nicht ohne Genugtuung. Dabei sandte sie mir einen Blick, der sagen sollte: Du aber, Daniel, bist ja hingegangen, und das hast du nun davon. Sie wendete sich wieder an Mutter und sagte oberlehrerinnenhaft: »Du hast zwei Töchter. Hannah und Lisa.« Dabei hob sie Daumen und Zeigefinger in die Höhe. »Das ist der Daumen, der schüttelt die Pflaumen.«

»Nee«, sagte meine Mutter und deutete auf Ronja, die auf der Schwelle stand. »Das da ist Lisa.«

»Das ist Ronja, Mutter.«

»Ronjamutta?«

Meine Güte, dachte ich erschüttert. Die war ja ganz schön durch den Wind. Aber wie ich meine Mutter kannte, spielte sie nur ein bisschen Theater. Sie brauchte Aufmerksamkeit, und wenn sie die durch Schauspielerei bekam, war es ihr auch recht.

»Ich bin Lisa«, sagte ich, und meine Knie fühlten sich an wie Pudding. »Hallo, Mutter.«

»Das hier ist meine beste Freundin«, sagte Mutter und griff besitzergreifend nach Hannahs Hand. Ihre Augen funkelten triumphierend. Ich wusste nicht, ob Mutter mir damit eins auswischen wollte. Sollte ich mich gleich vom ersten Moment an schlecht fühlen? Das tat ich doch sowieso schon! Ich war die verlorene Tochter, die reumütig zurückkehrte, um aus dem Schweinetrog zu essen! Sie hatten doch ihre Genugtuung!

Hannah tätschelte ihr die Schulter.

»Lisa möchte sich auch mal um dich kümmern, Mutter. Lisa hat jetzt Zeit. Viel Zeit.«

Nein, isch möschte das nischt, ging mir der Sketch von Hape Kerkeling Gisela-mäßig durch den Kopf. Isch happ doch gesacht, isch möschte nischt.

Mutter überhörte das. Interessiert sah sie Ronja an. »Struwwelpeter!«

»Hallo, Oma«, sagte Ronja freundlich. Sie trat einen Schritt vor und nahm die freie Hand meiner Mutter, um sie herzlich zu schütteln.

»Was hat Lisa mit ihren Haaren gemacht?«, fragte Mutter Hannah. »Ist da Stacheldraht drin?«

»Das sind Dreads, Oma.«

»Dreck?«, fragte Mutter.

Hannah beugte sich vor und redete klar und deutlich auf meine Mutter ein: »Das ist Ronja. Lisas Tochter.«

»Lisa?«

»Deine Tochter!«

»Ich habe eine Tochter?«

»Du hast zwei Töchter, Mutter. Eine heißt Hannah, und eine heißt Lisa.«

»Lisa ist nicht da«, sagte meine Mutter. Ihre Haare waren dünn und weiß geworden. Warum ging denn Hannah nicht mal mit ihr zum Friseur? Das würde ich als Erstes tun!

»Doch! Hier bin ich!« Ich winkte keck.

»Da kann mich niemand mehr ärgern.«

Ich sah Hannah fragend an.

»Lisa will dich nicht mehr ärgern, Mutter! Sie will dich besuchen«, betonte Hannah überdeutlich. »Und sie will richtig lange bleiben!«

Nein. Isch möschte nischt.

»Was soll das denn!«, entrüstete sich Mutter. »Ich werde hier abgeschoben!« Brüsk griff sie nach ihrer Handtasche und begann darin zu wühlen.

»Ich wollte Mutter noch nie ärgern!«

»Hast du aber.«

»Wieso? Weil ich mein Leben gelebt habe?« Ich funkelte Hannah wütend an. Mutters Verhalten hatte mich verletzt. Ich fühlte den gleichen Fluchtreflex wie früher.

»O Gott, Mädels«, ging Ronja dazwischen. »Könnt ihr nicht mal eine Minute aufhören, euch zu streiten? – Schickes Kleid, Oma!«

Mutter trug ein groß geblümtes Kostüm in Beigebraunorange aus den Fünfzigern, das ihr viel zu weit war.

»Das hab ich von der Hundertjährigen«, sagte Mutter nicht ohne Stolz. »Einen ganzen Schrank voll.« Während sie das sagte, packte sie den Inhalt ihrer Handtasche auf den Gartentisch: drei Packungen Blockschokolade, Lakritzschnecken, Klopapier, ein altes Tagebuch, Noten, ein alter Zeitungsausschnitt, der sie im Kreis junger Mädchen singend am Stacheldraht zeigte. Ich warf einen irritierten Blick darauf.

»Oh, das war euer Grenzkonzert.«

»Auweia, Dunkelweiher!«, sagte meine Mutter stolz. »Die Hundertjährige war auch dabei.«

»Sie meint ihre Mutter.«

»Oma Lina? Die ist doch nicht hundert geworden?«

»Nein, aber sie wäre es jetzt – beziehungsweise hundertsieben. In letzter Zeit trägt Mutter nur noch ihre Kleider auf. Sie hat eine ganze Kiste aus dem Nachlass von Frau Wirberg bekommen.«

»Wirberg?« Ich wühlte verzweifelt in meinem Gedächtnis.

»Oma Lina hat ja zum Schluss bei denen zur Untermiete

gewohnt. Und als die alte Wirberg vor Kurzem gestorben ist, haben ihre Söhne eine ganze Kiste mit Zeug gebracht.«

Ich schwieg bedrückt. Mutter war wohl in die Welt der Vergangenheit abgetaucht.

Mutter wühlte wieder in ihrer Handtasche, zog Reißverschlüsse auf und zu.

»Ich hab jetzt gar kein Geld dabei«, murmelte sie. »Ich kann euch jetzt gar nichts geben.«

»Du sollst uns doch kein Geld geben! – Wie kommt sie denn darauf?«

»Ich hab nämlich Geld«, sagte Mutter stolz. »Viel Geld! In der Kiste!«

»Das Portemonnaie hatten wir doch in das Innenfach getan«, sagte Hannah genervt und wollte nach der Handtasche greifen. »Komm, lass mich mal. Ich zeig es dir.«

»Sie wollte Ronja was zum Führerschein dazutun«, erklärte mir Hannah.

Das fand ich allerdings rührend. Damit hätte ich nie gerechnet. Zu meinem Führerschein hatte sie mir jedenfalls nichts dazugetan. Und auch sonst keinen Cent zu irgendwas. Sie war ja noch nicht mal zu meiner Hochzeit gekommen.

»Ich hab aber jetzt gar kein Geld dabei.« Mutter stopfte Lakritzschnecken, Blockschokolade, Tagebuch und den ganzen Kram wieder in die Handtasche zurück und versuchte vergeblich, den Reißverschluss zu schließen. »Das viele Geld! Verdammt! Das klemmt!«

»Das Geld, Mutter. Im Innenfach!« Hannah streckte helfend die Hand aus.

Doch Mutter schlug nach ihr. »So ein Murks! Das waren doch mindestens tausend!«

Hannah wurde ungeduldig und schnauzte meine Mutter an: »Ich will dir doch nur helfen!« Und sagte dann zu mir: »Wir haben gestern noch Geld abgehoben. Fünfhundert Euro.«

»Was hab ich nur Böses getan?«, fragte meine Mutter plötzlich weinerlich. »Die ganze Kiste! Das viele Geld!«

»Nichts, Mutter, nichts«, beschwichtigte Hannah sie. »Immer mit der Ruhe.«

»Wunderbar. Großer Gott, wir loben dich«, sagte Mutter. »Ich hab was viel Besseres für Lisa.«

»Sie meint Ronja«, flüsterte Hannah mir zu.

»Komm mal mit!« Meine Mutter war aufgestanden und ging nun mit erstaunlich beschwingten Schritten vor Ronja her. Sie streckte die Hand nach ihr aus und warf mir einen triumphierenden Blick zu, so als wollte sie sagen: »Das ist AUCH meine beste Freundin. Nur du nicht!«, bevor sie den spanischen Vorhang kokett über ihre Schulter warf. »Ich zeig dir mal was!« Ihre Stimmung hatte sich so schnell geändert wie das Fernsehprogramm beim Zappen.

Ronja schlüpfte grinsend hinter ihrer Oma her.

»Sie schwatzt ihr jetzt ein paar Kleider auf«, sagte Hannah seufzend. »Alle, die Mutter besuchen, müssen mit ihr auf den Dachboden: Kleider aus der Wirberg-Kiste anprobieren.«

»Von Oma LINA?«

Hannah zuckte die Achseln. »Unsere Mutter ist wieder auf dem Stand einer Fünfjährigen. Sie verkleidet sich gern und will, dass andere sich auch verkleiden.«

»Mein Gott, warum hebst du den grässlichen Plunder denn auf?«

»Versuch mal, ihr was wegzunehmen.« Hannah warf mir einen Blick zu, der genau das enthielt, was er früher auch immer enthalten hatte: Du hast doch gar keine Ahnung!

Nein. Die hatte ich offensichtlich nicht. Mutter war doch noch nicht mal siebzig! Wie konnte sie da geistig so abbauen?!

Selbst siebzig war heute eigentlich kein Alter. Ich kannte viele Siebzigjährige, die aussahen wie fünfzig. Besonders die Klientel, die bei uns im Reisebüro Luxusreisen buchte. Die waren alle geliftet und so voller Botox, dass man nie wusste, ob ihnen die Reise wirklich gefallen hatte oder ob es an ihrem eingefrorenen Dauerlächeln lag.

Aber meine Mutter sah alt aus. Im wahrsten Sinne des Wortes: alt und verwirrt. Ich war aufrichtig erschrocken.

Auf dem Dachboden roch es nach diesen Gummi-Kasperlepuppen aus dem Erzgebirge, die uns Tante Renate immer zum Geburtstag geschickt hatte. Ein bisschen nach Honig. Mein Blick fiel auf das Sofa, das alte Klavier. Hier oben mussten Hannah und ich Klavier üben, während unten im »Salon« die Schierchstädter Eleven von Mutter unterrichtet wurden. Wir waren immer eifersüchtig gewesen auf sie, weil sie uns unsere Mutter weggenommen hatten. Nachmittags waren wir auf uns allein gestellt, Hannah und ich. Entweder mussten wir raus auf die Straße und durften nicht klingeln. Oder hatten möglichst geräuschlos auf dem Dachboden auszuharren, bis der letzte Klavierschüler gegangen war.

Hier hatten wir uns gestritten und zu Tode gelangweilt. Hier hatte unser Kasperletheater gestanden, unser Kaufladen, unser Puppenhaus. Warum mischte sich nicht Rührung in meine Erinnerungen, sondern nur das Gefühl von Kälte und Einsamkeit?

Mein Blick fiel wieder aufs Sofa. Ich sah wieder die Szene vor mir, die mich nachhaltig von hier vertrieben hatte. Weihnachten 1995: Als junge, glücklich verheiratete Frau war ich selbstbewusst und gefestigt hier angekommen, um mit meiner Familie Weihnachten zu feiern. Ich war mit Ronja schwanger gewesen. Es ging mir so gut, dass ich mich nach Schierchstadt getraut hatte. Frank war damals auf Weltreise, die ich wegen meiner Schwangerschaft nicht mitmachen konnte. Während die anderen mit Hannahs kleinen Söhnen Benedikt und Johannes Paul in der Kindermette waren, in der Mutter die

Orgel spielte, hatte ich eifrig meine ersten selbst entworfenen »Klüger-Reisen«-Plakate hier aufgehängt. Auf diesem Dachboden. Weil ich meiner Familie damit imponieren wollte. Der Name unserer Familie! Für ein erfolgreiches, aufstrebendes Unternehmen, das ich mit aufgebaut hatte. Weil ich ihnen zeigen wollte, was aus mir geworden war. Und weil die Tapete so scheußlich war.

Ich hatte mir in meiner Naivität vorgestellt, wie sie sich freuen würden. Wie sie in die Hände klatschen und rufen würden: »Mensch, Lisa, du hast ja richtig was geschafft! Du kannst stolz auf dich sein, wir sind es auch!«

Doch als ich abends mein Bett beziehen wollte, hatten die Plakate zusammengeknüllt auf dem Ausziehsofa gelegen.

In amerikanischen Truthahnfilmen beziehen die Mütter für ihre heimgekommenen Kinder liebevoll das Bett, machen noch einen Knick ins Kopfkissen und legten den alten Teddy daneben. Aber hier musste ich mir das Bettzeug selbst aus alten, muffigen Schränken zusammensuchen. Und dann das. Diese Ablehnung, dieser Neid!

Mitten in der sogenannten Heiligen Nacht floh ich aus Schierchstadt. Noch heute, achtzehn Jahre später, sah ich mich weinend hochschwanger die tausend Kilometer zurück in unsere leere, kalte Wohnung fahren. Durch Schnee und Eis und Nebel. Frank, der mich hätte trösten können, war ja nicht da. Wieder spürte ich dieses Gefühl des Abgewiesenwerdens, wie es Maria und Josef nicht grausamer gespürt haben können. Im eigenen Elternhaus so verachtet zu werden! Ich hatte nie wieder zurückkommen wollen. Und jetzt stand ich wieder hier. Auf diesem Dachboden.

Mutter stand mit erstaunlich wachen Augen vor der besagten Kleiderkiste und präsentierte Ronja eine ganze Palette an scheußlichen Kostümen, Strickensembles, Jacken, Hüten und Mänteln. Selbst für Schierchstädter Verhältnisse waren es grässliche Klamotten. Als absolutes Highlight zerrte sie unter Aufbietung all ihrer Kräfte einen alten Persianer heraus.

»Echter Pelz!«

»Geil«, sagte Ronja.

»Zieh mal über!«

Mit einem Gesicht, als würde sie Ronja eine Weltreise spendieren, überreichte sie meinem siebzehnjährigen Kind, das in Jeans, Ringel-T-Shirt und Turnschuhen bei gefühlten vierzig Grad auf diesem staubigen Dachboden stand, den modrigen Persianer in Größe 46.

Ronja ging darin förmlich in die Knie und bekam erst mal einen Hustenanfall. Ich sah schon Motten flüchtend das Weite suchen, ihre Eier und Raupen in Panik zurücklassend.

»Echter Persianer!«

»Ähm, toll, Oma! Danke!«

»Kannst du in der Schule anziehen! Da platzen die anderen vor Neid!«

»Ja, ähm …?!« Ronja sandte mir einen Hilfe suchenden Blick.

»Aber Mutter«, sprang ich meinem Kind bei. »Wer wird denn hier unnötig Neid schüren? Neid ist doch etwas sehr Hässliches, nicht wahr?«

Hannah machte ihr Merkel-Gesicht. »Der hat Oma Lina gehört«, sagte sie zu Ronja. »Also deiner Urgroßmutter.«

»Und warum hat Oma erst jetzt die Kiste bekommen?«

»Weil jetzt die olle Wirberg gestorben ist. Wir haben sie unten liegen!«

Hannah wies auf den Keller.

»Wie? Die Wirberg?«

»Ja. Hier liegen alle. Über kurz oder lang.«

Hättet ihr doch die Kiste gleich mitbegraben!, dachte ich mit Schaudern.

»Das ist alles ganz wertvoll«, sagte Mutter stolz. »Viel Geld.

Richtig viel Geld.« Dann zeigte sie vorwurfsvoll auf mich und sagte: »Acht Pfund. Und sieben obendrein. Das kann mir keiner nachpressen.«

»Häh?«, machte Ronja. »Wovon redet sie?«

»Sie redet von unserer Geburt«, flüsterte ich. »Ich war acht Pfund schwer und Hannah sieben. Das wirft sie uns heute noch vor.«

»Du bist doch hier Lehrling im Haus«, sagte Mutter zu Ronja. »Oder haste keins? Nee, du hast doch das Schöne. Die Übliche, die möchte ich wirklich nicht. Ich bin ganz glücklich und ganz silbern.«

»Ja. Alles klar, Oma!« Ronja wurde die Sache langsam unheimlich. Hastig zog sie den schweren Mantel wieder aus. »Ich will Herrn Reuter sehen«, flüsterte sie mir zu. »Und die olle Wirberg!«

»Augenblick, Kleine.« Meine Mutter griff nach einem Strickpullover in Hellblö, mit Goldknöpfen und Rautenmuster. »Du warst ne ganz wahre Beere«, sagte sie liebevoll zu Ronja. »Du bist eine kleine Stachelbeere!« Sie fasste Ronja in die Rastalocken und zog spitzbübisch daran. »Ist kein Stacheldraht drin!«

Ronja sah mich Hilfe suchend an.

»Sie meint die Straßennamen hier, die sie selbst erfunden hat.«

»Und die Dunkelweiher Einheitshymne! Von wegen Mauer! Da könnt ihr mich aber mal!«

»Achtung, sie singt«, raunte Hannah warnend.

Mutter schmetterte plötzlich drauflos und hielt den Ton mit waberndem Vibrato so lange, bis die Glasscheiben beschlugen.

»Da kannste aber staunen«, sagte sie zu Ronja.

Ronja wurde blass.

»Ronja hat einen anderen Musikgeschmack, Mutter. Und die Mauer gibt es schon lange nicht mehr.«

»Da muss auch ein Brot dabei kommen«, antwortete Mutter, während sie Ronja den Pullover über den Kopf zog, dass die Rastalocken bei dem Polyestergemisch Funken schlugen.

»Bitte.« Sie drehte sich fragend zu Hannah und mir um. »Prima! Und das Kleid ist wunderschön.«

»Ja, voll«, stammelte Ronja. Ihr Blick flehte: Mama, ich will hier weg!

»Sag Danke, Ronja.«

»Danke, Oma.«

»Tankaroma?« Mutters Blick war so leer, dass ich es kaum aushielt.

Auf einmal ließ sie einen fahren. Erschrocken trat sie einen Schritt zur Seite, drehte sich um und fragte interessiert:

»Wer war denn drin?«

»Luft, Mutter. Luft.«

»Sie pupst neuerdings hemmungslos«, teilte Hannah mir mit. »In aller Öffentlichkeit. Sogar bei den Trauerfeiern.«

»Dann wird's wenigstens lustig«, bemerkte Ronja.

Mutter legte ihr eine Perlenkette um. »Dass ich husten soll, ist mir neu«, sagte sie.

»Und bei Mädchen riecht es nach Rosen«, witzelte Ronja und drehte sich vor dem Schrankspiegel.

»Wer ist das?« Mutter zeigte auf Ronja im Spiegel und gab sich selbst die Antwort. »Lisahannah! Hannahlisa! Acht Pfund und sieben noch dazu.«

Wir lachten befreit auf.

Mutter knallte die Schranktür zu und schickte sich zum Gehen: »Das schenk ich dir. Weil du meine beste Freundin bist. Und die ganzen Rosinenschnecken aus der Kiste.«

Lina

Dunkelweiher, 1951

»Die ganzen Rosinenschnecken aus der Kiste?!«

Paul Wolke stand kopfschüttelnd in seiner Backstube und drohte mit seiner Krücke.

»Wie kann das Mädel es wagen?« Seine ganze Haltung drückte Empörung aus.

»Ach, Paul! Es ist ihr erster Schultag! Sie will den Kindern in ihrer Klasse eine Freude machen!«

»Dann sollen die Eltern aus ihrer Klasse das bezahlen!« Wütend schlug er mit der flachen Hand auf den Backtisch, dass das Mehl stob. »Da kostet das Pfund zwei Mark!«

»Ach, Paul!«

»Ja was, ach Paul! Was lässt du dem Mädel alles durchgehen!«

Lina stand in ihrem hellblauen Kittel hinter ihrem Mann und legte ihm beruhigend die Hand auf die Schulter. Die Uhr in der Backstube zeigte zwei Minuten nach acht. Jeden Moment konnten die ersten Kunden in den Laden kommen, also musste diese Erziehungsdiskussion schnell und diskret geführt werden. »Sie ist die Kleinste und will sich behaupten.«

»Blödsinn!« Pauls Schnurrbart zitterte vor Empörung. »Das ist Bestechung, plumpe Bestechung!«

»Ach, Paul!« Lina strich ihrem Mann sanft über den Arm. »Unsere Tochter ist schlau! Die weiß sich durchzusetzen!«

»Ein Früchtchen ist das, ein ganz durchtriebenes!«

Paul drehte sich erschöpft um und ließ sich auf die Ofenbank sinken. Nach den morgendlichen Backstunden tat ihm der Beinstumpf immer besonders weh. Auf der Stirnglatze stand ihm der Schweiß, und rote Äderchen durchzogen sein Gesicht. Lina machte sich schon länger Sorgen um seine Gesundheit.

»Sie ist dein Augenstern, und das weißt du auch. Wie oft hat sie dich schon zum Lachen gebracht mit ihren komischen Vorstellungen!«

Seine Miene wurde weich.

»Sie ist ein raffiniertes Früchtchen«, beharrte er. Jetzt zitterte der Schnurrbart eher vor Stolz.

»Na siehst du, jetzt lächelst du!« Lina nahm ihm den Besen aus der Hand und fegte die Krümel aus dem Backofen.

»Du hättest sie sehen sollen. Wie stolz sie heute Morgen mit ihrer Schultüte losgegangen ist. Ich durfte sie kaum an die Hand nehmen!«

»Sie ist ein zähes Luder«, murmelte Paul und zündete sich seine Pfeife an. Jeden Morgen um acht, wenn für ihn »Feierabend« war, schmauchte er erst mal sein Pfeifchen. Er streckte sein noch vorhandenes Bein von sich. »Und? Hat sie den ganzen Laden schon aufgemischt?« Er schmunzelte erfreut.

»Die Lehrerin hat gefragt, ob jemand ein schönes Lied weiß.« Lina ließ den Besen sinken. »Da hat unsere Lütte kess aufgezeigt und gleich vorgesungen: ›Es wollt ein Schneider wandern des Morgens in der Fruh. Begegnet ihm der Teufel, hat weder Strümpf noch Schuh. Hehe, du Schneidergsell, du musst mit in die Höll, du musst den Teufel kleiden, es gehe, wie es wöll!‹« Lina sang mit zittriger Stimme eher falsch als richtig und fuchtelte dabei mit ihrem Brotkrümelbesen herum.

»Was du ihr aber auch für einen Käse beigebracht hast!« In Bäckermeister Pauls Augen schimmerten Tränen der Rührung.

In Wirklichkeit war er schrecklich stolz auf seine kleine Uschi. Wie sich das Mädel gemausert hatte! Nachdenklich blies der Bäckermeister ein paar Rauchringe an die Decke. Damals hätte er keinen Pfifferling um das verlauste Ding gegeben.

Keinen Pfifferling! Aber Lina hatte sich das Kriegskind in den Kopf gesetzt.

Anfangs hatte es auf nichts reagiert. Weder auf Zuckerbrot noch auf Peitsche. Aber die stand sowieso nie zur Debatte. Lina wäre zur Furie geworden, hätte einer ihr Hätschelkind angerührt. Wo in anderen Familien noch »Zucht und Ordnung« herrschte – zum Beispiel bei der Familie mit den fünf Bengels –, war bei ihnen immer nur Schonprogramm angesagt. Das arme Kriegskind! Das arme Flüchtlingskind! Das arme Waisenkind.

Was das schon alles mitgemacht hatte!, dachte Paul. Aber dann war Lina gekommen und hatte sich bemüht, ein Lächeln auf das verhärmte Gesicht zu zaubern. Wie eine Vogelmutter hatte sie es gefüttert. Und mit sich herumgeschleppt, wenn sie Brot ausfuhr, damals noch mit dem Bollerwagen. Ganz Dunkelweiher hatte Anteil genommen am Schicksal dieses Kindes, und eines Tages war der Knoten geplatzt: Da begann das Spatzenkind Uschi zu sprechen. Tausendmal hatte Lina sie angefleht, »Mama« zu sagen. Im Laden, wo sie den ganzen Tag im Laufstall neben den Brötchen von gestern saß.

Frau Wirberg, die alte Hexe mit den fünf Söhnen, hatte gelauert wie eine Wildkatze, aber die kleine Uschi hatte keinen Ton über die Lippen gebracht.

»Ich habe es immer gesagt, Frau Wolke, das Kind ist schwachsinnig. Ein zurückgebliebenes Flüchtlingskind, das kriegen Sie nicht mehr hin. Jetzt haben Sie einen Klotz am Bein und immer noch keinen Erben für Ihre Bäckerei!«

Schadenfreude hatte in ihrer Stimme mitgeklungen, und Lina wäre am liebsten mit dem Brotmesser auf sie losgegangen.

Doch dann war Paul aus der Backstube gekommen, um zu sagen, dass er jetzt Feierabend machen werde, und Uschi hatte ihn angeschaut und mit glockenhellem Stimmchen laut und deutlich »Papa« gesagt.

Da war das kriegsversehrte Bäckermeisterherz geschmolzen wie ein Lebkuchenherz in der Sonne.

Und die olle Wirberg konnte es gar nicht fassen.

»Ein Papakind«, hatte sie noch geätzt, bevor sie ihre Brötchen von gestern bezahlt hatte. »Mädchen sind ja Papakinder. Tja, Frau Wolke, da werden Sie immer den Kürzeren ziehen.«

Mit einem spöttischen Nasehochziehen war sie abgezogen, und Paul und Lina hatten einander mit Tränen in den Augen umarmt. »Sie spricht, Paul, sie spricht!«

»Sie ist so schlau, Lina, du wirst es noch sehen, die steckt uns alle in die Tasche!«

Von da an war es mit der kleinen Uschi bergauf gegangen. Sie hatte sich entwickelt wie andere Kinder auch, wenn auch mit zweijähriger Verspätung. Bald darauf hüpfte und sprang sie im Hof der Backstube herum. Weil sie immer so flink herumhuschte, hatte sie bald den Spitznamen »Huschi« weg.

Lina putzte das Kind mit einer weiß gestärkten Schürze über dem adretten Kleidchen heraus, und weil es so klein war, setzte sie ihm immer eine riesengroße weiße Schleife auf den Kopf. Ganz Dunkelweiher kannte Uschi, das Flüchtlingskind, das langsam zum Wunderkind wurde. Die kleine Uschi war nämlich hochmusikalisch, und schauspielerisches Talent hatte sie auch. Und so kam es, dass sie bereits im Kindergarten kleine Solorollen bekam und beim Krippenspiel das kleine Jesuskind spielen durfte.

Eigentlich war das Jesuskind eine stumme Rolle, aber Uschi improvisierte voller Fantasie einen Text, der alle Zuschauer an jenem Abend zu Lachtränen rührte.

Uschi bekam viel Aufmerksamkeit. Mehr als andere Kinder. Uschi war etwas Besonderes. Und fühlte sich auch so. Deshalb hatte sie heute, an ihrem ersten Schultag, die Rosinenschnecken abgezweigt und erst mal großzügig unter ihren Mitschülern verteilt. Sie wollte sofort im Mittelpunkt stehen.

Paul konnte das letztlich verstehen: Sie war eben schlau, seine kleine Huschi, ohne die er sich das Leben nicht mehr vorstellen konnte. Es verging kein Tag, an dem Paul und Lina nicht laut lachten. An dem sie ihren Kunden nicht voller Stolz von den neuesten Einfällen ihrer Tochter erzählten. Mussten die Leute heute eben die Schnecken von gestern kaufen. Wie das die Wirberg immer tat.

Die Ladenglocke ertönte, und Lina stellte den Besen in die Ecke, wusch sich schnell die Hände und band sich eine frische Schürze um.

»Hör auf zu qualmen«, ermahnte sie Paul noch und wedelte den Rauch aus dem Fenster.

»Das stinkt ja bis in den Laden!«

»Ich geh dann mal rauf auf ein Schläfchen«, meinte Paul und rappelte sich auf. Er hatte mit seinen Krücken fast schon die Treppe nach oben erreicht, als er hörte, wie Lina mit einer ganz merkwürdigen Stimme zögernd sagte: »Guten Tag, was darf es denn sein?«

Ihr Tonfall war so anders als sonst. So als witterte sie Gefahr. Paul stützte sich mit einer Hand aufs Fensterbrett und lauschte. Uschi würde doch nicht schon am ersten Tag in der Schule Ärger gemacht haben? Zuzutrauen wäre es ihr, dem pfiffigen Ding.

Doch es war eine fremde Stimme mit einem Akzent, den er noch nie gehört hatte. Eine aufgeregte leise Frauenstimme, die offensichtlich gar kein Brot bestellte. Und auch keine Brötchen und keinen Kuchen. So viel bekam er hier noch mit. Er spitzte die Ohren wie ein Tier, das Gefahr wittert. Instinktiv spürte er, dass jemand Fremdes in seine Höhle eindrang. Jemand, der ihm etwas nehmen wollte. Seine Nackenhaare stellten sich auf.

Jemand klopfte ans Fenster der Backstube. Er fuhr herum. Die Wirberg!

»Es ist ein Neger drinnen«, zischte sie. »Ein Pechschwarzer, mit einer weißen Frau! Und ein Mulattenkind! Eine gemischte Mischpoke! Ich sage Ihnen, das ist ein Soldatenflittchen!«

Eine melodiöse Männerstimme sagte etwas in amerikanischem Akzent. Es hörte sich freundlich an, bittend und friedlich.

»Ich schreibe Ihnen hier einfach mal unsere Adresse auf.«

Darauf ganz aufgeregt Lina, die »Nein« rief und: »Das brauche ich nicht! Nehmen Sie das wieder mit! Sie haben hier nichts zu suchen!«

»Ich hab sie vom Bahnhof kommen sehen«, schnatterte die Wirberg aufgeregt. »Sie sind mit dem Frühzug gekommen und haben überall rumgefragt nach einem kleinen Mädchen, das jetzt sechs Jahre alt sein muss und keine Eltern hat!«

»Paul«, schrie Lina hysterisch aus dem Laden. »Hilfe, Paul!«

Paul wurde schwarz vor Augen. Sein Bein wollte unter der Last seines Körpers zusammensacken. In dem Moment flog die Hintertür zum Laden auf. Zitternd stand Lina da. Mit dem Rücken zu Paul. Sie hatte das riesige Brotmesser in der Hand.

»Gehen Sie!«, schrie sie die Leute an. »Machen Sie, dass sie wegkommen!«

Der baumlange Schwarze und die weiße Frau waren in der Tür stehen geblieben und hielten schützend die Hände über den Kopf. Und ein etwa achtjähriges weißes Mädchen, das vor Verlegenheit und Scham von einem Bein aufs andere trat.

»Kathrin, komm hierher!«

Die Frau hatte ganz rote Flecken am Hals. Sie trug einen hellblauen Mantel und hatte einen Kinderwagen dabei. Darin lag so ein schwarzäugiges Mischlingsbaby und kaute unschuldig an seinem Fäustchen.

»Ich wollte doch nur wissen, wie es ihr geht«, flüsterte die Frau mit bebender Stimme. »Wie es meiner Clara geht!«

»Wir sind extra aus Kalifornien gekommen«, fügte der Mann bittend hinzu.

»Und da gehen Sie auch wieder hin«, murmelte Paul, zu allem entschlossen.

»Hier gibt es keine Clara!« Linas Stimme wurde immer hysterischer. »Raus! Hauen Sie ab!«

In ihrer Verzweiflung taumelte Lina ein paar Schritte rückwärts und prallte gegen ihren Mann. »Paul, bist du noch da? – Ich rufe die Polizei!« Sie stolperte an Paul vorbei und riss das Telefon von der Wand. So leichenblass hatte er seine Lina noch nie gesehen.

Mit wilder Entschlossenheit griff Paul nach seiner Krücke und humpelte um die Theke herum in den Laden. Er schwang sie so drohend, dass die Familie entsetzt zum Bahnhof floh. Alle Nachbarn hingen in den Fenstern. Von diesem unerwünschten Besuch in Dunkelweiher würde man noch lange sprechen. Nur nicht vor dem Kind.

Niemand bemerkte den kleinen Zettel mit der Adresse, der unter den Ladentisch gerutscht war. Bis Lina ihn später fand, in ihre Kitteltasche steckte und dort »vergaß«: Er war ihre Leiche im Keller.

Lisa

Schierchstadt, Juli 2013

»Das sind meine Leichen im Keller!«

Klaus führte uns in einen runden Raum, in dessen Mitte ein runder Tisch stand. An den gekachelten Wänden hingen Urkunden: »Frau Hannah Klüger – geprüfte Bestatterin« und »Herr Klaus Wasserthal – geprüfter Bestatter«. Wir musterten sie ehrfürchtig.

»Klüger Reisen«, dachte ich. Das hätte hier doch auch gepasst. Genau wie die weißen Wölkchen am blauen Himmel. Ich könnte ihr mein Logo überlassen, als Versöhnungsgeschenk.

»Hier finden die Trauergespräche statt.«

»Und wie funktionieren die so?«

»Die macht Hannah. Wir sagen immer erst: ›Klüger-Wasserthal – Beileid‹. Und dann bespricht Hannah mit den Trauernden die Traueranzeigen in der Zeitung oder ob Trauerbriefe per Post verschickt werden.« Klaus reichte uns eine Beratungsmappe, in der verschiedene Todesanzeigen prangten, wahlweise mit Kreuz, betenden Händen, einer Taube, einer untergehenden Sonne oder einem Weg, der ins Nichts führte.

»Und was schreibt man da so rein?«, wollte Ronja wissen.

»›Nach einem langen erfüllten Leben.‹ Oder ›plötzlich und unerwartet‹, ›aus der Mitte des Lebens gerissen‹, ›für uns alle unfassbar‹ oder ›nach langem, schwerem, mit Geduld ertragenem Leiden‹ – je nachdem, was der Kunde wünscht.«

Klaus erklärte uns dann so spannende Sachen wie Grabpflegevorsorge und die unterschiedlichen Sargqualitäten. Da gebe es alles, sagte er, »vom Mercedes bis zum Trabi, vom Designersarg bis zur Spanholzschachtel«.

In der Ecke türmten sich Särge. Ich starrte mit Unbehagen darauf.

»Darin haben unsere Söhne immer Verstecken gespielt«, sagte Klaus grinsend.

»Voll krass«, sagte Ronja begeistert. »Mama, warum hatte ich keine so schöne Kindheit!«

Klaus erklärte uns dann, dass Bestatter ein anerkannter Ausbildungsberuf sei. Seine Söhne absolvierten die drei Jahre gerade: Benedikt sei schon fast fertig, und Johannes Paul habe noch zwei Jahre vor sich.

»Und das ist Frank Weihrauch, unser Bestattungsgehilfe.« Wir näherten uns andächtig einem Leichentisch, an dem der Assistent gerade seinen Dienst verrichtete. »Der hat noch die Grabmachertechnik von der Pike auf gelernt.«

»Heißen Sie wirklich Frank Weihrauch?«, fragte Ronja beeindruckt. »Oder ist das Ihr Künstlername?«

»Ich heiße wirklich Frank Weihrauch«, erwiderte Frank Weihrauch lächelnd. »Und wenn je ein Buch über ein Bestattungsunternehmen geschrieben wird, möchte ich genau so darin vorkommen.«

»Und das ist Frau Wirberg.«

»Also, das WAR Frau Wirberg.«

Wir starrten auf die wächserne, zahnlose Frauenleiche, der Frank Weihrauch schnell eine Decke überwarf.

»Die war schon achtundneunzig.«

»Ja, dann …«

»Muss ihr aber gleich die Leichenstarre lösen.«

»Ja, bitte, wir wollen Sie nicht aufhalten.«

»Soll ich ihr die Hände falten oder quer über die Brust legen?«

Klaus schaute in einer schwarzen Mappe nach, die auf dem Tisch lag. »Katholisch. Falten.«

Interessant!, dachte ich. Machen Sie eine typische Handbewegung. Fünf Mark ins Schwein. »Die nehmen ihre typische Handbewegung mit ins Grab«, bemerkte ich, als ich Ronja staunen sah.

»Wenn er Fitnesstrainer war, wirst du ihm sicher die Hände an die Ohren legen, so, wie er das bei seinen Sit-ups immer gemacht hat.«

»Ronja!«

Ich schämte mich. Aber der Apfel fiel nicht weit vom Stamm. Der Beruf meiner Schwester wäre weiß Gott nichts für mich!

Klaus musste ans Telefon, und ich hörte, wie er betroffen »Klüger-Wasserthal – Beileid«, sagte.

»Ähm, was gehört denn alles zu einer Bestatterausbildung?«, fragte Ronja Herrn Weihrauch. »Ich glaube, ich will das auch machen, das ist cool.«

Frank Weihrauch lachte. »Welche Maße ein Grab hat, zum Beispiel.«

»Das wär doch die Eine-Million-Euro-Frage fürs Fernsehquiz.«

»Nein, das ist zu leicht«, winkte Frank Weihrauch ab. »Es gibt Einzelgräber und Doppelgräber. Die kann man buchen oder auch langfristig vorbestellen.«

»Also im Prinzip wie im Hotel.«

»Nur ohne Frühstück.«

Und dann erzählte uns Frank Weihrauch, dass neulich ein Ehepaar da gewesen sei, das sich von seiner Rente schon mal ein Grab habe kaufen wollen: Er habe die ganze Zeit geredet und die Maße angegeben, und sie habe geschwiegen. Schließlich habe sie verkündet, dass sie lieber verbrannt werden wolle.

»Das kommt billiger«, hatte Frank die Eheleute aufgeklärt. Die Urne könne man kostengünstig auf dem Sarg unterbringen.

»Dann liege ich endlich mal auf dir!«, hatte die Frau gesagt.

Daraufhin der Mann: »Ich habe mein ganzes Leben lang oben gelegen, und das bleibt auch so!«

Klaus hatte nur ganz sachlich gesagt: »Ich schicke Ihnen ein Angebot.«

Wir lachten. Frank Weihrauch freute sich, dass er endlich mal Publikum hatte in seinem Leichenkeller.

»Und dann muss man alles über die hygienische Versorgung wissen: Wie man sie wäscht, wie man sie anzieht. Und natürlich, wie man die Totenstarre löst …«

»Und wie?«, fragte Ronja.

»Rausmassieren.«

»Ach so, ist klar.«

Frank zählte auf, was er bei Frau Wirberg schon alles erledigt hatte: abduschen, desinfizieren, Wunden versorgen und bei Bedarf nähen ….

»Prinzipiell gehört das Anlegen einer Windel zum Standard.«

Frau Wirberg war uns so harmlos vorgekommen. Wir schluckten.

Dann ging es weiter im Text: Augen schließen, Haare föhnen, Haut eincremen, Theaterschminke auftragen, Haarspray, Rasierschaum … Frank Weihrauch öffnete eine Schublade und zeigte uns das Equipment für Damen: Lockenwickler, Haarfestiger, Make-up, Pinzette, Körperlotion, Bürste, Lockenstab, Nagelfeile.

Wieso lag das alles hier rum? Klar, weil Hannah das nicht benutzte. Hahaha!

»Nagellack nicht?«, fragte Ronja.

»Nur auf besonderen Wunsch.«

»Diesen Service kriegen alle unsere Kunden«, sagte Frank Weihrauch stolz. »Aber die, die noch oben in der Kapelle aufgebahrt werden, bekommen den Sonderservice.«

»Was? Ihr betreibt so einen Aufwand mit Leichen, bei denen gleich der Deckel zugemacht wird?«

Klaus kam vom Telefon zurück. »Das war die Tochter von Herrn Reuter. Wir haben gerade besprochen, was er anzieht. Krawatte und Hemd. Ja, der wird noch mal richtig feingemacht.«

Wir staunten. »Nicht Totenhemd?«

»Je nach Wunsch auch. Die Auswanderer aus dem Sudetenland wollen alle Totenhemd. Und mehr die sitzende Haltung auf einem Monsterkissen und natürlich die Hände gefaltet. Die Original-Schierchstädter haben es lieber flach im Liegen und die Hände locker über der Brust.«

»Oder über dem Bauch. Je nachdem, wovon mehr vorhanden ist«, kalauerte Klaus.

Man lerne den Umgang damit, versicherte uns Klaus: »Das sind Menschen wie du und ich«, behauptete er. »Die leben nur nicht mehr.«

Ein kleiner, aber feiner Unterschied, dachte ich mir.

Klaus öffnete mit Schwung die Tür zum Kühlraum, in dem drei weitere Herrschaften ihrer ewigen Ruhe harrten, eine jede mit Zettel am Zeh.

»Möchtest du sie mal anfassen?«, fragte er Ronja.

Klar wollte sie. Die ließ nichts aus. »Wie ein kalter Fisch aus Wachs«, sagte sie.

Ich wollte keinem Toten an die Wade gehen.

Hannah kam zu uns ins Gewölbe. »Kannst du dir jetzt vorstellen, wieso ich hier auch mal rausmuss?«

»Ja«, sagte ich beeindruckt.

»Vierundzwanzig Stunden einsatzbereit sein, und das seit zwanzig Jahren!« Hannah wischte sich müde über die Augen. »Man kann ja noch nicht mal in Ruhe in die Badewanne gehen!«

»Und wenn dann so ein Anruf kommt …?«, fragte Ronja neugierig. »Weinen die alle?«

»Nicht immer«, sagte Klaus. »Oft sagen die Leute auch:

›Och, lassen Se die Oma ruhig heute Nacht noch hier liegen. Die liegt hier schon so lange, jetzt ham wir uns dran gewöhnt.‹ Dann holen wir sie erst am nächsten Tag.«

»Oder«, gab Frank zum Besten, »›Tja, Muttern ist gestorben. Was solln wa nu tun?‹«

»Aber manche sind auch ganz aufgelöst, schreien und weinen. Dann muss man sofort raus aus der Badewanne«, schilderte Hannah die Schattenseiten ihres Berufs. »Außerdem geht der Job voll auf die Bandscheiben.«

»Hannah hat schon chronische Rückenschmerzen.« Klaus seufzte.

Ich kam mir immer mieser vor. Die einzige Berufskrankheit, die ich für mich verbuchen konnte, war Sonnenbrand.

»Holt ihr die denn in einem Sarg ab?«

»Nein, wir haben keinen Leihsarg. Den müssten wir ja danach desinfizieren. Wir holen die Verstorbenen mit dieser Trage hier ...«

Klaus, Frank und Hannah ließen Ronja mal Probe liegen, schnallten sie fest und bugsierten sie hochkant durchs Treppenhaus. Jeder Schritt saß wie eine Eins. Vorwärts, rückwärts, seitwärts, ran.

»Huch!«, quietschte Ronja begeistert. »Das ist ja voll geil!«

»Unsere Kunden sind grundsätzlich schweigsam«, kalauerte Klaus wieder.

»Das war jetzt einfach«, sagte Hannah, als sie Ronja wieder runterließen. »Aber wir haben auch übergewichtige Verstorbene.«

»Oder welche, die auf der Toilette umgefallen sind. Die muss man erst mal säubern.«

Das wollte ich mir nicht weiter ausmalen.

»Und was wollen die Leute so für Lieder?«, versuchte ich, wieder ein appetitlicheres Thema anzuschneiden.

»›*Highway To Hell*‹ hat sich letztens jemand gewünscht«, sagte Frank Weihrauch. »Aber das war ein Biker. Einer von den Harley-Jungs.«

Ich hatte gar nicht gewusst, dass Hannahs Beruf so vielseitig war!

»›*Time To Say Goodbye*‹«, sagte Klaus. »Das ist der Renner.«

»Unheilig: ›An deiner Seite‹.«

»›*Tears In Heaven*‹. Oder ›*The Rose*‹.«

»Zu meiner Zeit sang Mutter immer an der Orgel: ›So nimm denn meine Hände‹«, wunderte ich mich laut. »Oder ihr Lieblingslied: ›Danke für diesen guten Morgen‹.«

»Das ist makaber!«

»Man muss mit der Zeit gehen«, winkte Klaus ab. »Und deine Mutter lassen wir schon lange nicht mehr singen. Die fängt jetzt an zu tanzen und steht auf einem Bein!«

Irgendwann war ich mit Hannah allein. Ronja hatte sich zu ihren Cousins Benedikt und Johannes Paul gesellt. Mutter war ins Bett gegangen und hatte die Rollläden herunterdonnern lassen, obwohl es drei Uhr nachmittags war und die Sommersonne schien.

»Ist genug jetzt!«, hatte sie verfügt und die Haustür mit Nachdruck abgeschlossen. Alles tat sie mit Nachdruck und stets vor Publikum. »Wer so schwanger ist wie ich, der muss sich jetzt ausruhen.«

Hannah spielte nachdenklich mit ihrer Holzperlenkette.

»Ich weiß nicht. Es ging irgendwie schleichend. Sie war ja immer schon speziell …«

»Ach was!«, konnte ich mir nicht verkneifen zu sagen. »Speziell! Ich würde sagen, in höchstem Maße geltungssüchtig. War sie nicht ein spätes Einzelkind?«

»Sie wollte immer schon im Mittelpunkt stehen«, sagte Hannah.

»Und andere spüren lassen, wie mittelmäßig und unterbelichtet sie sind.«

»Ich glaube, sie hat das mit dem Mauerbau nie richtig verarbeitet. Ihre Mutter hat sich umgebracht, und ihr Vater ist jämmerlich gestorben. Vielleicht will sie einfach nur vergessen.«

»Aber sie hat doch hier in Schierchstadt ein schönes Leben gehabt. Denk doch mal an den ganzen Zirkus mit den Straßennamen. Und an die Klavierschüler. An die Konzerte in Kirchen und Trauerhallen. Jeder einzelne Bürger sollte ihr ständig huldigen.«

»Weißt du noch, wie oft sie uns anklagend ihren Rücken gezeigt hat? NASS GESCHWITZT!! Als ob wir etwas dafürgekonnt hätten! Dann mussten wir ihr den Rücken abtrocknen und ein Zuckerei schlagen, damit sie nicht dehydriert.« Hanna grinste.

»Das war ja auch irgendwie nicht normal«, sinnierte ich. »Heute bin ich selbst Mutter und würde mein Kind nie so behandeln. Mein Kind ist doch nicht schuld daran, wenn ich mich überfordere!«

»Sie war die Sonne, die alle geblendet hat«, sagte Hannah. »Und jetzt geht sie unter.«

»Wir Kinder sind doch in ihrem Schatten geradezu verkümmert. Und deswegen musste ich auch raus hier.«

»Das musst DU gerade sagen!«

»Wieso?!«

»Na, DU mit deinem extremen Geltungsdrang verschonst ja keine einzige Stadt mit deinen Werbeplakaten, auf denen du selbst posierst!« Hannah schnaubte. »Darauf küsst du ein Champagnerglas auf einem Kreuzfahrtschiff! Das muss man sich jeden Tag ansehen!«

»Na und?«, zickte ich zurück. »Bist du etwa neidisch? Jeder macht seinen Job!«

»ICH bin nicht neidisch«, behauptete Hannah. »Ich kenne überhaupt keinen Neid.«

»Du platzt vor Neid«, murmelte ich verächtlich.

»Mag sein, dass ich früher mal neidisch auf dich war«, räumte Hannah ein. »Du hast dir immer alles genommen, und für mich blieb nichts übrig.«

»Aber das ist doch …« Mir blieb die Spucke weg. »Es ist doch deine freie Entscheidung gewesen, so ein Leben zu führen! Wirf mir doch nicht vor, dass du kaum was erlebt hast!«

»Dafür hat dein Kerl dich verlassen!« In Hannahs Augen glomm der alte Hass auf. »Ronja ist auch auf dem Sprung. Irgendwann bist du einsam, und ich habe eine intakte Familie.«

Ja. Super. Danke, liebe Schwester. Wenn das kein Neid ist, der dich so hässliche Sachen sagen lässt, was dann?

Leider nahm das Gespräch jetzt eine ganz unerfreuliche Wendung, und ich konnte mich nicht mehr bremsen.

»Dafür bist du jetzt zwanzig Kilo schwerer als ich!«

»Lieber Schwein als Ziege!«

Wie auf ein Stichwort hin betraten Teile der intakten Familie das Wohnzimmer.

Es handelte sich um zwei bleiche Jünglinge in gestreiften Oberhemden, Pullundern und dunkelblauen Bügelfaltenhosen. Sie trugen beide den gleichen Seitenscheitel wie Klaus Klüger-Wasserthal und waren eindeutig seine Söhne. Und Hannahs leider auch. Was für Milchbubis!, dachte ich entsetzt. Die haben ja überhaupt keinen Pfeffer im Hintern! Da war mir meine aufmüpfige Ronja mit ihren verrückten Haaren und den grünen Fingernägeln tausendmal lieber. Meine beiden Neffen gaben mir artig die Hand. Bisschen schlaff, der Händedruck. Vermutlich eine Berufskrankheit.

»Benedikt. Beileid.«

»Johannes Paul. Beileid.«

»Ist Beileid euer zweiter Vorname?«

»Ach so, das sagen wir einfach immer, das sitzt so drin.« Die beiden grinsten verschämt.

Sie musterten mich mit stiller Neugier. »Lange nicht gesehen!«

»Ja, ähm …« Ich kratzte mich an der Nase. »Seit deiner Konfirmation, Johannes Paul?« Ich wandte mich an den blasseren der beiden.

»Seit meiner Firmung«, sagte der andere, der demnach Benedikt war. »Du bist meine Patentante.«

»Ach was.« Das war mir echt unangenehm, und es war mir auch komplett entfallen.

Damals, als wir uns noch halbwegs gut verstanden, Hannah und ich, oder wenigstens guten Willens waren, uns schon um der Kinder willen eines Tages gut zu verstehen, hatten wir uns gegenseitig zu Patentanten ernannt. Und ich war doch noch mal nach Schierchstadt gefahren. Das war allerdings auch schon Jahre her.

»Da war er zwölf«, sagte Hannah in ihrem üblichen beleidigten Tonfall, so als hätte ich ihn seitdem verwahrlosen lassen, und er müsste jetzt unter der Brücke schlafen.

»Ist ja gut!«, gab ich zurück. »Du hast dich ja auch nicht um Ronja gekümmert, und die ist dein Patenkind!«

»Doch, ich habe ihr immerhin zum ersten Schultag ein Federmäppchen geschickt. Mit der Post.«

»Da war sie sechs.«

»Es ist ja nie ein Dankeschön gekommen.«

»Für ein Federmäppchen?!«

»Es wäre eine Sache des Anstands gewesen, wenn du für sie ein paar Zeilen des Dankes geschrieben hättest.«

»Ach komm, Hannah, das ist doch lächerlich! Das Scheißfedermäppchen hatte noch das Preisschild drauf! Vier Euro neunundneunzig! Von Aldi! Es war eine Frage des Anstands, NICHT darauf zu reagieren!«

»Mädels!« Ronja verdrehte die Augen. »Kommt, Männer. Das hör ich mir echt nicht länger an. Kann man hier fortgehen?«

»Fortgehen.« Benedikt und Johannes Paul sahen sich pietätvoll an. »Wir nennen das von uns gehen.«

»Mann, ich meine nicht abkacken!« Ronja sprühte vor Lachen. »Fortgehen! Durch die Kneipen ziehen! Einen draufmachen!«

»Wir haben hier nur eine Kneipe, und das ist das Café Wirberg«, stellte Benedikt richtig. »Im Schattenbachtal. Aber da waren wir noch nie. Nicht unser Fall.«

»Mann eh, ich fass es nicht!« Ronja raufte sich die Räubertochterhaare. »Was macht ihr denn hier abends?«

»Benedikt und Johannes Paul werden einmal das Bestattungsinstitut übernehmen«, erklärte Hannah würdevoll. »Es passt nicht zu unserem Beruf, ›einen draufzumachen‹, wie du das nennst. Was sollen denn da die Leute sagen?«

Lina

Dunkelweiher, 1961

»Was sollen denn da die Leute sagen?«, regte Lina sich auf.

Die Bäckerin stand auf ihren stämmigen Beinen im Laden und warf die letzten trockenen Brötchen in einen Sack. Sie würde sie später an den Bauern verkaufen, der sie seinen Pferden gab. Dafür musste sie auf ihren Krampfadern noch mal durch das Schattenbachtal rüber auf die andere Seite. Das sollte doch Uschi mit ihren jungen Beinen tun! Aber die trieb sich ja dann immer gleich mit diesen sogenannten Grenzern herum. Die jungen Leute hatten an diesem Schattenbachtal einen Narren gefressen. Sie trafen sich dort und redeten und redeten. Uschi war so empfänglich dafür! Dabei sagten die Leute schon genug. Sie sagten sogar viel zu viel.

Lina machte sich schreckliche Sorgen, dass irgendein Schwatzmaul auf die Idee kommen könnte, Uschi von ihrer wahren Herkunft zu erzählen. Uschi hängte sich immer so weit raus mit ihrer Sonderrolle als Allroundtalent. Und Neid war ein böser Geselle. Der kleine Bruder vom Hass.

Es gefiel Lina überhaupt nicht, dass ihre halbwüchsige Tochter im Schattenbachtal am Lagerfeuer herumlungerte und zur Gitarre sang. Sie war jetzt in der Pubertät und für das andere Geschlecht besonders anfällig. Lina wollte das nicht. Uschi sollte lernen, sich in die Rolle der Bäckertochter zu fügen. Uschi sollte gefälligst zu Hause bleiben und im elterlichen Betrieb helfen wie andere anständige Töchter auch. Statt sich mit diesen uniformierten jungen Männern zu treffen, die neuerdings die »Grenze« bewachten. Ha! Das fand Lina besonders lächerlich. Pfadfinderspiele für Erwachsene. Die sollten doch alle was Anständiges arbeiten gehen! Mit Politik hatte Lina nichts am Hut. Und Uschi sollte sich auch da raushalten.

»Aber Mutti, die ganze Jugend trifft sich dort für politische Diskussionen!«

Uschi hüpfte wie eine Dohle vor Lina auf und ab.

Die stampfte mit dem Fuß auf und funkelte Uschi wütend an:

»Genau deshalb sollst du da nicht hingehen! Wir sind einfache Leute, und wir wollen keine Kunden verlieren, indem wir uns politisch auf eine Seite schlagen!«

»Ich solidarisiere mich nur mit den anderen!«

»Dein Vater ist schon ganz krank, und dich kümmert es nicht!«

Uschi standen Tränen in den Augen. »Das ist nicht fair, Mutti! Es kümmert mich sehr wohl, dass Vati krank ist! Aber was hat das eine denn mit dem anderen zu tun! Wenn ich nicht singe, wird er davon auch nicht wieder gesund!«

»Du bist gerade mal sechzehn, du dummes Gör!«

Lina stemmte die Hände in die Hüften. Sie war inzwischen richtig behäbig geworden, schwer und unbeweglich. Das Bäckergewerbe wirkte sich auf ihre Gesundheit sehr ungünstig aus. Lina war jetzt fünfundfünfzig und hasste sich selbst. Sie fühlte sich schon lange nicht mehr als Frau. Ihr Mann Paul war ein Krüppel, da lief schon lange nichts mehr. Lina war ein kleiner Damenschnurrbart gewachsen, das lag an den blöden Tabletten, die ihr der Hausarzt verschrieben hatte. Aber wenn sie die kleinen Stimmungsaufheller wegließ, überkam sie diese unsägliche Traurigkeit. Diese Schwere, dieses Nichtaufraffenkönnen, weil doch alles im Leben so sinnlos war. Jeden Morgen, wenn es noch stockdunkel war, musste sie in der Backstube schuften. Wofür denn? Wofür lohnte es sich eigentlich, so hart zu arbeiten? Für Paul, der nur noch mit Schmerzen auf dem Sofa lag? Oder für dieses aufmüpfige Früchtchen, das ständig Flausen im Kopf hatte? Hinzu kamen die politischen Veränderungen. Die Leute redeten über nichts anderes mehr, besonders die Hexe Wirberg: Dass bald keine Kunden mehr kommen würden, wenn Dunkelweiher abgezäunt werde, und so dummes Zeug. Dass der Laden dann nichts mehr wert sei, und ob sie schon mal über einen Verkauf nachgedacht habe, bevor es zu spät sei. Am besten man hielt den Mund und mischte sich nicht ein. Lina schüttelte den Kopf. Jetzt wollten sie Deutschland teilen. Als wenn der Krieg nicht schon genug Unheil über Deutschland gebracht hätte!

Depressionen nannte das der Hausarzt. Neumodischer Schwachsinn. Sie war nur müde! Ihr Mann Paul war seit der letzten Operation bettlägerig, und sie musste die ganze Arbeit machen. Zwar hatte sie inzwischen einen Gesellen und einen Lehrling eingestellt, aber die brachten ihre frühreife Uschi eher auf dumme Gedanken, als dass sie anständig ihre Arbeit taten. Es waren die beiden ältesten Söhne von Frau Wirberg. Peter und Wolfgang. Ausgerechnet! So erfuhr die Hexe Wirberg immer aus erster Quelle, was sich bei den Wolkes tat. Wie die Geier kreiste diese Familie über ihrem Lebenswerk, als wollte sie sich sofort darauf stürzen, sobald sie strauchelte oder Schwäche zeigte.

Auch das mit Uschis Dunkelweiher Einheitshymne passte Lina gar nicht. Das gab doch nur Ärger mit der Polizei! Lina fühlte schon wieder eine Hitzewallung kommen, die ihren Körper von einer Sekunde auf die andere in Brand setzte, als stünde sie auf einem Scheiterhaufen. Lina war eine anständige Frau! Ihre Tochter würde nicht für diese Grenzsoldaten singen! In der Schule meinetwegen!, dachte Lina. Bei den Ordensschwestern. Aber nicht für diese Russen, die sich da rumtrieben.

Ob russische oder amerikanische Soldaten: Davon wollte Lina nichts hören. Erst recht nicht, seit die Wirberg es nicht lassen konnte, herumzutuscheln, dass Uschi von einem »Negerflittchen« abstamme!

»Die hat es auch im Blut, Sie werden schon sehen, Frau Wolke. Die Katze lässt das Mausen nicht!«, hatte sie über dem Mohnkuchen gezischt.

»Frau Wirberg, ich flehe Sie an, halten Sie Ihre Zunge im Zaum!«

Lina hatte fast gewimmert und heimlich an der Treppe nach oben gelauscht, ob Uschi, die oben bei den Hausaufgaben saß, auch ja nichts davon gehört hatte.

»Sie meinen, ich soll nichts gesehen und gehört haben – damals, als der Neger und die Frau bei Ihnen das Kind zurückgefordert haben?«

»Um Gottes willen, Frau Wirberg! Bitte hören Sie doch damit auf! Niemand hat hier je ein Kind zurückgefordert! Das war eine Verwechslung!«

Frau Wirberg hatte dann versprochen, nicht mehr über dieses Thema zu reden, und im Gegenzug hatte Lina die beiden ältesten Jungs von ihr als Lehrlinge eingestellt. Die Wirbergs bekamen jetzt immer umsonst das Brot. Und nicht nur das von gestern. Uschi wusste von all dem nichts. Sie ahnte auch nichts von dem Zettel mit der amerikanischen Adresse, der jetzt schon ungefähr hundertmal in Linas Kittel mitgewaschen worden war.

Der Besuch der Familie aus Kalifornien war nun neun Jahre her. Manchmal glaubte Lina, es wäre endlich Gras über die Sache gewachsen. Und dann schlich sich die Angst wieder wie ein Raubtier von hinten an sie ran und biss sie in den Nacken.

Im Grunde war die Geschichte eine tickende Zeitbombe.

»Aber wir singen doch nur«, flehte Uschi, von den düsteren Gedanken ihrer Mutter nichts ahnend. »Wir machen doch nichts Böses!«

»Das wäre ja noch schöner!« Lina griff nach dem Besen und kehrte mit einer solchen Vehemenz den Laden aus, als wollte sie den Teufel persönlich austreiben.

»Mutti, schau.« Uschi baute sich vor ihrer Mutter auf und nahm ihr den Besen aus der Hand. »Auf meinem letzten Schulkonzert, da wart ihr doch so stolz auf mich!« Sie tanzte übermütig mit dem Besen. Die Zöpfe flogen um ihren Kopf, und sie sang das Lied, das damals in ganz Dunkelweiher auf der Straße gepfiffen worden war.

Lina konnte das alberne Gehampel nicht mehr ertragen.

Sie hatte einen langen Arbeitstag hinter sich, und ihr tat das Kreuz weh. Paul ließ sich ja von solchen Gaukeleien um den Finger wickeln, sie selbst fiel auf diese weiblichen Schmeicheleien nicht rein. Uschi war eindeutig ein Papakind. Genau, wie die Wirberg es damals gesagt hatte. Aber sie war KEIN Flittchen! Und schon gar nicht gab sie sich mit Grenzsoldaten ab! Weder mit amerikanischen noch mit russischen!!

Lina packte ihre Tochter an den Zöpfen. »Schluss jetzt mit dem Theater! Mach dich nicht so wichtig!«

»Bitte, Mutti, lass mich die Zöpfe abschneiden! Ich bin die Einzige, die noch Zöpfe hat! Die anderen lachen mich ja aus!«

»Dein Papa mag die Zöpfe, und die bleiben dran. Oder willst du ihn ins Grab bringen?«

Lina musste sich an der Theke abstützen, so sehr dröhnte ihr der Schädel. Ihr kleines Affenkind war am Anfang so hilflos, süß und anhänglich gewesen, und jetzt entwickelte es sich zu einem störrischen Wildpferd, das mit den Hufen scharrte und in eine andere Richtung wollte als sie selbst. Lina rieb sich die schmerzenden Schläfen.

»Bitte, Mutti! Bitte, bitte, bitte! Ich will eine moderne Frisur!«

»Du sollst dich nicht in den Vordergrund spielen!«

»Aber ich habe die Hymne komponiert und werde sie auch dirigieren! Wie sieht das denn aus mit diesen altmodischen Dingern!«

»Dein Ruhm steigt dir wohl langsam zu Kopf, junges Fräulein!«

Lina riss ihrer Tochter den Besen wieder aus der Hand. »Wenn du mir helfen willst, bitte! Ansonsten verschwinde nach oben und kümmere dich um Vati. Aber wehe, du bettelst ihn an, dass du gehen darfst! Ich erlaube es ausdrücklich nicht!«

»Aber Mutti«, versuchte Uschi es noch einmal, aber da hatte sie schon die Hand ihrer Mutter im Gesicht. Eine schallende Ohrfeige.

»Du tust, was ich dir sage! Ist das klar?!«

Jetzt war Lina selbst erschrocken. Noch nie hatte sie ihr Herzenskind geschlagen!

Aber es wollte sich ja nicht anders zähmen lassen! Die Wirberg hatte immer wieder gesagt: »Bei uns wird gespurt. Bei fünf Jungs wird nicht rumgezärtelt. Nein heißt Nein. Und wer das nicht begreift, der kriegt das Gestell geputzt!«

»Das ist so gemein, so ungerecht!«, heulte Uschi und hielt sich die brennende Wange.

»Willst du dir noch eine einfangen? Kannst du gerne haben!«

»Ich geh zu Vati!«, schrie Uschi wutentbrannt. »Der hat mich viel lieber als du! Und ich habe ihn auch viel lieber als dich!«

Mit diesen Worten stürzte sie zur Tür hinaus. Ihr lautes Weinen ließ Lina zusammenzucken.

Lisa

Schierchstadt, Juli 2013

Lautes Weinen ließ mich zusammenzucken. Mit Herzklopfen schreckte ich hoch. Ich brauchte ein paar Sekunden, um mich zu orientieren. Ich lag auf diesem durchgesessenen Gästesofa auf dem Dachboden, auf dem damals meine zerknüllten Plakate gelegen hatten. Wie damals hatte ich mir mein Bettzeug selbst zusammensuchen müssen.

Dieses grässliche Heulen war so gruselig, dass ich befürchtete, jeden Moment könnte knarrend die Tür zum Schrank mit Linas Klamotten aufgehen und die alte tote Wirberg herausfallen. Dann erkannte ich die Stimme meiner Mutter.

»Hallo? Hallo! Ist da jemand?! Ich hab Wehen! Warum hilft mir denn niemand!«

Mutter geisterte im Nachthemd durchs stockdunkle Haus. Sie klang völlig hysterisch. Sie hatte Wehen?

Sofort sprang ich aus dem Bett und knallte erst mal mit dem Kopf gegen die Dachschräge. Au, verdammt!

»Hallo! Hallo«, jammerte meine Mutter. »Wo seid ihr denn alle! Ich darf doch nicht alleine pressen!«

Barfuß tappte ich die schmale Holzstiege hinunter und tastete nach dem Lichtschalter. Wie eng es doch hier war, wie schmal! Als Kind war es mir groß und geräumig erschienen.

Mutter stand wie ein Geist am Fuß der Treppe. Die dünnen weißen Haare standen ihr wirr vom Kopf ab.

»Ja, kommt denn jetzt endlich mal wer! Ich bin hochschwanger!«

Der Tonfall war so entrüstet, dass ich fast lachen musste.

»Aber Mutter, ich bin doch da!«

»Wer sind Sie?!«

»Ich bin's, deine Tochter Lisa!«

»Lina?!«, schrie sie mich aufgebracht an. »Die ist totgeschlafen! Da oben drin!« Sie zeigte auf den Dachboden, auf dem auch die Kiste mit Linas Klamotten stand.

»Lisa! Deine Tochter!«

»Ich habe eine Tochter?!«

»Du hast zwei Töchter, und ich bin eine davon!«

»Das ist meine Sache!«, schrie mich meine Mutter an. »Acht und sieben Pfund! Noch nicht mal ein Kaiserschnitt! Das ist doch kaum zu glauben!«

»Mutter, bitte beruhige dich!«

»Ich soll mich beruhigen?! Ich wohne hier!«

»Ja, eben. Kein Grund, dich so aufzuregen.«

Beruhigend drückte ich ihre Hand.

»Fassen Sie mich nicht an!« Mutter schlug nach mir. »Ich will die Siebenpfündige! Oder sind Sie etwa Hannah?«

»Nein, Mutter. Ich bin die Achtpfündige. Hannah ist in Urlaub gefahren.«

Das stimmte nicht so ganz. Hannah plante, in Urlaub zu fahren. Sie wollte sich, wichtig, wie sie sich fühlte, Schritt für Schritt aus Mutters Leben zurückziehen, um aus dem Dörrpflaumenweg zu beobachten, ob Mutter sich von mir betreuen ließ.

Ich hatte ihr ziemlich unmissverständlich gesagt, sie solle nicht so ein Theater machen, ich käme schon mit Mutter klar.

»In URLAUB?!«, schrie Mutter mich empört an. »Ja wer soll das denn sein?«

»Hannah braucht auch mal ne Auszeit. Und jetzt bin ich ja hier.«

»Hannah soll sich was anziehen.«

»Okay. Ich richte es ihr aus.« Eilig streifte ich mir ein T-Shirt über. »Ich kümmere mich um dich, Mutter. Ich bin Lisa.«

»Lisa ist abgehauen, das unverschämte Blag. Acht Pfund und noch nicht mal n Kaiserschnitt.«

Ich schluckte. Lisa!, sprach ich mir im Stillen Mut zu. Du bist erwachsen, du schaffst das. »Ja, aber jetzt bin ich wieder da.«

»Alles überflüssig und kein Bedarf.«

Mutter ging in die Küche und kramte in den Schränken. Sie fand mehrere Tafeln Blockschokolade und warf sie mitsamt Verpackung in eine Pfanne.

»So. Das will ich meinen.«

»Möchtest du Kakao?« Hastig stellte ich die Herdplatte wieder aus, die sie auf die Höchststufe gestellt hatte. Das Papier fing schon an zu stinken.

»Bitte raus. Das kann man Weihnachten mal machen oder Pfingsten.«

»Das finde ich auch«, sagte ich. »Wie wär's mit einem schönen Tee?«

Wieder griff ich nach ihrer Hand, und diesmal ließ sie sich, wenn auch unwillig, ins Esszimmer schieben. Ich machte Licht und rieb mir fröstelnd die Arme.

Auf dem düsteren Bild an der Wand staunten wie eh und je die Apostel über den Brot austeilenden Jesus. Ich hatte das Bild noch nie ausstehen können.

»Mir ist kalt«, sagte Mutter. »Hannah ist ganz, ganz wichtig. Und die andere. Vier, vier, vier, vier.«

»Ich mach uns einen Tee.«

Ich setzte Mutter in ihren Lieblingssessel am Fenster mit Blick auf die gegenüberliegenden Reihenhäuser. Jetzt konnte man allerdings nur auf runtergelassene Rollläden schauen. Ich fand unter dem Flügel eine Wolldecke und legte sie ihr über die Knie.

»Das ist unerwünscht und schickt sich nicht.« Mutter warf die Decke auf die Erde. »Das ist eine abscheuliche Mütze.«

Das fand ich auch. Also, dass es eine abscheuliche Decke war. Aber in diesem Haus war alles abscheulich. Wirklich alles.

»Vier, vier, vier, vier!«, rief sie auffordernd! »Warum macht das denn keiner?«

Ich hatte keine Ahnung, was sie meinte.

Wütend nahm sie das Telefon, tippte darauf herum, und als sie kein Ergebnis erzielte, warf sie es in die Besteckschublade.

»Soll ich mal vier, vier, vier, vier wählen? Aber vielleicht nicht jetzt, mitten in der Nacht?«, sagte ich vorsichtig.

Mutter schnaubte nur, griff dann nach der zusammengefalteten Gartentischdecke aus Plastik und kuschelte sich hinein, als wäre sie ein seidengefüttertes Nerzjäckchen. Beleidigt schwieg sie vor sich hin. Sie war so alt geworden, so zerbrechlich und klein. Trotzdem war ihr Kampf um Aufmerksamkeit noch lange nicht zu Ende.

»Acht Pfund«, schmollte sie. »Eine Zumutung! Und sieben obendrein! Wer macht das denn ohne Grund!«

Ja, das war ein Vorwurf, gegen den ich mich nicht wehren konnte. Wir waren dicke Brocken gewesen, und Mutter hatte zwei Tage in den Wehen gelegen, was Vater irgendwie nie genug gewürdigt hatte. Aber wir konnten nichts dafür!

Ich straffte die Schultern und sah sie einfach nur durchdringend an.

Sie lenkte ein.

»Ich bitte dich doch nur um Vögelchen, oder kannste jetzt Brot holen?«

Ja, ich kann auch Brot holen, dachte ich. Aber ich kann mir auch einen Knopf an die Backe nähen. Mannomann! Vielleicht sollte Hannah doch nicht in Urlaub fahren. Diese Frau konnte man wirklich keine Sekunde allein lassen.

Der Teekessel pfiff.

Als ich kurz darauf mit der Teekanne zurückkam und eine geblümte Tasse vor sie hinstellte, wühlte sie gerade in ihrer Handtasche.

»Das Geld! Ich find's nicht!« Sie war weinerlich und wütend. Immer wieder riss sie die Reißverschlüsse auf und fummelte an ihrem Portemonnaie herum. Außer ein paar alten Busfahrscheinen und Zettelkram war kaum was drin.

»Mutter, du brauchst kein Geld. Ich hab welches!«

»Ne ganze Kiste voll?«

»Nein, aber ein paar Kröten kann ich schon noch auftreiben. Wozu brauchst du denn das Geld?!«

»Ja, wer will die Bäckerei denn haben!«, schnauzte sie mich an. »Ich doch nicht!«

»Ich auch nicht« sagte ich.

»Vier, vier, vier, vier! Die weiß immer Bescheid!«

»Aber die schläft jetzt«, sagte ich beschwichtigend.

Dann schwiegen wir.

Ich hätte Hannah gern angerufen und sie gefragt, was »vier, vier, vier, vier« bedeuten sollte, aber es war drei Uhr nachts. Außerdem wollte ich Hannah beweisen, dass ich auch ohne sie klarkam. Wir hatten vereinbart, dass Hannah in drei Tagen losfahren würde, wenn sich bis dahin alles eingespielt hätte. Wenn Mutter mich akzeptieren würde.

Pah! Akzeptieren! Wo kamen wir denn da hin! Das wäre doch gelacht! Ich war ihre Tochter! Sie konnte froh sein, dass ich mich in dieses Scheißkaff zurückbemüht hatte. Mit unserer Mutter kam ich doch wohl genauso klar wie Hannah! Die sollte sich mal nicht so wichtigmachen.

Mutter hatte wieder einmal den gesamten Inhalt ihrer Handtasche auf den Tisch gepackt. »Ich find's nicht«, murmelte sie. »Vier, vier, vier, vier.«

Die Gartentischdecke war zu Boden gefallen. Ich hob sie wieder auf und legte sie ihr auf die Knie.

Sie schob die Tasse abrupt weg: »Das ist ne grässliche Torte!«

»Möchtest du eine andere Tasse?«

»Die da drüben vielleicht.« Sie zeigte auf den Würfelbecher, den Ronja auf der Heimorgel hatte stehen lassen, nachdem sie vergeblich versucht hatte, ihren blutleeren Cousins »kniffeln« beizubringen. Aber die hatten darin keinen Sinn gesehen.

Daraufhin war sie kurz entschlossen mit ihnen nach Amsterdam gefahren. Im Leichenwagen. Das fand sie cool.

Benedikt und Johannes Paul waren für diesen Spontantrip mit ihrer verrückten kleinen Cousine sofort zu haben gewesen.

Nichts wie raus hier!, dachten die sich bestimmt. Oh, wie gut konnte ich die jungen Leute verstehen! Vor allem in Johannes Pauls Augen lag so ein eigentümliches Leuchten.

»Um Gottes willen! Was wollt ihr denn in Amsterdam?«, hatte Hannah gefragt.

»Spaß haben!«, begehrten die Knaben auf.

»Bisschen kiffen«, rief Ronja launig.

Die zwei Jungs waren richtig zusammengezuckt.

»Das Kind ist erst siebzehn!«, warf ich schwach ein.

»Wir passen auf sie auf!«

Andersrum wird ein Schuh draus!, dachte ich. Sie würde wohl eher auf die Milchbubis aufpassen müssen.

»Lasst sie nicht ans Steuer!«, hatte ich noch gerufen.

Aber Ronja wollte zur Abwechslung hinten im Liegen mitfahren. Das fand sie cool. Verrücktes Ding!

Lina

Dunkelweiher, 1961

»Verrücktes Ding!«

Paul schmunzelte, als Lina ihm wutschnaubend erzählte, was seine Uschi wieder angestellt hatte.

»Das ist überhaupt nicht zum Lachen! Guck sie dir doch an!«, jammerte Lina.

Uschi saß währenddessen fröhlich pfeifend auf dem Rand des Blechzubers und schrubbte sich den Kuhmist von den Beinen.

»Oh, Mutti, sei doch nicht so streng! Es hat so viel Spaß gemacht!«

Mit kleinen Mopeds brausten die Grenzer inzwischen durchs Schattenbachtal, und Uschi hatte natürlich wieder den Clown geben müssen. Sie hatte versucht, bei einem Jungen namens Armin hinten auf dem Gepäckträger zu stehen und dabei das Gleichgewicht zu halten. Das war ihr auch ziemlich lange gelungen. Die drüben auf der Ostseite hatten hinterm Zaun gestanden, und hüben wie drüben hatte die Clique gejohlt und Beifall geklatscht. Dann war Huschi übermütig geworden und hatte es auch noch auf einem Bein versucht.

»Juhuu! Ich kann fliegen!«

Und das tat sie dann auch. Mitten in einen Misthaufen. Zum Glück hatte sie sich nichts gebrochen. Nur ein paar blaue Flecken hatte sie sich geholt. Aber die waren es wert! Sie war mal wieder die Heldin.

Unter dem Gelächter der jungen Leute kehrte sie anschließend kuhmistverschmiert und stinkend zu Lina in die Bäckerei zurück. Die ganze »Affenbande«, wie Paul die jungen Leute da unten nannte, rannte hinter ihr her, und Uschi verteilte Kuchen an alle und schnitt sich dann vor aller Augen die Haare ab. Weil sie die Wette mit dem Einbeinig-Mopedfahren verloren hatte.

Lina konnte gar nicht aufhören zu heulen. »Die schönen langen Zöpfe!«

»Tut mir leid, Mutti, aber Wettschulden sind Ehrenschulden!«

Die ganze Bande hatte Uschi bei ihrer Mutter verteidigt. »Sie sieht doch jetzt viel moderner aus, Frau Wolke!«

»N richtiger Feger!«

»WAS?« Hatte da jemand gesagt »Ein richtiger Neger«?

Quatsch! Lina hörte schon Gespenster. »Ihr bringt mir den ganzen Dreck vom Tal hier rauf! Schert euch da hin, wo ihr hergekommen seid!«

Und jetzt stand Lina gedemütigt in der Küche, in der Uschi ein Wannenbad nahm. Die Zöpfe lagen auf dem Küchenschrank.

»Ich happen appen Zopf«, sang Uschi fröhlich vor sich hin und zwinkerte ihrem Vater zu.

»Ich happen appes Bein«, ging der auf sie ein und grinste vom Sofa aus.

»Warum bist du denn so sauer, Mutti? Hast du denn gar keinen Humor?«

Lina fühlte sich außen vor. Wie hatte die Wirberg damals gesagt? Sie ist ein Papakind. »Weil du dich auf dem Gepäckträger von einem Grenzsoldaten herumtreibst!«

»Aber Mutti! Das war doch alles nur Spaß!«

»Den Kerl werde ich melden!« Lina griff schon zum Telefon. »Das gibt ein Disziplinarverfahren!«

»Lina!«, sagte Paul beschwichtigend. »Lass doch den jungen Leuten ihren Spaß! Damit machst du doch alles nur noch schlimmer, hinterher steht es noch in der Zeitung!«

»Ach, du verteidigst unser Fräulein Tochter auch noch!«

»Es sind doch ganz harmlose Freuden! Wir waren doch auch mal jung!«

»Als WIR jung waren, waren wir im Krieg!« Schnaufend ließ Lina den Hörer sinken. »Wir haben Waffen geputzt und Uniformen genäht! Und was du fürs Vaterland geleistet hast, muss ich dir wohl nicht sagen!« Sie schluchzte in ihre Kittelschürze.

»Och, Mutti, nun hab dich doch mal nicht so!« Uschi fiel die Seife ins trübe Wasser. »Alle fahren bei den Grenzern hinten auf dem Moped mit! Die wissen selber nicht, was sie hier sollen. Eine Grenze bewachen, die gar keine ist.«

»Das sind doch zum Teil noch Kinder«, stimmte Paul ihr zu. »Ich hör das ja hier im Radio, was die da aufführen.«

»Was die da reden mit ihrem Kommunismus! In letzter

Zeit kommen tatsächlich immer weniger Leute zu uns in die Backstube!«

»Die Jugendlichen lassen sich sowieso nicht einsperren«, grinste Uschi. »Denen ist völlig egal, auf welcher Seite sie Motorrad fahren. Hauptsache, sie haben Spaß.«

»Hast du ihn denn wenigstens geküsst?«, fragte Paul.

Uschi kletterte aus dem Zuber, drückte ihrem Vater einen Kuss auf die Glatze und kickte mit dem Fuß ihre dreckigen Klamotten in den Waschzuber. »Die weichen über Nacht ein, und morgen sind sie wieder wie neu! Ich häng sie dann noch auf, Mutti, mach dir keine Sorgen! Und falls es euch beruhigt: Der älteste Wirberg-Sohn küsst wie eine Klobürste! Aber er hat ja noch vier Brüder!«

Lina sank auf den Küchenstuhl und brach in Tränen aus. »Dass ich das auch noch miterleben muss.«

Lisa

Schierchstadt, Juli 2013

»Dass ich das auch noch miterleben muss.«

Hannah stand mit verschränkten Armen in der Küche und sah sich das Chaos an.

Mutter hatte es geschafft, ihre Blockschokolade mitsamt Stanniolpapier in die Mikrowelle zu stecken, und die ganze Bescherung war in die Luft geflogen. Es stank wie nach einer Giftgasexplosion.

Jetzt schlief sie erschöpft im Sessel unter ihrer Gartentischdecke.

»Wieso bist du überhaupt wieder hier aufgetaucht?« Wütend

putzte ich die Schokoflecken von Schränken und Küchenwand. »Ich dachte, du bist im Urlaub!«

»Ich wollte ja nur mal vorbeischauen«, sagte Hannah ganz scheinheilig. »Ob ihr alles habt!«

Sie reichte mir das richtige Putzmittel, und ich hasste sie dafür. Ich hatte nur die Rollen Klopapier gefunden, die Mutter überall hortete. Sogar in ihrer Handtasche.

»Und da musstest du gleich einen Topf Möhrensuppe und eine Schüssel Sahnequark mitbringen?«

»Den mag sie halt so gern.«

»Essen auf Rädern mag sie auch gern«, behauptete ich.

»Das hier ist mit Liebe gemacht.«

»Hannah!«, sagte ich und richtete mich mit schmerzendem Rückgrat auf. »Du willst doch so dringend in Urlaub fahren. Warum tust du es nicht einfach?«

»Ich muss doch wissen, dass ihr ohne mich zurechtkommt!«

»Das täten wir auch, wenn du hier nicht dauernd auftauchen würdest!« Ich verdrehte die Augen und wischte mir mit dem Handrücken den Schweiß von der Stirn.

Vielleicht meinte Hannah es ja nur gut. Natürlich war ich erleichtert, wenn sie mir in solchen Situationen zur Seite stand. Auch das Essen, das sie brachte, war köstlich. Hannah war eindeutig die bessere Hausfrau. Aber nun hatte ich mich extra hierherbemüht, und sie gab mir gar keine Chance! War das ihre heimliche Rache? Ich gab doch mein Bestes! Aber wenn ich kochte, stocherte Mutter darin herum, legte die Gabel weg und sagte höflich:

»Hervorgebracht. Danke dir und schöne Freude noch.«

Mir kamen die Tränen. Ich war nicht Hannah! Bei mir klappte es einfach nicht! Manchmal war ich am Rande der Verzweiflung. Drei schlaflose Nächte, in denen Mutter herumgegeistert war, weil sie angeblich alle zehn Minuten zur

Toilette musste, die sie alleine nicht fand. Dann dieser Muff und Dreck überall. Nichts war da, wo es hingehörte.

Mutter sträubte sich gegen eine Putzfrau, aber überall lagen Wäscheklammern, Lockenwickler, Lakritzschnecken herum – nicht zu vergessen die Klopapierrollen. Meine Aufräumwut ließ sich nicht länger bändigen. Wenn ich schon hier war, wollte ich mich wenigstens verausgaben.

»Mutter, wo hast du denn Müllsäcke?«

»Hier kommt mir nichts weg!«

»Aber du müllst ja alles zu, Mutter!«

»Das lass ich mir nicht viermal sagen!«

»Nein, ist ja schon gut. Bleib sitzen. Ich mach ein bisschen Ordnung.«

Ich fand einen ganzen Haufen gelber Müllsäcke unter der Spüle und stopfte alles hinein, was mir überflüssig vorkam: vergammelte Lebensmittel, abgelaufene Tabletten, sinnloses Haushaltsgerät, Notizen und lose Zettel mit längst vergangenen Terminen, Tausende von alten Todesanzeigen und Beerdigungsprogrammen. Es war wie ein Rausch, ein bisschen so, als könnte ich mich damit auch von den Altlasten aus meiner Kindheit befreien. Der kleine Heimpsychologe hätte das jedenfalls so gesagt.

Schließlich hatte ich sechs gelbe Säcke neben die Mülltonne gestellt. Die schwarzen stabilen Müllsäcke, die man bei uns täglich in die Tonne stopfte, ohne sich was dabei zu denken, wären mir lieber gewesen, aber die gab es hier in Schierchstadt nicht.

Am Mittwoch kam die Müllabfuhr durch die Straße gerollt. Mutter und ich hingen im Fenster, als rauschten die Queen oder der amerikanische Präsident höchstpersönlich vorbei, so spannend fanden wir das. Es gab ja sonst nichts zu sehen in Schierchstadt. Als sie weg waren, staunte ich nicht schlecht: Meine gelben Säcke hatten sie stehen lassen.

Verwirrt rief ich Hannah an.

»Das hätte ich dir gleich sagen können«, frohlockte sie und war auch gleich zur Stelle. »Die gelben Säcke sind nur für Restmüll.«

Restmüll. Mutters gesamter Haushalt WAR Restmüll.

»Den musst du säuberlich trennen.«

»Wie? Ich soll die leeren Erbsenkonserven, die abgelaufenen Haarspraydosen und diese ganze Scheiße wieder rausholen und trennen?«

»Deshalb sind die gelben Säcke so dünn und durchsichtig«, belehrte mich Hannah. »Dass die Leute von der Müllabfuhr das sehen können.«

Mir entfuhr ein schnaubendes Lachen.

»Habt ihr hier in Schierchstadt nichts anderes zu tun, als fremder Leute Müll zu durchleuchten? Verpetzt ihr euch gegenseitig, wenn ihr eine Büroklammer mit einem Teebeutel gemeinsam in den Sack steckt?«

»Ja trennt ihr den Müll bei euch zu Hause etwa nicht?«

»Doch, schon«, behauptete ich. »Aber wo soll ich denn hier anfangen in diesem Chaos?«

Ich war verzweifelt. Am liebsten hätte ich mein ganzes Leben gleich mit entsorgt.

»Ich löse das«, sagte ich selbstsicher.

»Na, da bin ich aber mal gespannt«, erwiderte Hannah.

Zuerst schleppte ich die gelben Säcke in den Keller. Hannah sah mir mit verschränkten Armen dabei zu.

»Warum fährst du nicht endlich in Urlaub?«, giftete ich sie an. »Das geht alles von deiner Zeit ab!«

Doch über Nacht fingen die Säcke übel an zu stinken.

Ich sah schon vor mir, wie Hannah sich darüber kaputtlachen würde, wenn erst mal die Maden und Fruchtfliegen daraus hervorkrabbeln und eine wilde Party feiern würden.

Am nächsten Tag schleppte ich sie in die Garage. Da

stanken sie noch schlimmer, zumal sie vom vielen Hin- und Herschleppen eingerissen waren.

Hannah erschien am dritten Tag mit einem Abfallkalender, den sie mir unter die Nase hielt.

»Bist du IMMER noch nicht im Urlaub? Du hast nur noch dreieinhalb Wochen!«

»Hier. In vier Wochen werden die gelben Säcke wieder abgeholt.«

»Wie? In VIER Wochen? Bis dahin sind die von selber weggekrabbelt.«

»Tja. Ich hab dir ja gesagt, du musst den Müll trennen. Biomüll, Altpapier, Flaschen, Plastik, Restmüll.«

Inzwischen war mein Wille, die sechs Säcke wieder auszupacken und ihren Inhalt zu trennen, etwa so groß wie meine Bereitschaft, mir weiter Hannahs Hausfrauenratschläge anzuhören. Mit der Kraft der Verzweiflung packte ich die Säcke mit angehaltenem Atem in weitere gelbe Säcke und konnte Hannahs Beruf inzwischen gut nachvollziehen. »So, ihr Lieben, jetzt kriegt ihr noch ein Mäntelchen an und … Macht euch nicht so steif und arbeitet mal ein bisschen mit!« Sprach Hannah nicht auch immer mit ihren Leichen?

In der Nacht von Tag drei auf Tag vier glaubte ich mitzubekommen, wie die Säcke unten in der Garage chemische Verbindungen miteinander eingingen. Wahrscheinlich entstand gerade eine neue Spezies. Der zweiunddreißigköpfige Schierchstädter Fruchthaarwurm.

Um drei Uhr früh sprang ich auf, ich hatte einen Plan. Auf diesem verdammten Abfallkalender stand ja, wo man heute die gelben Säcke abholte! Mit Taschenlampe und Lesebrille bewaffnet, zerrte ich ihn hervor.

Aha. In Gitterbalken! Wo auch immer das war – ich würde es finden! Hörte sich nach ehemaliger Grenze an. Ich kam mir ziemlich verwegen vor.

Wie ein Dieb schlich ich runter in die Garage und lud mit Mundschutz und Maske die suppenden Säcke in einen Leichenwagen. So leise wie möglich rollte ich rückwärts aus der Garage.

Da ging im Flur das Licht an, und ich kniff die Augen zu. Bitte nicht, lieber Gott. Bitte nicht heute Nacht!

Mutter stand im langen weißen Nachthemd wie ein Gespenst in der Haustür.

»Hallo? Hallo! Ja wo fahrt ihr denn alle hin!«

Ich kurbelte die Scheibe runter. »Hallo, Mutter, ich mache nur eine kleine Nachtfahrt!«

»Nimm mich mit!«

»Ähm … Ach, weißt du, es ist besser, wenn du im Haus bleibst. Warum legst du dich nicht noch ein bisschen ins Bett?!«

»Ich will nicht alleine bleiben! Ich habe Angst!«

Jetzt hatte ich nur noch die Möglichkeit, auf Hannah zu verweisen, die morgen endgültig losfahren wollte. Aber dann ging das Theater mit dem Verabschieden wieder los! Außerdem verbot mir mein Stolz, mich in meinem kleinkriminellen Ansinnen schon wieder an Hannah zu wenden.

»Also los, Mutter, steig ein!«

Natürlich musste erst der Mantel angezogen und das Hütchen aufgesetzt werden. Ich kniete vor Mutter und half ihr in die Schuhe. Außerdem musste die Handtasche mit, und vorher mussten ganz viele Sachen hineingestopft werden.

»Mutter, das brauchst du doch alles nicht mehr!«

Alte Terminkalender aus dem Jahr 2005 und 2008, Ansichtskarten – dieser Müll nahm kein Ende! Von wegen liebe Erinnerungen! Und dann diese Flut von Tabletten!

»Ich hab aber jetzt gar kein Geld mit!«

»Du brauchst jetzt kein Geld!«

»Die ganze Kiste voller Geld!«

»Die schmeißen wir nicht weg, versprochen!«

Heimlich plante ich, den gesamten Tascheninhalt auch noch unter die gelben Säcke zu mischen und im Nebel der ehemaligen Grenze anonym zu entsorgen. Ach Mist!, dachte ich. Anonym geht anders: Steht ja überall ihr Name drauf! Außerdem ist ihr das alles heilig. Also wird es weiterhin mitgeschleppt.

Während sie laut »Hallo« rief und immer wieder jammernd fragte, wohin wir denn jetzt führen, machte ich verzweifelt »Pssst!«.

Um vier Uhr früh rollte ich mit ihr durch Schierchstadts Straßen. Die Scheibenwischer des Leichenwagens knarzten und hinterließen eine schmierige Spur. Gelbe Säcke!

Tiefer kann man wirklich nicht sinken!, dachte ich. Wenn man bedenkt, dass ich vor wenigen Wochen noch durch San Francisco gelaufen bin, in zerrissenen Jeans.

»Wo fahren wir hin?«

»Nach Gitterbalken, Mutter. Weißt du, wo Gitterbalken ist?«

»Gitter…?«

»Ach, vergiss es.« Das war gemein und makaber, aber es kam mir so über die Lippen.

»Über die Bahnschienen und dann links!«

»Bist du sicher?«

»Hier stinkt es nach faulem Gemüse.«

»Ja, es tut mir leid. Wir haben eine Leiche im Kofferraum.«

»Ach so. Und jetzt runter, da schräg hinterm Wald.«

Ich sah sie von der Seite an. Hatte sie einen Plan?

Wir fuhren durch Nacht und Nebel. Durch eine Gegend, die mich noch stark an Wachtürme und Stacheldraht erinnerte und Fluchtreflex bei mir auslöste.

Nach etwa zwanzig Minuten sah ich etwas, das mein Herz höher schlagen ließ: einen gelben Sack am Straßenrand!

»Ist das hier Gitterbalken?«

»Ja, was meinst du denn!«

»Keine Ahnung.« Ich schöpfte neue Hoffnung. »Ich frage dich!«

Immer mehr gelbe Säcke schliefen am Straßenrand, und ich hielt Ausschau nach einer günstigen Stelle, wo es weder Laternen noch Wohnsiedlungen gab.

»Jetzt da runter und schräg links.«

»Ja, Mutter. Jetzt ist es egal.«

»Die zweite Hälfte vorn!« Sie dirigierte mich mit immer energischerer Stimme. Das war schon keine Bitte mehr, das war ein Befehl. »JETZT HALT DOCH ENDLICH AN!«

»Nein, Mutter, das ist keine gute Stelle.«

»Hier wohnt Armin.« Plötzlich zeigte sie auf ein verlassenes grünes Haus hinter einer Kurve und wurde ganz aufgeregt. »ANHALTEN, HAB ICH GESAGT!! BITTE! Ich sag doch einfach nur BITTE!«

»Mutter, wir können Armin die Säcke nicht vor die Tür legen!«

»Bitte!«, rief sie flehentlich, und das nächste BITTE war dann schon nahe an einem hysterischen Weinkrampf.

»Anhalten! BITTE! ARMIN!«

»Mutter, willst du Armin etwa rausklingeln?«

Mutter weinte bitterlich.

»Acht Pfund, und das hat mir keiner rausgedrückt! Und sieben obendrein! Die ganze Welt lässt mich im Stich!«

Das kam mir ganz und gar ungelegen. Ich hielt an, legte Mutter die Hand auf den Arm und sagte tröstend: »Mutter, ich verspreche dir, wir besuchen Armin morgen. Wenn es hell ist. Vorher machen wir uns fein und tun ein paar Lockenwickler rein.«

»Versprochen?«, fragte Mutter mit kindlicher Stimme, und ein paar Tränen schimmerten in ihren Augen.

»Versprochen. Ich weiß ja jetzt, wo er wohnt.«

»Aber ganz, ganz BITTE. Und ganz, ganz danke. Amen.«

»Okay.« Hatte sie Armin oder Amen gesagt? Es war jedenfalls sehr sakral und endzeitlich, vom Tonfall her.

»Armin ist aber leider schon tot«, räumte sie schließlich seufzend ein.

»Er ist tot?«

»An der Mauer. Peng.«

Ach so. Mit der neuen Information musste ich erst mal umgehen. Aber vorher musste ich diese stinkenden gelben Säcke loswerden!

Fünf Minuten später hatte ich sie vor einer Autowerkstatt entsorgt. Mutter saß im Nachthemd neben mir und wühlte in ihrer Handtasche. »Vier, vier, vier, vier«, murmelte sie. »Die wüsste jetzt was damit anzufangen.«

»Ja, aber das haben wir auch so erledigt, Mutter. Wir machen uns jetzt vom Acker.«

»Ich habe jetzt gar kein Geld mit«, sagte sie bedauernd. »Siebenundachtzig Pfund, und das ganz allein im Dunkeln. Das soll mir erst mal einer nachpressen.«

Am nächsten Morgen schlief Mutter schon ziemlich lange, und ich putzte schon ziemlich lange. Ich spähte durchs Küchenfenster. Da kamen doch glatt zwei Gestalten anmarschiert. Wie spannend! Ich reckte den Hals. Oh, das waren ja Hannah und Mutter!

Eine milde lächelnde Hannah brachte eine weinende Mutter zurück. Ja, wie war mir denn die entwischt?! Mutter jammerte so laut, dass es die ganze Straße hörte.

»Hilf mir, hilf mir doch, ich kann nicht mehr!« Dabei zeigte sie auf mich, als wäre ich ihre Gefängniswärterin und würde sie sonst wie quälen.

Schuldbewusst rannte ich zur Tür und riss sie auf.

»Mutter! Ich dachte, du schläfst!«

»Ich bin noch lange nicht tot!«

»Aber das behauptet ja auch keiner! Hannah? Bist du immer noch nicht weg?«

»Nicht, solange du das hier nicht im Griff hast.«

»Ich habe es im Griff! Nicht wahr, Mutter! Wir zwei amüsieren uns prächtig!«

»Amüsieren? Du ahnst ja nicht, was ich alles mitmache«, beklagte sie sich bei meiner Schwester. »Ich muss immer liegen!«

»Sie muss immer liegen?!«

»Quatsch! Ich habe sie ins Bett gebracht, damit sie einen Mittagsschlaf macht!«

»Und ganz ohne Beine, in der Ecke«, jammerte Mutter. »Ohne Brot, und keiner ist bei mir!«

»Aber das stimmt doch gar nicht! Erstens stell ich dir alle halbe Stunde ein Häppchen hin, und zweitens bin ich dauernd bei dir! Ich hab die Rollläden runtergelassen, damit du besser schlafen kannst!«

»Ich bin doch nicht im Sarg!«

»Du musst ihr immer zu trinken anbieten«, sagte Hannah altklug.

»Als wenn ich das nicht wüsste! Ich stelle ihr jede Stunde einen frisch gepressten Saft hin und Wasser und Tee! Stimmt's, Mutter!«

»Die kenne ich nicht, und die kann nicht rechnen«, verleugnete Mutter mich.

»Ich kann nicht rechnen? Ich leite ein erfolgreiches Reisebüro!«

Schnaubend verschwand ich wieder in unserem Reihenendhaus, um weiter Küchenfliesen zu schrubben. Mit Wut und ziemlich tränenblind.

Hannah folgte mir. »Du nimmst nicht das richtige Scheuermittel.«

Ich atmete scharf aus.

Mutter setzte sich ans Klavier und spielte. Es klang wie ein Triumphmarsch.

»Es wäre vielleicht besser, du fährst jetzt«, sagte ich matt. »Ich hab sie im Griff! Ich kann sie doch nicht festbinden! Wirklich verloren gehen kann sie hier in diesem Kaff sowieso nicht.«

»Ach nein? Aber vielleicht im Schattenbachtal? Wie wär's, du schließt die Haustür von innen ab?«

»Können vor Lachen! Sie gibt mir ja den Schlüssel nicht.«

Mutter haute gerade den Schlussakkord in die Tasten, und wir klatschten Beifall. Sie strahlte und war wieder ganz in ihrem Element.

»Mutter, gib Lisa einen von deinen beiden Hausschlüsseln«, sagte Hannah, aber genauso gut hätte sie sie auffordern können, mir einen ihrer Arme abzugeben.

»Finger weg!« Mutter stopfte beide Schlüssel in ihre Hosentaschen und stapfte davon.

Ich hörte, wie sie in den Wohnzimmerschubladen rumorte. Bestimmt versteckte sie ihre Beute jetzt. Leider auch vor sich selbst.

»Hannah, dann gib mir doch deinen! Du verreist ja jetzt!« Langsam verlor ich die Geduld.

»Damit der auch noch wegkommt?« Hannah rang hörbar nach Luft. »Das ist mein letzter, den macht kein Schlüsseldienst mehr nach! Nein, ihr habt zwei, und damit müsst ihr klarkommen.«

Ich fühlte mich wieder so minderwertig wie damals. Aber diesen Triumph wollte ich meiner Schwester einfach nicht gönnen:

»Ich habe übrigens das Gelbe-Säcke-Problem gelöst.«

»Na, da bin ich aber mal gespannt!« Hannah verschränkte abwartend die Arme vor der Brust.

»Ich habe sie nach Gitterbalken gebracht.«

»Na, da werden sich die Gitterbalkener aber freuen.«

»Wieso? Da lagen Tausende von diesen Säcken, da habe ich meine unauffällig druntergemischt.«

»Dann fahr gleich wieder hin!«, sagte Hannah. »Bestimmt liegen sie immer noch da.«

»Wie? Du meinst, sie haben gefühlte fünftausend Säcke mitgenommen und genau meine sechs liegen lassen? Das glaub ich einfach nicht!«

»Entweder sie liegen noch da, oder sie werden dir gleich wieder vor die Haustür gebracht.«

»Nee, ne? So bescheuert können die Gitterbalkener doch nicht sein!«

»Wollen wir wetten?«

Hannah lud mich in ihren Leichenwagen, den sie schon für den Urlaub gepackt hatte, und wir fuhren noch einmal zu besagter Stelle.

»Übrigens wohnt hier Armin«, sagte ich zu Hannah und zeigte auf das grüne Haus.

»Armin ist schon lange tot!«, kam es verächtlich vom Rücksitz.

»Und wo hast du die Säcke hingetan?«, fragte Hannah. »Bestimmt liegen sie noch da! Und dann darfst du sie wieder einladen und weitere drei Wochen zu Hause zwischenlagern!«

»Hannah, fahr nach Timbuktu!«

»Das würde dir so passen!«

Aber die gelben Säcke waren weg.

Ich klatschte in die Hände und lachte: »Wette gewonnen!« Ich hatte wieder Oberwasser!

Plötzlich hatte Hannah Tränen in den Augen.

»Wenn ich unser Leben miteinander vergleiche«, seufzte sie weinerlich.

»Du hast dir vom Leben genommen, was dir Spaß macht, und ich?«

»Hier wohnt der Armin«, sagte Mutter ganz aufgeregt vom Rücksitz aus. »Halt doch mal an!«

»Mach mich nicht für dein kleinkariertes Leben verantwortlich«, schnaufte ich hörbar gereizt. »Wenn du jetzt nicht in Urlaub fährst, bin ich morgen weg. Und zwar für immer. Ich schwöre.«

»Der ARMIN! ANHALTEN!« Mutter trommelte gegen unsere Lehnen. »Hallo! Hört mich denn keiner!« Sie versuchte, die Scheibe runterzukurbeln, aber das gelang ihr nicht.

»Der Armin schläft gerade. Wir besuchen ihn morgen.«

»Kann ich dich mit Mutter denn wirklich allein lassen?«

»Bitte, Hannah! Fahrt. Ich schaff das schon! Ich weiß, ich bin in deiner Schuld, und ich muss zwanzig Jahre nachholen, aber wenn du noch einmal Möhrensuppe und Sahnequark vorbeibringst, kannst du auch Österreich den Krieg erklären.«

»Bist du sicher? Noch kann ich den Urlaub absagen!«

Das hätte sie wohl gern!

»Entweder du fährst oder ich.«

»DER ARMIN!!«, jammerte Mutter.

»Hannah, du hast mich herbestellt, und ich bin gekommen. Vier Wochen, hatten wir gesagt. Eine Woche ist schon rum.«

Wir waren schon wieder zu Hause angekommen und halfen Mutter, die wild um sich schlug, aus dem Auto. »Es wird ja doch nicht gemacht, was ich will!«

Mutter schritt zum Klavier und spielte. In Hut und Mantel. Und mit Handtasche auf dem Schoß. Wir sahen sie mitleidig an.

»Hannah. Ich schaffe das. Wenn auch auf meine Art. Bitte zwing mich nicht, so zu sein wie du.«

»Das ist eine unverschämte Beleidigung!«

»Schönen Urlaub! Erhol dich gut!« Mit einer energischen Geste, die ich als Umarmung tarnte, schob ich sie zur Tür hinaus. »Bleib ruhig ein Jahr! Oder zwei!«

»Ich nehme dich beim Wort!« Hannah sprang mit hochrotem Kopf in ihren Leichenwagen und wendete mit quietschenden Reifen.

»Pssst!«, machte Mutter gereizt. »Ich spiele! Kein Wort mehr! Ihr dummen Beeren!«

»Und wehe, du schleichst hier wieder rum und stellst deine Eintöpfe vor die Tür«, rief ich Hannah gereizt hinterher. »Dann bringe ich sie nachts heimlich nach Gitterbalken und schütte sie dort in den Gully.«

Und dann war Hannah wirklich weg. Ein paar Tage lang horchte ich auf jedes Auto, das um die Ecke bog, und fürchtete, sie würde wieder auftauchen. Aber eine unheimliche Stille und Leere breitete sich im Ananasweg aus. Mutter und ich waren allein. Alles war geputzt und aufgeräumt, und die Zeit lastete schwer auf uns wie eine kratzige Wolldecke.

Mutter pflegte all ihre Pillen und Tabletten lose in einem kleinen gelben Kulturbeutel mit sich herumzutragen. Entweder in ihrer Handtasche oder in der Manteltasche. Ohne erkennbaren Zeitplan futterte sie ab und zu ein paar Tabletten, die sie wie Marienkäfer bestaunte. »Guck mal, eine braune, eine gelbe, eine weiße und eine mit roten Punkten.«

»Wofür ist denn das ganze Zeug?«

Mutter schaute mich an. »Hören Sie mir mal zu? Haben Sie manchmal Angst?«

Ja, die hatte ich allerdings. Besonders wenn ich in die Abgründe ihrer Seele sah. Manchmal gab sie mir überraschende Einblicke.

»Mutti sagt immer: Pillen schlucken und keine Angst mehr. Aber bei den Presswehen war das auch für die Katz.«

»Mutter, wir gehen zum Arzt und lassen uns die Tabletten erklären, ja?«

»Und wie dann getan?«

»Dann verschreibt der dir das neu, und wir sortieren es in einen dafür geeigneten Behälter.« Ich dachte an diese Plastikdinger, in denen man im Krankenhaus immer seine Tabletten bekommt: morgens, mittags, abends.

»Wolln wir mal sehen«, sagte Mutter heiter. »Ich bin gerne für Sie da.«

Plötzlich stand sie auf und öffnete die Haustür. Im gegenüberliegenden Garten stand ein Kinderroller, den sie schon die ganze Zeit durchs Fenster beäugt hatte. Sie öffnete das Gartentor und sprang freudig auf die Terrasse. Die Leute, die dort wohnten, waren offensichtlich verreist.

»Mutter, dieser Roller gehört uns nicht.«

»Der Armin hat es mir aber erlaubt.«

»Der Armin ist tot, Mutter.«

»Ich kann auf einem Bein fahren! Sollst du mal sehen!«

Tatsächlich drehte Mutter einige Runden mit diesem Kinderroller, und ich spähte verschreckt in die Nebengärten, ob uns wohl jemand beobachtete, aber alles blieb still. Mutter rollerte mit heiligem Ernst ein paarmal die Einfahrt rauf und runter und ließ sich wie ein Schwan auf den Ananasweg gleiten. Sie hob ein Bein und rauschte majestätisch die Straße auf und ab.

»Mutter, das ist gefährlich!«

»Aber Mutti, das macht doch Spaß!«

Mutti? Nannte sie mich Mutti?

Sie wollte unbedingt noch länger damit fahren, aber ich sagte ihr, ohne Helm gehe das nicht. Wir brachten den Roller zurück in den Garten.

Ich hielt mich für schlau. Ich dachte, damit hätte sich das Thema erledigt. Weit gefehlt! In den nächsten Tagen strebte sie immer wieder in den fremden Garten und wollte mit dem rosaroten Roller fahren. Und das tat sie auch. Sie reckte den Hals über die Hecken, um zu schauen, ob sie auch genug Publikum hatte.

Noch drei Wochen!, dachte ich. Drei Wochen, die schaffe ich. Es ist Sommer, und selbst Schierchstadt kann im Sommer schön sein.

Das waren die guten Tage.

Es gab aber auch schlechte. Tage, an denen sie nach Hannah rief und mich wegstieß. Tage, an denen ihr bewusst wurde, wie verwirrt sie war. Einmal verließ sie böse murmelnd mit ihrem Autoschlüssel das Haus. »Die können doch nicht einfach in Urlaub fahren! Wo kommen wir denn da hin! Da fahr ich mit!«

Plötzlich war sie mir entwischt und hatte das Auto immerhin aus der winzigen Garage manövriert. Mit Lockenwicklern und ihrem weißen Hütchen, die Handtasche um den Hals gehängt.

»Mutter! Lass mich lieber fahren!«

»Ja, hast du denn einen Führerschein?«

»Ja, natürlich! Das hast du doch gesehen!«

»Dann kannst du ja Brot holen!«

»Das auch, ja! Und zum Arzt fahren!«

»Wer ist Arzt?«

»Wir wollten doch mal fragen, wozu deine ganzen Tabletten gut sind!«

»Ich bin doch kein Kind!«, schnauzte Mutter mich entrüstet an.

»Nein, aber du hast Alzheimer!«

»Das hat mir noch niemand gesagt.«

»Das ist aber so. Und deshalb gibst du mir jetzt den Autoschlüssel und lässt mich das Auto in die Garage fahren.«

»Hast du denn einen Führerschein?«

Ich seufzte. Diskutieren zwecklos.

Langsam gewöhnten wir uns aneinander. Ich lernte sie verstehen, und sie lernte, mich zu akzeptieren. Vor allen Dingen lernte sie, mich von Hannah zu unterscheiden. Was mal mehr, mal weniger gelang. Oft nannte sie mich Hannah, manchmal Mutti, einmal sagte sie Renate zu mir. Dann stellte sie mich wieder als ihre Schwester vor oder als ihre Nachbarin. Das Wort Tochter kam ihr nicht über die Lippen.

Nun saß sie da und schlürfte wieder mal Tee aus dem Würfelbecher. »Ich lasse mich nicht einsperren«, murmelte sie verdrossen. »Der ist viel zu grau!«

»Aber niemand will dich einsperren! Du wohnst doch hier!«

»Das sollst du mal sehen!«

Immerhin siezte sie mich nicht mehr.

»Und wo sind denn die Väter?«

»Welche Väter?«

»Die Dörrpflaumen.«

»Die sind in Urlaub gefahren, Mutter«, leierte ich zum hundertsten Mal herunter. »ICH bin ja jetzt da.«

»Das könnte dir so passen. Mit einem Bein.«

»Es passt mir weniger, als du denkst.«

»Du gehst nicht zur Grenze.«

»Nein. Mach ich nicht.«

»Vier, vier, vier, vier«, sagte Mutter. »Warum macht das denn keiner!«

Ihr Ton wurde schon wieder schärfer.

»Vier, vier, vier, vier! BITTE!«

»Meinst du den Armin?«

»Quatsch! Der ist doch schon lange tot!«

»Und was soll das bedeuten – vier, vier, vier, vier? Ist das eine Telefonnummer?«

»Die Bohne ist doch wirklich nicht schwer zu finden!«

»Nein. Im Prinzip nicht.« Ich hatte keine Ahnung, was sie meinte.

»Die Mauer ist ja jetzt weg.«

»Ja«, sagte ich. »Schon lange.«

»Und da muss man eben nach graben! Die kann doch nicht verschwunden sein! Ich hab doch auch Zwillinge geboren! Das muss doch zu machen sein!«

»Die Mauer?«

»Die Renate! Vier, vier, vier, vier!«

Und dann schlief sie in ihrem Sessel ein, die Plastik-Gartentischdecke bis zu den Ohren hochgezogen.

Lina

Dunkelweiher, 1961

»Sie schläft, hat die Decke bis zu den Ohren hochgezogen!«, flüsterte Lina, als sie zurück in die Wohnküche kam. Paul lag auf dem Sofa, das inzwischen sein festes Krankenlager war, und öffnete die Augen.

»Hast du in ihrem Zimmer nachgesehen?«

»Ja! Da siehst du mal, wie nötig sie den Schlaf hat!«

»Fandest du es richtig, ihr zu verbieten, zum Chorsingen ins Tal zu gehen?«

»Zum Chorsingen? Dass ich nicht lache! Sich wichtigmachen will sie vor den Jungs!« Lina stemmte die Hände in die Hüften. »Paul! Ich kenne dich gar nicht wieder! DU wolltest doch einen Erben für die Bäckerei! Und jetzt lässt du Uschi einfach machen, was sie will?!«

Paul krümmte sich vor Schmerzen und schloss gequält die Augen.

»Oh, Paul! Was ist los?«

»Der Bauch zwickt wieder, Lina. Der Bauch.«

Seit einiger Zeit klagte Paul schon über Magenschmerzen, und Lina fürchtete sich entsetzlich davor, dass er etwas Ernstes haben könnte. Sie schaffte das alles nicht mehr.

»Soll ich den Arzt holen?«

»Nee, lass mal.« Paul krallte sich an die Tischkante und versuchte, seine Liegeposition zu ändern. »Die haben mich ja schon einmal aufgeschnitten und wieder zugenäht. Das hat doch keinen Sinn.«

Tatsächlich hatte man bei Paul Darmkrebs festgestellt, und da schon sämtliche lebenswichtigen Organe mit Metastasen befallen waren, gaben ihm die Ärzte nicht mehr lange zu leben. Paul behielt diese Diagnose für sich, um weder Lina noch Uschi damit zu belasten.

Lina sank ächzend auf den Küchenstuhl.

»Wir hätten Uschi viel strenger erziehen sollen! Frau Wirberg sagt, das Nudelholz hätte ihr bestimmt nicht geschadet!«

»Was?«, stöhnte Paul. »Unser Kind schlagen? Nur über meine Leiche!«

Lina schlurfte zum Herd und setzte Teewasser auf. »Ja, du kriegst es ja nicht mehr mit, was bei uns in der Bäckerei geredet wird. Uschi flirtet mit Grenzsoldaten! Ich kann jetzt schon hören, was die Wirberg wieder sagt! Und diese Renate von drüben flirtet mit einem sowjetischen Offizier. Das ist doch alles eine Schande, ist das doch!«

»Lina. Soviel ich weiß, ist Renate ihre beste Freundin. Das Konservatorium ist drüben, ihre Freunde sind alle drüben.« Er stöhnte, fasste sich an den Bauch. Dann murmelte er fast unhörbar: »Manchmal überlege ich, ob wir Uschi in den Osten rüberlassen sollen. Noch kann sie rüber.«

Lina ließ den Teekessel auf den Gasherd knallen und brach in Tränen aus. »Sie ist unser Ein und Alles! Wenn sie die Grenze dichtmachen, kann sie nicht zurück!«

»So schlimm wird das schon nicht werden«, sagte Paul, obwohl er es selbst nicht mehr glaubte.

»Wen habe ich denn noch, wenn du stirbst!«, steigerte Lina sich in Hysterie hinein, griff sich ans Herz und gab sich einer Panikattacke hin.

Paul war sehr verständnisvoll. Der Hausarzt, der ja regelmäßig zu ihm kam, hatte ihm erklärt, dass seine Frau unter starken Hormonstörungen leide. Sie könne nichts dafür, dass sie bei den kleinsten Kleinigkeiten in Tränen ausbrach und sich ständig überfordert fühlte.

Es tat ihm so leid, dass er seine tüchtige Frau so gar nicht mehr unterstützen konnte. Aber er konnte auch nicht zulassen, dass Lina ihren Frust an dem Kind ausließ. Uschi, sein Augenstern und Wirbelwind, war das Einzige, was ihn noch am Leben hielt. Sein kleiner Zaunkönig sollte singen und Spaß haben.

»Komm mal her, Liebes!« Paul richtete sich auf, so gut er konnte, und nahm seine weinende Frau in den Arm. »Sieh mal. Sie wird jetzt erwachsen. Wir können sie nicht einsperren. Vertrauen wir ihr doch!«

»Aber was wird aus ihr, wenn sie auf der falschen Seite landet? Weißt du, dass sie da jetzt eine Mauer bauen!«

»Ach was. Lina, beruhige dich. Nach den Sommerferien hat sich der ganze Quatsch erledigt. Sie hat ein Stipendium, meinst du, da bauen sie vorher eine Mauer und lassen sie nicht mehr rein?«

»Uschi ist nicht wichtig«, schnaubte Lina. »Auch wenn sie sich für so wichtig hält!«

»Lina! Bist du etwa eifersüchtig? Auf unser eigenes Kind?!«

»Wegen Uschi lassen DIE sich bestimmt nicht von ihren Plänen abbringen!«

»Na ja, jetzt schläft sie ja«, sagte Paul.

Doch Uschi schlief nicht. Uschi ließ sich nicht einsperren.

Sie hatte einen Besen in ihr Bett gelegt und es schön mit Kissen ausgestopft. Die Haare, die oben herausschauten, waren ihre abgeschnittenen Zöpfe.

Uschi hatte damit gerechnet, dass Lina kein Licht machen würde, wenn sie in ihr Zimmer schaute. Und so gute Augen hatte Lina auch nicht mehr.

Uschi hatte ihr Fahrrad aus dem Schuppen geholt und war ins Schattenbachtal runtergeradelt, um bei den anderen zu sein. Es tat sich gerade so viel. Die Grenzer bewachten den lächerlichen Schattenbach und die drei hölzernen Stege, die darüber führten. Keiner wusste so richtig, was werden sollte. Die Grenzer fühlten sich genauso komisch wie die Jugendlichen von Dunkelweiher.

Doch die ließen sich nicht einschüchtern. Sie trafen sich allabendlich am Stacheldraht. Einige hatten Gitarren dabei, ein anderer ein Akkordeon. Und sangen.

Bald stand es sogar in der Zeitung. Paul las Lina nicht ohne Stolz vor:

»Ganz Deutschland wird inzwischen von einem Stacheldraht geteilt. Ganz Deutschland? Nein! Ein unscheinbares Fleckchen namens Dunkelweiher im Schattenbachtal lässt sich durch einen Zaun nicht einschüchtern. Im Gegenteil! Die Jugend feiert dort ein nicht enden wollendes Sommerfestival, bei dem jeden Abend die Dunkelweiher Einheitshymne erklingt – von einer Siebzehnjährigen aus dem Westen komponiert und von einem siebzigköpfigen Chor von hüben wie drüben gesungen. Das Ganze erinnert an die Belagerung Galliens durch die Römer vor 2000 Jahren, wo sich ein paar wenige unbeugsame Originale ebenfalls nicht einschüchtern ließen.«

»Unbeugsam, ja, das ist sie«, knurrte Lina.

»Und ein Original auch«, erwiderte Paul und drehte sich unter Schmerzen um. Lina beeilte sich, seine Lieblingscreme in der blauen Dose zu holen und ihm den Rücken einzucremen. Lina benutzte sie auch fürs Gesicht. Frau Wirberg hatte gesagt, davon gingen die Falten weg.

Lina stieß ein verächtliches Schnauben aus. Frau Wirberg hatte auch gesagt, dass sie Uschi mit dem Nudelholz schlagen würde. Grün und blau!

Lisa

Schierchstadt, Juli 2013

»Grün und blau!«, jammerte meine Mutter. »Hier! Guck mal!« Sie zog ihre Hose herunter und zeigte mir ihr Hinterteil.

In mir zog sich alles zusammen. Ihr gesamter Popo war ein einziger Bluterguss. Die grünblauen Flecken zogen sich vom Rücken bis in die Kniekehlen.

»Wie ist denn das passiert?«

»Acht Pfund! Und sieben obendrein! Wer soll das denn ausbeulen!«

Sie würde wirklich nie damit aufhören.

»Mutter! Wie ist das passiert!«

»Mit dem Moped auf einem Bein!«

Welches Moped? Was fantasierte sie da?

»Wir müssen zum Arzt gehen! Komm, ich helfe dir beim Anziehen!«

Sosehr ich auch versuchte, sie dazu zu überreden, es war hoffnungslos. Sie sträubte sich und schlug nach mir, ließ sich kein bisschen anziehen.

»Der Doktor, der Nächste und der Übernächste, die können das ja nicht!«

»Mutter, in deinem Fall musst du nicht warten! Wir kommen bestimmt gleich dran!«

»Und dann macht die sich wichtig und will immer.«

»Wer macht sich wichtig?«

»Die alle!«

Das war interessant. Mutter unterstellte immer allen, dass sie sich wichtigmachten. Woher sie das nur hatte?

Halb packte mich Zorn, halb Mitleid. Geduld, Lisa!, rief ich mich zur Ordnung. Du schaffst das. Du bist erwachsen und leistest deinen Anteil, während Hannah ihren Hintern hoffentlich endlich auch mal in den Pazifik hält und das Leben genießt.

»Mutter! Wo ist deine Versichertenkarte?«

Unauffällig nahm ich ihre Handtasche und fahndete in den Innenfächern danach. Aber sie weinte laut: »Das ist meine eigene Tüte! Da ist kein Geld drin!«

»Mutter. Komm! Bitte. Beruhige dich! Ich bringe dich zum Arzt. Wie heißt denn dein Arzt?«

Na, das war eine total überflüssige Frage.

»Das blaue Kästchen!«, jammerte sie. »Da geht mir keiner dran!«

Meinte sie die Versichertenkarte? Egal! Ich half ihr auf und führte sie in den Flur.

»Was ist denn jetzt noch?«

Mutter rannte in die Küche. »Vier, vier, vier, vier! Die kann doch wenigstens jetzt mal kommen!« Sie krümmte sich schluchzend vor Schmerzen und kramte verzweifelt in den Schubladen.

»Suchst du das Telefon? Das ist hier, Mutter! Hier in der Ladestation! Und Hannah ist nicht da! ICH bin jetzt da!«

»Au, das sind Schmerzen!«

Mutter humpelte mit runtergelassener Hose zu mir und hielt mir auffordernd eine blaue Dose hin. »Herr, nimm die Last von mir. Es hat keinen Zweck.«

»Mutter, das ist Nivea-Creme. Die nützt in diesem Fall nichts. Wir müssen das einem Arzt zeigen!«

»Das blaue Kästchen! Das nimmt Vater auch immer«, beharrte sie.

»Das ist ein Riesenhämatom!«

»Au, au, au!«, jammerte sie. »Hannah! Warum hilft mir denn keiner!«

Mir kamen die Tränen vor Mitleid.

Sie griff wieder nach der Fernbedienung und wollte damit Hannah anrufen. Sie heulte und jammerte und fluchte.

»Hannah ist nicht da, Mutter. Hier. Überzeuge dich selbst!« Ich entwand ihr sanft die Fernbedienung, wählte Hannahs Nummer und hielt ihr das Telefon ans Ohr.

»Tu den Knochen weg! Ja, tuut tuuut tuuut«, schimpfte sie. Es läutete durch.

»Siehst du, sie ist nicht da.« Ich wollte ihr den Hörer gerade wegnehmen, als Hannahs Stimme vom Band kam.

»Hannah«, jammerte sie. »Hallo! Hilfe!«

»Bestattung Klüger-Wasserthal, guten Tag. Unser Institut ist zurzeit geschlossen. In dringenden Fällen wenden Sie sich bitte …«

Das war irgendwie makaber, denn bei einem Anruf bei einem Bestattungsinstitut handelte es sich ja wohl zwangsläufig um einen dringenden Fall. Genauso gut hätte Hannah auf Band sprechen können: »Ich bin zurzeit im Urlaub. Bitte sterben Sie erst nächsten Monat wieder.«

»Hannah! BITTE und ARMIN!«

Sanft nahm ich Mutter den Hörer weg. »Hannah kommt bald wieder, und Armin ist tot.«

»Au, au, au! Diese Schmerzen! Das kann mir kein Toter festbacken!«

Endlich hatte ich sie wieder in ihren Sessel gesetzt. Wenigstens wegen der Nivea-Creme wollte ich keine Diskussion mehr vom Zaun brechen. Ich massierte sie meiner armen Mutter ein und erschrak bei der Gelegenheit über den Zustand ihrer Unterwäsche.

»Mutter, darf ich vielleicht mal deine Wäsche waschen?«

»Das ist meine Brause. Die geht niemanden was an!«

Ich straffte mich.

»Natürlich nicht, Mutter. Ich will dir doch nur helfen.«

»Meine Brötchen sind immer ohne Löcher gewesen! Das lass ich mir nicht nachdrucken!«

»Aber das will doch keiner, Mutter!«

»Ihr wollt mich alle hinzeigen!«

Ich blinzelte die Tränen weg. Sie tat mir so leid! Zum ersten Mal wünschte ich mir Hannah sehnlichst herbei. Meinetwegen mit Möhrensuppe und Sahnequark. Sie sollte möglichst nichts sagen, sondern einfach nur da sein.

An der Küchenwand hingen sämtliche Notfallnummern, die Hannah mir mit dickem schwarzem Filzer notiert hatte.

Der Hausarzt hieß Doktor Hilfreich. Der Name war Programm.

Ich rief in seiner Praxis an und konnte mich kaum verständlich machen, so laut heulte meine Mutter.

»Nein! Au! Hannah! Mein Vater soll kommen!«

Ich sprach mit der Frau des Arztes, die am Empfang das Telefon bediente.

Auf die Frage, wie das denn passiert sei, konnte ich ihr genauso wenig eine klare Antwort geben wie meine Mutter. »Sie sagt immer, sie sei mit einem Bein vom Moped gefallen, aber das kann ja nicht stimmen!«

Die Frau des Arztes meinte, ich könne Mutter jederzeit vorbeibringen.

Aber wie, Frau Hilfreich! Wie sollte ich Mutter in ihren Kleinwagen bugsieren?

In dem Moment sah ich aus den Augenwinkeln einen

dicken schwarzen Leichenwagen vorfahren. Eine Fata Morgana? Nein. Er war echt.

Es gab einen Gott! Hannah?!

Zu meiner großen Freude waren es Benedikt und Johannes Paul. In völlig neuem Outfit entstiegen sie dem Leichenwagen. Zu meiner noch größeren Freude krabbelte Ronja ganz verschlafen hinten raus.

»Hallo, Mama, da sind wir wieder! Amsterdam war voll geil! – Was macht denn der Roller in der Einfahrt?«

»Kinder, ihr müsst mir helfen. Oma ist gestürzt. Welcher Roller?«

Benedikt und Johannes Paul hielten mir etwas Rosafarbenes entgegen: »Dieser Roller hier.«

Es war der Kinderroller aus dem Nachbargarten. »Er lag mitten in der Einfahrt. Ist ein bisschen verbeult.«

Das orangfarbene Fähnchen, das an der Lenkstange angebracht war, war abgeknickt.

»Mutter, bist du etwa wieder mit diesem Roller gefahren?«

»Auf einem Bein«, jammerte Mutter.

»Ja, wo hast du den denn her?!«, lachte Ronja.

»Das ist der Roller von Leila Feige«, sagte Benedikt. »Der Enkelin von Lilo. Die sind im Urlaub.«

»Der Armin hat laut gelacht«, sagte Mutter in einem Tonfall, als hätten wir es nun endlich kapiert. Ja, der Armin. Der hatte den Durchblick. Und wir Trottel nicht.

Wir fuhren Mutter mit vereinten Kräften zum Arzt.

Leider wollte sie ums Verrecken nicht hinten liegen. Sofort tadelte ich mich für diesen doch reichlich makabren Gedanken. Obwohl Ronja ihr das Lager schmackhaft machte: »Oma, das ist voll gemütlich!«

»Ich breche doch nicht ein!«, weigerte sie sich. »Ich komme nicht in den Schrank!«

Während wir meine Mutter im Lift in den ersten Stock, in dem die Praxis lag, bugsierten, vertraute Ronja mir an: »Der Johannes Paul ist schwul und traut sich nicht, sich zu outen!« (Wir konnten offen reden, meine beiden Neffen hatten netterweise die Treppe genommen.)

»Bist du sicher, dass er schwul ist? Oder macht er sich nur wichtig?«

»Mama!«

»Kleiner Scherz.«

Hannah wäre bestimmt nicht begeistert. Aber das war jetzt nicht mein dringendstes Problem.

Mutter humpelte laut wehklagend in die Arztpraxis. »Das sind Schmerzen wie seit dem Krieg nicht mehr!«

»Du warst doch gar nicht im Krieg, Oma!«

»Du junge Beere, du weißt doch gar nicht, was Krieg ist!«

Ich verhandelte mit Frau Hilfreich, die an der Rezeption saß.

»Die Krankenversicherungskarte?«

»In der Handtasche. Mutter, gib mir bitte mal deine Handtasche!«

»Finger weg!«, regte Mutter sich auf.

»Was wollt ihr denn? Keine Rosinenschnecken drin! Und Geld hab ich jetzt nicht dabei.«

»Die Krankenkarte, Mutter.«

Nach einigem Hin und Her schüttete sie den Inhalt ihrer Handtasche auf den Tresen. Das Übliche, einschließlich der kleinen gelben Tasche mit den Tabletten.

»Hier«, sagte Mutter und zeigte der Arztfrau den Zeitungsartikel von 1961. »Vier, vier, vier, vier!«

»Mutter, das ist jetzt nicht wichtig.«

»Dunkelweiher Einheitshymne!«, begehrte Mutter auf. »Die Renate singt Sopran, da könnt ihr aber gucken!«

»Ach ja«, sagte ich. »Apropos gucken: Der Doktor möchte

doch mal bitte die Tabletten hier anschauen, die nimmt sie immer mal so zwischendurch.«

Mutter riss mir erzürnt das Täschchen aus der Hand, und da kullerten auch schon Hunderte von Tabletten über den Tresen.

»Das ist die Ausgeschämtheit! Meine Rosinen! Wer bildet sich denn ein!«

»Frau Klüger, bitte beruhigen Sie sich«, sagte die Arztfrau. »Wir kontrollieren das nur mal.«

»Hier kontrolliert mich keiner! Die Mauer ist doch vorbei!«

Mutter griff erzürnt nach dem kleinen Täschchen, und da fiel auch noch die Nivea-Dose heraus.

»Das nimmt sie gegen ihre Schmerzen«, petzte ich. »Bitte reden Sie ihr das aus!«

»Ich seife meine Beulen immer noch ein, wie ich will!«

»Ja, natürlich. Bitte gehen Sie noch ins Wartezimmer.«

Im Wartezimmer saß nur ein einzelner Rentner und blätterte in einem Magazin.

Mutter hatte wieder ihr groß geblümtes Lieblingskostüm aus den Fünfzigerjahren an und ihren unvermeidlichen Schlapphut. Der Rentner schaute irritiert hoch, weil sie so ein Theater machte.

»Ich bin eine Beamtenfrau!«, rief sie ihm erbost zu. »Fünfunddreißig Jahre und keine Körner! Nicht ein einziges! Und jetzt wollen die hier meine Beeren!«

»Entschuldigung«, murmelte ich.

Mutter hielt dem Rentner ihre nunmehr leere Handtasche unter die Nase. »Wer kann das denn ohne Fehler!? Dunkelweiher Einheitshymne! Da!«

Der Mann fürchtete sich und versteckte sich hinter seiner Zeitung. »Die ganze Mauer hat mitgesungen! Da können Sie sich eine drauf bauen!«

»Mutter, bitte lass den Mann in Ruhe!«

»Wollen Sie mal sehen? Blau und grün! Acht Pfund! Wer soll das denn schaffen!«

Und bevor ich sie daran hindern konnte, hatte sie den geblümten Oma-Lina-Rock schon runtergelassen und leider auch ihre Unterwäsche.

»Das lass ich mir doch nicht vormachen«, schimpfte sie. »Mein Mann war Beamter. Ich lass mich doch nicht einfach ausdrehen! Wer bin ich denn!«

Hastig zog ich ihre Sachen wieder hoch und führte sie aus dem Wartezimmer. Ich musste mich schwer beherrschen, nicht zu lachen.

Die Arztfrau zeigte Erbarmen und schickte uns sofort ins Sprechzimmer. Dort lagen schon die Tabletten, die sie hatte aufsammeln können.

Mutter tobte und heulte und jammerte und riss meinen Arm weg. »Ich kann doch alleine gehen«, schnauzte sie mich an. »Der Struwwelpeter ist auch nicht da!«

»Wegen der Versichertenkarte können Sie mich ja dann noch anrufen.«

»Das blaue Kästchen habe ich in der Kiste versteckt«, sagte Mutter ruhig.

»Du meinst die Versichertenkarte? Oder die Nivea-Dose?«

»Das geht dich gar nichts an.«

Der Arzt war ein sehr sympathischer, hochgewachsener Mann, um den ich Frau Hilfreich fast ein bisschen beneidete. Ich überlegte schon, ob ich lieber diesen Arzt gehabt hätte als Frank, auch wenn ich dann nie was zu lachen gehabt hätte in Schierchstadt. Entschied mich dann aber doch für Frank.

Doktor Hilfreich sah sich die Blutergüsse an und beruhigte mich, dass nichts gebrochen oder ernsthaft verletzt sei. »Wie ist das denn passiert?«, fragte er mit lauter Stimme meine Mutter und beugte sich zu ihr herunter.

»Au! Sie schreien mir ja die Ohren ab!«

»Sie ist Roller gefahren.«

»Und zwar mit einem Bein«, triumphierte meine Mutter. »Freihändig hinter dem Armin!« Und dann, plötzlich, stellte sie sich mit hochkonzentrierter Miene mitten ins Sprechzimmer, hob ein Bein und breitete beide Arme aus wie ein Flugzeug. So blieb sie über eine Minute stehen. Wahrscheinlich hörte sie dabei die Dunkelweiher Einheitshymne.

»Donnerwetter!«, rief der Arzt.

»So. Struwwelpeter«, sagte meine Mutter. »Acht Pfund und sieben obendrein. Wer kann denn das heute noch.«

»Das ist toll«, schrie der Arzt. »Sie haben ja noch einen ganz intakten Gleichgewichtssinn!«

»Schrei doch nicht so«, sagte meine Mutter. »Der Armin ist kein Bleichgesicht! Der Armin ist – ein Freund.«

Lina

Dunkelweiher, 1961

»Der Armin ist – ein Freund.«

»Ein Freund? Was soll das heißen, ein Freund?«, sagte Lina mit so scharfer Stimme, dass man altes Pferdebrot damit hätte schneiden können.

Uschi warf ihren Ranzen auf die Fensterbank und lief als Erstes zum großen weißen Spülstein an der Wand, um sich die Hände zu waschen und gierig aus dem Kran zu trinken. Ihr Fahrrad hatte sie wie immer gegen die Mauer der Bäckerei geschmissen, wo extra stand »Fahrräder anlehnen verboten!«, was Lina zusätzlich zur Weißglut trieb. Es war einer der letzten Schultage vor den Sommerferien, und Uschi war schon wieder voll in ihrem Element. Sie studierten ein Musical ein, das noch vor den Ferien zur Aufführung gelangen sollte.

»Auweia, Dunkelweiher!« Es war ein freches gesellschaftskritisches Stück, und Uschi hatte die Musik geschrieben. Überall in der Stadt hingen die Plakate, und Lina musste sich die spöttischen Bemerkungen ihrer Kunden anhören. Die Stimmung in Dunkelweiher war aufgeladen. Alle redeten davon, dass sie Ernst machen würden mit der Grenze im Tal. Am besten war es wirklich, man hielt den Mund, so wie Lina das eisern tat, und hielt sich aus allem raus. Bei den Wirbergs war sie sich überhaupt nicht so sicher, wes Geistes Kind die waren und was die so rumerzählten.

»Ich hab dich was gefragt.« Lina starrte ihre Tochter an.

Uschi war verschwitzt vom Radfahren, ein paar Strähnen hatten sich aus ihrer neuen Frisur gelöst. Sie verharrte vor dem Spiegel und sah in ihr angespanntes Gesicht.

So. Jetzt war es also so weit. Lina hörte ja auch das Gras wachsen.

»Er ist … Also – er spielt die Hauptrolle in meinem Stück.«

»Ein Freund, dass ich nicht lache!« Lina knallte ein Backblech auf den Tisch, dass die Krümel stoben. »Und was hast du da eigentlich für unmögliche Nietenhosen an!«

»Mutti, das sind Jeans! Armin hat sie mir besorgt!«

»Die ollen Nietenhosen steck ich in den Ofen! Und diesem Armin zieh ich die Ohren lang!«

»Alle haben einen Freund«, sagte Uschi zaghaft und trocknete sich die Hände mit dem Handtuch ab. Sie ließ sich Zeit, um sich innerlich zu wappnen.

Ja, es hatte sie erwischt. Armin war der süßeste und klügste Junge der Welt! Sie war bis über beide Ohren in ihn verliebt. Er war so cool, er wusste so viel und hatte ein Moped!

»›Alle‹ interessieren mich nicht! MEINE Tochter treibt sich nicht mit irgendwelchen Jungs herum! Und schon gar nicht an der Grenze! Wie oft soll ich dir das noch sagen!«

Uschi war es leid, sich immer wieder diese Vorwürfe anhören zu müssen. Armin war nicht »irgendwelche Jungs«! Kein Vergleich zu diesen Wirberg-Tölpeln. Die hatte sie längst abgehakt. Unterschwellig unterstellte ihre Mutter ihr immer, sie wäre ein Flittchen. Wie kam sie nur darauf? Das stimmte überhaupt nicht! Außer ein paar heimlichen Küssen mit den Wirberg-Tölpeln war überhaupt noch nichts gewesen.

»Armin ist als Grenzer eingesetzt«, verteidigte sich Uschi. »Und zwar bei uns auf der Westseite! Er ist einer von den Guten! Ohne ihn könnte ich gar nicht ins Konservatorium! Es gibt da noch einen Schleichweg!«

»Pssst«, machte Lina und schaute in Richtung Backstube. Die Wirberg machte wieder lange Ohren.

»Wer hier die Guten oder die Schlechten sind, das hast du gar nicht zu entscheiden! Mach dich nicht so wichtig!«

Sie schubste Uschi hinter den Verkaufstresen und warf ihr die Servierschürze zu.

»Los, pack jetzt mit an, sonst kannst du dir dein Konservatorium aus dem Kopf schlagen!«

Widerwillig band Uschi sich die Schürze um und begann, die Brötchen in den Korb zu räumen. Lina sah ihr mit verschränkten Armen dabei zu. »Du sollst da nicht mehr rübergehen! Ich verbiete es dir!« Lina hieb mit ihrer fleischigen Hand auf die Theke.

Uschi starrte auf Linas Ehering, der sich so tief in ihren Finger eingegraben hatte, dass sie ihn nie mehr abbekommen würde. Manchmal, wenn Lina so tobte und schimpfte, sah Uschi die Mutter vor ihrem inneren Auge im Grab liegen und ganz langsam vermodern, von den Würmern gefressen werden. Dann würde dieser Ring wieder frei sein. Sie schüttelte sich bei dem Gedanken daran. Wie kam sie nur auf so entsetzliche Vorstellungen! Sie wollte von ihrer Mutter frei sein. Würde sie das, wenn sie in den Osten rüberging?

»Ich bring doch auch die Brötchen rüber, damit es mit der Bäckerei weitergeht!«

So als könnte Lina ihre Gedanken lesen, schnauzte sie: »Du bist hier geboren, und du bleibst hier!«

Uschi nahm all ihren Mut zusammen, holte tief Luft und stellte die Frage, die ihr schon so lange auf der Seele brannte:

»Mutti? Bin ich wirklich hier geboren?«

»Was willst du damit sagen?«, knurrte Lina wie ein Hund, der in die Enge getrieben wird.

»Ich meine – hier! Von – dir?!«

Uschis Herz flatterte vor Angst.

Lina rang nach Luft. Sie kam sich vor wie bei einem Marathon, ohne je im Ziel anzukommen.

Uschi bekam weiche Knie. Warum zögerte Mutti? Warum antwortete sie nicht gleich? O Gott. Sie würde doch jetzt nicht schon wieder eine Ohrfeige bekommen?

Ängstlich trat sie einen Schritt zurück und lehnte sich an die kühle Glasscheibe.

»Wer sagt, dass du hier nicht geboren bist?!« Linas Stimme war scharf wie ein Rasiermesser.

»Na ja, die Leute reden so Sachen …« Uschi wischte sich den Schweiß von der Oberlippe.

Lina fühlte, wie ihr das Nasse unter der Zunge wegblieb. Nein. Das würde sie alles nicht mehr verkraften.

»Was reden sie denn?«, japste sie.

»Ich weiß nicht … Die Söhne von der Wirberg sagen, ich sei eine Amerikanerin.«

Uschi wich noch einen Zentimeter zurück. Weiter ging es nun wirklich nicht mehr. Sie klebte förmlich an der Glasscheibe.

Lina fasste automatisch in die Kitteltasche. Darin klebte der Zettel. Schon tausendmal gewaschen. Aber die blassblaue Handschrift mit der Adresse und dem Namen dieser Frau wollte sich einfach nicht wegwaschen lassen. Ingeborg Gärtner. Kalifornien. Lina wurde weiß.

»Eine – Amerikanerin.«

»Als ich nachgefragt habe, was der Scheiß soll, hat der eine den anderen in den Hintern getreten und gemeint, weil ich immer die Amerikaner verteile, die runden Teilchen mit der Zuckerglasur, würden sie mich heimlich so nennen. Aber ich bin nicht doof, Mutti. Die meinten was anderes.«

Lina spürte, wie sie von einer riesigen schwarzen Mauer der Angst erdrückt wurde. Uschi würde ihr entgleiten. So oder so. Sie versuchte ein letztes Mal, sich zu straffen. Angriff war immer noch die beste Verteidigung.

»Ja!«, schrie sie ihre Tochter an und spürte die üblichen roten Flecken auf Hals und Gesicht: »Ja! Jetzt hast du es endlich kapiert! Die Leute reden! Es wird hier in Dunkelweiher viel zu viel geredet!«

»Aber was reden sie über mich? Dass ich nicht von hier bin? Dass ich eigentlich von drüben bin?«

»Das will ich dir sagen!« Lina stieß ein schnaubendes Lachen aus. »Pah! Amerikanerin! Selber schuld!«

»Also bin ich keine?!«

»Natürlich nicht!« Lina spürte, dass sie die Kurve noch mal gekriegt hatte, und ging wieder zum Gegenangriff über. »Aber die Leute kommen auf solch dumme Gedanken, weil du diese amerikanischen Nietenhosen anziehst.«

»Jeans, Mutti.«

»… in denen sich dein Hintern abmalt. Und du fährst bei Grenzsoldaten auf dem Moped mit und machst dich mit deiner sogenannten Dunkelweiher Einheitshymne wichtig!«

»Der Text ist von Armin und die Musik von mir! Sie kritisiert die politischen Zustände hier. Wir können doch nicht tatenlos zusehen, wie Dunkelweiher den Bach runtergeht! Wir müssen doch zusammenhalten! Wir lassen uns doch nicht durch einen Zaun teilen! Ich will drüben aufs Konservatorium gehen! Ich hab ein Stipendium! Das ist mein Recht!«

Lina machte eine wegwerfende Handbewegung.

»Du hast überhaupt kein Recht.«

»Das heißt, du kommst nicht zu meinem Konzert?«

»Ich bleibe bei Vati. Wir wollen uns nicht für dich schämen.«

»Aha«, sagte Uschi und blies die Backen auf. »Ihr schämt euch also für mich.«

»Ja, das tun wir. Du gibst uns auch allen Grund dazu!« Verzweifelt wandte Lina sich ab und trocknete verstohlen ein paar Tränen.

Lisa

Schierchstadt, Juli 2013

Verzweifelt wandte ich mich ab und trocknete verstohlen ein paar Tränen: Nachdem Mutter in ihrem Sessel eingeschlafen war, hatten die Kinder begeistert von Amsterdam erzählt. Nur um mich gleich darauf vor vollendete Tatsachen zu stellen. Sie würden gleich weiterfahren – zu Frank und Sandra. Die beiden hätten ihnen ihr Haus mit Pool zur Verfügung gestellt, und sie hätten sturmfreie Bude. Frank und Sandra machten noch eine letzte große Reise, bevor das Baby kam.

Ich hatte schwer daran zu knabbern, konnte es aber auch nicht ändern. Die Sache mit Mutter hatte, so schrecklich sie war, einen Vorteil: Ich musste nicht dauernd an Frank und Sandra denken. Ich war wirklich abgelenkt!

Und was meine quirlige Ronja anbetraf: Was sollte sie hier in Schierchstadt! Das waren wirklich keine adäquaten Sommerferien für sie!

»Nicht böse sein, Mami, aber da muss ich jetzt unbedingt hin!«

Ich hatte gar nicht mehr die Kraft, böse zu sein. Außerdem konnte ich sie, wie gesagt, verstehen. Sie war siebzehn und hatte gerade erst ihre Cousins kennengelernt. Die drei verstanden sich einfach bombig! Ronja hatte so einen unverkrampften Umgangston und scherte sich so erfrischend wenig um die steifen Konventionen von Schierchstadt, dass die beiden zugeknöpften Bestattersöhne plötzlich aufgetaut waren. Ein ganz kleines bisschen Genugtuung stieg in mir auf: Hannah würde ihre angepassten braven Muttersöhne nicht mehr wiedererkennen! Wenn die wüsste, dass ihr Johannes Paul schwul war! Ich hatte auch schon so was vermutet, und in einer stillen Stunde hatte ich Hannah sogar gefragt.

»Könnte es sein, dass dein Johannes Paul schwul ist?«

»Aber NEIN!«, hatte Hannah sich aufgeregt. »Im Gegenteil! Der macht mit seinem Vater und seinem Bruder Schwulenwitze, und dann lacht er am lautesten darüber!«

Schwesterherz, wenn du dich da mal nicht irrst, dachte ich. Ronja gegenüber hatte er den Mut gehabt, es zuzugeben: wahrscheinlich beim Kiffen in Amsterdam.

Sollten sie doch nach Salzburg fahren und die Bars und Kneipen dort unsicher machen. Es gab das »Republic« und das »ARGEkultur«, die ganze Theaterszene und jetzt zur Festspielzeit ein kulturell interessiertes Publikum aus aller Welt. Da steppte der Bär, wie Ronja sich auszudrücken pflegte. Hier in Schierchstadt kam nur jeden Tag Essen auf Rädern. Das war Schauspiel genug.

Sehnsüchtig sah ich ihnen nach, als sie mit ihrem Leichenwagen davonfuhren. Sie fuhren in meine heiß geliebte Wahlheimat, in die in meinen Augen schönste Stadt der Welt.

Und ich saß hier. Neben meiner schlafenden Mutter. Am Fenster. Ich musste dringend etwas tun. Sonst würde ich noch wahnsinnig werden. Geputzt hatte ich, den Rasen gemäht, aufgeräumt, ausgemistet. Die Handtasche konnte noch ausgemistet werden. Durfte ich das? Ich griff mechanisch danach.

Zwischen dem ganzen Kram, den sie immer wieder ein- und auspackte, fand ich das Tagebuch. Ich schüttelte es, und die Krankenkassenkarte fiel heraus. Und ein Stapel alter Briefe. Von Mutter an eine gewisse Renate. War das die Tante Renate aus dem Erzgebirge? Die mit den Kasperlepuppen? Vorsichtig schlug ich das Tagebuch auf, warf neugierig einen Blick hinein. Es war gar nicht Mutters Handschrift.

Erst da merkte ich, dass es nicht Mutters eigenes Tagebuch war. Aber von wem war es dann? Jetzt wollte ich erst recht wissen, was drinstand. Vielleicht fand ich hier etwas, mit dem ich Mutters Gedächtnis auf die Sprünge helfen konnte. Ich machte mir einen Tee, setzte die Lesebrille auf und ließ die Seiten durch meine Finger gleiten.

Sie waren mit einer blassblauen, gleichmäßigen, leicht nach rechts geneigten Frauenhandschrift beschrieben, einige Briefe waren dazwischengelegt. Ich warf noch einen vorsichtigen Blick auf Mutter, doch die schlief tief und fest. Ihre Mundwinkel hingen dermaßen schlaff nach unten, dass man meinen könnte, sie wäre tot. Mit dem heftigen Wunsch, wieder etwas in ihr zum Leben zu erwecken, blätterte ich zur ersten Seite und begann zu lesen. Der Vorhang hob sich, und es begann eine wunderschöne Geschichte.

Renate

Dunkelweiher, August 1961

Es hob sich zwar kein Vorhang, aber es begann eine wunderschöne Geschichte: Endlich führten wir unser Konzert auf! Wir hatten Lampenfieber, fühlten uns aber so frei, jung und mutig! Schließlich wussten wir genau, dass sich da über unseren Köpfen etwas zusammenbraut. Die Vögel zwitscherten wie an jedem anderen Abend auch. Aber die wurden ja auch nicht eingeteilt in Ostler und Westler! Die konnten hin- und herflattern, wie sie wollten. Ich hatte das Gefühl, dass die Natur sich mit aller Macht gegen das wehrt, was die Menschen mit ihr vorhaben: nämlich sie gewaltsam zu teilen.

Wir wehrten uns auf jeden Fall dagegen. Als die rote Abendsonne die rauschenden Bäume in ein märchenhaftes Licht tauchte, war das die perfekte Kulisse für unsere Freilichtbühne. Das Publikum saß rechts und links vom Stacheldraht, auf Klappstühlen, die hüben wie drüben eilig herbeigeschleppt wurden. Das ganze Tal war von erwartungsvollem Raunen erfüllt. Alle waren da: Männer und Frauen, Schüler, Studenten, Arbeiter und Bauern. Die Grenzsoldaten sowieso.

Manche saßen sogar auf ihren Autodächern oder hatten Wolldecken auf der Erde ausgebreitet. Irgendwann zündeten sie Fackeln an und schwenkten sie zu unserer Musik.

Es war eine ganz besondere Atmosphäre. Wir begehrten mit unseren Stimmen gegen die Teilung auf, manchmal so leise und zart, dass alle die Ohren spitzen mussten. Dann wieder so mitreißend, dass alle eine tiefe Harmonie empfanden. Solidarität und den Willen zur Freiheit.

Meine beste Freundin Uschi dirigierte ihre Komposition mit einer solchen Musikalität, dass der blöde Stacheldraht schnell vergessen war. Bis uns am Schluss schmerzlich bewusst wurde, dass das unser letztes gemeinsames Konzert sein würde. Den Abschluss bildete Uschis Dunkelweiher Einheitshymne: Die erste Strophe sang ich solo links vom Zaun, die zweite Strophe sang Uschi rechts vom Zaun. Anschließend ging es zweistimmig, dann im Chor und schließlich im Kanon weiter. Uschi hatte echt Talent! Der Refrain grub sich allen unauslöschlich ins Gedächtnis, alle sangen mit und vergossen Tränen.

Als zu beiden Seiten des Zauns Applaus aufbrandete, löste sich unsere Anspannung. Wir stellten uns in einer Reihe auf, fassten uns an den Händen und verbeugten uns immer wieder nach beiden Seiten. Nach Osten und nach Westen. Wir ignorierten diesen Zaun einfach. Aber das Allerverrückteste war, dass die Grenzer hüben wie drüben unser Treiben nicht nur tolerierten, sondern laut und vernehmlich mitsangen.

Uschis Freund Armin, der den Text verfasst hatte, wusste bis zur letzten Sekunde nicht, wohin er sich stellen sollte. In den Ostteil des Chors oder in den Westteil? Er wollte am Konservatorium studieren und hatte Angst um seinen Studienplatz. Beim Applaus kam er zu uns in den Osten. Er hatte immer wieder versucht, Uschi zu überreden, dasselbe zu tun. Aber Uschi musste an ihre Eltern denken: Ihr Vater war krank und ihre Mutter depressiv.

Trotzdem: Beim Schlussapplaus erfasste uns alle ein unbeschreibliches Glücksgefühl. Musik kennt eben keine Grenzen! Ich sah, wie gerührt die Leute sich über die Augen wischten. Dabei blieb mein Blick an einem sowjetischen Offizier hängen. Er hieß Wanja. Bei den Proben hatte ich schon ein paarmal neben ihm auf dem Waldboden gesessen. Wir konnten uns zwar nicht wirklich unterhalten, aber seine sanften braunen Augen sagten mehr als tausend Worte.

»Hast du ihn gesehen?«, raunte ich Uschi zu. Wir hatten

unsere Finger durch den Maschendraht miteinander verschränkt. Bis zur letzten Sekunde demonstrierten wir der Welt, dass wir uns nicht auseinanderbringen lassen.

»Er verschlingt dich mit den Augen!«

»Uschi, was soll ich machen?«

»Wart ab, ob er zu dir kommt!«

In seinen Augen lag so viel Bewunderung und Zuneigung, dass ich überall so ein Kribbeln spürte.

Doch dann kam eine blecherne Stimme aus einem Megafon: »Bitte verlassen Sie das Grenzgebiet! Gehen Sie nach Hause! Das Konzert ist vorbei!«

Wir taten so, als hätten wir nichts gehört. Wir wollten uns nicht vertreiben lassen! Das war unsere Waldbühne!

»Was meinst du? Lassen sich die Leute einschüchtern?«, fragte ich Uschi.

In dem Moment hallten Schüsse durch die Luft. Hunde bellten, und plötzlich brach Panik aus.

»O nein!«, rief meine Freundin. »Armin ist drüben bei euch! Sag ihm, ich liebe ihn!«

Das Publikum stob nach allen Seiten davon, so als hätte es unsere Aufführung nie gegeben. Sitzkissen, Kühltaschen, leere Flaschen, die Reste von mitgebrachtem Picknick – alles wurde hastig eingesammelt.

In die blecherne Megafonstimme mischte sich ein Martinshorn, das immer näher kam. »Gehen Sie nach Hause! Verlassen Sie das Grenzgebiet!«, hieß es immer wieder. Uschi drückte meine Finger durch den Zaun so fest, dass es wehtat. »Sag Armin, dass ich nachkomme, sobald ich kann! Haltet mir meinen Studienplatz frei!«

»Ich werde dich vermissen«, erwiderte ich traurig.

»Vergiss mich nicht!«

»Großes Freundinnen-Ehrenwort!« Dann konnte ich es nicht lassen und musste Uschi einfach fragen: »Steht er noch da?«

»Er verschlingt dich mit seinen Blicken. Los, geh schon zu ihm.« Uschi nahm meinen Zeigefinger und küsste ihn. Dann rannte sie vom Zaun weg, um sich in Sicherheit zu bringen.

Und trotz des lauen Sommerabends war mir auf einmal sehr kalt.

Zwei Tage später sah ich Wanja wieder. Mir steckte der Schreck noch in den Gliedern. Die Grenze war auf einmal dicht. Unwiderruflich.

Auf wackeligen Beinen ging ich zu ihm.

»*Sdrawstwujte!* – Guten Tag!«

Wie er sich freute, dass ich ihn auf Russisch ansprach! Er war so süß! Ich nahm meinen ganzen Mut zusammen und sagte: »Erinnern Sie sich an mich? Ich habe im Chor mitgesungen!«

Er schaute mich mit seinen samtbraunen Augen an und sagte dann, ich sei hinreißend. Nicht, dass ich das wortwörtlich verstand, aber der Tonfall und der zärtliche Ausdruck in seinem markanten Gesicht brauchten keinen Dolmetscher. Außerdem hatten wir ja in der Schule Russisch, und so konnte ich doch einige Brocken verstehen:

»*U tebja prekrasnij golos!* – Du hast eine wunderschöne Stimme.«

Ich war im siebten Himmel. Dass er mich bemerkt hatte! Dass er sich die Zeit genommen und vielleicht sogar Ärger mit seinen Vorgesetzten riskiert hatte, um unser Konzert zu hören!

Instinktiv drehte ich mich nach Uschi um, die vor meinen inneren Augen immer noch am Zaun stand. Aber Uschi war weg. Man hatte sogar einen Sichtschutz angebracht.

»Da stand meine beste Freundin«, sagte ich und zeigte auf die andere Seite. »Ich hoffe, ich werde sie bald wiedersehen.«

»Ich würde DICH gern wiedersehen«, meinte Wanja. *»Kogda my uwidjemsja?«*

»Ähm … Das wird schwierig, denn jetzt sind Sommerferien«, stammelte ich. »Und da wird es hier unten an der Grenze richtig ungemütlich.«

»Wir können uns ja oben im Schlosspark treffen!« Wanja sah mich entwaffnend an. »Du bist doch auf dem Institut für Lehrer, nicht wahr? Ich habe mich nämlich schon nach dir erkundigt.««

Dass er das wusste! Ich wurde ganz verlegen. »Nimm ihn und lauf!«, hätte Uschi gesagt. Dann lag Wanjas Hand auf meiner Schulter. Die Berührung durchzuckte mich wie ein Stromstoß.

»Ich würde dich wirklich gern wiedersehen.«

»Ich – ähm – fahre jetzt zu meiner Mutter nach Frühlingsdorf.« Oh, war ich verlegen! »Besser, die Situation hier beruhigt sich erst mal«, meinte ich. Um dann all mein Schulrussisch zusammenzukratzen und folgenden Satz zu sagen: »Am Sonntag nach den Ferien komme ich mit dem Halb-Acht-Zug zurück.«

Hoffentlich hatte ich mich verständlich genug ausgedrückt!

Lisa

Schierchstadt, Juli 2013

Hoffentlich hatte ich mich verständlich genug ausgedrückt! Zur Sicherheit wiederholte ich es noch mal: »Wir gehen einkaufen, Mutter, einkaufen!«

In Schierchstadt gab es sicherlich ein halbes Dutzend riesige

Einkaufszentren. Sie waren sozialer Treffpunkt für Alte und Einsame. Überall saßen sie in Schnellimbissen und löffelten Eintopf in sich hinein oder hockten stundenlang über einer Tasse Kaffee und starrten vor sich hin.

Mutters Auto durfte ich inzwischen nach einigem Hin und Her, wer auf welcher Seite einsteigt, fahren. Sie lobte mich sogar: »Ganz großartig spielst du das, ganz ohne Fehler! Da macht dir keiner so schnell was vor!«

Sie saß auf dem Beifahrersitz und hatte sich ihren Einkaufs-Jutebeutel auf den Kopf gelegt.

»Da links und dann schräg geradeaus.«

»Zieht es dir, Mutter?«

»Kann man nicht«, sagte Mutter und drehte an der Heizung. »Da hinten müsste man noch.«

Ich stellte die Klimaanlage aus. »So, da sind wir, Mutter. Aussteigen.«

Doch aus irgendeinem Grund weigerte sie sich störrisch wie ein Gaul vor dem Hindernis, dieses Einkaufszentrum zu betreten.

»Rewe!«, sagte ich mit Blick auf das Supermarktschild. »Was ist denn daran verkehrt!«

Die Leute machten schon einen Bogen um uns, weil Mutter so trotzte.

»Unverschämtheit!«

»Was denn, Mutter, was denn! Keiner tut dir was!«

»Diese Kirche ist es nicht!«

»Welche Kirche denn?!«

»Die grüne!«

Schließlich raunte mir eine grauhaarige Frau mitleidig zu, dass Mutter immer im Jibbi-Markt einzukaufen pflegte. Sie erklärte mir dann, wo der Jibbi-Markt war, und ich packte meine protestierende Mutter wieder ins Auto. Kaum beim Jibbi angekommen, hüpfte sie unternehmungslustig aus dem

Auto, schnappte sich einen Einkaufswagen und schob ihn zielbewusst – nicht etwa zu Jibbi, sondern zum Reisebüro. Mir schwante was. »Klüger Reisen«, das blaue Plakat mit dem Kreuzfahrtschiff und den weißen Wölkchen über dem »ü« leuchtete mir schon von Weitem entgegen. Das Plakat, dessen Prototyp vor achtzehn Jahren zerfetzt und zerknüllt auf dem Dachboden gelegen hatte, zog sie heute magisch an. Sie nahm mich an der Hand und zog mich zu der jungen Frau, die die Reisen verkaufte.

»Sag ihr das.«

Mir war das unangenehm. »Was denn, Mutter?«

»Du weißt schon.« Sie trat aufgeregt von einem Bein aufs andere und kicherte verschwörerisch. »Da kommt sie nicht hinter. Das ist die größte Pfanne!«

»Ähm, hüstel. Bringen wir es hinter uns. Also ich bin das da auf dem Plakat.«

Die junge Frau warf einen Blick über die Schulter und verglich die braun gebrannte, schlanke Schönheit mit den wallenden blonden Haaren mit der gestressten Frau in Turnschuhen und Allwetterjäckchen, die eine verrückte Alte mit Einkaufswagen im Zaum zu halten versuchte.

Ihr Blick sprach Bände: »Also, wenn du die Frau auf dem Werbeplakat bist, dann bin ich Miley Cyrus.«

Ich schaute zu Boden. »Das war ich mal!«

»Meinst du, das weißt du heute Abend noch?«, fragte mich meine Mutter.

»Ich schon, und du?«

Ich hatte sie im Verdacht, dass sie sich nun in meinem verblassten Ruhm sonnte, weil es mit ihrem eigenen auch nicht mehr zum Besten stand.

Ich zog sie vom Reisebüro weg und lenkte sie mit Einkaufen ab.

Sie lud mit erstaunlicher Geschwindigkeit lauter Dinge in

den Einkaufswagen, die sie nicht brauchte. Weil wir schon Unmengen davon hatten. Nämlich Blockschokolade, Lakritzschnecken und Klopapier.

Ich rannte hinter ihr her, so schnell ich konnte, und räumte das sinnlose Zeug unauffällig wieder aus. Es tat mir aufrichtig leid, dass ich es in der Eile nicht an den richtigen Platz zurückbringen konnte.

»Nein, Mutter, die Sahnetorte brauchen wir nicht.«

»Die hat die Siebenpfündige selbst gebacken«, behauptete meine Mutter und pfiff anerkennend. »Die Achtpfündige kann das ja nicht.«

»Nein, diese nicht. Die hat Dr. Oetker selbst gebacken.«

»Der Doktor? Die ist ja eiskalt!«

»Eben.«

So eine Tiefkühlpackung kann man nicht einfach so zum Klopapiersortiment legen, deshalb trabte ich zurück zur Tiefkühltheke. Ich ließ sie nur einen Moment aus den Augen, und schon ging ein ohrenbetäubender Alarm im Supermarkt los.

O nein. Bitte nicht. »Mutter, wo bist du?«

Ich ließ die Tiefkühlsahnetorte bei den Schreibwaren liegen und eilte durch die endlosen Gänge. Eben noch hatte Mutter bei den Wäscheklammern gestanden! Und jetzt war sie weg!

Der Alarm ging einem durch Mark und Bein. Die einkaufenden Rentner reagierten überraschend gelassen. Wie im Film »Die Frauen von Stepford« schlenderten sie im Zeitlupentempo mit Einkaufswagen oder Rollator weiter. Vielleicht waren sie alle taub? Oder die Alarmanlage ging öfter mal an?

Warum kam denn kein Geschäftsführer oder Ladendetektiv?

»Mutter?«

Ich hastete an Regalreihen vorbei, und überall sah ich sie stehen, die kleine alte verwirrte Frau: bei den Zeitschriften, den Orangen, den Waschmitteln und bei den Pralinen. Aber es waren immer andere alte Frauen, die so ähnlich aussahen. Gebückte Gestalten mit dem unvermeidlichen Hütchen, die einen fast leeren Einkaufswagen schoben. Es war wie ein schlechter Traum. Der Alarmton ließ beinahe mein Trommelfell platzen, und jeden Moment rechnete ich mit der Durchsage: »Die kleine Uschi sucht ihre Tochter und möchte im Altenparadies abgeholt werden!«

Da sah ich sie. Eine Kassiererin im hellblauen Kittel führte Mutter an der Hand aus dem Bereich »Nur für Personal. Zutritt strengstens verboten«, den Mitarbeiter nur mit einer Codekarte betreten konnten.

Ich bedankte mich artig bei der Mitarbeiterin und nahm Mutter wieder in Empfang. Beim neuerlichen Betreten des Personalbereichs stellte die Frau die Alarmanlage aus.

In die wohltuende Stille hinein stellte ich – was man bei Alzheimer-Patienten nie tun darf – eine Warum-Frage. »Warum bist du denn da reingegangen, Mutter?«

Ich kam mir zu Recht bescheuert vor. Frag mal eine Dreijährige, warum sie Sand gegessen hat!

»Was hast du denn da gesucht?«

Mutter sah mich an und sagte dann: »Ich war noch nie so aufgeregt.«

Renate

Dunkelweiher, Ende August 1961

Ich war noch nie so aufgeregt wie an dem Sonntag, an dem ich von meinem Besuch bei Mama mit dem Zug nach Dunkelweiher zurückfuhr. Eigentlich hätte ich völlig verstört sein müssen, weil Dunkelweiher jetzt endgültig geteilt war: Grenztürme schossen aus dem Boden wie Pilze, und der Stacheldrahtzaun war inzwischen eine unüberwindliche Mauer. Meine beste Freundin Uschi war auf der anderen Seite, und ich wusste nicht, wann ich sie wiedersehen würde. Das bedrückte mich. Aber gleichzeitig war da dieses Flattern in der Magengegend wegen Wanja. Der sowjetische Offizier mit den sanften braunen Augen war mir die ganzen Ferien über nicht mehr aus dem Kopf gegangen. Ich hoffte so sehr, dass er in seiner schicken Uniform am Bahnhof stehen und auf mich warten würde!

O Gott, Mama hatte die Hände über dem Kopf zusammengeschlagen, als ich ihr von Wanja erzählte. »Kind, lass bloß die Finger von dem! Die deutsch-sowjetische Freundschaft ist zwar offiziell erwünscht, aber ein deutsches Mädchen sollte sich auf keinen Fall mit einem Offizier einlassen! Tu mir diese Schande nicht an!«

Sie redete schon wie Uschis Mutter! Aber ich zerstreute ihre Bedenken. »Da läuft doch gar nichts, Mama! Wir haben uns nur ein einziges Mal unterhalten! Ich wollte nur mal mein Russisch ausprobieren! ›*Ty krasiwaja*‹ hat er zu mir gesagt!«

»Ja und? Was heißt das?«

»Du bist hübsch!«

»Kind, Kind, Kind! Lass dich nicht verführen! So was sagen alle Männer, zu beiden Seiten der Mauer. Und am Ende wollen sie alle nur das eine.«

Ich sah das anders. Zwischen Wanja und mir, da musste doch mehr sein!

Als der Zug langsamer wurde, starrte ich wie gebannt aus dem Fenster. Ganz langsam rollten wir in die Bahnhofshalle ein. Uniformen sah ich reichlich, aber keinen Wanja. Vielleicht hatte er sich hinter einer Säule versteckt?

Dann kam der Zug mit quietschenden Bremsen zum Stehen. Aber ich ließ mir absichtlich Zeit mit dem Aussteigen. Ich wollte den Moment der Vorfreude noch ein paar Sekunden hinauszögern.

Doch dann stand ich allein auf dem Bahnsteig, die Leute hatten sich zerstreut, der Schaffner pfiff, Türen knallten, und der Zug fuhr wieder an.

Kein schöner sowjetischer Offizier weit und breit.

Ich musste schlucken, mich zwingen, mein Köfferchen zu nehmen und die Stufen zur Unterführung hinunterzugehen, in Richtung Konservatorium.

Ich kam mir veralbert vor. Bestellt und nicht abgeholt. Na toll! Entweder Wanja hatte mein Russisch nicht verstanden, oder er machte sich einfach nichts aus mir. Hatte er mich während der Sommerferien vergessen? Vielleicht war er längst mit einer anderen unterwegs. Dieser Gedanke schmerzte mich am meisten. Aber vielleicht hatte er nur nicht freibekommen? Vielleicht musste er Wache schieben?

Schwer schluckend lief ich weiter.

Ach was, Mama hat recht gehabt!, dachte ich. Den Kerl muss ich mir ganz schnell wieder aus dem Kopf schlagen. Am liebsten wäre ich zu Uschi gerannt und hätte mich von ihr trösten lassen. Aber das ging jetzt nicht mehr.

Was Uschi wohl jetzt machte?

Uschi

Dunkelweiher West, Ende August 1961

»Na, Uschi, hat wohl nicht geklappt mit dem Musikstudium?«

Frau Wirberg stand mal wieder mit ihren grässlichen Lockenwicklern in der Bäckerei und lehnte sich im Küchenkittel an den Tresen, als gehörte ihr der ganze Laden. Uschi schluckte schwer. Nein, es hatte nicht geklappt. Sie hatte zwar ein Stipendium für Hochbegabte, aber was nützte ihr das, wenn man die Hochschule hermetisch abriegelte? Sie war nicht eingeschlossen – sie war ausgeschlossen! Alle ihre Freunde waren drüben geblieben, und ganz besonders vermisste sie Armin, der sich in letzter Sekunde doch noch für den Osten entschieden hatte. Armin hatte auch ein Stipendium für Hochbegabte, sie waren beide die Besten ihres Jahrgangs gewesen.

Und Renate! Ob sie ihm ausgerichtet hatte, dass sie ihn liebte?

Uschi hatte schreckliche Sommerferien hinter sich. Ihrem Vater ging es miserabel, er krümmte sich auf seinem Sofa vor Schmerzen, und ihrer Mutter ging es auch nicht viel besser. Sie weinte nur und redete vom Sterben. Uschi hatte die ganzen Ferien in der Bäckerei gearbeitet und versucht, den Laden am Laufen zu halten.

»Wer hätte gedacht, dass sie die Grenze wirklich dichtmachen!«

»Ja, Frau Wirberg. Was darf es sonst noch sein?«

»Gib mal n paar von den Plunderschnecken. Was machst du denn jetzt?«

»Ich weiß noch nicht, Frau Wirberg.«

»Früher bist du in zwölf Minuten mit dem Fahrrad drüben gewesen. Und jetzt ist das nächste Konservatorium weit weg.«

Frau Wirberg schnalzte mit der Zunge. »Peng! Der ganze schöne Traum geplatzt.«

Uschi presste die Lippen zusammen und steckte die klebrigen Plunderteilchen in eine Tüte.

»Und deinem Vater geht's ja auch gar nicht gut, was?«

»Nein, Frau Wirberg. Gar nicht gut.«

Uschi steckte die Hände in die Kitteltaschen und ballte sie darin heimlich zu Fäusten.

»Und Mutter?«, fragte Frau Wirberg. »Weint sie recht viel?«

»Ja.«

»Die Grenze nimmt sie ganz schön mit, was? Ist ziemlich schlecht fürs Geschäft«

»Kommen ja fast keine Leute mehr.«

»Sie wollen jetzt hier so ne Trabantenstadt bauen«, tuschelte die Wirberg und zog eine zusammengefaltete Zeitung aus der Kitteltasche. »Aber bis das mal Wirklichkeit wird … Bis dahin könnt ihr eure Bäckerei zumachen.«

»Zwei Mark achtzig macht es dann, Frau Wirberg.«

»Ich sag ja nur! Ihr solltet mal übers Verkaufen nachdenken. Meine Jungs hätten vielleicht Interesse. Bevor der Laden hier gar nichts mehr wert ist.«

»Das müssen Sie mit meinen Eltern besprechen.«

»Und du wärst fast eine Berühmtheit geworden!« Sie klopfte auf die Rückseite der Zeitung. »Deine Dunkelweiher Einheitshymne ist ja ein richtiger Gassenhauer! Du solltest unbedingt Musik studieren! Die Bäckerei ist doch gar nichts für dich!«

»Ich möchte meine Eltern nicht im Stich lassen.«

»Soll ich mal mit deinen Eltern reden?«

»Ich weiß nicht …« Uschi kam die plötzliche Hilfsbereitschaft komisch vor. »Würden Sie das wirklich tun?«

»Klar, Uschi!« Frau Wirberg kam um den Tresen herum und nahm Uschi fast mütterlich in den Arm. »Deine Eltern müssen doch verstehen, dass du auf die große Bühne gehörst und nicht in eine kleine Bäckerei!«

»Ich werd drüber nachdenken, Frau Wirberg. Vielen Dank noch mal und auf Wiedersehen.«

Seufzend schloss Uschi hinter ihr ab. Langsam nahm sie die Treppe in die kleine Wohnküche, in der ihr Vater auf dem Sofa lag.

Armer Papa! Es ging ihm in letzter Zeit immer schlechter.

Sollte sie das Thema Musikstudium in einer anderen Stadt anschneiden? Das nächste Konservatorium lag in Kastenstadt, vierzehn Stationen mit dem Zug. Ob ihre Eltern das tägliche Fahrgeld aufbringen, auf ihre Arbeitskraft im Laden verzichten konnten?

Wieder einmal hörte sie ihre Mutter laut weinen. Sie lehnte sich erschöpft an die Wand im Treppenhaus. O Gott. Nicht schon wieder. Als wenn ich nicht genug eigene Sorgen hätte!, dachte sie.

Sie straffte sich und ging in die Küche. Mutter saß am Küchentisch, hatte den Kopf auf die Hände gelegt und schluchzte zum Herzerweichen. Nein, das war kein Schluchzen mehr, sondern ein lang gezogenes Schreien wie von einem waidwunden Tier.

Uschi schüttelte ihre Mutter und suchte nach den Stimmungsaufhellern, die immer neben der Nivea-Dose auf dem Küchenbord standen. »Wo hast du denn deine Tabletten, Mutter?«

Sie wollte Vati fragen, der stumm auf dem Sofa lag.

»Vati«, rief sie genervt. »Hilf mir doch! Weißt du, wo Muttis Tabletten sind?«

Aber Vati antwortete nicht.

Sie erschrak, als sie ihn sah: Er war so weiß und starr. Vati auf dem Küchensofa war tot.

Endlich war er erlöst.

Renate

Dunkelweiher, Ende August 1961

Endlich war ich erlöst! Denn als ich vor die Bahnhofshalle trat, kam jemand lachend auf mich zu. Ich zuckte zusammen und blieb ruckartig stehen.

»*Priwet, kak dela?* – Hallo, wie geht's?«

Im Augenblick fantastisch!

»*Dobro poschalowat'!* – Herzlich willkommen!«

Wanja in Zivil! Das hatte ich nicht erwartet. Er sah so anders aus! Immer noch wahnsinnig attraktiv, ja, sogar noch besser. Er wirkte privater. Vertrauter. Als würden wir uns schon immer kennen.

Wie selbstverständlich nahm er meinen Koffer und ging neben mir her. Mein Herz schlug Purzelbäume vor Freude.

»Ups!«, entfuhr es mir. »Jetzt hätte ich in der Form gar nicht mehr mit dir gerechnet.«

Wanja zuckte lachend die Schultern. Er verstand wirklich kaum Deutsch.

»*Ja tebja schdal!* – Ich habe auf dich gewartet!«

O Gott, er hatte die ganzen Sommerferien auf mich gewartet! Er hatte sich den Termin meiner Ankunft gemerkt! Wenn er jetzt hier stand, dann nur, weil er vermutlich einen freien Tag beantragt hatte!

Ich zitterte so sehr vor Freude, dass ich gar nicht wusste, was ich sagen sollte. Wie in Trance schwebte ich neben ihm her.

Der Bus stand auf dem Bahnhofsvorplatz, und in letzter Sekunde erwischten wir ihn. Wir hielten uns an den Schlaufen fest und sahen uns einfach nur an. Der Bus rumpelte hinauf zum Schloss, in dem mein Konservatorium untergebracht war, und als er sich schnaufend in die Kurve legte, landete ich an Wanjas Brust.

Er fing mich auf und lachte. Zärtlich schob er mir eine Strähne hinter das Ohr.

»*Ty krasiwaja!* – Du bist hübsch!«

Die Berührung seines Fingers ließ mich erschauern. Ob die anderen Mitreisenden etwas merkten? Ich spürte ein Kribbeln am ganzen Körper.

Der Bus hielt. Wanja nahm meine Hand und zog mich heraus.

Vor uns erstreckte sich die pappelgesäumte Allee zum Schloss.

Wie oft hatte ich heimlich gestöhnt, wenn ich diesen langen Weg vor mir gehabt hatte, bei jedem Wetter, oft im Dunkeln, mit meinen schweren Büchern und Noten. Heute wünschte ich mir das gelbe Schloss am Ende des Weges noch viel weiter weg. Ich genoss jeden Schritt, den ich neben Wanja herging.

Er redete russisch und gestikulierte dazu, und ich hatte Mühe, ihn zu verstehen.

»Sag mal, sprichst du überhaupt kein Deutsch?«

»Njet.«

»Nicht das kleinste Wörtchen?«

»Njet.« Er lachte mit seinen weißen Zähnen, und sein Strahlen wärmte mich mehr als die Spätsommersonne, die zwischen den Zweigen hindurchfiel.

»Aber du bist hier stationiert! Vielleicht kann ich dir ein bisschen was beibringen?«

»*Da! Poschalujsta!* – Ja, bitte!«

O Gott, war der süß! Ich schmolz dahin. Um nicht den Verstand zu verlieren, plapperte ich einfach drauflos.

»Also, ich … Ich wohne da oben im dritten Stock im linken Seitenflügel. Wir sind sechs Mädels auf dem Flur, alle studieren Musik oder wollen Lehrerin werden. Da wird geklimpert und geträllert – na ja, das hast du ja schon mitgekriegt bei unserem letzten Konzert.« Ich blieb stehen und summte Uschis Hymne, und Wanja pfiff sofort mit.

»Daran erinnerst du dich?«, fragte ich ganz hingerissen.

»Ja. Sie geht mir nicht mehr aus dem Kopf. Genau wie du.«

Die Art, wie er mich ansah, ließ mir die Knie weich werden. Ob er das mit allen Mädels so machte? Vielleicht war er ein Filou? Andererseits schien er sich wirklich für mich zu interessieren. Er guckte jedenfalls nicht nach rechts und links, obwohl gerade eine Schar lachender und plaudernder Kolleginnen vorbeikam.

»Ich studiere Musikpädagogik, weißt du, was das ist? Ich möchte mit Heimkindern arbeiten, ihnen mit Liedern und Spielen das Leben bereichern …«

Ich radebrechte in einer Mischung aus Russisch und Deutsch, und viel zu schnell standen wir vor der Schlossmauer. Dahinter summte es schon wieder wie in einem Bienenstock. Die schräg stehende Sonne spiegelte sich in den Fenstern, und ich konnte meine Freundinnen in ihren Zimmern lachen hören. Jemand spielte Geige.

»Tja.« Ich schaute auf meine Schuhspitzen. »Da wären wir.«

Oben wurde die Balkontür aufgerissen, und eine junge Frau hängte ein Handtuch über die Balkonbrüstung. »Hallo, Renate! Auch schon da?!«

»Also, ich muss dann mal rein …«

Wanja zog mich hinter die Schlossmauer.

»*Kogda my uwidjemsja?* – Wann sehen wir uns wieder?«

»Ich … Ich weiß nicht, vielleicht nächste Woche?«

»Am Mittwoch habe ich frei«, flüsterte Wanja aufgeregt.

»Was hältst du davon, wenn wir uns in der Stadt treffen?« Es musste uns ja nicht jeder gleich zusammen sehen. Wir verabredeten uns wild gestikulierend in der kleinen Eisdiele am alten Markt.

»Bis dann!«

»Ich werd dich vermissen!«

O Gott, ich würde ihn auch vermissen. Wir kannten uns erst so kurz, aber plötzlich wurde mir bewusst, dass ich mich ohne ihn wie ein halber Mensch fühlte. Ich würde an nichts anderes mehr denken können als an ihn!

»Ja tebja ljublju«, murmelte Wanja, und ich wollte nicht glauben, was ich da eben gehört hatte. Er liebte mich?!

Er nahm mich in die Arme und drückte mich fest. Als ich mich gerade losreißen wollte, um hinter die Schlossmauern zu schlüpfen, spürte ich seine weichen Lippen auf meinem Mund.

Wir küssten uns und konnten gar nicht mehr damit aufhören. Wanja küsste göttlich, ganz sanft und zart, aber gleichzeitig männlich und fordernd. Seine Haut war so weich, seine Augen so samtig! Mir ging das Schubert-Lied vom Gretchen am Spinnrad durch den Kopf: »Sein hoher Gang, seine edle Gestalt, seines Mundes Lächeln, seiner Augen Gewalt, und seiner Rede Zauberfluss … sein Händedruck, und ach – sein Kuss!«

Das kannte Wanja natürlich nicht.

»Ja tebja ljublju«. Erst nachdem es mehrmals zum Essen geläutet hatte, konnte ich mich von meinem sowjetischen Offizier losreißen. Wie ein Wiesel flitzte ich mitsamt meinem Köfferchen über den Schlosshof und glaubte zu fliegen. Ich zählte bis zehn. Wenn er sich jetzt auch umdreht, dachte ich, dann wird es was mit uns. Genau in der Sekunde drehte er sich um, winkte und schickte mir eine Kusshand! Langsam ging ich weiter zum Schloss.

Lisa

Dunkelweiher, Ende August 2013

Langsam ging ich mit Mutter zum Schloss. Wir unternahmen in letzter Zeit viele Ausflüge in ihre Vergangenheit, und sie taute zunehmend auf, plauderte ohne Punkt und Komma. Schon im Auto hatte sie jeden Baum und jedes Haus anmoderiert, weil sie so begeistert war, dass wir wieder in Dunkelweiher waren.

»Da geradeaus und dann links. Und da sind Pferde!« Sie jubelte regelrecht.

Ich sah sie von der Seite an. Ihre Augen waren blank und wach.

»Wunderbar, ach, ganz wunderbar!« Sie klatschte in die Hände und freute sich wie ein kleines Kind. »Dass ich das erleben darf! Du bist ein ganz wunderbares Mädchen!«

Ich war gerührt, wollte diesen schönen Moment festhalten.

»Und hier habt ihr eure Silberhochzeit gefeiert, Mutter?«

»Silber…hochzeit? Ich doch nicht.«

»Aber es gibt doch Fotos von Vater und dir vor diesem Schloss, Mutter! 1990, kurz nach der Öffnung der Mauer!«

»Das hat mir noch keiner gesagt.«

»Da habt ihr hier gefeiert, Ewald und du!«

»Wer ist Ewald?«

»Dein Mann, Mutter. Mein Vater.«

»Mein Vater?«

»Nein. Meiner. Aber der ist schon gestorben.«

»Na, das ist ja was.«

Typisch Mutter: Um zu kaschieren, dass sie keine sinnvolle Unterhaltung mehr führen konnte, streute sie Füllsätze ein. »Da kannste mal sehen«, »Na sieh mal einer an!«, »Wer hätte das gedacht« oder »Wer kann das heute noch?«, kam ihr häufig über die Lippen. Anfangs hatte sie damit noch erreichen können, dass Fremden ihre Krankheit nicht auffiel.

Ein paar Ausflügler lagen auf einer Picknickdecke, aus ihrem Transistorradio ertönte Musik. Mutter fing mitten auf der Allee an zu tanzen, mit ernster Miene, so als präsentierte sie eine durchdachte Performance. Wie schon beim Arzt hob sie konzentriert ein Bein, breitete die Arme aus und blieb einbeinig stehen. Wie eine Säulenheilige, die gleich abhebt und wegfliegt. Das war aber nicht zu erwarten, deshalb beendete ich ihre Vorstellung, indem ich Beifall klatschte.

Die Leute auf der Decke lachten und klatschten auch.

Mutter winkte freundlich. »Ist ne Kostprobe mit allem Drum und Dran.« Sie wuchs gleich ein paar Zentimeter vor Stolz.

Tja, Mutter!, dachte ich. Hier hast du vor über fünfzig Jahren deinen großen Auftritt gehabt. Hast am Zaun die Einheitshymne dirigiert. Du warst die Heldin des Tals. Wie schade, dass jetzt im wahrsten Sinne des Wortes Gras darüber gewachsen ist.

Ich zog sie sanft weiter. Nicht, dass sie den Ausflüglern noch ihre blauen Flecken auf dem Po zeigte! Um sie abzulenken, fing ich leise an zu singen: »Aus der Heimat hinter den Blitzen rot, da kommen die Wolken her. Aber Vater und Mutter sind lang schon tot, es kennt mich hier keiner mehr. Wie bald schon, wie bald kommt die stille Zeit, da ruhe ich auch, und über mir rauscht die schöne Waldeinsamkeit, und keiner kennt mich mehr hier. Und keiner kennt mich mehr hier!«

»Das kannste aber schön«, freute sich Mutter. »Wer hat dir das gezeigt?«

»Du, Mutter. Das ist Schumann.«

»Der kann mir ja mal wieder Guten Tag sagen.«

»Das hast du früher gesungen, mit deiner Schülerin.«

»Och. Das wüsst ich aber!«

»Melanie«, sagte ich. »Auf die war ich immer wahnsinnig eifersüchtig.«

»Wer soll das denn sein?«

»Melanie. Deine Lieblingsschülerin.«

»Melodie?«

»Melanie!«

»Mela... Nie gehört.«

Als das Schloss vor uns auftauchte, wechselte sie abrupt das Thema. »Ich war da Weihnachten und die Kinder als Engelchen. Und gemacht und geübt und alles schön und gut. Und dann war die gar nicht da.«

»Deine Mutter Lina, nicht wahr?«, half ich ihr auf die Sprünge. »Die war nicht gekommen und dein Vater auch nicht.«

»Doch, schon, aber nicht ...« Sie humpelte, tat so, als ginge sie an Krücken.

»Zufrieden?«

»Mittendrin rausgelaugt. Mitten im Gang. Ganz laute Brocken und dazwischen gerügt.«

»Hat es ihnen nicht gefallen?«

»Kleine Brötchen«, sagte Mutter. »Ganz kleine Brötchen backen. Aber der soll mir gar nicht bleiben lassen.«

»Deine Eltern wollten nicht, dass du Musik studierst.«

»Aber Stipendium! Vom Feinsten! Da kannste staunen!« Sie stellte sich mitten auf den Weg und ließ ein schrilles Tremolo hören. Die Spatzen verzogen sich tschilpend ins Geäst.

»Mutter!« Ich spürte, wie ich rot wurde, und zog sie weiter. »Wir gehen zum Schloss. Dort gibt es sicherlich Kaffee und Kuchen.«

»Hannah ist ja eiskalt«, sagte sie vorwurfsvoll.

»Das wollen wir doch nicht hoffen!«

»Die Torte war grässlich.«

»Welche Torte?«

»Vater tot in der Küche, und dann war die Tür zu, und die Mutter … Ganz, ganz schlimm. Will ich gar nicht mehr drüber nachbrechen.«

Je näher wir dem Schloss kamen, desto aufgekratzter wurde Mutter. Vor uns lag das Schattenbachtal, hier musste die Mauer gewesen sein.

»Mal dreihundert«, sagte sie. »Das war nicht Weihnachten oder Pfingsten, sondern ›Nehmt Abschied Brüder ungewiss‹. Leute auf Decken, da kannste staunen. Und dann kommt der ganze Chor von links und rechts und da vorne, und dann sitzen da so kleine Rehe auf dem Rasen.«

»Rehe? Oder Grenzpolizisten?«

»Die waren hinterm Zaun.« Mutter zeigte über die herrliche spätsommerliche Landschaft, die aussah, als hätte es hier nie eine Mauer gegeben.

»Da kannste gucken!«

Sie war ganz in ihrem Element, als sie mir mit den Mitteln, die ihr noch zur Verfügung standen, den Höhepunkt ihres Lebens schilderte.

»Ich bin dankbar für die Mitmenschen«, sagte Mutter, während sie tapfer an meinem Arm vorwärtstaperte. »Ich bin leider nicht so, wie er mal war.«

»Nein. Das ist schade.«

»Gestern waren wir noch in der Probe, und unsere Hymne war ganz tipptopp.«

»Ja. Ich weiß. Die Dunkelweiher Einheitshymne.«

»Das kannste aber glauben! Alles selbst gekämmt.«

»Selbst komponiert, meinst du.«

»Die Leute standen sogar auf den Kirchtürmen. Aber dann kommen die Polizei und die Rehe und machen alle weg.«

Ah. Die Rehe waren Hunde. Alles klar.

Ein Radfahrer kam uns entgegen, und Mutter grüßte ihn freundlich.

»Kennst du den?«

»Der ist nett und gut und kommt aus Russland.«

»Aha?«

»Und am Anfang schreiben die ja noch, aber der kann gar kein Deutsch.«

»So, so.«

»Aber total nett gemacht und ein Häuschen und ganz zufrieden.«

Ich ließ Mutter plaudern.

»Die hatten Hochzeit und ganz fantastisch, aber auf den letzten Drücker.«

»Warst du denn da?«

»Aber keine Rede! Viel zu heiß und mitten auf der Straße, in der Mittagspause. Und ich war ja mit Ewald beschäftigt, Armin war schon abgeknallt.«

»Nee, ist klar.«

»Aber dann war da ja auch nichts mehr los mit den Briefen. Und das Telefon war verflixt und zugehört.«

Sie erzählte mir von ihrer Freundin Renate. Die Geschichte kannte ich von früheren Erzählungen. Es bedrückte mich, wie wenig zusammenhängend sie jetzt darüber sprechen konnte.

»Die Renate hast du nie mehr wiedergesehen, nein?«

»Renate?« Ihr Ton wurde scharf. Sie blieb stehen und sah mich vorwurfsvoll an. »Ja. Hallo. Wer soll das sein?«

»Deine beste Freundin?«

»Beste Freundin gibt's überhaupt nicht! Hannah ist doch gar nicht bei den Toten?!«

»Nein. Hannah ist im Urlaub.«

»Die hat sich nur wichtiggemacht.«

»Wer? Hannah?« Innerlich dachte ich: Genau! Jetzt sagst du mal was! Wollte sich unentbehrlich machen und mir den Einstieg erschweren! Ha! Und ich hatte es auf meine Art geschafft! Mutter gewährte mir Einblick in ihr Leben, wie sie es vielleicht Hannah gegenüber nie getan hatte. Weil ich mit ihr Ausflüge machte und sie an die Orte ihrer Erinnerungen zurückbrachte.

»Meine beste Freundin. Vier, vier, vier, vier. Da kannste lange warten!«

Ihre Stimmung kippte. »Die durfte hier weitermachen, und ich war ausgemacht.«

»Das tut mir wahnsinnig leid, Mutter. Aber du hast ja dann in Kastenstadt Musik studiert. Wenigstens ein bisschen.«

»Ha!«, empörte sie sich. »Was heißt hier ein bisschen! Vierzehn Stationen!«

Auweia, da hatte ich aber in ein Wespennest gestochen!

Mutter wühlte in ihrer Handtasche und zog ihren alten Studentenausweis hervor, den sie mir triumphierend unter die Nase hielt. Ich staunte. Tatsächlich! Drei Semester Musik in Kastenstadt! Von 1961 bis 1962. Aber kein Abschluss. Was war da passiert? Wer oder was hatte sie daran gehindert weiterzustudieren?

»Ich hab Renates Tagebuch gefunden«, versuchte ich, ihr wieder auf die Sprünge zu helfen. »Ist es okay, wenn ich darin lese?«

»Dafür kann ich jetzt kein Neues nehmen!«, winkte Mutter ab. »Zwei Taschen habe ich schon rausgenommen. In der Kiste ist das Wichtigste.«

»Ich nehm es dir nicht weg!«

»Mir kann sowieso keiner was wegnehmen. Schierchstadt ist auch gut.«

»Wie du meinst.«

Schierchstadt war scheußlich im Vergleich zu Dunkelweiher mit seinen alten Fachwerkhäusern, seinem Schloss, dem herrlichen Park mit den alten Bäumen.

»Wärst du lieber im Osten geblieben?«

»Dass ich ne große Künstlerin, das weiß hier keiner!«

»Doch, Mutter. Ganz Schierchstadt weiß das.«

»Da muss ich mich trennen«, sagte Mutter mit Wehmut in der Stimme und strich über die Schlossmauer. »Aber alles ganz schön und lieb und gut.«

Wir passierten das Tor und standen vor dem prächtigen, barocken Gemäuer. Inzwischen war es für Besucher zugänglich, enthielt ein Museum, eine alte Kapelle und ein schönes Ausflugscafé mit Gartenterrasse.

Mutter blieb staunend stehen. »Das ist ne schöne Kirche!« Alles waren Kirchen. Schlösser, Supermärkte – ja sogar öffentliche Toiletten!

»Sie haben hier ein feines Klo«, wusste Mutter und strebte zielstrebig zum Seiteneingang. Ich blieb draußen und stellte mir vor, dass Renate als junge verliebte Studentin hier ein- und ausgegangen war. Dort hinter der Mauer hatte ihr Wanja sie geküsst. Dort oben im dritten Stock hatte sie gewohnt. Ich legte den Kopf in den Nacken und hörte die Mädels förmlich singen, proben, streiten und kichern. Mutter war von diesem Leben ausgeschlossen worden. Weil sie im Westen geblieben war. Weil ihre Eltern das so wollten. Mutter war so besessen von Musik gewesen, dass sie auch in der DDR gelebt hätte.

Mutter kam zurück, ihre Handtasche hatte sie sich um den Hals gehängt. Ich zupfte ihre Kleidung zurecht.

»Ich weiß nicht, was mit mir los ist«, sagte sie plötzlich ganz betroffen. »Ich möchte am liebsten immer bei dir sein! Du bist ein ganz großer Schatz!«

Das trieb mir die Tränen in die Augen. Bis vor Kurzem hatte sie mich vollkommen abgelehnt oder bestenfalls mit Hannah verwechselt. Jetzt war da so ein zärtlicher Moment! Wir umarmten uns. Sie war so klein, dass sie ihr Kinn auf meine Schulter legen konnte.

»Komm, ich zeig dir die Aula, und da sing ich dir was vor!« Sie zog mich ins Innere des Schlosses. »Die kennen mich alle nicht mehr«, stellte Mutter fest.

Aber wie ich Mutter kannte, würden sie sie gleich kennenlernen.

Im Café ergatterten wir einen Zweiertisch mit Blick auf die Gartenterrasse. Doch Mutter wollte sich nicht setzen. Ich hatte den bösen Verdacht, dass sie hier ein Konzert geben wollte. Die armen, arglosen Kaffee trinkenden Familien ahnten ja noch nicht, welch akustischer Tsunami gleich über sie hinwegfegen und ihre Unterhaltung stören würde.

»Das schwarze Tier stand hier!«

»Aber jetzt ist die Aula umgebaut«, sagte ich. »In ein Café. Setz dich doch, Mutter! Was für einen Kuchen möchtest du?«

Überflüssige Frage.

Da entdeckte Mutter den Flügel. Er stand am anderen Ende des Raumes. Jetzt gab es kein Halten mehr. Eifrig lief sie hin, klappte den Deckel auf und nahm den Schutzläufer ab.

Na los, Mutter!, dachte ich. Dein Auftritt. Du kannst es doch. Hauptsache, du singst nicht. Spielen ist okay.

Ich nickte ihr aufmunternd zu. »Spiel du dein ›Alla turca‹.«

Abwartend blieb sie stehen und winkte mich herbei.

»Mutter …?«

»Wie fängt das an?«

»A-Dur«, sagte ich. »Diddeldiddeldim, diddeldiddeldim«, sang ich ihr leise vor.

»Frag mal die!« Mutter zeigte auf die gepiercte Kellnerin, die sich genervt durch spielende Kinder und verhedderte Hundeleinen ihren Weg bahnte.

»Was soll ich die fragen?«

»Ob sie drei Kreuze hat.«

Die macht höchstens drei Kreuze!, dachte ich.

»A-Dur hat drei Kreuze.«

Die junge Frau hatte neben dem Piercing auch noch ein Tattoo und sah überhaupt nicht so aus, als hätte sie sich jemals über A-Dur den Kopf zerbrochen. Mutter zupfte mich am Ärmel.

»Kennt die mich?«

»Nein, Mutter. Die ist doch viel zu jung.«

»Vielleicht kennt sie DICH!«, sagte Mutter. »Sag ihr das mit den acht Pfund.«

»Das interessiert die nicht.«

Mutter verstellte der Kellnerin den Weg und sagte: »Gucken Sie mal. Was die wohl macht.«

Und zeigte auf mich.

»Gleich bin ich bei Ihnen. Tasse oder Kännchen?«

»Klüger Reisen«, sagte Mutter. »Kreuzfahrten und Luxusreisen. Zweimal siebenundachtzig. Eine geht und eine bleibt.«

Die Kellnerin guckte irritiert, weil sie diese mathematische Gleichung so schnell nicht lösen konnte, und ich winkte ab: »Einmal Kaffee Hag und ein Eiskaffee, bitte.«

»Ich komm zum Tisch.« Mürrisch ließ sie uns stehen, und Mutter schaute mich fragend an:

»Hat sie es erlaubt?«

»Was?«

»Dass ich spiele«, sagte Mutter.

Ich schluckte. »Okay. Spiel ruhig.« Schließlich waren die Leute ja zum Vergnügen hier. Wenn einer was dagegen hatte, konnte er es ja sagen. Mutter drückte mir ihre vollgestopfte Handtasche in die Hand, setzte sich mit Hut und Mantel an den Flügel und dann perlten ihre Finger auch schon über die Tasten.

Sie spielte virtuos Mozarts A-Dur-Rondo »Alla turca«. Tatsächlich hörten die Gäste auf zu plaudern und mit ihren

Kuchengäbelchen zu klappern. Bis auf die mürrische Kellnerin, die weiterhin Kännchen auf Tische donnerte, hörten ihr alle andächtig zu. Ein dunkelhaariger Mittvierziger filmte sie sogar mit seinem Handy und schritt andächtig mitsamt Golden Retriever um sie herum, um ihre Finger von allen Seiten aufzunehmen. Komisch, dachte ich, während zum tausendsten Mal der Mittelteil an meinem Ohr vorbeiperlte. Von irgendwoher kenne ich den. Nicht den Hund. Den Mann! Diese dunklen Augen haben mich schon mal fixiert. Oder erinnert er mich nur an jemanden? Aber an wen? Während Mutter wieder von vorne begann, musterte ich den filmenden Menschen unauffällig. Er sah gut aus, lässig, braun gebrannt, so als käme er gerade von einem dreiwöchigen Urlaub in Kalifornien zurück. Unauffällig sah ich zu dem Tisch hinüber, an dem er gesessen hatte. War er mit Familie hier? Aber es handelte sich um mehrere Paare, die dort eine Art Brunch abhielten. Ein Wassernapf stand am Boden.

Mutter übertraf sich selbst. Dieser Flügel schien ihr Flügel zu verleihen. Sicher hatte sie schon früher darauf gespielt. Als sie schließlich aufhörte, gab es donnernden Applaus.

Der Golden Retriever bellte.

Ich ertappte mich dabei, wie ich erleichtert die Schultern sinken ließ. Ich hätte es nicht ertragen, wenn sie sich verspielt hätte, ausgerechnet in diesen heiligen Hallen.

Hastig blinzelte ich Tränen weg und klatschte mit. Der filmende Mann und ich wechselten einen Blick, und er reichte mir diskret ein Taschentuch.

Mutter klopfte dem Hund auf den Kopf. »Ja, mein Kerlchen. Du gehörst auch nicht hinter den Zaun. Du bist ein ganz tapferes Reh.«

»Zugabe«, riefen die Leute.

Mutter legte noch einen Brahms-Walzer nach, und die Leute schmolzen dahin.

Sie genoss es sichtlich und sagte stolz zu dem Hundebesitzer: »Ich bin siebzehn! Und die da wiegt siebenundachtzig Kilo! Da staunen Sie!«

Er schaute mich amüsiert an, und der Hund bellte dazwischen.

»Siebzig bist du bald, Mutter, nicht siebzehn!«

Auf einmal strahlte der Hundebesitzer übers ganze Gesicht: »Jetzt weiß ich, woher ich Sie kenne!«

»Sie kennen mich?« Verdammt!, dachte ich. So ein gut aussehender Strahlemann erwischt mich hier auf dem falschen Fuß, und schwer übergewichtig noch dazu.

Da der Hund so laut bellte und die Leute so laut klatschten, war erst mal keine Unterhaltung mehr möglich.

»Siebzehn«, beharrte Mutter und nahm mir die Handtasche wieder ab.

Der Mann führte den Hund wieder an den Tisch und überreichte die Leine leider einer gut aussehenden Dame, die gerade von der Toilette wiedergekommen war. Na toll.

Waren die beiden Kunden von »Klüger Reisen« gewesen? Ich zermarterte mir den Kopf.

»Und vier, vier, vier, vier ist jetzt auch bald dran.«

»Ist das ein Musikstück, Mutter? Köchelverzeichnis 4444?«

»Vier, vier, vier, vier! Das weiß doch jeder!«

»Jetzt machen wir erst mal Pause, ja? Die Leute wollen sich unterhalten!«

Die Blicke des Hundebesitzers im Nacken, zog ich meine Mutter wieder ans andere Ende des Raumes, wo auf unserem Zweiertisch inzwischen der Kaffee Hag kalt und der Eiskaffee warm wurde. Wir rührten in unseren Bechern.

»Du hast toll gespielt, Mutter. Ich bin sehr stolz auf dich!«

»Du bist mein ganz einziger großer Schatz!«

Mein ganzes Leben hatte ich mich nach solchen Worten gesehnt. Mir kamen schon wieder die Tränen.

»Darf ich mal ganz kurz stören?« Da stand er, der Dunkelhaarige. Diesmal ohne Hund.

Mein Blick zuckte zu seinem Tisch hinüber, wo die Gutaussehende nun mit fein manikürter Hand das goldene Retriever-Reh streichelte.

»Sie haben ganz toll gespielt!«, sagte er freundlich zu Mutter.

»Tja, und das mit siebzehn!«

»Das behaupten in Ihrem Umfeld wohl alle!« Er grinste breit, und ich starrte auf das Grübchen, das sich unter seinem Dreitagebart gebildet hatte. Dieses Gesicht! Dieses amüsierte Grinsen!

»Ich behaupte das nicht«, sagte ich verwundert.

»Sie pappen es sich sogar an die Autoscheibe.«

Mir wurden die Knie weich. Mit offenem Mund starrte ich ihn an.

»Weiblich, siebzehn, blond. Hupen zwecklos!«

Mein Herz setzte aus.

»Autobahn A 8. Stau. Schwarzer kleiner BMW mit Salzburger Kennzeichen klebt an der Leitplanke. Großes Gehupe, Unmut bei den Lastwagenfahrern. Ich denke schon, Erste Hilfe ist angesagt, da windet sich eine schlanke blonde Frau wie ein Sektkorken aus dem Fahrzeug, verbrennt sich den Hintern an der Leitplanke, flucht und schreit Lastwagenfahrer an, zeigt erst mal allen den Stinkefinger und schlüpft dann hinters Steuer, wo ein wilder Lockenschopf gesessen hat, der jetzt auf den Beifahrersitz rüberrutscht. Ich hab alles mit dem Handy gefilmt, so klasse fand ich das!«

Oh, bitte nicht, lieber Gott …

»Sie haben es hoffentlich nicht auf YouTube gestellt?«

»Bis jetzt noch nicht, aber Sie bringen mich da auf eine Idee.«

»Bitte, bitte nicht!«, wimmerte ich. »Meinetwegen stellen

Sie meine Mutter auf YouTube, aber nicht diese Aktion damals! Ich habe Todesängste ausgestanden!«

»Ich hab erst mal das Warnblinklicht angemacht und angehalten, damit Sie sich wieder einfädeln können. Alle anderen sind ja nur hupend und schimpfend weitergefahren.«

Wusste ich doch, dass ich diese Wahnsinnsaugen schon mal irgendwo gesehen hatte! Er hatte mich grinsend fixiert und großzügig reingewinkt!

»Habe ich Ihnen auch den Stinkefinger gezeigt?«

»Nanana!«, sagte meine Mutter amüsiert. »So was sagt man aber nicht.«

Sprach's und zeigte dem ganzen Café stolz den Mittelfinger.

»Da müsste ich mal auf meinem Handy nachsehen …«

Er zog es schon hervor und ließ seine langen schmalen Finger darauf tanzen. Dann beugte er sich zu mir und zeigte mir das Video. O Gott. Wie peinlich! Er roch auch noch gut, was ich von mir nicht behaupten konnte, weil mir in letzter Zeit dauernd der Schweiß ausbrach.

»Bitte nicht!«, murmelte ich. »Was sollen denn Ihre Frau und Ihr Hund von Ihnen denken?«

»Oh, das ist weder meine Frau noch mein Hund. Ich habe ihn nur mal kurz gehalten, als die Dame auf der Toilette war. Ich bin mit Freunden hier.«

Mein Herz machte einen Hopser. Bingo! Wir saßen da, Schulter an Schulter, und starrten auf sein Handydisplay.

Ich fand mich gar nicht mal so unattraktiv in meinem kurzen Kleidchen an der Leitplanke. Das hatte was!

»Wer ist denn das arme Geschöpf, das Sie da im Auto zur Schnecke machen?«

»Meine Tochter«, stammelte ich.

»Und die ist wirklich siebzehn.«

»Struwwelpeter«, sagte meine Mutter. »Das ist ne ganz wilde Beere.«

»Und das ist *Ihre* Tochter?«, fragte der Fremde Mutter freundlich und zeigte auf mich.

»Acht Pfund. Und sieben obendrein. Da hab ich was mitgemacht. Aber das will mir ja keiner mehr gönnen.«

»Doch, Mutter, wir gönnen es dir. Du hast was geleistet.«

»Und dann spielen Sie noch so toll Klavier«, rief der schöne Fremde.

»Nicht schreien. Sie ist nicht taub.«

Mutter sah mich dankbar an. »Mein Hörgerät ist im Klo.«

Ich musste schallend lachen.

»Das ist meine beste Freundin«, sagte Mutter und zeigte mit ihrem Kaffeelöffel auf mich. »Sie kann prima Auto fahren. Mit beiden Händen. Ohne Fehler.«

»Ich weiß«, grinste der Mensch mit dem Grübchen. »Hupen zwecklos.«

Mit diesen Worten drehte er sich leider um und lief seinen Freunden nach, die schon mehrmals zum Aufbruch geblasen hatten.

Renate

Dunkelweiher, Oktober 1961

»Da wurde schon mehrmals zum Aufbruch geblasen!«, neckte mich Gerlinde, meine Kommilitonin.

»Pssst! Seid mal alle still!«

Von unten, aus dem Schlosspark, kamen zarte Akkordeonklänge herauf. Eine russische Weise in sehnsüchtigem Moll. Sofort bekam ich Gänsehaut. Das war ja wie bei Romeo und Julia! Mit pochendem Herzen lief ich auf den Balkon.

»Oh, Mädels, ich bin so verknallt!«

»Der ist aber auch süß!«

»Könnt ihr mich bei der Gruppenstunde entschuldigen?«

»Wie immer. Du liegst mit Bauchkrämpfen im Bett.«

Ich schlüpfte in meinen Mantel und rannte auf Socken die knarrenden Schlossstiegen hinunter – meinem Romeo entgegen.

Nachdem wir einige innige Küsse und atemlose Liebesschwüre getauscht hatten, saßen wir eng aneinandergeschmiegt im Schatten der alten Kastanie. Es roch schon würzig nach Herbst, und die Bäume begannen, sich zu verfärben. Auf einmal kam mir das Leben so bunt vor!

Wanja spielte nur für mich. Ich hatte gar nicht gewusst, dass man so glücklich sein kann.

»Hier, ich habe dir was geschrieben!«

»Ich dir auch!«

Beide zogen wir aus unseren Manteltaschen eng beschriebene Liebesbriefe hervor – und es waren nicht die ersten! Wir verbrachten ganze Nächte damit, sie heimlich unter der Bettdecke im Schein einer Taschenlampe und mithilfe eines Wörterbuchs zu entziffern. Wanja schrieb hinreißend: Wie schön ich sei, wie einzigartig und warmherzig. Wie sehr er sich nach meinen Küssen sehne, von einer Zukunft mit mir träume, davon, mit mir eine Familie zu gründen. Es überzog mich heiß und kalt bei dem Gedanken, eines Tages seine Frau zu sein.

Er war jetzt sieben Jahre in Deutschland stationiert, eines Tages würde er in seine Heimat zurückkehren müssen. Darüber wollte ich lieber nicht nachdenken. Allein bei der Vorstellung, er könnte eines Tages nicht mehr hier sein, wurde mir schwarz vor Augen.

Unsere romantischen Treffen blieben allerdings nicht lange unbemerkt. Da sich an manchen Abenden Trauben von Studienkolleginnen um uns scharten, war das auch nicht weiter verwunderlich. Ich saß, vor Glück und Stolz fast platzend, wie eine Prinzessin im Arm des Prinzen. Gitarrenklänge mischten sich in Wanjas Akkordeon, und ich sang mit meiner hellen Stimme dazu. Es waren unbeschwerte, romantische Abende. Wir tobten durch den Park, und es musste für Außenstehende merkwürdig aussehen, dass ein sowjetischer Offizier eine junge Frau jagte.

Ich vermisste Uschi mit ihrer Lebensfreude, ihren originellen Ideen. Ich schloss die Augen und sah vor mir, wie sie freihändig auf Armins Mopedgepäckträger stand und so tat, als könnte sie fliegen.

Uschi

Dunkelweiher West, Herbst 1961

Wenn ich die Augen schließe, sehe ich förmlich vor mir, wie ich auf Armins Mopedgepäckträger stehe und so tue, als könnte ich fliegen, dachte Uschi. Sie seufzte. Denn inzwischen war sie kein lustiger Vogel mehr. Sie war eine traurige Eule geworden, die nach ihrem Frühdienst in der Bäckerei jeden Tag vierzehn Stationen mit dem Zug nach Kastenstadt fuhr. Dabei hatte sie das schlechteste Gewissen, das man nur haben kann.

Seit ihr armer Vater tot war, hörte ihre Mutter gar nicht mehr auf zu weinen und zu jammern.

»Und was wird nun aus der Bäckerei? Es war der Wunsch deines Vaters, dass du sie übernimmst!«

Lina war gar nicht mehr in der Lage, den Kunden gegenüberzutreten, so sehr wurde sie von Weinkrämpfen geschüttelt. Sie saß nur noch oben in der Wohnküche, gab sich keine Mühe mehr mit ihrem Äußeren, starrte in ihre Kaffeetasse und murmelte, dass sie auch sterben wolle. Uschi versuchte, sie zu trösten, obwohl sie selbst dringend Trost gebraucht hätte.

Sie hatte keine Freunde mehr, zu denen sie rasch hinüberradeln konnte wie früher. Ihre Clique, ihre große Liebe Armin und die Musik – alles war auf der anderen Seite der Mauer geblieben.

Uschi war der einsamste und traurigste Mensch der Welt.

Zu ihrer Überraschung erhielt sie Beistand von Frau Wirberg.

»Komm, Kind, ich kümmere mich um dich und deine Mutter.«

Frau Wirberg kam inzwischen mehrmals täglich in die Wohnküche, brachte Essen, lüftete, bezog die Betten und räumte auf. Uschi war ihr dankbar dafür. Längst hatte Frau Wirberg einen Schlüssel für die Wohnung, und ihre Söhne hatten den Schlüssel für die Bäckerei.

»Gib nicht alles aus der Hand, Uschi«, warnte Lina in klareren Momenten. »Dein Vater und ich haben ein Leben lang geschuftet, damit du abgesichert bist!«

Uschi tat ihr Bestes, zerriss sich schier in zwei Teile zwischen Pflicht und Kür.

Von fünf Uhr früh bis zwölf Uhr mittags stand sie in der Bäckerei, dann fuhr sie nach Kastenstadt. Dort hatte sie allerdings kein Stipendium. Das Geld für die Klavierstunden musste sie sich vom Munde absparen. Uschi wurde immer dünner.

Den Dienst in der Bäckerei übernahmen zwei weitere Söhne von Frau Wirberg. Die Wirbergs hatten die Bäckerei inzwischen fest im Griff.

Wenn Uschi spätabends aus Kastenstadt zurückfuhr, übte sie im Zug auf einer stummen Klaviatur aus Pappe. Ihr Professor war streng und unnachgiebig, und Uschi tat alles, um den Studienplatz nicht zu verlieren.

Zu Hause hatte Frau Wirberg ihr das Essen warm gestellt. Uschi war dankbar, dass es die Wirbergs gab. Ohne die Wirbergs hätte sie überhaupt nicht mehr gewusst, was sie machen sollte.

»Die Bäckerei wird über kurz oder lang sowieso schließen müssen«, behauptete Frau Wirberg, als sie wieder mal bei Uschi und Lina in der Wohnküche saß. »Es kommen ja keine Leute mehr. Und bei deinem Talent, Uschi, ist es wirklich besser, du ziehst dein Musikstudium durch. Dann kannst du später als Klavierlehrerin arbeiten. Oder du wirst noch mal eine ganz große Dirigentin. Wie damals im Sommer am Zaun. Dann entdecken dich die Agenturen.«

Ach, es tat gut, Frau Wirberg zu lauschen!

»Stell dir vor, Uschi, du gehst auf Welttournee, reist nach Paris, London und New York! Wir sind hier schließlich im freien Westen.«

Uschi schloss erschöpft die Augen und dachte: Ach, das wäre wirklich mein Traum!

Renate

Dunkelweiher, Dezember 1961

Ach, das wäre wirklich mein Traum! Für immer mit Wanja zusammen sein! Mich nie mehr trennen müssen!, dachte ich. Doch es sollte anders kommen.

»Fräulein Horn, Sie sollen sich umgehend bei der Direktorin melden.«

Ich schluckte. Automatisch zog ich meine Bluse glatt, als ich an die schwere Bürotür klopfte. Ich räusperte mich und trat ein.

Zu meiner Überraschung saß dort nicht nur die Direktorin, sondern auch meine Mutter.

»Mama! Wie kommst du denn hierher?«

»Mit dem Zug. Aus Frühlingsdorf. Man hat mich herbestellt. Du sollst hier den Institutsfrieden stören?«

Mich durchfuhr ein eisiger Schreck. Mit kalter Stimme teilte mir die Direktorin mit, dass ich bis Weihnachten beurlaubt sei und gleich mit meiner Mutter heimfahren könne. Man werde mir den Studienplatz freihalten, bis ich im neuen Jahr wieder zur Besinnung gekommen sei. Die Direktorin überreichte mir einen Schrieb, auf dem ein Stempel prangte. Das war ein Verweis! Eine schriftliche Verwarnung!

Ich spürte, wie alle Farbe aus meinem Gewicht wich. Wahrscheinlich war ich so kalkweiß wie die Wand, von der Genosse Ulbricht durch seine Brillengläser streng auf mich herabschaute.

»Sie sind die Hoffnung ihrer alleinerziehenden Mutter!«, schnarrte die Direktorin, als hätte sie den Text auswendig gelernt. »Ihre vier älteren Geschwister sind weit weg. Ihr Vater ist im Krieg verschollen. Sie haben das Glück, Lehrerin werden zu dürfen, auf Staatskosten, und der Staat erwartet von

Ihnen ein korrektes Verhalten. Auch Ihrer Mutter sind Sie das schuldig. Überdenken Sie Ihr Leben. Liebeleien mit sowjetischen Offizieren sind streng verboten.« Sie klappte ihre Akte zu. »Sie dürfen jetzt gehen.«

Kurz darauf saß ich völlig verstört mit meiner armen Mutter im Zug.

Es stimmte. Ich war Mutters letzte Hoffnung. Meine vier älteren Geschwister waren weit weggezogen, und ich war ihr Nesthäkchen. Sie wollte in meine Nähe ziehen, wenn ich eines Tages mit dem Studium fertig sein würde. Sie wollte sich an mir wärmen und ihre Einsamkeit vergessen. Und das hatte Mutter auch wirklich verdient – nach all den Entbehrungen, die der Krieg ihr abverlangt hatte!

Mutter hatte keine Altersversicherung, obwohl sie ihr Leben lang hart gearbeitet hatte, um uns fünf Kinder großzukriegen. Ich war ihre Altersversicherung.

Ich fühlte mich entsetzlich schuldig. Durfte mein Wanja, durften WIR ihren Lebenstraum zerstören? Nein.

Ich saß zusammengesunken auf meinem Sitz. An all das hatte ich doch gar nicht gedacht, als ich in Wanjas Armen lag! Mutter sah mit leerem Blick aus dem Fenster.

Draußen zogen kahle Bäume vorbei, und meine Augen brannten vor Tränen der Scham und der Sehnsucht. Wie gern hätte ich Wanja ein Zeichen gegeben, irgendein verzweifeltes, verstohlenes Zeichen, das besagte: Warte nicht auf mich heute Abend, komm nicht in den Park! Aber mach dir keine Sorgen, ich komme wieder, ich liebe dich und werde dich immer lieben.

Aber das ging nicht. Der Zug war abgefahren.

Lisa

Schierchstadt, September 2013

Der Zug war abgefahren, dass Mutter allein in ihrem Haus bleiben konnte. Über kurz oder lang würden Hannah und ich eine Lösung finden müssen: Entweder die gute Uschi kam in ein Heim, oder eine Rund-um-die-Uhr-Betreuung musste für sie organisiert werden. Ersteres erschien mir im Moment noch zu grausam. Und Letzteres versprach schwierig zu werden, denn Mutter hatte bisher noch nicht mal eine Putzfrau in ihren heiligen Hallen geduldet. Trotzdem, irgendwas musste ich unternehmen.

Als Erstes bestand ich darauf, dass der Arzt ihr eine Medikamentenverabreichung durch Fachkräfte auf Krankenkasse bewilligte. Das würden die rotblusigen Damen von der Arbeiterwohlfahrt erledigen. Ihre kleinen roten Autos kurvten zu jeder Tages- und Nachtzeit durch Schierchstadt – in Konkurrenz zu den kleinen gelben Autos von der Caritas, den kleinen grünen Autos der »Altenpflege e. V.« und den großen blauen Autos von »Essen auf Rädern«.

Ich hatte in einem schmucklosen Gebäude auf dem Granatapfelplatz vorgesprochen und mit einer resoluten Dame namens Dagmar Tonka vereinbart, dass jeden Morgen um neun die Tabletten verabreicht würden.

Das erste Mal würde sie, die Chefin, sogar höchstpersönlich vorbeikommen.

Das versetzte Mutter in helle Aufregung. Ich hatte den Besuch der Dame immer wieder angekündigt, damit sie sich an den Gedanken gewöhnte. »Neun Uhr: Tablettenfrau.« Das stand inzwischen mit dickem Filzstift am Schwarzen Brett in der Küche, neben den ganzen Notfallnummern.

Überhaupt hatte ich ihr Fotos von allen Familienmitgliedern

mit den dazugehörigen Namen daran geheftet. Und die Fotos und Namen ihrer direkten Nachbarn. »Netter Nachbar Nr. 9 hat Schlüssel!« Auch den aktuellen Wochentag samt Datum hängte ich jeden Tag auf.

Aber jetzt war es so weit. Jetzt war Showtime: Mutter stand in ihrem geblümten Kostüm, die Handtasche um den Hals gehängt, fluchtbereit im Flur, als das rote Auto vorfuhr. Ihren Haustürschlüssel umklammerte sie mit eiserner Faust. Die Angst, sich auszuschließen, hatte sich tief in ihr Unterbewusstsein eingebrannt.

»Mutter, wir gehen nicht weg! Frau Tonka kommt nur mal schnell und sagt Hallo.«

»Tonka? Nicht dass ich wüsste.«

»Sie bringt dir deine Tabletten!«

»Wer mich beleidigt, bestimme ich!«

Na, die Stimmung war schon mal großartig. Frau Tonka kam in roter Bluse über die Steinplatten geschritten, und ich dachte, die hat ihre Zeit ja auch nicht gestohlen, und wollte ihr die Haustür aufmachen.

Doch Mutter kam mir zuvor, indem sie flugs von innen abschloss.

Der Schlüssel verschwand in den Untiefen ihrer Rocktasche. Sie hätte ihn auch verschluckt haben können, so verdutzt war ich.

Frau Tonka klingelte beherzt.

»Die Toten sind nicht da«, schrie Mutter. »Kommen Sie ein andermal wieder!«

Ich rannte zum Klofenster und riss es auf. »Frau Tonka!«, rief ich. »Hallo! Hier!«

Frau Tonka kam zum Klofenster, wofür sie sich durch dichtes Gesträuch zwängen musste.

»Sie hat uns eingeschlossen. Könnten Sie mir die Tabletten ausnahmsweise durchs Klofenster reichen?«

»Das fangen wir gar nicht erst an!«, sagte Frau Tonka. »Dann haben wir dasselbe Theater morgen wieder.«

Ich schluckte. In ihr hatte Mutter eine würdige Gegnerin gefunden.

Es folgte ein kleiner Ringkampf mit Mutter, die mir partout den Schlüssel nicht geben wollte.

»Was hab ich denn Böses getan?«, schluchzte sie und entwand sich mir.

»Nichts, Mutter! Wir wollen dir doch nur helfen!«

Ich fasste nach ihrer Rocktasche, aber sie schlug nach mir: »Die wird ja immer ausgebeulter! Hände weg! Du fremde Beere! Hannah! Hilfe!«

Sie griff nach der Fernsehfernbedienung und versuchte, Hannah anzurufen.

Das war ein herber Rückfall. Wir hatten es doch schon so nett gehabt miteinander!

Als ich noch mal zum Klofenster ging, um mit Frau Tonka zu verhandeln, nutzte Mutter die Gunst des Augenblicks und verdünnisierte sich durch den spanischen Vorhang in den Garten. Ich sah nur noch einen geblümten Kostümrock im Nachbargarten verschwinden. Sie entwendete Leilas Roller und versuchte, auf diese Weise zu entwischen. Aber das Gartentor war zum Glück abgeschlossen, und sie konnte nicht raus. Das brach mir schier das Herz!

Ich ließ Frau Tonka durch die Waschküche hinein und entschuldigte mich für die Unannehmlichkeiten. Frau Tonka winkte ab, sie sei den Umgang mit den alten Leuten gewöhnt – die machten noch ganz andere Sachen.

Verlegen standen wir im Flur, und ich bot Frau Tonka ein Glas Wasser an.

Sie nahm es und sagte: »Das braucht Ihre Mutter. Bitte immer bereitstellen.«

Als Frau Tonka mir in der Küche die Tabletten erklärte, auf

dem Küchentisch eine Mappe mit den Gesichtern von etwa dreißig Mitarbeiterinnen ausbreitete und etwas von Pflegestufe Soundso murmelte, wozu sie mir einen Antragsbogen überreichte, erklang aus dem Wohnzimmer beherzt »Alla turca«.

Wir sahen einander vielsagend an.

»Sie ist wieder da«, flüsterte ich.

»Das will ich doch hoffen«, sagte Frau Tonka.

»Im Nachbarhaus ist nämlich niemand«, flüsterte ich verschwörerisch. »Und meine Schwester ist in Urlaub!«

»Die Bestatterin.«

»Ja! Kennen Sie die?«

Frau Tonka schüttelte nur den Kopf über meine dumme Frage. »Wer kennt die nicht? Alle meine Jobs laufen letztlich auf sie hinaus.«

Mit einem Mal wurde mir klar, dass Hannah mit diesem Beruf einen Sechser im Lotto gezogen hatte. So hatte ich das noch gar nicht gesehen! Und ich hatte mich ihr gegenüber immer schlecht gefühlt! Von wegen wem Gott will rechte Gunst erweisen, den schickt er in die weite Welt. IHR Handwerk hatte wirklich goldenen Boden!

Wir näherten uns respektvoll meiner Klavier spielenden Mutter. Sie war aufgeregt, das spürte ich genau. Ihre Finger wollten nicht so, wie sie wollte, oder war es ihr Gedächtnis, das den Fingern nicht mehr die richtigen Befehle gab? Sie kam aus dem Takt, fing wieder von vorne an und verspielte sich an der gleichen Stelle. Ich spürte, wie mir der Schweiß ausbrach. Bisher hatte eines immer noch funktioniert: das Klavierspielen! Das war ihr geblieben, darauf konnte sie sich verlassen! Egal, wohin uns unsere Ausflüge geführt hatten: Immer wenn sie ein Klavier entdeckte, konnte sie einen Auftritt für sich verbuchen. Ein Erfolgserlebnis.

Und jetzt? In ihren eigenen vier Wänden? In die eine

Fremde gegen ihren Willen eingedrungen war, weil sie angeblich nur das Beste für sie wollte?

Mit einem hastigen Seitenblick auf Frau Tonka begann Mutter, frei improvisierte Kirchenkadenzen zu spielen. Frau Tonka kannte entweder das Stück nicht oder war einfach hart im Nehmen, ihre Gesichtszüge veränderten sich nicht.

Als Mutter über die Subdominante, den Quartsextakkord und die Dominante schließlich wieder A-Dur erreichte, beendete sie das Ganze noch mit einem perlenden Accelerando wie ein Jazzpianist. Sie tat so, als hätte das alles dazugehört. Mit koketter Miene setzte sie noch ein dreigestrichenes A drauf und klappte dann den Deckel zu. »Ende der Vorstellung«, sagte sie.

Ich klatschte erleichtert, und Frau Tonka legte ihre Aktenmappe weg und klatschte auch.

»Die Polizei sagt, Sie sollen jetzt nach Hause gehen.« Mutter stand auf und klammerte sich an ihre Handtasche. »Das gilt auch für Sie!«

Doch Frau Tonka ließ sich nicht ins Bockshorn jagen.

»Sie können ja ganz toll Klavier spielen!«, rief sie um eine lockere Arbeitsatmosphäre bemüht.

Wieder jemand, der meine Mutter anschrie, als ob sie schwerhörig wäre, dabei war sie das mit Sicherheit nicht. Wenn sie etwas nicht verstand, waren daran nicht ihre Ohren schuld, sondern ihr Verstand.

Mutter legte einen Finger auf die Lippen. »Psst! Die Toten schlafen!«

»Ich bringe Ihnen die Tabletten, Frau Klüger!«

»Wer heißt denn hier Klüger?«, sagte meine Mutter verächtlich. »Fragen Sie die mal.« Sie zeigte auf mich. »Acht Pfund! Unverschämtheit!«

»Ja, das Reisebüro Ihrer Tochter kenne ich auch«, rief Frau Tonka. »Hängen ja die Plakate im Jibbi-Einkaufszentrum. Aber jetzt nehmen Sie mal Ihre Tabletten.«

»Sagen Sie ›Uschi Wolke‹, sonst gehen Sie hinter den Zaun.«

»Okay. ›Uschi Wolke‹. Ich bin die Frau Tonka!«

»Und, was wollen Sie singen?«, fragte sie Frau Tonka und klappte den Klavierdeckel wieder hoch.

Frau Tonka wollte überhaupt nicht singen. Sie wollte Mutter die Tabletten einflößen. Aber darauf ließ Mutter sich überhaupt nicht ein.

»Was können Sie denn?«, fragte sie und spielte beiläufig ein paar Akkorde. »Muss i denn, muss i denn zum Städtele hinaus?« Sie stimmte das Lied an.

Das war ihr Lied gewesen, damals, als sie die Mauer bauten! Hach! Mir wollten die Tränen kommen. Ich warf Frau Tonka einen flehenden Blick zu und begann beherzt zu singen. »Und du, mein Schatz, bleibst hier!« Damit meinte ich Frau Tonka, und die Botschaft kam an.

Frau Tonka sang bereitwillig mit, allerdings eine Oktave tiefer. »Wenn i komm, wenn i komm, wenn i wieder wieder komm ...«, brummte sie. Das ließ ja hoffen.

Wir sangen noch »Es klappert die Mühle am rauschenden Bach«, »Winde weh'n, Schiffe geh'n« und »Wem Gott will rechte Gunst erweisen«, und Mutter hatte ganz rote Wangen und lächelte Frau Tonka bezaubernd an.

»Und jetzt dürfen Sie sich noch was wünschen«, sagte sie. »Bevor die Stunde schon wieder um ist.«

Frau Tonka wünschte sich »Danke für diesen guten Morgen«, und da hatte sie bei Mutter ins Schwarze getroffen! Mutter hatte einen Heidenspaß, unzählige Strophen zu spielen, immer einen Halbton höher, bis Frau Tonka nicht mehr piepsen konnte.

Bei »Danke für meine Arbeitsstelle« tauschten Frau Tonka und ich einen verschwörerischen Blick, und plötzlich wusste ich, dass ich Frau Tonka mochte.

»Das reicht erst mal«, sagte Mutter gönnerhaft, klappte den Klavierdeckel zu und stand vom Hocker auf. »Acht Pfund«, sagte sie kokett, indem sie augenzwinkernd in meine Richtung zeigte. »Und das war erst der Anfang!« Dabei entwich ihr deutlich hörbar eine Flatulenz.

Frau Tonka zuckte noch nicht mal mit dem Mundwinkel. Geräusche dieser Art waren ihr offenbar vertraut.

»Sie dürfen nächste Woche wiederkommen«, sagte Mutter gönnerhaft. »Ich begleite Sie noch zur Tür.«

»Die Tabletten!«, sagte Frau Tonka.

Mutter überhörte das. Sie wollte mit Schwung die Haustür öffnen, um Frau Tonka hinauszukomplimentieren, aber leider war die Tür abgeschlossen.

»So ein Murks!« Sie rüttelte an der Klinke. »Augenblick, n kleinen!« Sie sah mich Hilfe suchend an. »Hat die das oder war das zu schwer?«

»Du hast den Schlüssel in deiner Rocktasche!«

»Hilfe!«, rief Mutter verzweifelt. »Die Polizei will den Zaun brechen! Die Leute können nicht mehr zurück!«

»Mutter! Du hast ihn! Rocktasche!«

Frau Tonka traute sich etwas, das ich mich nie getraut hätte: Sie griff Mutter beherzt in die Rocktasche. Aber das hätte sie lieber nicht tun sollen. Mutter drehte völlig durch. Sie riss sich den Rock vom Leib und trampelte im Schlüpfer darauf herum. Zornesbleich suchte sie nach einem Wort, das Frau Tonka in ihre Schranken verweisen konnte, doch ihr fiel nichts anderes ein als »SCHWEIN!«.

Das hatte Frau Tonka wirklich nicht verdient. Nicht, nachdem sie eine ganze Stunde lang deutsche Volkslieder gesungen hatte.

»Mutter!«, entfuhr es mir. »Entschuldige dich bei Frau Tonka!«

»Ich? Kommt mir doch gar nicht in die Quere!«

»Nein, lassen Sie mal.« Frau Tonka nahm das offensichtlich nicht persönlich.

Mit vereinten Kräften lösten wir Mutters Hand von der Klinke und führten sie ins Wohnzimmer, wo sie erschöpft wie nach einem Marathon auf ihren Lieblingssessel sank.

Ich breitete die geliebte Gartentischdecke über ihre Beine. »Nimm jetzt einfach die Tabletten, Mutter.«

Ihr Gesicht war ganz klein, ihre Nase ganz spitz, ihre Stimme dünn wie ein Vögelchen.

»Biste dann nächstes Jahr wieder hier?«

Mir wurde ganz anders. Frau Tonka und ich tauschten einen vielsagenden Blick.

»Wenn wir weitersingen? Nächstes Jahr?«

Ich reichte ihr das Wasserglas.

»Ja, da bin ich noch hier.«

Mutter nahm anstandslos die Tabletten, Frau Tonka machte sich ihre Notizen und verschwand durch den Waschkeller, durch den sie gekommen war. Ich hob den Rock auf, kramte den Schlüssel hervor und schloss die Haustür wieder auf. Dann winkte ich Frau Tonka hinterher, deren rotes Auto schon zur nächsten senilen Baustelle weitertuckerte.

»Du hättest Frau Tonka nicht so beschimpfen dürfen, Mutter.«

»Sie hat mich zuerst geschlagen.«

»Das stimmt doch gar nicht. Frau Tonka wollte dir nur helfen!«

»Wer ist Frau Tonka?«

»Die Frau, die gerade hier war.«

»Hier war keine Frau.«

Mutter schloss die Augen. Nach einer Weile öffnete sie sie wieder, schaute auf die Uhr und sagte: »Halb vier, glaube ich, oder halb fünf. Meine Güte. Und das zweite kommt ja auch noch.«

»Das zweite ist schon da«, sagte ich. »Du musst dich nicht mehr anstrengen. Ruh dich einfach aus.« Ich schaute auf die Küchenuhr. Es war gerade mal zehn.

Renate

Januar 1962 – Januar 1963

Es war gerade mal zehn, als ich nach den Weihnachtsferien wieder in Dunkelweiher ankam. Ich hatte den Frühzug genommen, um ihm zu entkommen. Und wer stand freudestrahlend mit Blumen auf dem Bahnsteig?

»*Ja tebja ljublju! Ja tebja schdal!* – Ich liebe dich! Ich habe auf dich gewartet! «

Mir brach es schier das Herz. Er wollte mich an sich ziehen, doch ich widerstand dem Drang, mich einfach in seine Arme zu werfen.

»Wanja, es ist aus«, presste ich hervor. Dabei schaffte ich es nicht, ihm in die Augen zu sehen.

Ich stellte meinen Koffer auf den Boden und verschränkte die Arme vor der Brust. Den russischen Text, den ich ihm jetzt sagen würde, hatte ich genauestens einstudiert.

»Ich habe meiner Mutter unter dem Weihnachtsbaum versprochen, dass wir uns nie wiedersehen werden. Ich kann sonst mein Studium nicht fortsetzen. Bitte akzeptiere das und geh mir in Zukunft aus dem Weg.« So. Das war mir fehlerfrei über die Lippen gegangen.

Den fassungslosen Gesichtsausdruck von Wanja würde ich mein Lebtag nicht mehr vergessen. Er sah mich an, als hätte ich ihm ein Messer in den Bauch gerammt.

Ich bückte mich mechanisch nach meinem Koffer und lief versteinert davon.

Nicht umdrehen, bloß nicht umdrehen!, beschwor ich mich. Einfach nur einen Schritt vor den anderen setzen! Der Weg zum Schloss war endlos und fühlte sich an wie der Gang zum Schafott.

Wie ferngesteuert lief ich darauf zu, und der Koffer wurde schwerer und schwerer. Ich schaffe das, ich schaffe das!, dachte ich. Es geht um Mutter. Ich bin ihr das schuldig.

Im Internat warf ich mich schluchzend aufs Bett.

»Oh, Renate!« Meine Zimmergenossin Gerlinde legte tröstend den Arm auf meine Schulter.

»Ist es so schlimm?«

»Ich kann ohne ihn nicht leben«, schluchzte ich. »Ich liebe ihn doch so!«

Zwei Tage lang lag ich apathisch auf dem Bett, konnte weder essen noch trinken, geschweige denn am Unterricht teilnehmen. Der Schularzt diagnostizierte eine Wintergrippe und verordnete mir Ruhe. Immer wieder heulte ich wie ein Schlosshund.

»Die Zeit heilt alle Wunden«, versuchte Gerlinde, mich zu trösten. »Andere Mütter haben auch schöne Söhne!«

»Ich will Wanja!«, heulte ich. »Ich werde nie einen anderen lieben!«

»Und wenn er dich vielleicht gar nicht mehr will?!«

Mit einem Ruck setzte ich mich auf. Gerlinde reichte mir ein Taschentuch.

»Das würde mir die Sache erleichtern!« Tränenüberströmt schnäuzte ich hinein. Dann ließ ich mich wieder auf die Matratze fallen und weinte, bis keine Tränen mehr kamen.

Gerlinde streichelte hilflos meine Schulter. Ein winziger Hoffnungsschimmer glomm in mir. »Weißt du was, Gerlinde? Ich gebe ihm ab heute zwei Tage. Wenn er sich bis dahin nicht meldet, gebe ich ihn frei.«

»Ja«, sagte Gerlinde. »Mach das. Zwei Tage. Das ist gut.«

»Aber Gerlinde«, schniefte ich und klammerte mich an ihren Arm. »Wenn er sich innerhalb der nächsten zwei Tage meldet, dann renne ich mit ihm bis ans Ende der Welt.«

»Und deine Mutti?«

»So leid es mir tut, aber ich kann nicht anders.«

»Lass das Schicksal entscheiden, Renate. Wenn er für dich bestimmt ist, kommt er wieder.«

Am Abend des zweiten Tages glaubte ich meinen Ohren nicht zu trauen. Zart wie ein Windhauch klang Wanjas Akkordeon zu mir herauf.

Ich sprang aus dem Bett, rannte barfuß zur Balkontür und riss sie auf.

Der Boden war eiskalt, doch ich spürte es nicht. »Wanja!«

Er hörte auf zu spielen, stand nur da und schaute.

Ich knallte die Balkontür wieder zu und rannte so, wie ich war, in den verschneiten Park hinaus. Ich glaubte zu schweben, als ich über den Pulverschnee auf ihn zuflog.

Wanja breitete die Arme aus, und dann lagen wir uns in den Armen und küssten uns, stammelten wirres Zeug auf Russisch und Deutsch, weinten und lachten.

Das Akkordeon musste stumm im Schnee stehen und dabei zusehen, wie wir unser Wiedersehen feierten. Irgendwann bemerkte ich Gerlinde, die unauffällig meine Schuhe und meinen Mantel gebracht hatte. Sie drückte uns kurz und stiefelte wieder durch den Schnee zum Schloss.

»Ich entschuldige dich bei der Gruppenstunde!«, rief sie. »Bauchkrämpfe!«

»Herzflimmern«, stammelte ich unter Tränen.

Nun waren wir also doch wieder ein Paar.

Für meine Mutti tat es mir schrecklich leid, aber ich ließ sie erst mal in dem Glauben, dass ich Wanja nicht mehr wiedersah.

Die Winterwochen eilten dahin. Wanja und ich trafen uns fortan nur noch in der Stadt, wenn es dunkel war. Mit hochgeschlagenen Mantelkrägen liefen wir nebeneinanderher und unterhielten uns leise. Immer wieder sah Wanja sich verstohlen um, ob uns jemand folgte.

Einmal wurde Wanja plötzlich langsamer, blieb stehen und nestelte an seinen Schnürsenkeln. Flüsternd teilte er mir den nächsten Treffpunkt mit, und ich ging weiter und tat so, als gehörten wir nicht zusammen. Auch ich hatte gesehen, dass uns ein Mann in Zivil gefolgt war.

Zu dem Treffpunkt, den Wanja mir genannt hatte, kam dann nicht Wanja, sondern sein Vorgesetzter Tolja. Ich hatte ihn und seine Frau schon bei Tanzveranstaltungen und Konzerten kennengelernt und fand die beiden sehr nett. Sie stammten aus Kiew. Tolja teilte mir bedauernd mit, dass Wanja diese Woche Arrest bekommen habe und sich so bald wie möglich wieder bei mir melden werde.

Ich war entsetzt und litt mit Wanja, aber irgendwann stellte sich dieses »Jetzt-erst-recht«-Gefühl ein, und das gab mir Kraft.

»Fräulein Horn, Sie bekommen einen Praktikumsplatz in Eichfahrt«, teilte mir die Direktorin am Ende des Semesters mit. »Das sind elf Kilometer von hier, vielleicht genau die richtige Distanz zu Dunkelweiher.« Dabei sah sie mich mit ihrem Adlerblick an.

Sehr viel später erfuhr ich, dass mein Russischlehrer, der auch mit Wanja befreundet war, ein gutes Wort dafür eingelegt hatte, dass ich NUR elf Kilometer von Dunkelweiher eingesetzt würde. Meine Freundin Gerlinde kam nach Ostberlin. Ursprünglich hätte es umgekehrt sein sollen. Wir hatten also auch einen Schutzengel an der Schule.

»Wie Sie meinen«, sagte ich und trat meinen Ausbildungsplatz im Eichfahrter Kinderheim an.

Es war ja mein Traumberuf, und ich ging ganz darin auf. Das Heim lag idyllisch im Wald. Wir jungen Praktikantinnen waren alle um die achtzehn Jahre alt und unsere Sprösslinge im Vorschulalter. Es war wieder Sommer, und mit viel Elan tobten wir mit den Kleinen im Wald herum, sammelten Beeren, krochen durchs Unterholz, spielten Verstecken und Kreisspiele, bei denen ich zur Gitarre sang.

Ich bekam eine kleine möblierte Wohnung zugewiesen und richtete sie gemütlich ein. Nach den Jahren am Konservatorium war das mein erstes eigenes Reich, und ich fühlte mich wie eine Königin in ihrem Schloss.

Die beiden Heimleiterinnen waren nett und herzlich. Eines Tages fasste ich mir ein Herz und weihte sie in mein großes Liebesgeheimnis ein.

»Es könnte sein, dass ich bald Besuch von einem sowjetischen Offizier bekomme«, sagte ich mit fester Stimme. »Macht euch keine Sorgen, er gehört zu mir. Wir wollen auch ganz bald heiraten.«

»An deinen freien Tagen kannst du machen, was du willst«, ließen sie mich freundlich wissen. »Aber häng es nicht an die große Glocke!«

Und dann, an meinem ersten freien Tag, fuhr ein Taxi aus Dunkelweiher vor, und ihm entstieg ein aufgeregter Wanja in Zivil.

Ich riss die Wohnungstür auf und fiel ihm schon im Flur mit spitzen Jubelschreien um den Hals. Wir waren frei! Niemand konnte uns mehr verfolgen, beobachten, belauschen!

»Nun müssen wir uns nicht mehr heimlich im Park oder im Dunkeln auf der Straße rumdrücken!«

Es war das erste Mal, dass ich mit Wanja allein in einem geschlossenen Raum war.

Wir fielen übereinanderher und turtelten wie Papageno und Papagena, die es gar nicht fassen können, dass sie einander endlich gefunden haben. Um der Wahrheit Genüge zu tun: Wir blieben die nächsten zwölf Stunden im Bett.

Es war aufregend, berauschend, die Krönung unseres Glücks. Wir liebten uns, als gäbe es kein Morgen.

Es war mein erstes Mal, und ich wünsche jedem Mädchen auf dieser Welt, dass ihr erstes Mal so schön ist.

Erst am späten Abend hörte ich meinen Magen knurren.

»Hast du Hunger?«

»Nur auf dich!«

Mitten in der Nacht brutzelten wir uns etwas auf meinem kleinen Herd, und Wanja zog einige Köstlichkeiten aus seinen Vorräten aus der Tasche.

»Ich kann gar nicht glauben, dass solche Treffen jetzt öfter stattfinden«, sagte ich mit leuchtenden Augen und vollem Mund. »Oh, diese Tomaten schmecken herrlich!«

»Du solltest mal die Tomaten bei uns in der Ukraine sehen!«

Immer öfter schwärmte Wanja mir von seiner Heimat vor und malte sie mir in den glühendsten Farben aus. »Eines Tages nehme ich dich mit in meine Stadt.«

»Wie heißt deine Stadt?«

»So wie du. Reni.«

»Du willst mich doch auf den Arm nehmen!«

»Ja. Nicht auf den Arm. In den Arm!«, demonstrierte er mir seine Grammatikkenntnisse. »Und die Stadt heißt wirklich Reni!«

Wanja erklärte mir, dass Reni eine Hafenstadt an der Donau sei und etwa dreihundert Kilometer südlich von Odessa liege. Im Sommer sei es dort geradezu tropisch heiß. Dort dufteten die Melonen, und es gebe Tomaten, die so prall und riesig seien, dass man sie mit zwei Händen nicht umfassen könne. Die Weintrauben würden einem in den Mund wachsen. Vor meinem inneren Auge taten sich exotische Landschaften auf, von denen ich noch nie zu träumen gewagt hatte.

Bei diesem ersten Treffen sollte es tatsächlich nicht bleiben. Manchmal riss Wanja heimlich aus seiner Garnison aus und kam mal zu Fuß, mal mit einem geliehenen Fahrrad auf Schleichwegen zu mir. Dann klopfte er ganz leise an die Fensterläden, und ich stürzte zur Tür und überschüttete ihn mit Küssen.

»*Kisja*«, sagte Wanja eines Nachts zu mir. Er nannte mich immer zärtlich »Kätzchen«. Es war schon wieder Herbst geworden, und wir kuschelten uns unter der Bettdecke aneinander. Das Bolleröfchen ächzte leise, und die letzte Glut verglomm im Ofen. »Jetzt kommt eine schwere Zeit für uns beide.«

»Aber warum?!« Sofort bekam ich heftiges Herzrasen.

»Ich habe Heimaturlaub«, sagte Wanja. »Über Weihnachten. Acht Wochen!«

Acht Wochen! Das kam mir vor wie eine Ewigkeit.

»Aber ich habe meine Eltern und meine Geschwister seit fünf Jahren nicht gesehen.« Wanja stützte sich auf den Ellbogen. »Sie würden sterben, wenn ich nicht komme.«

»Hauptsache, du kommst wieder!« Ich starrte ihn mit großen Augen an.

»*Kisja*, du wirst meine Frau! Natürlich komme ich wieder! Ich werde meiner Familie von dir erzählen und allen Bilder von dir zeigen! Sie werden dich sofort ins Herz schließen! *Ty nych dotschka!*«

Das erleichterte mir den Abschied. Tapfer ging ich meiner Arbeit im Kinderheim nach. Ich sang und spielte mit den Kleinen und bastelte Weihnachtsgeschenke. Manchmal sah ich in den Kleinen sogar schon unsere gemeinsamen Kinder!

Weihnachten verbrachte ich bei meiner Mutter, und es kostete mich große Beherrschung, ihr nichts von Wanja zu erzählen. Ich tat so, als wäre es bei meinem Versprechen geblieben und ich hätte Wanja nie wiedergesehen. Dabei zog sich mein Herz vor Sehnsucht nach ihm zusammen. Auch der Verrat und die Lüge machten mir schwer zu schaffen. Aber ich wollte uns das Weihnachtsfest nicht verderben.

Silvester verlief beschaulich mit meiner Mutter in Frühlingsdorf, und das neue Jahr brach an, 1963. Ich schaute in den milchigen Mond und klammerte mich an den Gedanken, dass Wanja dort in der Ferne genau denselben Mond sehen konnte.

Und dann stand er eines Tages wieder vor meiner Tür! Wir fielen uns in die Arme und klammerten uns aneinander wie Ertrinkende.

Wieder wurde mir bewusst, wie sehr ich ihn liebte und brauchte, wie sehr er mir gefehlt hatte. Sein strahlendes Lachen, seine weichen Lippen, seine warmen Augen – es war, als hätte der graue Winter ein Ende. Er war die Sonne für mich, und dasselbe sagte er auch von mir.

Wanja packte mit geheimnisvoller Miene seine Mitbringsel aus. Es raschelte und knisterte, und ich hockte kichernd auf dem Bett.

»Ein Radio!«

Das war der Wahnsinn! Mit flotter Musik würden die langen einsamen Winterabende viel schneller vergehen!

Wanja schloss mich in die Arme, und wir tanzten eng aneinandergeschmiegt durch meine kleine Wohnküche.

»Und das hier schickt dir meine Mama mit den herzlichsten Grüßen!«

»Was ist das?« Ich zupfte an den roten Bändern, die zwei Marmeladengläser zierten. Ein Inhalt war rot, der andere grün.

»Konfitüre aus Rosen.«

»Das gibt es doch gar nicht!«

»Nein, wirklich! Eine Spezialität meiner Mama. Und das hier ist Konfitüre aus grünen Walnüssen. Du musst sie probieren!«

Der Geschmack war einzigartig, süß, geheimnisvoll – so exotisch wie unsere Liebe.

Wir schmiedeten verrückte Pläne, zeigten uns Fotos. Seine Familie war gespannt auf mich und wollte mich gerne kennenlernen! Ich hatte schon Angst gehabt, als Deutsche dort nicht willkommen zu sein, aber Wanja wischte meine Bedenken beiseite. »Sie lieben dich jetzt schon! Du wirst ihre Tochter! – *Ty nych dotschka!*«

Dann gaben wir uns unseren Träumen hin, in denen ich mit ihm nach Russland reisen, seine Familie kennenlernen, ihn heiraten und erst einen kleinen Papageno und dann eine kleine Papagena bekommen würde.

Eines Abends im Februar, Wanja war eben in Uniform hereingekommen und hatte sich gerade die Stiefel ausgezogen, klopfte es an die Wohnungstür.

Wanja erstarrte. Böses ahnend zog er die Stiefel wieder an.

Ich öffnete die Tür. Zwei unfreundlich dreinschauende Männer hielten mir einen Ausweis unter die Nase und schnarrten im Kommandoton:

»Geheimdienst. Haben Sie Besuch?«

Am liebsten hätte ich gesagt: »Das geht euch gar nichts an, schert euch zum Teufel!«, und ihnen die Tür vor der Nase zugeschlagen. Aber das war vollkommen unmöglich.

Wanja wurde ohne ein weiteres Wort mitgenommen. Das Ganze geschah so schnell, dass ich glaubte, die schreckliche Szene nur geträumt zu haben.

Draußen hörte ich Autotüren schlagen, mit quietschenden Reifen fuhr das Geheimdienstfahrzeug mit meinem Wanja weg.

Ich lehnte meinen Kopf von innen an die Tür und wimmerte: »Hallo, warum hilft mir denn keiner?!«

Lisa

Schierchstadt, September 2013

»Hallo! Warum hilft mir denn keiner!«

Mutters panisches Jammern weckte mich – und ein stumpfer Gegenstand, den sie mir auf die Bettdecke warf. Es war ein Wecker, der unverdrossen auf meinem Bett weitertickte.

»Äh, guten Morgen.« Ich blinzelte verschlafen. »Was ist los?« Es war erst sieben. Angesichts ihrer Verzweiflung musste ja etwas wirklich Schreckliches passiert sein.

»Gleich NEUN«, rief meine Mutter ganz aufgeregt und schüttelte meine Schulter.

Polternd zog sie die Rollläden hoch und riss die Fenster auf. »Die Tablettenfrau! Gleich steht die da und macht sich wichtig!«

Also, wenn sich hier einer wichtigmacht, dann du!, ging es mir durch den Kopf, in dem eben noch Platz für süße Träume von einem Mann mit Dreitagebart und Grübchen gewesen war. Das durfte doch nicht wahr sein!

»Mutter!« Ich kuschelte mich in die Decke. »Die kommt erst in zwei Stunden!«

»Los! Aufstehen!« Sie zerrte an meiner Bettdecke, und als ich nicht sofort strammstand: »Die andere soll kommen!«

O Gott, ging das schon wieder los!

»Hannah ist in Urlaub«, knurrte ich. Es hatte keinen Zweck, ihr was von Zeit und Raum zu erzählen. Sie war aufgeregt, weil in zwei Stunden eine Tante im roten Auto kommen und ihr ihre roten Tabletten bringen würde.

»Sieben Pfund«, jammerte sie. »Acht Pfund will ja nicht!«

»Mutter, es ist erst sieben.«

»Ja, eben! Mit der komm ich immer klar!«

»Uhr, nicht Pfund. Warum legst du dich nicht noch ein bisschen hin?«

»Hier ist es kalt.« Mutter zitterte in ihrem Nachthemd. »Richtig eiskalt! Wer macht denn so was!«

»Ja, wer wohl. Du hast gerade alle Fenster aufgerissen.«

»Meinst du, ich kann wirklich noch mal ins Bett?«

»Ja! Gute Idee!« Ich ertappte mich dabei, wie ich einladend die Bettdecke zurückschlug. Hallo?, ging es mir durch den Kopf. Geht's noch? Ich lade sie zum Kuscheln ein? Meine Mutter? Die mir mein Leben lang vorgeworfen hat, wie schwer ich bei der Geburt war, wie viel Erfolg und Spaß ich im Leben hatte? Wie weichgeklopft bin ich denn inzwischen?

Bis vor drei Wochen konnte ich sie überhaupt noch nicht leiden, und sie mich auch nicht!

Ich schlug die Bettdecke wieder zu. Das ging jetzt zu weit.

Aber Mutter tappte zufrieden von dannen. »Danke. Du bist ein ganz großer Schatz.«

Ich konnte es kaum fassen: Sie taperte in ihr Schlafzimmer und schloss ganz sanft die Tür!

Hätte sie das doch früher mal gemacht! Zum Beispiel an dem Morgen, als ich vor Liebeskummer im Bett bleiben wollte und sie mir ein Glas kaltes Wasser über den Kopf kippte – von wegen mach dich nicht so wichtig!

Wohlig kuschelte ich mich wieder in meine warme Decke und schmiegte mich an mein Kissen. Der Traum von diesem Dunkelhaarigen, Glutäugigen mit dem Grübchen war sooo schön gewesen! In der Hoffnung, ihn wie eine DVD genau an der Stelle wieder starten zu können, wo er aufgehört hatte, schloss ich die Augen. Eine Gänsehaut überzog mich. Er hatte am Schluss noch gesagt: »Man sieht sich immer dreimal!« Was für ein reizender Abschied! Er hatte meine Mutter ganz lieb umarmt, mich dann irgendwie auch und so was gesagt wie: »Sie sind eine ganz tolle Mutter und eine ganz tolle Tochter. Wie glücklich muss der Mann sein, mit dem Sie verheiratet sind!« Und ich hatte schnell zu dem Tisch gelugt, an dem die Frau mit dem Hund gesessen hatte – doch der war, bis auf die missmutige Kellnerin, die ihn klirrend abräumte, leer gewesen! Die Frau gehörte also gar nicht zu ihm! Was hatte er noch mal zum Abschied gesagt? »Hupen zwecklos«? Ich presste mein Gesicht in das Kissen und überlegte gerade, ob das jetzt Wirklichkeit oder nur der Traum gewesen war, als nach leisem Klopfen die Tür wieder aufging.

Ich stellte mich unter meiner Decke tot. Hoffentlich kam jetzt kein Eimer kaltes Wasser. Zuzutrauen war es ihr!

»Oh, hier ist es aber kalt!«

»Du hast ja auch alle Fenster aufgerissen«, wiederholte ich frustriert.

»Eiskalt – wer macht denn so was?«

»Du, liebe Mutter.«

»Meinst du, dass ich noch mal ins Bett gehen dürfte?«

»Ja«, grollte ich ins Kopfkissen. »Super Idee!«

»Dann geh ich jetzt mal.«

»Okay!«

»Ich mach die Tür ganz leise zu, damit du noch ein bisschen schlafen kannst.«

»Danke.«

Ich lauschte. Die Tür wurde mit Samthandschuhen geschlossen, und Mutter tappte in ihr Schlafzimmer. Ich hörte, wie sie ihre Rollläden wieder runterließ. Danke – es gibt einen Gott!

Also versuchte ich es noch mal: Dreitagebart, die dritte. »Man sieht sich immer dreimal.« Hatte er das wirklich gesagt, oder hatte ich das geträumt? Und war das eine Feststellung gewesen, oder hatte nicht so etwas wie Hoffnung darin mitgeschwungen? Warum hatte er mir seine Handynummer nicht gegeben? Oder hatte er sie mir sogar auf dem Display gezeigt, als er den kleinen Film … Hatte ich das geträumt? So ein Quatsch, sie lautete vier, vier, vier, vier. Es musste also doch ein Traum gewesen sein.

Es klopfte. Die Tür ging auf. Ein eiskalter Windzug wehte herein.

»Oh, hier ist es aber kalt.«

Ich spähte über die Bettdecke hinweg. Mutter stand fröstelnd mitten im Raum.

»Eiskalt. Wer macht denn so was?«

»Du, Mutter. Du hast die Fenster aufgerissen.«

»Ich? Wie käme ich denn dazu, alle Fenster aufzureißen?«

»Weiß ich auch nicht.«

»Das ist doch DEIN Zimmer! Warum ist es denn hier so kalt?«

»Weil ich Hitzewallungen habe«, sagte ich matt.

»Meinst du, ich kann noch ein bisschen ins Bett gehen?« Jetzt fühlte ich mich aber echt verarscht! Wie lange sollte das denn noch weitergehen?

»Ich geh dann noch mal ein bisschen ins Bett. Schlaf gut.«

»Nein!«, sagte ich sauer. »Wir stehen jetzt auf. Die Tablettenfrau kommt gleich.«

Nachdem ich ihr schon überall Namen und Telefonnummern hingehängt hatte, hatte ich ihr die dreißig Namen und Gesichter der rotblusigen Arbeiterwohlfahrt-Mitarbeiterinnen aus dem Prospekt auch noch an die Küchenwand gepinnt. Damit sie sich schon mal an die dreißig Gesichter gewöhnen konnte. Daneben hatte ich mit schwarzem Edding »Um neun Uhr kommt eine nette Tablettenfrau« geschrieben. Und eine Uhr aufgemalt. So. Das war mein Beitrag zum Schierchstädter Müttergenesungswerk. Sollte Hannah mal wieder reinschauen: Auch ich war eine pflichtbewusste Tochter. Ich war richtig stolz auf mein Werk.

Wahrscheinlich hatte Mutter vor dieser Küchenwand bereits seit fünf Uhr früh meditiert und es vor Lampenfieber nicht mehr ausgehalten. Ihr ruheloses Hin und Her war psychologisch gesehen durchaus interessant: Einerseits wollte sie sich der neuen Herausforderung stellen, andererseits wollte sie flüchten und sich verstecken. Ich hatte sehr viel Verständnis für ihre inneren Nöte.

Mit zerzaustem Haar stolperte ich verpennt ins Bad, verscheuchte den letzten Gedanken an den Dreitagebart, sank auf die Klobrille und betrachtete die zwei Silberfische, die jeden Morgen über die gleiche Fliese flitzten.

Ja, das war auch so ein Phänomen: Jeden Tag machte ich die zwei Silberfische mit Klopapier weg und ließ sie einen grausamen Tod in der Wasserspülung sterben. Und jeden Tag waren sie wieder da. Ich musste natürlich davon ausgehen, dass es ihre Nachkommen waren. Oder aber es waren Hase und Igel, und sie kannten den Notausgang im Abflussrohr. Jedenfalls war es irgendwie ein Wunder. Das Wunder von Schierchstadt. Die wunderbare Silberfischvermehrung. Solch wirre Gedanken hegte ich beim Wachwerden.

Mutter folgte mir aufgeregt und hielt mir den Prospekt mit den dreißig Gesichtern unter die Nase. Leider hatte sie den Kloschlüssel versteckt, sodass ich mich noch nicht mal hier einschließen konnte.

»Mutter, ich bin auf dem Klo!«

»Ja, dann mach du mal schön. Hier ist Klopapier.« Sie zog es aus ihrer Handtasche, die sie wie immer bei sich trug.

Mutter las mir die Namen der Mitarbeiterinnen vor, während ich Zähne putzte.

»Gertraud Westmann, Jennifer Iztürk, Schantall Berkenbusch, Petra Quademechels, Corinna Safir und Schackeline

Moustafa …«, deklamierte sie mit heiligem Ernst, als handelte es sich um ein Drama von Schiller. Bei den ausländischen Namen haperte es ein wenig.

»Ja, Mutter. Eine von denen wird es sein.«

Wir gingen nach unten in die Küche, und ich pappte die Rote-Blusen-Brigade wieder fest.

»Reg dich nicht auf, Mutter! Sie tun dir nichts.«

Das wollte sie mir nicht glauben. Die Uhr fest im Blick, harrte sie des unerwünschten Überfalls in Hut und Mantel fluchtbereit hinter der Haustür, den Schlüssel fest in die Faust.

Doch die rotblusige Dame, die nicht Frau Tonka war, sang gehorsam »Danke für diesen guten Morgen« – und erledigte ihren Job.

Mit der Zeit wurde Mutter entspannter, wenn das rote Auto um die Ecke kam, ja freute sich regelrecht darauf. Nach einer Woche riss sie schon begeistert die Tür auf und führte die ahnungslose, meist neue Tablettenfrau zum Flügel – nicht ohne anklagend auf mich gewiesen und mein Geburtsgewicht mitgeteilt zu haben: »Acht Pfund!« Oder auch gern: »Erst acht und dann noch mal sieben obendrauf!« Ich bot den Rotblusigen Kaffee an und brachte sie so dazu, ein paar Minuten länger einzuplanen. Schließlich würden sie über kurz oder lang mit Mutter alleine sein, denn ich gedachte bald wieder nach Hause zu fahren. Heimlich zählte ich die Tage, bis ich mein eigenes Leben in meiner heiß geliebten Stadt wiederaufnehmen konnte.

So stand ich mit meinem Kaffee in der Hand da und beobachtete den Klub der Rotblusigen.

Interessant war, dass die Petras, Heikes, Ulrikes und Christianes alle noch das schöne alte Liedgut kannten und irgendwie mitpiepsten, dass Gott ihnen rechte Gunst erweisen möge, wenn Mutter in die Tasten drosch. Während die Chantals,

Denises und Jacquelines, ja erst recht die Ayses und Serafinas stumm dastanden und in ihren Kaffee bliesen. Was natürlich Mutters Unbill erregte.

»Wie wollen Sie Gesangsstunden nehmen, wenn Sie den Mund nicht aufmachen!«

»Ich soll den Mund nicht aufmachen, Frau Klüger!«, sagte eine vorwitzige Dame mit dem Namen Geneviève. »SIE sollen den Mund aufmachen!« Die traute sich was!

Eine solche Respektlosigkeit konnte Mutter sehr erzürnen, aber mit der Zeit gewöhnte sie sich an die Tablettenfrauen, umarmte jede und sagte: »Dich liebe ich ganz besonders. Komm bald wieder!«

Renate

Eichfahrt, Februar 1963

Komm bald wieder!, dachte ich voller Sehnsucht nach Wanja und ließ die Stirn kraftlos an die kalte Fensterscheibe sinken.

»Renate, Mädel, was mache ich nur mit dir?«, fragte Ingrid, meine Heimleiterin.

Die Kinder tobten über Tische und Bänke, doch ich hatte einfach nicht mehr die Kraft, sie zu bändigen. Seit zwei Wochen war Wanja nun schon spurlos verschwunden. Die Vorstellung, er könnte bei Wasser und Brot in einem dunklen Verlies sitzen, ließ mich schier verzweifeln.

»Ich weiß nicht, ich glaube, ich werde krank!«

»Komm, reiß dich zusammen, Mädel, Arbeit hilft immer!«

Mit sanfter Gewalt zog Ingrid mich in das Kreisspiel zurück.

»Entschuldige«, krächzte ich heiser. »Los, Kinder. Der Plumpsack geht um!« Verstohlen wischte ich mir eine Träne aus dem Augenwinkel.

Die Tage zogen sich endlos hin.

Eines Nachmittags saß ich gerade mit meiner Kindergruppe am runden Tisch und bastelte Girlanden. Petra, unsere neue Praktikantin, kam mit Eimer und Wischmopp in den Raum und begann auf Knien den voll gekleckstén Boden zu putzen.

Die Tür stand offen, und ich traute meinen Augen nicht. Wie elektrisiert ließ ich die stumpfe Schere sinken. Da draußen im Flur standen zwei sowjetische Offiziere. Die beiden radebrechten mit meiner Chefin.

»Ja, aber nur kurz«, hörte ich Ingrid sagen. »Sie hat Dienst!«

Wie in Trance sprang ich auf und stolperte fast über Petra. »Wanja?!«

Da stand er. Mein Wanja. Blass und abgemagert sah er aus, und seine Augen lagen in tiefen Höhlen. »Wanja!«

Wir klammerten uns aneinander wie Ertrinkende.

»Ja tebja schdala!«

»Ja tebja ljublju!«

Ich lachte und weinte gleichzeitig, und auch Wanja schluchzte unterdrückt.

Die Kinder schauten von ihrer Bastelei auf und staunten nicht schlecht.

Hinter Wanja tauchte Tolja auf, sein Freund und Vorgesetzter aus Kiew. Sein Lächeln war liebevoll und traurig zugleich.

»Ich habe Wanja nur zum Verabschieden gebracht«, teilte er mir auf Russisch mit.

Ich spürte, wie mir die Beine wegsackten. »Verabschieden? Wohin?«

»Wanja wurde abgezogen. Sein Dienst in der DDR ist zu Ende.«

Fassungslos starrte ich meinen Wanja an. Zehn Jahre hatte er eigentlich in Deutschland bleiben sollen, acht Jahre war er schon hier. Wir hatten also noch zwei Jahre! Zwei Jahre, in denen ich alles regeln wollte: mit uns, Mutter, meiner Ausbildung – alles eben!

»Wanja fährt morgen früh«, sagte Tolja bedauernd. Er sprach ebenfalls kein Wort Deutsch. »Befehl von oberster Stelle. Ich konnte ihn dir nur noch einmal schnell bringen.«

Nein. Das konnte ich nicht glauben.

Mit offenem Mund starrte ich von einem zum anderen.

»Ihr habt noch diesen einen Nachmittag«, sagte Tolja leise. Unsere Augen müssen Bände gesprochen haben, aber Ingrid sagte streng: »Aber sie hat Dienst.«

»Ich kann auf die Kinder aufpassen«, bot Tolja auf Russisch an und griff tatendurstig nach einer Bastelschere. Das war so rührend! Dieser hochgewachsene Offizier, der sonst nur mit Maschinengewehren hantierte, wollte mit meinen Kindern Girlanden ausschneiden!

»Das geht natürlich nicht«, wiegelte Ingrid ab. »Sie haben keine Ausbildung und können sich mit den Kindern nicht verständigen.« Sie machte abwehrende Gesten. »Du nix sprechen Deutsch!«

Da ging Tolja mit schweren Schritten zu Petra, nahm ihr den Mopp aus der Hand und begann schweigend, den Boden zu wischen.

Petra stand verwirrt auf, sah Ingrid fragend an, und Ingrid schickte sie zum Basteltisch. Dann scheuchte sie Wanja und mich zur Tür.

»Ich habe nichts gesehen«, murmelte sie. »Ich will keinen Ärger!«

»Oh, danke, Ingrid, danke«, stammelte ich. »Das werde ich dir nie vergessen!«

Zwischen die Freude mengte sich bohrender Schmerz.

Schweigend liefen Wanja und ich Hand in Hand zu meiner kleinen Wohnung.

Wanja wirkte kleiner und schmaler als sonst. Mit gebrochener Stimme erzählte er mir, dass sie ihn zwei Wochen eingesperrt und immer wieder verhört hätten.

»Was haben Sie mit dieser Frau zu tun?«

»Ich liebe sie und werde sie heiraten.«

Er hätte mich doch verleugnen können!

»Wir bieten Ihnen an, für Ihre letzten zwei Jahre in eine andere Stadt zu wechseln. Sie kommen zu einer anderen Garnison.«

»Nein.«

»Sie werden diese Frau vergessen.«

»Niemals!«

»In zwei Jahren fließt viel Wasser die Wolga hinunter.«

»Und wenn Sie mich für zehn Jahre woandershin schicken! Ich werde immer nur diese Frau lieben, auch wenn ihr mich einsperrt, bis ich achtzig bin!«

Damit war sein Schicksal besiegelt. Wanja wurde vorzeitig aus der Armee entlassen.

Wir liebten uns noch ein letztes Mal und weinten bitterlich.

Am späten Nachmittag holte Tolja meinen Wanja wieder ab. Er steckte mir noch hastig einen Zettel zu, darauf stand die morgige Abfahrtszeit seines Zuges:

8.17 Uhr Dunkelweiher – Erfurt – Berlin – Moskau.

Nach einer durchgeweinten Nacht strampelte ich mit meinem alten Fahrrad über die zugefrorenen Äcker nach Dunkelweiher zum Bahnhof.

Mein Wanja wurde von vier Männern in den Zug gesetzt. Er trug Zivil, einen grauen Mantel und einen grauen Hut.

Die Männer kamen zurück auf den Bahnsteig und rauchten. Verzweifelt suchte ich nach Wanjas Gesicht.

Da ging ein Zugfenster auf, und Wanja schluchzte auf Deutsch: »Ich liebe dich und werde dich immer lieben!«

Er riss sich den Hut vom Kopf und warf ihn mir zu. Ich hob ihn auf und presste ihn unter Tränen an mich.

Laut quietschend fuhr der Zug an.

Uschi

Dunkelweiher West, 1963

Laut quietschend fuhr der Zug an, als im letzten Moment ein junger Mann im grauen Anzug und mit grauem Hut die Tür aufriss. Er betrat ein Abteil zweiter Klasse, in dem nur eine blasse junge Frau am Fenster saß. Sie hatte eine stumme Klaviatur auf den Knien und machte schwierige Fingerübungen.

»Guten Tag. Wohin fahren Sie?«, fragte der Fremde.

»Nach Dunkelweiher West.«

»Ah ja. Ich auch.«

Der junge Mann mit ordentlichem Seitenscheitel und Nickelbrille legte seine Aktentasche neben sich und packte ein paar Baupläne aus, die er mit gerunzelter Stirn studierte.

Uschi sah kurz hoch und wischte sich verstohlen über die Augen. Der Unterricht war wieder grauenvoll gewesen. Ihr Professor hatte sie getadelt, weil sie so unkonzentriert gewesen war.

»Wenn Sie morgens um fünf schon in der Backstube stehen, wie wollen Sie da Pianistin werden?«, hatte er gepoltert. »Sie müssen sich schon entscheiden! Entweder Bäckerin oder Musikerin! Das sind zwei sehr verschiedene Paar Schuhe!«

Uschi riss sich zusammen und setzte ihre Fingerübungen fort, was den Mann dazu brachte, sie anzusprechen.

»Schade, dass man das nicht hören kann«, sagte er lächelnd.

Uschi fühlte sich halb gestört, halb freute sie sich. Sie war in letzter Zeit sehr einsam gewesen. Scheu lächelte sie zurück.

»Och, das sind nur Fingerübungen.«

»Was wird das denn, wenn es fertig ist?«

»Chopin«, sagte sie.

Der Mann mit der Aktentasche nickte bewundernd. »Das ist schon was für Könner.«

»Spielen Sie denn auch Klavier?«

»Nur für den Hausgebrauch. Ich hab's gerade bis zu Mozarts ›Alla turca‹ gebracht.«

»Ja, ›Alla turca‹ spiele ich besonders gern!«

Die beiden fachsimpelten ein bisschen über Chopin und Mozart, bis Uschi mit einem Blick auf die Baupläne fragte: »Und was wird DAS, wenn's fertig ist?«

»Ja, ach so, das sind die Pläne für die Trabantenstadt, die jetzt vom Bauamt bewilligt worden ist. Darf ich?«

Bereitwillig räumte Uschi ihre stumme Klaviatur zur Seite und ließ sich von dem netten Mann mit dem adretten Seitenscheitel und den blank geputzten Schuhen erklären, was das werden sollte. Da Dunkelweiher ja jetzt zur DDR gehöre, habe das Bauamt beschlossen, diesseits der Mauer wieder eine neue Stadt zu errichten, mit allem, was dazugehöre.

»Schierchstadt am Schattenbachtal«, las sie. »Davon habe ich schon in der Zeitung gelesen! Unsere Nachbarin sagt immer, das ist alles nur Gerede, daraus wird sowieso nichts.«

»O doch, wir planen eine Stadt für vierzigtausend Familien«, erklärte der Herr mit leisem Stolz. »Das heißt, wir planen nicht nur, sondern beginnen in Bälde mit dem Bau.«

»Oh!« Das musste Uschi erst mal verdauen. Eine neue Stadt!

»Und was ist Ihre Funktion?«

»Ich sitze in der Bauaufsichtsbehörde und wurde quasi abkommandiert, um die Bauarbeiten zu beaufsichtigen.« Er rückte seine Krawatte zurecht. »Natürlich nur stellvertretend für den Architekten, der schon wieder eine neue Stadt plant und nur ab und zu vor Ort sein wird.« Dann erklärte er die Vorzüge der auf dem Reißbrett entstandenen Stadt.

»Was wir an diesem verlassenen Fleckchen Erde jetzt brauchen, sind junge Familien«, legte er sich eifrig ins Zeug. »Deshalb bauen wir Schulen, Kirchen, ein Hallenbad und eine Mehrzweckturnhalle. Alle Reihenhäuser werden mit staatlichen Zuschüssen gefördert.«

Uschi ließ sich das Vorhaben ausführlich erläutern. Nach dem, was der junge Bauleiter sagte, wurde das eine richtige Vorzeigestadt.

»Keine Ampeln und keine Verkehrsschilder«, erklärte er stolz. »Es gilt an jeder Kreuzung automatisch rechts vor links.«

»Hört sich toll an!«, sagte Uschi beeindruckt.

»Ja, es wird keine Unfälle geben, und die Mütter können ihre Kinder unbesorgt draußen spielen lassen. Es wird zwei Supermärkte geben, hier und hier …« Er zeigte mit einem sorgfältig angespitzten Bleistift darauf. »Hier fließt der Schattenbach, der ist ja leider nicht mehr zugänglich. Deswegen legen wir hier und hier künstliche Teiche an. Und da unten am Kreisverkehr kommt die Tankstelle hin. Hier entsteht eine Autobahnauffahrt, sodass Schierchstadt auch für Pendler interessant sein wird.«

Als Nächstes schwärmte er vom Freizeitwert der Trabantenstadt. »Die Tennisplätze kommen hier hin, der Minigolfplatz da, und überall zwischen den Reihenhäusern liegen Spielplätze.« Er zeichnete gekonnt Sandkästen, Schaukeln und Rutschen ein.

»Aber es steht noch kein einziger Baum«, bemerkte Uschi.

»Nein, da haben Sie recht. Wir bauen auf sandiges Gelände. Aber wir pflanzen vierzigtausend Bäume. Wenn die Kinder erwachsen sind, werden die Bäume es auch sein.«

Uschi staunte nicht schlecht, wie durchdacht das alles war.

Unter eifrigem Plaudern war die Zugfahrt mit den vierzehn Haltestellen im Nu vergangen.

»Dunkelweiher West, Endstation. Der Zug endet hier. Bitte steigen Sie alle aus und vergessen Sie keine Gegenstände wie Schirme, Hüte und Taschen.«

»Früher ist der Zug bis ins Zentrum gefahren«, erklärte Uschi ihrem Mitreisenden. »Aber jetzt ist hier mitten in der Prärie Endstation.«

Dunkelweiher West hatte überhaupt keinen Bahnhof. Es war eher eine bäuerliche Ansammlung von Gehöften mitten im Nirgendwo. Die Haltestelle hieß »Kracks«. »Wahrscheinlich, weil hier an dieser Stelle mal ein Trecker kaputtgegangen oder ein Pferd zusammengebrochen ist«, erklärte Uschi dem Fremden. Sie stiegen aus, er ließ ihr höflich den Vortritt. Uschi sprang auf den unwirtlichen Bahnsteig. Sie zitterte. Es war eiskalt und inzwischen stockdunkel.

»Wo müssen Sie noch hin?«, fragte der nette Bauleiter.

»In die Bäckerei dort hinten.« Sie zeigte auf das Grenzgebiet im Schattenbachtal. »Da hab ich meine Kindheit verbracht! Als die Mauer noch nicht stand, war das ein einziger Abenteuerspielplatz. Alle aus Dunkelweiher kamen, um bei uns die Brötchen zu kaufen. An Sonntagen war das Café bis auf den letzten Platz besetzt. Aber jetzt …« Achselzuckend verstummte sie.

»Das ist ja tatsächlich das Ende der Welt!«

»Ich hab mich dran gewöhnt. Normalerweise fahre ich bis hierher mit dem Rad, aber bei dem Glatteis habe ich mich nicht getraut. Also dann, alles Gute! War interessant, Sie kennenzulernen! Und viel Erfolg beim Bau der neuen Stadt!«

Uschi wollte gerade losstiefeln, als ein Taxi hielt.

Der Mann hielt ihr galant die Tür auf. »Darf ich Sie nach Hause bringen? Das ist eine Dienstfahrt, also keine Angst, das geht auf Kosten von Schierchstadt.«

Über Uschis Gesicht huschte ein Lächeln. »Da sag ich nicht Nein! Erstens bin ich hundemüde, und zweitens ist es schon irgendwie was Besonderes, von einer Stadt eingeladen zu werden, die es noch gar nicht gibt!«

»Sie sind ja auch was Besonderes«, sagte der Mann und half ihr beim Einsteigen. Dann rutschte er neben sie auf die Rückbank.

Uschis Herz machte einen kleinen Hopser. Sie roch Rasierwasser und fand das sehr angenehm. Armin war ein Junge gewesen. Das hier war ein erwachsener Mann.

»Übrigens, ich hab mich noch gar nicht vorgestellt. Ich heiße Ewald Klüger. Doktor Ewald Klüger.« Er gab ihr die Hand und hielt sie fragend fest.

»Und ich bin Uschi Wolke.«

»Wolke, das passt zu Ihnen.«

Uschi schwieg, doch sie fühlte im Dunkeln, wie sie rot wurde. Flirtete er etwa mit ihr?

»Aber Uschi ist doch kein Name«, lachte der Fremde. »Das klingt so hingehuscht.«

»Sie werden lachen, aber mein Spitzname war früher Huschi.« Sie erzählte von ihrer Kindheit, als sie die Brötchen austrug.

»Für mich sind Sie Ursula.« Ewald Klüger entnahm seiner Aktentasche einen Apfel, polierte ihn an seinem Mantelärmel und reichte ihn ihr. »Mal beißen?«

»Oh, danke, gern.« Uschi biss krachend hinein und reichte ihn zurück. Ob er jetzt weiteressen würde? Das wäre ja fast wie ein kleiner Kuss auf Umwegen.

»Köstlich«, seufzte sie und kaute mit vollen Backen. »Ich hab den ganzen Tag noch nichts gegessen.«

»Das können wir gemeinsam nachholen.«

»Hier gibt es weit und breit kein Restaurant.«

»Ganz wichtig! Das muss unbedingt hier entstehen!«

Zu ihrer Überraschung stellte sie fest, dass es ihr Spaß machte, mit ihrem neuen Bekannten gemeinsam an der Frucht der Erkenntnis zu naschen. Flirtete SIE etwa? Er schien sie zu mögen! Und sie mochte ihn auch.

»Bäckerei Wolke«, sagte der Taxifahrer. »Wer steigt hier aus?«

Uschi öffnete schon die Tür, als Ewald Klüger sie zurückhielt.

»Also, Ursula, wie sieht es aus? Sie als Ureinwohnerin haben natürlich Mitspracherecht. Hätten Sie Lust, sich an der Städteplanung zu beteiligen?«

»Aber davon verstehe ich doch nichts!«

»Sie sind doch musisch begabt! Sie könnten beispielsweise die Farben der Reihenhäuser bestimmen – oder was könnten Sie beitragen?«

»Außer einem Restaurant?« Uschi fühlte, wie ihre Müdigkeit verflog. »Ich möchte die Straßennamen erfinden!«

»Sie müssen zu jungen Familien passen«, meinte Ewald Klüger. »Ich wünsche mir etwas Neues, Besonderes … Etwas Spontanes. Nichts, was sich alte Stadtväter über Bauplänen ausdenken.«

Uschi nahm Ewald den abgenagten Apfelstrunk aus der Hand. »Also, das hier wäre schon mal der Apfelweg«, sagte sie und warf ihn bei Wirbergs in den Vorgarten.

Renate

Eichfahrt, 1963

Ich warf gerade einen Apfelstrunk in den Vorgarten, als ich hörte, wie eine weibliche Stimme ganz außer Atem rief: »Fräulein Horn! Fräulein Horn, ein Anruf aus der Ukraine, bei mir im Postamt!«

Es durchzuckte mich heiß und kalt. Wanja! Seit über einem Jahr war er aus Dunkelweiher weg! »Ja, Augenblick, ich komme ...« Ich wischte mir die Hände an den Nietenhosen ab, griff geistesgegenwärtig nach meinem Schlüssel und folgte der Christel von der Post im Schweinsgalopp auf ihr Amt. Wir flogen nur so über das holprige Kopfsteinpflaster.

»Hallo?«, keuchte ich mit glühenden Wangen.

Da! Wanjas Stimme!

»Ja tebja schdal!

»Ja tebja ljublju!«

Wir konnten beide vor Weinen kaum ein vernünftiges Wort wechseln.

»Wo bist du, wie geht es dir?«, schluchzten wir gleichzeitig.

Wanja sagte mir immer wieder, dass ich durchhalten solle und dass er alles daransetze, unsere Heirat zu ermöglichen.

Im Laufe des letzten Jahres hatten wir uns fast täglich sehnsüchtige Liebesbriefe geschrieben. Und nun, nach über einem Jahr, dieser erste Anruf!

Unter schwierigsten Umständen war es Wanja gelungen, unsere Stimmen wieder zu vereinen. Er musste in seinem Heimatort Reni auf das Postamt gehen und richtig viel Geld berappen, denn so ein Auslandsgespräch war unermesslich teuer. Man konnte nicht einfach ins Ausland durchwählen: Ein Ferngespräch musste übers Amt angemeldet werden, und ehe die Verbindung hergestellt war, konnten Stunden vergehen. Diese drei bis vier Stunden hatte Wanja in Reni hoffend und bangend auf dem Postamt gesessen. Und jetzt hatte es geklappt!

Diese Anrufe stachelten unsere Sehnsucht erst recht an, und wir dachten gar nicht daran aufzugeben! Beide überlegten wir fieberhaft, wie wir uns wiedersehen könnten.

»Wanja!«, rief ich mit laut pochendem Herzen in den Hörer. »Hör zu, ich habe eine Idee!«

Mit einem Blick auf die neugierig lauschende Warteschlange vor dem Schalter drehte ich mich zur Wand und flüsterte aufgeregt: »Ich buche eine Touristenreise nach Moskau! In der zweiten Maiwoche habe ich frei! Ich schließe mich einer Reisegruppe an und fahre ganz offiziell zum Sightseeing nach Moskau!«

»Da komme ich hin!«, hörte ich Wanja aus der Ferne sagen. »Zweite Maiwoche. Das schaffe ich.«

Mein Herz fing vor Freude an zu rasen. »Wie weit ist Moskau von deinem Heimatort weg?«

»Och, nur tausendsechshundert Kilometer. Das krieg ich hin!«

»Aber wie willst du mich finden in dieser riesigen Metropole?«

»Liebste, ich klappere alle Moskauer Hotels ab! Ich finde dich, und wenn du auf dem Mond bist! Dann gehen wir zur ostdeutschen Botschaft in Moskau und fragen dort um Rat. Für Fälle wie unseren sind diese Leute ja da!«

»Ja«, wisperte ich mit glühenden Ohren. »Vielleicht können die uns dort direkt trauen!«

»Irgendwie kriegen wir das hin! Bleib stark, *kisja!* Verzage nicht! Du wirst meine Frau!«

Gleich am nächsten Morgen radelte ich ins Reisebüro nach Dunkelweiher, um für die zweite Maiwoche eine Touristenreise nach Moskau zu buchen.

»Gern!«, sagte die Dame im Reisebüro. »Es gibt schon einige Anmeldungen. Das wird eine nette Gruppe.« Sie lächelte mich an. »Moskau ist eine tolle Stadt! Und im Mai können Sie da schon richtig Glück mit dem Wetter haben! Als ich da war, hatten wir dreißig Grad!«

Mir hüpfte das Herz im Leib. Das würde ein Traum werden!

Ich hatte genug Geld zusammengespart und konnte die Reise gleich in bar bezahlen. Mit hochroten Wangen legte ich die abgezählten Hunderter auf den Tisch. Und Genosse Ulbricht schaute auf einmal gar nicht mehr so grimmig von der Wand.

Nur meine arme Mutter ahnte immer noch nichts.

»Wir schicken Ihnen die Unterlagen ein paar Tage vor der Abreise«, riss mich die Frau aus meinen Gedanken, steckte mein Geld in einen Umschlag und nickte mir zum Abschied freundlich zu.

Meiner Mutter sagte ich wahrheitsgemäß, dass ich eine Gruppenreise nach Moskau gebucht hätte, und sie freute sich arglos mit mir.

»Das wird bestimmt toll. Moskau im Mai. Und dann noch mit einer Gruppe netter Leute.«

Unterschwellig hörte ich heraus: Vielleicht ist ja ein netter junger Mann dabei.

Als ich drei Tage vor meiner geplanten Abreise immer noch keine Unterlagen per Post bekommen hatte, wurde ich unruhig. Längst hatte ich mein Köfferchen gepackt und sogar für den Fall der Fälle einen kleinen Hochzeitsschleier in die Unterwäsche gemogelt. Das kribbelige Glücksgefühl, das mich dabei überzog, war gar nicht zu beschreiben.

Und nun tat sich – nichts!

Also schwang ich mich wieder auf meinen alten Drahtesel und fuhr über die Felder nach Dunkelweiher.

Unter lautem Gebimmel betrat ich das Reisebüro. Dieselbe Dame, die vor drei Monaten so nett mit mir gesprochen hatte, saß nun mit unbewegter Miene unter dem undurchdringlichen Gesicht des Genossen Ulbricht und tat, als hätte sie mich noch nie gesehen.

»Renate Horn. Ich hatte eine Reise gebucht. Nach Moskau.«

Mit spitzen Fingern blätterte sie in ihren Unterlagen, fand auch den Umschlag mit meinem Geld und legte ihn vor mich hin. »Ihre Reise wurde storniert.«

Augenblicklich wurden meine Beine schwer wie Blei.

»Wie bitte?« Ich trat einen Schritt zurück und brachte den Stuhl zum Umkippen, auf den ich mich hätte setzen sollen. »Aus welchem Grund denn?«

Die Dame rückte ihre Lesebrille zurecht und las aus einem amtlichen Schreiben vor, das eindeutig von meiner Schulbehörde stammte: »Die Reise ist nicht notwendig.«

»Aber wie … Warum … Ich meine, natürlich ist die notwendig.« Wenn Sie wüssten, wie notwendig sie ist, Sie dumme Pute. Überlebensnotwendig!

»Der Beschluss ist gefasst. Ich kann daran nichts ändern. Der Nächste, bitte.«

Mit schwerem Herzen stand ich wieder draußen. Früher hätte ich geweint und wäre verzagt in meine Höhle zurückgekrochen, um meine Wunden zu lecken. Aber jetzt trat ich in die Pedale meines alten Drahtesels, dass dieser fast vom Boden abhob, und fuhr direkt zur Schulbehörde. Ohne mich von Sekretärinnen oder Vorzimmerdamen abhalten zu lassen, stürmte ich ins Büro der Ausbildungsdirektion. Das würde man mir erklären müssen. Das war Willkür! Nicht mit mir! Ohne zu klopfen, stürmte ich in das Büro mit der Aufschrift: »Eintritt nur nach Aufruf.«

»Fräulein Horn.« Ein älterer Mann mit Seitenscheitel, Weste und steif gebügeltem Hemd sah mich durch runde Brillengläser an. »Treten Sie doch ein.« Er sah aus, als hätte er mich erwartet.

Im Raum saßen mehrere Mitarbeiter und Mitarbeiterinnen an verschiedenen Schreibtischen und ließen vor Erstaunen über mein unerlaubtes Reinplatzen fast ihre Griffel fallen.

Die Tippse, die neben dem Schreibtisch des Chefs stand, starrte mich mit offenem Mund an. Sie erwartete wahrscheinlich einen Weltuntergang. Aber das war mir egal! Meine Welt war schon untergegangen!

»Was soll das hier?!« Zitternd vor Wut warf ich dem Direktor meinen Geldumschlag mit der Notiz »Abgelehnt« vor den Wanst.

Meine Augen sprühten vor Zorn. Ich weiß nicht, woher ich den Mut nahm, denn eigentlich war ich ein zurückhaltendes Mädchen, das gelernt hatte, sich immer schön hinten anzustellen und bloß nicht aufzufallen.

Alle starrten mich an, als wäre ich eine Außerirdische. Die Tippse bückte sich hastig nach den Papieren, die ein Windzug nach meinem Türaufreißen vom Schreibtisch geweht hatte.

»Was soll WAS?« Die blasierte Gelassenheit des Direktors verwandelte sich in ein gefährliches Knurren.

»Ich ersuche um Aufklärung des Sachverhalts!«, stieß ich hervor. Verdammt, meine Bluse war mir aus dem Rock gerutscht. Um Contenance bemüht, stopfte ich sie wieder in den Bund.

»Nun, die können Sie haben.« Mit einer herablassenden Geste forderte der Direktor eine Akte, die seine Sekretärin ihm schnellstens reichte. Er blätterte darin. »Ihnen fehlt es an Nationalbewusstsein, junges Fräulein!«

»Bitte?« Ich schnappte nach Luft, weil mir schwarz vor Augen wurde.

»Sie wissen genau, was ich meine.« Der Direktor steckte

sich eine Zigarette an und pustete mir den Rauch mitten ins Gesicht. »Sie sollten sich schämen, Fräulein Horn. Weiß Ihre Mutter von Ihrer Liebelei mit dem Sowjetbürger?« O Gott, wie sie mich alle anstarrten!

Ich senkte den Kopf und kämpfte mit den Tränen. Nein, meine arme Mutti war immer noch ahnungslos, und ich hatte ohnehin schon ein schlechtes Gewissen. Ich wollte sie erst einweihen, wenn es wirklich so weit war! Es brachte nichts, sie jetzt schon damit zu belasten.

»Das sind doch meine Privatangelegenheiten!«, fuhr ich ihn mit dem Mut der Verzweiflung an.

»Nun, junges Fräulein, dann würde ich Ihnen raten, Ihre Privatangelegenheiten ganz schnell aus der Welt zu schaffen! Sonst müssen wir Ihnen dabei helfen«, schnauzte der Direktor zurück.

Der konnte ja richtig laut werden.

»Haben wir uns verstanden!«, brüllte er und schlug mit der flachen Hand auf den Schreibtisch, dass der Aschenbecher klirrte.

Ich starrte ihn an und sah plötzlich die samtbraunen Augen Wanjas vor mir, hörte seine Stimme: »Bleib stark, *kisja*, lass dich nicht unterkriegen, du wirst meine Frau!«

Das gab mir ungeahnte Kräfte, und ich hielt dem Blick dieses Bürohengstes stand.

»Jetzt hören Sie mir mal gut zu, damit sie MICH verstehen«, stieß ich hervor. »Ihr eigenmächtiges Eingreifen in mein Privatleben wird von mir einfach nicht hingenommen. Ich habe sehr wohl Nationalbewusstsein! Ich bin eine gute Lehrerin und tue immer meine Pflicht. Ich werde mich umgehend an die Regierung wenden!«

Meine Augen sprühten Funken. Ich fühlte, wie mir die Zornestränen in die Augen stiegen. Nein, die Genugtuung würde ich ihnen nicht geben!

Ruckartig drehte ich mich um und verließ grußlos die verstummten Mitarbeiter.

Erst draußen vor dem Amtsgebäude sank ich schluchzend in die Knie und weinte mir die Seele aus dem Leib. Doch als ich später mein altes Fahrrad nach Hause schob, weil ich zu schwach zum Radeln war, spürte ich, wie Stolz in mir aufstieg. »Denen habe ich es gegeben!«, hörte ich mich murmeln, und auf mein verheultes Gesicht stahl sich ein Anflug von Genugtuung.

Am nächsten Tag lag die Reisebestätigung bei mir im Briefkasten – ganz so, als wäre nichts gewesen. Mein Herz machte einen nervösen Hopser! Frechheit siegt! Der Abreisetermin war – morgen! Ich platzte fast vor Aufregung. Oh, was würde Wanja stolz auf mich sein! Hastig überflog ich noch einmal die Reiseunterlagen. Ein Hotel war nicht vermerkt. Sollte ich jetzt noch mal Dampf machen? Nein, jetzt hieß es, den Ball flach halten. Ich hatte die Reisegenehmigung, ich würde fahren!! Wie von Taranteln gestochen, rannte ich zum Postamt und gab ein Telegramm an Wanja auf. »Moskau 8. – 16. Mai! *Ja tebja ljublju!* R.«

Im Zug nach Moskau glaubte ich immer noch zu träumen. Ich fuhr Wanja entgegen! Mit jedem Kilometer, den der Zug über die Gleise ratterte, kam ich ihm näher! Mein Glück kannte keine Grenzen. Schon bald würden wir uns in den Armen halten!

Auf dem Gang vertraute ich mich einem sechzehnjährigen Mädchen namens Ulrike an, das diese Reise mit seinem Vater machte.

»Versprichst du mir, dass du den anderen gegenüber die Klappe hältst?«

»Klar. Der kommt sowieso nicht. Wie soll der dich denn finden?«, fragte sie, an einer Butterstulle kauend. »Hier, beiß mal runter. Ist Dauerwurst von meiner Oma drauf.«

Ich war mir sicher, im ganzen Leben nie wieder einen Bissen essen zu können, und schüttelte dankend den Kopf. »Er findet mich!«, sagte ich im Brustton der Überzeugung.

»Na ja, Moskau hat ja nur sechs Millionen Einwohner«, bemerkte Ulrike gelassen. »Da kann man in einer Woche leicht jemanden finden.«

»Mein Wanja findet mich auch auf dem Mond«, beharrte ich. Ich sah die pausbäckige Ulrike an. »Du hältst mich für naiv, ja?«

»Nein«, sagte sie mit vollen Backen. »Ich halte dich für wahnsinnig.« Sie ließ ihr Butterbrotpapier aus dem offenen Fenster flattern und grinste mich an. »Aber mit dir wird es bestimmt nie langweilig.«

Lisa

Schierchstadt, September 2013

Mit dir wird es bestimmt nie langweilig!, dachte ich seufzend, als Mutter mich wiederholt am Ärmel zupfte, obwohl ich doch gerade mit Frank telefonierte.

»Dieser kleine Stein hat im großen gesteckt.« Mutter reichte mir ein Stück Zahn. Dabei lächelte sie mich verlegen an und zeigte eine schwarze Zahnlücke.

»Du hast in die Blockschokolade gebissen, stimmt's?«

»Schmeckt nicht!«, sagte Mutter und verzog das Gesicht.

Es war zum Weinen und Lachen gleichzeitig. Das fehlte mir gerade noch. Ausgerechnet jetzt, wo ich meinen Ex am Handy hatte. Angeblich wollte er über Ronja sprechen. Die habe ja jetzt sturmfreie Bude in seinem Haus gehabt, das nun allerdings in einem chaotischen Zustand sei. Und was denn das für zwei kiffende, Bier trinkende Bengels seien, die sie dabeihabe. Da hätten ja wilde Partys stattgefunden! Er gehe schon davon aus, dass ich meiner Aufsichtspflicht nachkomme, wenn ich das Sorgerecht behalten wolle!

Ich fühlte mich schon wieder schlecht, schuldig und unzulänglich.

»Hallo, bist du noch dran?«, schallte es aus dem Hörer. »Wir müssen dringend darüber reden, in welchem Haushalt Ronja ihr letztes Schuljahr vor dem Abitur verbringen soll.«

»Na, in meinem natürlich!«, rief ich empört.

»Wie soll das gehen? Du bist ja jetzt wohl längerfristig bei deiner Mutter.«

»Überhaupt nicht!«, begehrte ich auf. »Wenn die Sommerferien vorbei sind, komme ich zurück! Mir reicht es hier langsam.«

Mutter stand daneben und nickte erfreut. »Wer ist denn da drin?«

»Frank.«

»Sag Hannah liebe Grüße!«

»Es ist Frank!«

»Gib mir Hannah mal!«

»Es ist FRANK!«

»Hannah hat bei mir eine Weltreise gebucht«, sagte Frank.

»Du willst mich wohl verscheißern.« Ich rang mit Mutter um den Hörer, und sie rief hinein: »Alles Liebe, alles Gute, mit wem spreche ich bitte?«

»Ja, dir auch, Schwiegermutter. Gib mir mal Lisa.«

»Lisa? Wer ist Lisa?«

»Mann, die ist ja durch den Wind!«, hörte ich Frank sagen. »Lisa? Bist du dran? Also, Hannah und Klaus sind jetzt unterwegs nach Australien.«

»Ich hab jetzt keinen Sinn für deinen Humor!«

»Alles Liebe und Gute! Wer ist denn da drin?«

»FRANK!«

»Frank?«

»Mein Mann.«

»Du hast einen Mann? Das ist ja was! Gib ihn mir doch mal!«

»Er ist nicht mehr mein Mann.«

»Sie sind ein wunderbarer Mann«, sagte Mutter in den Hörer.

»Du warst noch nicht mal auf unserer Hochzeit, Mutter!« Den Vorwurf wollte sie so nicht auf sich sitzen lassen.

»Siebenundachtzig Pfund«, rief Mutter erzürnt ins Telefon. »Das presst mir keiner nach!«

Mit diesen Worten knallte sie mir den Hörer an die Brust, so sehr hatte sie sich wieder echauffiert wegen ihres Gebärtraumas.

»Hallo, Schwiegermutter«, sagte Frank. Ich hörte förmlich, wie er sich die Krawatte vom Halse riss.

»Wie geht es dir?«

»Sie ist schon nicht mehr dran. Was willst du eigentlich wirklich, Frank?«

»Sandra möchte, dass wir vor Eumels Geburt heiraten.«

»Ihr wollt noch dieses Jahr heiraten?« Ich fasste mir entsetzt an den Kopf und sank bleich auf den Telefonschemel.

»Alles Liebe, alles Gute!«, schrie Mutter in den Hörer. »Acht Pfund und sieben noch dazu. Da kann man nur gratulieren.«

»Mutter, er heiratet nicht mich, sondern eine andere!«

»Ich spiel euch ein Ständchen!« Sie eilte ans Klavier und drosch »Alla turca« hinein. Na toll. Welche Mutter spielt schon dem Mann der eigenen Tochter ein Ständchen, der eine andere heiraten will? Und das, nachdem sie zur Hochzeit der eigenen Tochter nicht mal erschienen ist! So was brachte wirklich nur meine Mutter fertig.

Ich diskutierte mit Frank die Scheidung und hatte wirklich schwer an diesen Neuigkeiten zu knabbern, während Mutter »Viel Glück und viel Segen« spielte und dann noch ein »Hoch solln se leben!« draufsetzte, bevor sie zu einem kecken »Horch, was kommt von draußen rein – wird wohl dein Feinsliebchen sein« anstimmte.

Nein, mir ging es an diesem Tag wirklich nicht gut, aber Zeit für Selbstmitleid hatte ich nicht: Mutter hatte sich ein Riesenstück vom Schneidezahn ausgebissen. Unter Aufbietung sämtlicher Überredungskünste und auch mit ein bisschen roher Gewalt schleppte ich Mutter zum Zahnarzt.

»Nein, da machen die sich wieder wichtig«, wehrte sie sich. Das Übliche: Umklammern des Hausschlüssels, Umklammern der Handtasche, umständliches Anziehen und Streit um den Fahrersitz. »In welche Kirche fahren wir denn? Ich will in die katholische!«

»Mutter, heute bin ich nicht zum Scherzen aufgelegt!«

»Es kann auch die evangelische sein.«

»Wir fahren in KEINE KIRCHE! Scheiß Rechts-vor-links-Regelung hier!! Ja, wer HAT denn jetzt Vorfahrt!«

Ich hielt genervt an einer dieser genialen ampellosen Kreuzungen, und sie nutzte die Chance zu fliehen, indem sie einfach ausstieg.

Da sprang ich meinerseits aus dem Auto und fing sie wieder ein.

»Nein, Mutter, wir gehen jetzt zum Zahnarzt!«

»Was soll ich denn da! Unverschämtheit!«

Wütend schnallte ich sie wieder an und ließ mir von einem Autofahrer, der uns fast hintendrauf gefahren wäre, einen Vogel zeigen.

»Ja, du Arsch!«, brüllte ich sauer.

Mein Nervenkostüm war schon etwas dünn, als mir genau derselbe Autofahrer vor der Praxis den Parkplatz wegschnappte!

»Jetzt reicht's mir aber!«

Ich kurbelte die Scheibe runter und zeigte ihm voller Wut den Stinkefinger. »Sie haben meinen Parkplatz«, brüllte ich. »Wollen Sie auch meine Mutter?!«

Ja, jetzt war auch ich langsam urlaubsreif. Die Scheidung lag mir schwer im Magen. Ich fühlte mich so gedemütigt! Austauschbar, ersetzbar! Und dann der Zirkus mit Mutter! Nein, jetzt war Hannah wieder dran! Noch eine Woche, dachte ich, während ich Mutter zähneknirschend in die Zahnarztpraxis schleifte. Von wegen Australien! Das war nicht abgemacht. Innerlich kochte ich vor Wut, als ich Mutter zur Rezeption zerrte und wieder mal zugeben musste, dass wir keine Versichertenkarte hatten.

»Mutter, wo hast du denn ... Gib mir mal deine Handtasche.«

»Finger weg, das ist meine Brause, du fremde Beere! Unverschämtheit!«

Ja, das kam zu meiner Demütigung erschwerend hinzu. Zwischenzeitlich war ich schon ihr liebster Schatz gewesen, ihre beste Freundin – aber in Stresssituationen wurde ich wieder brutal verleugnet.

Ach du Scheiße! Der Mann vom Parkplatz kam herein, und zwar im weißen Kittel. Er war der Zahnarzt. Nein, dieser Tag war kein guter Tag. Hochroten Kopfes verdrückte ich mich mit Mutter ins Wartezimmer.

Hier machte sie einen solchen Wirbel, dass ich kurzfristig Mordgedanken hegte. Sie erklärte einer schüchternen Frau mit Kopftuch und einem röchelnden Rentner mit Rollator, dass sie eine Beamtenfrau sei und sich so was nicht bieten lasse. »Wer bin ich denn!« Dass sie siebzehn Jahre alt sei und die Dunkelweiher Einheitshymne komponiert habe! »Ja, was glaubt ihr wohl! Die Polizei sagt, ihr sollt alle nach Hause gehen«, herrschte sie die eingeschüchterten Patienten an.

»War doch nur ein kleiner Stein, du dummes Reh!« Und dann stellte sie sich auf ein Bein und breitete die Arme aus.

Der Zahnarzt machte zum Glück kein Gewese um den Parkplatz und meinen Stinkefinger. Er modellierte Mutter das fehlende Stück wieder dran, und ich hielt ihr die Hand und spürte, dass ich sie in diesem Moment wieder sehr lieb hatte.

Als alles erledigt war, hielt man Mutter einen Spiegel vor. Sie grinste erfreut hinein. »Prima, und das Kleid ist wunderschön.«

Auf dem Rückweg schaute sie die ganze Zeit zähnebleckend in den Schminkspiegel. Ich war wieder ihr liebster Schatz und ihre beste Freundin. Sie lobte meinen Fahrstil und fragte, seit wann ich den Führerschein hätte.

»Ganz prima machst du das, mit beiden Händen!« Sie jubelte und klatschte in die Hände, als hätte ich das Rad neu erfunden.

Ich freute mich, dass sie sich so freute, und die Welt schien für einen Moment wieder im Lot zu sein.

Dann wollte sie doch noch in die »grüne Kirche«, sprich in ihr Lieblingseinkaufszentrum. Dort strebte sie wieder zum Reisebüro und fragte die Frau am Schalter, ob sie das Plakat schon mal gesehen habe, das hinter ihr an der Wand hänge.

Ich winkte der Frau verlegen zu und drehte Mutter in die andere Richtung. Ich verhinderte, dass sie die Sakristei betrat, oder das, was sie vielleicht für den Künstlereingang hielt: die alarmgesicherten Personalräume.

»Nein, Mutter, da ist kein Klavier drin. Das hatten wir schon besprochen.«

Sie belud den Einkaufswagen mit jeder Menge Blockschokolade, hatte eine Bombenlaune und zeigte jedem Passanten stolz ihren neuen Zahn.

Weil wir gerade in der Stadt waren, schleppte ich sie zum

Optiker: Jens, ein alter Jugendfreund von mir. Einer der wenigen aus meiner Altersgruppe, die immer noch in Schierchstadt lebten.

Jens war damals Klavierschüler meiner Mutter gewesen, und ich hatte heimlich für ihn geschwärmt, ohne je eine Chance bei ihm zu haben. Jens war schon immer schön, klug und witzig gewesen. Und immer wie aus dem Ei gepellt: Er hatte so eine blonde Prinz-Eisenherz-Frisur gehabt, die beim Spielen ganz cool wippte.

Mit Herzklopfen betrat ich seinen feinen, modernen Laden, der so gar nicht zu der tristen, überalterten Stadt passen wollte.

Aber alles, was mit Hörgeräten, Stützstrümpfen, Heizdecken, Gehhilfen und Medikamenten zu tun hatte, florierte in Schierchstadt, und so auch das Optikergeschäft.

Zu meinem Erstaunen beschäftigte der schöne Jens ein halbes Dutzend gut aussehende Damen, von denen die bestaussehende seine holde Ehefrau Gudrun war: eine schlanke Schönheit mit blitzend weißen Zähnen und seidigem blondem Haar, dazu große braune Rehaugen und modisch ganz vorn dabei. Logisch. Seufz. Es wäre ja auch zu schön gewesen, wenn ich hier in Schierchstadt ein bisschen Spaß hätte haben dürfen.

Jens hatte wie immer die Haare schön. Er freute sich aufrichtig, uns zu sehen, und bat uns in sein Hinterstübchen, um ein bisschen privat zu plaudern. Mutter war begeistert von dem schönen Mann, tanzte erst mal und machte dann die Nummer mit dem einen Bein. Als Jens sich beeindruckt zeigte, schmetterte sie noch einen schrillen Fis-Dur-Dreiklang, der die Brillen in der Auslage leise klirren ließ.

Die Mädels im Verkaufsraum zuckten überrascht zusammen, und die alten sehbehinderten Leutchen fassten sich erschrocken ans Herz.

»Wow!«, sagte Jens, nachdem er sich von seinem Schreck erholt hatte. »Deine Mutter ist ja noch sehr fidel.«

»UND sie hat die Dunkelweiher Einheitshymne komponiert.«

Oje, sie hatte einen Kinderroller entdeckt. Achtung, anschnallen!

»Frau Klüger«, rief Jens, um dem Treiben Einhalt zu gebieten. »Kennen Sie mich noch?!«

»Du musst nicht schreien, Jens. Sie ist nicht taub. Wenn sie was nicht versteht, dann vom Kopf her und nicht wegen ihrer Ohren.«

Ich nahm ihr den Roller weg, was sie verdrießlich stimmte.

»Acht Pfund hatte die!« Mutter zeigte vorwurfsvoll auf mich. »Siebenundachtzig Pfund! Unverschämtheit!«

Nun schämte ich mich aber doch.

»Na, da haben Sie aber was geleistet«, rief Jens beeindruckt. »Donnerwetter!«

Mutter sagte geschmeichelt: »Sie sind ein ganz wunderbarer Mann. Und diese Haare, so wunderschöne blonde Haare! Und so schöne Zähne.«

Sie bleckte ihre.

»Ich bin der Jens«, rief Jens.

»Benz?«

Er fährt vermutlich einen, seufzte ich insgeheim.

Jens fragte: »Darf ich mal?«, und nahm Mutter die Brille ab. Er putzte sie mit entsetztem Gesicht. »So KANN sie gar keinen Durchblick mehr haben!«

»An der Brille liegt es nicht. Da kannst du lange putzen.« Dann räumte ich allerdings ein, dass wir gerade beim Zahnarzt gewesen seien und man ihr ordentliche Brocken rausgebohrt habe, die jetzt vermutlich an der Brille klebten.

Jens hielt die Brille gegen das Fenster und fragte Mutter schreiend, welche Dioptrien sie habe.

»Idiotien?«, fragte Mutter.

Jens begriff den Ernst der Lage, maß Mutters Augenwerte und passte ihr flugs eine neue Brille an. Als er sie Mutter aufsetzte, war sie völlig baff.

»So doll hab ich das aber lange nicht mehr gesiebt!«

»So deutlich haben Sie lange nicht mehr gesehen?« Jens freute sich.

»Spielen Sie denn noch Klavier?«

Oje. Falsche Frage.

»Aber hallo! Da können Sie aber ne Mütze für kriegen!« Mutter sprang sofort auf und sah sich suchend um. Wie ein frisch aufgeladener Duracell-Hase eilte sie durchs Geschäft.

»Sie sucht das Klavier«, sagte ich.

»Hier im Geschäft haben wir keines, aber oben in der Wohnung!«

»Jens«, seufzte ich. »Weißt du, was du da tust?«

Wir liefen rauf in seine Luxus-Penthousewohnung mit Dachterrasse, die so gar keine Ähnlichkeit mit den runtergekommenen Reihenhäusern hatte.

Gudrun, die Gattin, kam entsetzt hinterhergerannt. »Aber bei uns ist gar nicht aufgeräumt!«

Ich versicherte ihr, dass ich noch nie eine so picobello aufgeräumte Luxuswohnung gesehen hätte, ganz ohne Lakritzschnecken, Lockenwickler, Blockschokolade und Klopapierrollen.

Kein Stäubchen lag auf dem hellen Holzparkett, dem weißen Ledersofa und dem handtuchschmalen Breitbildfernseher, der so glänzte, dass Meister Proper sich drin spiegeln konnte. Wahrscheinlich putzten sie jeden einzelnen Zentimeter mit ihrem Brillenputzmittel. Auch Gudrun selbst war wie gesagt eine einzige Augenweide. Plötzlich fühlte ich mich so plump wie ein alter, ausgetretener Schuh.

Mutter strebte zum Klavier und drosch sofort in die Tasten, spielte, was ich in den letzten vier Wochen schon tausendmal gehört hatte. Aber Jens und Gudrun waren beeindruckt. Ja, wenn man Mutter so sah, traute man ihr so ein Spiel einfach nicht mehr zu.

Ich fragte flüsternd, wie so ein bezauberndes Paar wie Jens und Gudrun es nur in Schierchstadt aushalte, zumal sie auch noch eine bezaubernde Tochter hätten. Sie sagten, sie führen alle zwei Wochen nach Mallorca oder Ibiza oder machten eine Kreuzfahrt mit »Klüger Reisen«. Ich wollte ihnen gerade unseren Familienrabatt anbieten, als wir empört zurechtgewiesen wurden.

»Pssst!«, machte Mutter empört. »Unverschämtheit – und einfach dazwischenquatschen! Was soll ich denn hier! Mein Mann ist Städteplaner und die Einheitsdunkelhymne! Acht Pfund und sieben hinterher!«

Ich wollte das Ganze für Jens und Gudrun übersetzen, aber Mutter schrie: »Ruhe im Saal!«

Wir entschuldigten uns und schwiegen ehrfürchtig.

Und dann blies uns Mutter den türkischen Marsch. Wir klatschten, überhäuften sie mit Anerkennung, und sie sagte kokett, dass sie siebzehn sei und ich siebenundachtzig Pfund gewogen hätte. Die andere sogar noch mehr.

Auf der Heimfahrt schwärmte Mutter von dem schönen blonden Mann mit den schönen blonden Haaren und sagte plötzlich: »Das wäre ein Mann für dich!«

»Der ist schon vergeben«, seufzte ich. »Der hat doch Gudrun.«

»Gudrun?«

»Die schöne Frau, die behauptet hat, bei ihnen sei nicht aufgeräumt.«

»Ausgeräumt?«

»Egal. Die nette Gattin des Optikers.«

»Das ist von Kopf bis Fuß eine Dame.«

»Ja«, seufzte ich neidisch. »Fürwahr.«

»Ganz, ganz feine Menschen«, sagte meine Mutter und fletschte wieder die Zähne vor dem Schminkspiegel, um sich an ihrem Antlitz zu erfreuen. Mit neuer Brille war das noch toller als vorher. »Wie hieß der Mann?«

»Jens.«

Diese Frage stellte sie mir noch etwa zwanzigmal. »Wie hieß der Mann?«

»Jens. Und seine Frau hieß Gudrun«, fügte ich der Vollständigkeit halber hinzu.

Gudrun interessierte sie aber nicht die Bohne. Nur Jens.

»Meinst du, dass du mich noch lieben könntest?«, fragte sie plötzlich.

»Ich gebe mir Mühe«, sagte ich. Dann fuhren wir eilig nach Hause, und ich ertappte mich dabei, dass heute doch noch ein schöner Tag geworden war. Und der Höhepunkt kam ja noch: die Tablettenfrau.

Am Nachmittag meldete Hannah sich aufgeräumt am Telefon: Klaus und sie hätten den Spaß ihres Lebens.

»Wir arbeiten an unserer Ehe, dass es kracht!«, schwärmte sie. »Wir haben zum ersten Mal seit Jahren wieder Sex!«

»Lasst es doch hier in Schierchstadt krachen«, schlug ich vor.

»Haha, sehr witzig«, erwiderte Hannah. »Weißt du, dass das Badewasser hier entgegen dem Uhrzeigersinn abfließt?«

Mir schwante Schreckliches. »Du bist wirklich in Sydney? Ich dachte, du machst Spaß!«

»Klüger Reisen!« Hannah lachte mich vom anderen Ende der Welt aus. »Hast du mir selbst empfohlen, Schwesterherz! Frank hat uns Familienrabatt gegeben, und wir besteigen gleich ein Schiff mit Ziel Neuseeland!«

»Bist du verrückt?«, keifte ich. »Wir hatten vier Wochen gesagt, und die sind jetzt um!«

»Liebste Schwester, du hast mich selbst beschworen, ein bis zwei Jahre zu verreisen! Weißt du noch? Nach Timbuktu, hast du gesagt!«

»Das war doch nicht so gemeint!«

»Deswegen fahren wir ja auch nach Neuseeland. Und danach in die Südsee. Papeete, Bora Bora … hast du mir doch immer von vorgeschwärmt! Wenn ich an Paul Gauguins Grab stehe, rufe ich dich am Handy an!«

»Spinnst du? Ich muss zu meinem Kind!«

»Seit wann musst du zu deinem Kind? Jetzt bist du dran mit Mutter!«

»Und was ist mit eurem Bestattungsinstitut?«, fragte ich, aufs Äußerste verletzt.

»Frank Weihrauch macht das und unsere Söhne! Wir nehmen uns ein Jahr Auszeit!«

»Das glaube ich jetzt nicht …« Fassungslos sank ich auf den Telefonhocker im Flur.

Mutter kam auch gleich angerannt und streckte fordernd die Hand nach dem Hörer aus. Sie hatte schon die ganze Zeit so laut dazwischengerufen, dass ich mein eigenes Wort nicht verstand. »Wer ist denn da drin? Jetzt SACH DOCH MAL, WER DA DRIN IST!«

»Hannah, Mutter. Es ist Hannah.«

»Hannah? Wer soll das sein?«

»Die sieben Pfund!«

Sie riss mir den Hörer aus der Hand und jammerte hinein: »Du Liebe, Gute! Mein einziger Schatz! Sieben Pfund! Du ahnst ja gar nicht, was ich alles mitmache!«

Mutter versuchte, Hannah ihr Zahnarzterlebnis zu schildern, zeigte dabei aber nur immer wieder auf ihren neuen Zahn, was in Australien nicht verstanden wurde. Dann hielt sie die Brille vor den Hörer und sagte: »So klar, so schön, so ein schöner Mann.«

Nach einigem Gerangel um den Hörer gewann ich wieder die Oberhand und schilderte Hannah, was sich hier zugetragen hatte. Mutter ging an den Flügel und drosch »Alla turca« hinein.

»Ah, ich höre sie spielen«, freute Hannah sich am anderen Ende der Welt. »›Alla turca‹ zur Abwechslung mal?«

»Sehr witzig!«

»Also, Klaus und ich hatten seit zwanzig Jahren keinen Urlaub. Wenn man die Zeit zusammenrechnet, die wir nicht auf Reisen waren, du aber schon, ist ein Jahr Auszeit absolut gerechtfertigt.«

»Ich reise nächste Woche selbst wieder ab«, sagte ich. »Nur, dass du Bescheid weißt.«

»Das geht aber nicht«, sagte Hannah. »Einer muss ja bei Mutter bleiben.«

»Du bist lustig!«, schnauzte ich gereizt. »Ich habe ein schulpflichtiges Kind!«

»Das hat dich doch noch nie von deinen Reisen abgehalten!«

»Das geht dich einen Scheißdreck an!«

»Frank sagt, Ronja kann bei ihm und Sandra wohnen.«

»Nur über meine Leiche«, brüllte ich und hörte Hannah übermütig wiehern: »Das ist ein sehr beliebter Spruch in unserer Branche, der hat sich schon etwas abgenutzt!«

Dann legte sie auf, um mit Klaus den Sonnenuntergang hinterm Opernhaus von Sydney zu bestaunen oder ihr Badewasser verkehrt herum abzulassen, was weiß denn ich! Hässlicher Neid nagte an meinen Magenwänden. Bestimmt gingen sie jetzt in mein Lieblings-Fischrestaurant am Hafen!

Ich konnte die australische Seeluft förmlich riechen. Hier hingegen roch es nach Essen auf Rädern, und die Aussicht auf das graue Reihenhaus im Feigenweg wurde bei Sonnenuntergang auch nicht besser.

Ich kniff die Augen zusammen, um nicht in Tränen auszubrechen. Als ich sie wieder aufmachte, ließ Mutter gerade die Rollläden runter. »Hier wird nicht geheult, stell dich nicht so an. Du musst ja auch noch Schularbeiten machen. Also, Hände waschen, hinsetzen und kein Wort mehr, sonst knallt's!«

Ich schob ihr meinen Teller hin und sah ihr beim Essen zu.

Renate

Moskau, 1963

Ich schob Ulrike meinen Teller hin und sah ihr beim Essen zu. »Na, dir schmeckt's mal wieder, was?« Ich lächelte meine Reisefreundin an, die meine Portion im Moskauer Touristenhotel gleich mitverdrückte.

Eine Kapelle spielte im Hintergrund leise Tanzmelodien, und einige Paare aus verschiedenen Reisegruppen tanzten zur Verdauung ein bisschen.

»Na ja, das ganze Herumgelatsche in der Stadt macht eben hungrig!« Ulrike kratzte noch meinen Puddingteller leer. »Jetzt sind wir schon fünf Tage hier und haben noch nicht annähernd alle Sehenswürdigkeiten gesehen!«

Fünf Tage. Ulrike sprach ganz beiläufig aus, was mir das Herz schwer machte und jeden Appetit im Keim erstickte: Es blieben nur noch zwei!

»Aber der rote Platz war schon beeindruckend!«, erwiderte ich tapfer. »Schade, dass die Schlange vor dem Lenin-Mausoleum fast zwei Kilometer lang war!«

»Unser Reiseleiter meint, wenn wir uns morgen früh um sieben anstellen, könnten wir mittags zu Lenin rein. Aber ob ich dafür auf mein Frühstück verzichten möchte …«

»Oh, hör mal, die Kapelle spielt ›Domino‹, unterbrach ich sie. Sofort bekam ich Gänsehaut. »Das ist Wanjas Lieblingslied.« Ich schloss die Augen und hoffte, dass Ulrike wenigstens kurzzeitig mit ihrem Geplauder aufhören würde. Auf einmal fühlte ich mich Wanja so nahe, als stünde er neben mir. Ich lächelte verträumt und machte die Augen wieder auf. Aber was war das? Eine Fata Morgana? War ich jetzt schon so verrückt, dass ich ihn wirklich in der Tür stehen sah?

Wanja! Er war es wirklich! Er hatte mich gefunden! Und die Kapelle gebeten, unser Lied zu spielen! Ich musste mich an der Tischkante festhalten, um nicht in Ohnmacht zu fallen. Dann stürmte ich ihm entgegen und fiel ihm um den Hals. Unser Weinen und Lachen wollte kein Ende mehr nehmen. Der ahnungslose Reiseleiter mit Namen Werner Mommsen starrte mich an, als wäre ich eine durchgedrehte Irre.

»Darf ich bitten?«, fragte Wanja mit einer leichten Verbeugung und führte mich aufs Tanzparkett. Wir umarmten und küssten uns so stürmisch, dass die Kapelle fast aus dem Takt kam.

Herr Mommsen eilte erschrocken auf die Tanzfläche und wollte mir zu Hilfe eilen. »Belästigt der Mann Sie, Fräulein Horn?«

»Nein«, stieß ich unter Freudentränen aus. »Ich liebe ihn!«

Aufgeregt zerrte ich Wanja an die Bar, wo Herr Mommsen auf eine Erklärung wartete.

»Wir lieben uns, und wir wollen heiraten«, stammelte ich immer noch fassungslos vor Glück. »Er hat mich gefunden! In einem Touristenhotel in Moskau, in einer Sechs-Millionen-Stadt hat er mich gefunden!«

»Das ist ne Meisterleistung«, nickte Herr Mommsen anerkennend. »Aber was wollen Sie jetzt machen? Sie wissen doch, Fräulein Horn, Sie dürfen sich von der Reisegruppe nicht entfernen, sonst krieg ich Ärger!«

Wir traktierten den gutmütigen Reiseleiter mit Wodka und Tränen, damit er mir wenigstens die letzten Tage freigeben würde. »Wir wollen doch zur ostdeutschen Botschaft und unsere Hochzeit beantragen!«

Unsere Liebe konnte Berge versetzen oder zumindest ein Herz erweichen: Wie schon meine Heimleiterin Ingrid, machte auch Werner Mommsen eine knappe Geste, die sagen sollte: Haut schon ab, ich habe nichts gesehen! »Aber zum Abendessen müssen Sie wieder zurück sein«, schärfte er mir ein, bevor er seinen dritten Wodka kippte. Das versprachen wir ihm auch, denn abends wurden die Schäfchen gezählt, und Herr Mommsen war letztlich für die Gruppe verantwortlich. Es hätte ihn seine Arbeit gekostet, wenn er mich einfach so mit einem Sowjetbürger hätte abziehen lassen.

Am nächsten Morgen holte Wanja mich ganz früh im Hotel ab, während die anderen sich anschickten, den Tag in der Lenin-Mausoleum-Schlange zu verbringen.

Hand in Hand eilten wir durch den dichten Moskauer Verkehr, überquerten stolpernd sechsspurige Straßen, rannten über Plätze, durch Unterführungen, an Bauzäunen entlang, über Brücken und rote Ampeln. Moskau war nicht gerade eine fußgängerfreundliche Stadt, und verrückte Sprinter waren überhaupt nicht im Stadtbild vorgesehen.

Drei Minuten vor zwölf, der behördlichen Mittagspause, betraten wir ganz außer Atem das Gelände der ostdeutschen Botschaft.

Der Wachmann, der in einem Glaskasten saß und sich gerade anschickte, seinen Henkelmann zu öffnen, ließ sich unser

Anliegen schildern. Er zog eine Braue hoch und schob den Henkelmann wieder weg. Dann griff er zum Hörer, und vor lauter Nervosität verstand ich kaum, was er sagte. Stattdessen beobachtete ich fasziniert seinen borstigen Schnurrbart, noch faszinierter allerdings den großen Zeiger an der Wand.

»Warten!«, sagte der Wachmann schließlich, öffnete erneut den Henkelmann und begann, eine rote Suppe daraus zu schlürfen.

Da klingelte das Telefon. Er zog wieder eine Braue hoch, schob sein Essen von sich und telefonierte, wobei sein Schnäuzer, in dem jetzt Rote Bete klebte, erneut zitterte.

So ging das Spiel noch eine ganze Weile weiter: Telefonieren, Schnurrbartzittern, Suppelöffeln, Brauehochziehen. Nach gefühlten zehn Telefonaten schob er sein Essgeschirr endgültig weg und sagte: »Mitkommen!«

Halb bange, halb hoffnungsfroh stiefelten wir hinter dem Wachmann her, durch hallende Treppenhäuser mit geschwungenen Treppengeländern, ohne zu wissen, ob wir gleich wieder angeschnauzt oder verheiratet würden. Alles war möglich in diesem spannenden Land!

Der Mitarbeiter der Botschaft, der uns nun empfing, war weder freundlich noch unfreundlich. Er wunderte sich auch nicht weiter über unser Vorhaben, sofort in den Stand der Ehe zu treten, sondern teilte uns ganz sachlich mit, dass wir nur am Wohnort meines Freundes heiraten könnten – also in Reni in der Ukraine, fast zweitausend Kilometer von hier entfernt. Außerdem müsse ich nachweisen, dass ich nicht schon verheiratet sei. An dieser Stelle drückte ich Wanjas Hand ganz fest, weil ich glaubte, das wäre ein leichtes Spiel. Als minderjährige Ausländerin bräuchte ich zudem vom Ministerium für Auswärtige Angelegenheiten in Berlin eine Erlaubnis, meinen Freund Wanja, Geburtsname, Geburtsdatum, bla, bla, bla, heiraten zu dürfen. Und das Ganze bitte auf Russisch übersetzt, notariell beglaubigt, mit drei Durchschriften und so weiter.

Mein Händedruck erschlaffte. Heute wurde das wohl nichts mehr.

Dann wandte sich der Mitarbeiter an Wanja und erklärte ihm, was er noch alles an Papieren und Beglaubigungen zu organisieren hätte.

Das hörte sich nach einer Menge Hausaufgaben an. Aber es war auch nicht unmöglich! Wir bedankten uns herzlich bei dem Mann, insbesondere in Anbetracht dessen, dass es nun schon Viertel vor eins war und er uns seine Mittagspause geopfert hatte! Auch beim Wachmann klopften wir noch mal dankend an den Glaskasten, aber der telefonierte schon wieder mit zitterndem Schnauzbart, in dem immer noch Reste Roter Bete hingen, und rauchte dabei eine Zigarette.

»Und was machen wir jetzt mit dem angebrochenen Nachmittag?«

»Ach, da fiele mir schon was ein!«

Wanja und ich verbrachten noch einen herrlichen Nachmittag in Moskau, während die anderen immer noch in der Lenin-Schlange standen. Ich hoffte, Lenin würde mir das verzeihen. Aber ich hatte an diesem Tag etwas Besonderes vor!

Lina
Schierchstadt, 1965

Lina hatte etwas Besonderes vor. Sie machte sich fein, zog ihr schwarzes Kleid an, das sie zuletzt auf Pauls Beerdigung getragen hatte, kämmte sich sorgfältig ihr dünnes weißes Haar und schlang es zu einem kleinen Knoten im Nacken. Sie legte den weißen Kragen um, nahm ihren Ausweis und ein paar wichtige Dokumente aus einem hölzernen Kästchen im Schrank und steckte sie in die Handtasche. Sie zog ihren Pelzmantel an. Dann hielt sie inne. Hatte sie nicht noch etwas Wichtiges vergessen? Sie kramte in der alten Kittelschürze, die an der Küchentür hing, fand den verwaschenen Zettel und betrachtete ihn lange. Die Schrift war gerade noch zu lesen: *John Bancroft und Ingeborg Gärtner. Santa Barbara, Kalifornien.* Das, was sie heute tun würde, war wichtig. Sie nickte bedächtig. Ja, sie würde Ordnung in ihr Leben bringen. Und in das ihrer Tochter.

Das war sie Uschi schuldig. Sie hörte unten das Taxi hupen und wurde nervös. Hastig verstaute sie den Zettel in der Tasche ihres Pelzmantels. Dann ließ sie sich zum Notar fahren, der sich in der Neubausiedlung niedergelassen hatte.

»Granatapfelplatz«, wiederholte der Taxifahrer. »Schöne Adresse!«

Lina verzichtete darauf, ihm zu erzählen, dass dieser Name die Idee ihrer Tochter gewesen war. Lina hatte nie das Bedürfnis gehabt, sich mit irgendetwas hervorzutun. Im Gegenteil. Sie hatte mehr und mehr das Bedürfnis, sich in Luft aufzulösen.

Im Wartezimmer saßen bereits die Wirbergs.

»Du wirst sehen, Lina, das wird für alle das Beste sein.«

Neuerdings war Lina mit Grete Wirberg per Du.

Die Söhne, Peter und Wolfgang, duzte sie sowieso, schließlich kannte sie sie von Kindesbeinen an. Die beiden ehemaligen Lehrbuben sahen richtig erwachsen aus in ihren dunklen Anzügen. Beide wollten bald heiraten. Einer von ihnen wurde sogar bald Vater.

Ja, es war wohl alles richtig so. Ein guter Zeitpunkt, fand Lina. Sie war erleichtert, dass sie sich zu dieser Entscheidung durchgerungen hatte. Was sollte sie Uschi die Bäckerei aufdrängen, wenn diese sie gar nicht wollte?

Eine neue Generation bestimmte nun das Leben in dieser neuen Stadt.

Uschi hatte jetzt einen festen Freund. Der hatte sogar einen Doktortitel. Lina war sich sicher, dass Uschi nichts Besseres passieren konnte – ein angehender Beamter, mit unkündbarer Stelle in der Stadtverwaltung: Doktor Ewald Klüger, Bauleiter der neuen Stadt Schierchstadt. Ein Mann der ersten Stunde.

Uschi hatte ihn ihr vor einem halben Jahr vorgestellt. Hatte den feinen Herrn mit in die Backstube gebracht. Er hatte darin ganz komisch ausgesehen in seinem grauen Anzug mit Krawatte. Ein seitengescheitelter, korrekter Herr, der sicherlich noch nie körperlich hart gearbeitet hatte. Den konnte sie sich beim besten Willen nicht in der Backstube vorstellen.

In diesem Moment hatte Lina gespürt, dass sie sich von der Bäckerei trennen musste, so, wie sie sich auch von Uschi trennen musste. Uschi war nicht aus ihrem Holz geschnitzt.

Sie waren raufgegangen in die kleine Wohnung über der Bäckerei, hatten einen Cognac getrunken, und Ewald hatte formvollendet um Uschis Hand angehalten.

Uschi hatte ganz fremd gewirkt. Ganz anders. Lina hatte nicht den Eindruck, dass Uschi vor Liebe zu ihrem Ewald verging. Aber diese Beziehung war genauso praktisch, quadratisch gut wie die neue Trabantenstadt, die rasend schnell hochgezogen worden war. Die Welt war wieder in Ordnung. Die

Grenze war kein Thema mehr. Schierchstadt war die Antwort auf Dunkelweiher. Niemand hatte die Absicht, die Mauer auch nur zu erwähnen!

Alles war so zweckmäßig und sauber. Alles roch noch nach Farbe. Junge Familien zogen ein. Neues Leben spross aus dem Schierchstädter Sandboden. Es standen zwar überall noch Kräne und Bagger herum, aber die Kinder spielten bereits im Bausand. Doktor Ewald Klüger hatte eines der ersten Reiheneckhäuser zu einem sehr günstigen Preis erworben. Mit Familienförderungsbonus. Es war hellgelb, wie die Sonne, die auf Schierchstadt schien. Uschi hatte sich diese Farbe für ihr Haus ausgesucht. Sie wohnten jetzt im Ananasweg 1 a.

Lina war sich sicher, dass ihrer Uschi nichts Besseres passieren konnte. Nicht nach der Sache mit Armin.

Die Wirberg hatte es ihr erzählt. Der junge Mann hatte versucht, über die Mauer in den Westen zu gelangen, und war von einem Grenzschützen tödlich getroffen worden. Doch das war Schnee von gestern, und es war Gras drüber gewachsen. Endlich. Jetzt hatte Uschi Doktor Klüger. Der Mann gab ihr Halt und eine Zukunft.

Lina spürte, dass sie loslassen konnte. Dass sie keine Verantwortung mehr hatte. Und fragte sich, ob sie es nicht dabei belassen sollte.

Noch einmal griff sie zögernd in die Tasche ihres Pelzmantels. Ihre Finger ertasteten den verwaschenen Zettel mit der gerade noch leserlichen Adresse in Kalifornien. Sie nahm ihn heraus, schaute darauf, versuchte, den Namen zu buchstabieren. »Bancroft« oder so, John Bancroft und Ingeborg, geborene Gartner oder Gärtner.

»Lina? Was hast du da?«

Die Wirberg steckte schon wieder ihre spitze Adlernase in ihre Angelegenheiten.

»Nichts, das ist nur ein alter Zettel«, murmelte Lina und

ließ ihn wieder in die Tasche gleiten. Den würde sie dem Notar später unter vier Augen zeigen. Der ging die Wirbergs gar nichts an.

Der Notar rief die Parteien herein.

Er las ihnen lang und umständlich die Urkunde vor und ließ dann beide Parteien unterschreiben.

Lina sah dem Mund des Notars beim Sprechen zu und verstand kein einziges Wort. Sie wusste nur, dass sie jetzt die Bäckerei an die Wirbergs verkaufte. Ganz offiziell, mit Stempel und Siegel.

Und dass die Wirbergs ihr im Gegenzug ein lebenslanges Wohnrecht in der Wohnung über der Backstube zusicherten. Außerdem wechselten zweihundertachtzigtausend D-Mark den Besitzer. Die Wirberg-Jungs hatten bei der neu entstandenen Sparkasse in Schierchstadt einen günstigen Kredit aufgenommen. Die Bäckerei war vielleicht mehr wert, aber Lina hatte keine Kraft mehr, sich einen neuen Kundenstamm aufzubauen. Das sollten die jungen Leute tun. Lina hatte nur darauf bestanden, dass sie das Geld zum heutigen Termin bar in die Hand bekam.

Der Notar haute seinen Stempel drauf und gab allen Parteien die Hand.

»Ich gratuliere Ihnen zum Erwerb der Bäckerei Wolke«, sagte er zu den Wirbergs.

»Ab sofort heißt sie Bäckerei Wirberg«, stellte Frau Wirberg klar.

Der seltsam abwesend wirkenden Lina gratulierte der Notar zu dem weisen Entschluss, sich endlich zur verdienten Ruhe zu setzen. »Genießen Sie Ihren Lebensabend, gnädige Frau.«

Alle reichten einander zum Abschied die Hand. Die Wirbergs öffneten schon im Flur mit unterdrücktem Jubeln eine Flasche Sekt.

Lina zögerte. Da war doch noch was! Sie wollte den Notar doch noch schnell unter vier Augen sprechen. Sie wusste allerdings nicht, wie sie es anfangen sollte.

»Lina, kommst du?«, rief die Wirberg und steckte neugierig den Kopf zur Tür herein.

Lina hatte nicht mehr die Kraft, ihr zu sagen: »Moment noch, ich hab hier noch was unter vier Augen zu besprechen.« Sie ließ sich vom Notar in den Pelzmantel helfen.

»Auf Wiedersehen, gnädige Frau.«

»Auf Wiedersehen, Herr Doktor.«

Lina nahm ihre Handtasche, setzte ihren Hut auf, ging nach Hause und steckte die Papiere und das Geld, das in einem braunen Umschlag war, in das braune Kästchen. Das Kästchen versteckte sie wieder ganz hinten im Schrank, hinter ihrem groß geblümten Kostüm.

Sie setzte sich an den Küchentisch und streckte seufzend die geschwollenen Beine von sich.

Dann schenkte sie sich zur Feier des Tages einen Schnaps ein. Sie griff zu ihrer Tablettendose mit den Stimmungsaufhellern und Beruhigungsmitteln. Fünfzig Tavor waren noch drin. Sie betrachtete die Pillen wie ein Kind Marienkäfer: staunend und fasziniert. Kleine weiße Wunderpillen, die ihr jede Panik nehmen würden. Es gab keinen Grund mehr für Panik. Sie hatte alles geregelt. Und Uschis Leben war auch geregelt. Warum neue Unordnung da hineinbringen?

Sie sah auf die beiden Bilder an der Wand: Das eine zeigte Paul, der Uschi am Tag ihrer Erstkommunion an der Hand hielt. Vor der Kirche in Dunkelweiher. Er im schwarzen Anzug und mit seinen unvermeidlichen Krücken, sie im weißen Kleid, mit einer überdimensionalen weißen Schleife auf dem Kopf. Sie schaute strahlend zu ihm auf, und er lächelte auf sie herunter. Sie sahen aus wie ein sehr verliebtes, rührend schiefes Brautpaar.

Das andere zeigte Uschi und Ewald Klüger am Tag ihrer Verlobung. Uschi hatte einen modernen Bob und trug ein hellblaues Kostüm. Beide sahen ernst in die Kamera. Ernst und würdig, wie Lina fand. Nicht gerade verliebt.

Aber sie waren noch jung, wie ihre neue Früchtestadt. Ewald würde Uschi ein guter Ehemann sein. Er war finanziell abgesichert, und er hatte recht, wenn er sagte, es sei Humbug, dass Uschi in Kastenstadt Musik studiere. Der Klavierprofessor sei so unfreundlich und unerbittlich, das alles müsse sich Uschi doch gar nicht mehr antun.

»Du spielst zu Hause in unserem Reihenhaus für mich!«, hatte er lächelnd gesagt. »Im Ananasweg 1 a. Für den Hausgebrauch reicht es, und du kannst ja auch unterrichten, wenn ich nicht da bin. Dann verdienst du dir ein schönes Taschengeld dazu.«

Ewald würde Uschi alles bieten, was sie sich immer erträumt hatte. Im neuen Reiheneckhaus stand bisher nur ein einziges Möbelstück: ein Steinway-Flügel.

Lina fand, dass heute ein guter Tag war. Sie hatte alles erledigt. Ende gut, alles gut!

Lina nahm alle Tabletten, spülte sie mit dem restlichen Schnaps herunter und legte sich auf die Couch, auf der Paul die letzten Jahre seines Lebens verbracht hatte. Lächelnd schloss sie die Augen.

Lisa

Schierchstadt, September 2013

Lächelnd schloss ich die Augen: Ich lag noch im Bett und träumte wieder von dem Mann mit dem Dreitagebart. Doch der Traum war von kurzer Dauer, denn die Sommerferien neigten sich dem Ende zu, und es musste dringend etwas passieren. Schon seit Tagen suchte ich händeringend nach einer passenden Lösung für Mutter. Ich konnte ja nicht tatenlos zusehen, wie Frank mir meine Tochter abspenstig machte. Deshalb reckte und streckte ich mich ein letztes Mal in meinen Kissen – fest entschlossen, in Bezug auf Mutters Unterbringung erneut meine Fühler nach allen Seiten auszustrecken.

»Mutter, was hältst du vom Seniorenheim Schattenbach?«

»Ist das die grüne Kirche?«

»Nein, die graue.«

»Ganz lieb und gut und viel Musik.«

»Möchtest du dorthin?«

»Hoch solln se leben«?

»Ja, das auch. Klar. Die freuen sich, wenn du Klavier spielst.«

»Und was dann getan?«

»Da einziehen?«

»Reinziehen!? ICH?! Das ist doch eine Ausgebeultheit! Da sind doch nur verrückte alte Weibsen drin!«

Eben drum!, hätte ich gern gesagt, wagte es aber nicht.

Wir konnten ja mal ganz unverbindlich dort vorbeischauen.

Der Leiter des Altersheims, Herr Matz, kannte Mutter von immer chaotischeren Auftritten, von denen der letzte wohl vorzeitig von ihm beendet worden war. Trotzdem war er bereit, uns zu empfangen, und kam uns freudestrahlend entgegen. Er war ein netter Mann um die fünfzig mit wachen Augen, im Allwetterjäckchen und mit schütterem Haar. Der Anblick der vielen alten Menschen, die mit ihren Gehwägelchen über die Flure krochen, bedrückte mich, aber an Herrn Matz' Lächeln schien das nichts zu ändern.

Er ging in seiner Aufgabe auf. Er war genau der Typ Mann, der früher in unserem Gemischte-Früchte-Chor mitgesungen hätte. Er passte zu Mutter wie ihre ehemaligen sangesfrohen Jünger. Begeistert und verklärt hatten Lehrer, Beamte und Sozialschaffende freitagabends bei uns im Wohnzimmer rumgekräht. Hannah und ich hatten uns dieses Spektakel mit einer Mischung aus Respekt und Grauen reingezogen. Und unser armer Vater, Doktor Ewald Klüger, hatte das Weite gesucht, weil er so ein lärmempfindlicher Mann war. Tagsüber die Klavierschüler und abends der Chor. Das war eine Zumutung für ihn. Für uns übrigens auch: Immer hatten wir im Schatten unserer Mutter gefroren und hatten uns mühsam einen Platz an der Sonne erkämpft, wobei unsere Schwesterliebe auf der Strecke geblieben war.

Jetzt läuteten wir den letzten Akt in Mutters Leben ein, und ich war mir der Verantwortung sehr wohl bewusst, Bühne und Kulissen mitzubestimmen.

Mutter ging natürlich davon aus, dass wir das Schattenbachheim für einen Auftritt betraten. Warum sonst waren wir hier! Sie fiel dem netten Herrn Matz erst mal in alter Freundschaft um den Hals. »Sie sind ein wunderbarer Mann!«

Herr Matz lachte.

»Hoch solln se leben«?, fragte sie. »Oder: Muss i denn, muss i denn zum Städtele hinaus?«

Genau das waren die zwei Möglichkeiten in einem Seniorenheim: Hü oder hott.

Herr Matz lachte. »Frau Klüger, wie kann ich Ihnen helfen?«

»Mir?«, fragte ich und zeigte auf mich. »Ich hätte da schon eine Idee! Bitte ein Einzelzimmer nach hinten raus.«

Aber die beiden beachteten mich überhaupt nicht. Arm in Arm verschwanden sie plaudernd um die Ecke, und ich trottete hinter ihnen her. Dabei musterte ich verstohlen die blank geputzten Flure und geschlossenen Zimmertüren. Ich schloss die Augen und versuchte, mir Mutter hier vorzustellen. Würde sie auch gesittet und zufrieden wie diese alten Leutchen hier über den Flur gehen, von einer Tür zur anderen? Oder würde sie hier tanzen, Roller fahren und ein Bein heben, damit alle sie bestaunten? Ganz zu schweigen von ihren plötzlichen Gesangseinlagen. Damit überraschte sie ihre Umwelt gern, neuerdings auch mit Blockflötenkonzerten. Mutter hatte nämlich in den Untiefen ihrer Schubladen eine alte Blockflöte gefunden und wanderte damit flötend durch die Nachbarschaft. Würde sie hier flötend durch die Flure gehen? Würde man ihr das erlauben?

Die Klientel des Schattenbachheims schlich eher geräuschlos hin und her und schickte sich ohne Murren und Knurren in stumme Unsichtbarkeit.

Je länger ich die Luft dieses Heims atmete, desto deutlicher merkte ich, dass das nicht der geeignete Ort für Mutters Lebensabend war. Weder für sie noch für ihre Mitbewohner: Ein Miteinander würde es nämlich nicht geben.

Ich warf einen interessierten Blick in den Aufenthaltsraum.

Die alten Leutchen saßen gesittet am Tisch und bastelten. Eine junge Frau mit gepiercter Nase und ziemlichem Übergewicht gab ihnen Anweisungen. Laut Namensschild hieß sie »Denise«.

»Kuckensema, Frau Hirse-Altepeter, für den Sandmann könnse auch noch n paar Maulbeeren nehmen!«

Etwas für mich Unfassbares geschah: Frau Hirse-Altepeter tat, wie ihr geheißen. Ohne Widerworte.

Mutter hätte Denise angeherrscht, was für eine Unverschämtheit und Zumutung das sei! Dass sie einen Maulbeerweg erfunden habe und sonst niemand! Ihr Mann sei Beamter, sie habe schon eine Hymne komponiert, und Denise könne sich ihre Maulbeeren sonst wohin stecken.

Ich war mit diesen Überlegungen noch nicht fertig, als Mutter am Arm des netten Herrn Matz in den Raum gestürmt kam. Ihre Wangen waren gerötet, und sie hatte ihm auch schon ihren neuen Zahn gezeigt und die neue Brille. Die Stimmung war also auf dem Höhepunkt.

Die bastelnden Herrschaften hoben erstaunt die Köpfe, als Mutter das Bastelzeug vom Klavier fegte und »Alla turca« in die Tasten drosch.

»Ich weiß nicht«, sagte ich zu Herrn Matz, »ob das jetzt vorgesehen war.«

Herr Matz lachte so nett, dass ich ihn endgültig in mein Herz schloss.

»Och, wir freuen uns immer, wenn jemand wieder n bisschen frischen Wind reinbringt! Hauptsache, sie geht dann wieder!« Und dann reichte er Denise und mir schon mal vorsorglich die Liederbücher.

Wir sangen beherzt los, wenn auch nicht unbedingt in der richtigen Tonlage. Umso lauter tremolierte Mutter. Bei »zieh ich ein, mein Schatz, bei dir«, sah sie dem netten Herrn Matz so verliebt in die Augen, dass ich dachte, der Heimplatz sei ihr sicher.

Anschließend klatschten wir, also zumindest Denise und ich. Die bastelnden Senioren hatten schließlich alle Hände voll zu tun. Mutter klappte den Klavierdeckel zu. »Und, wo gehen wir jetzt hin?«

»Nirgendwohin, Mutter. Wir bleiben noch ein bisschen!«

»Ist ne Kostprobe mit allem Drum und Dran.« Mutter klappte den Deckel wieder auf.

»Hab mein Wage vollgelade«, sang Mutter, »voll mit al-ten Weib-sen!«

Herr Matz und ich guckten uns verlegen an, aber die bastelnden Damen taten, als ginge sie das alles nichts an.

Mutter tat alles, um ihre Aufmerksamkeit zu erregen, das volle Programm. Aber die Leute hatten entweder ihre Hörgeräte nicht an oder kannten die Nummer schon. Sie bastelten unverdrossen weiter.

In Ermangelung eines Rollers stellte Mutter sich auf dem Trockenen mit ausgebreiteten Armen auf ein Bein, aber kein Schwein guckte. Eine Blockflöte war gerade nicht zur Hand.

Herr Matz teilte meine Auffassung, dass Mutter in den letzten Monaten schwer abgebaut habe.

»Also kriegt sie einen Platz?«, fragte ich halb hoffnungsvoll, halb bange. Wenn er jetzt »Ja« sagte, wäre ich sie los. Dann könnte ich meinen Hintern wieder in die Südsee halten.

Aber es fühlte sich nicht gut an. Auch wenn ich nur höchst selten ihr bester Schatz war und sie im Moment vor Wut kochte, weil ich es wagte, ihr die Show zu stehlen, indem ich mit Herrn Matz sprach, wusste ich, dass ich sie nicht einfach so abschieben durfte.

Zu meiner Erleichterung schüttelte Herr Matz den Kopf.

»Wir sind auf Jahre ausgebucht.«

Das leuchtete mir ein. Die vorausschauende Planung war schließlich ein Markenzeichen von Schierchstadt: Vor fünfzig Jahren klug eingefädelt.

»Ihre Mutter ist natürlich was Besonderes«, räumte er zögernd ein.

»Also … die berühmte Ausnahme?«

»Wenn ich sie hier aufnehme, wird sie alles aufmischen«, sagte er. »Das sehen Sie ja selbst. Die Leute kennen das schon.

Eine Prise Mutter Klüger ist immer nett, aber dann reicht es auch wieder.«

Ich nickte. »Wem sagen Sie das!« Dennoch würde sie mir fehlen, dachte ich erstaunt.

»Ein normales Zimmer haben wir auch gar nicht frei. Und für einen Platz im Doppelzimmer in der Dementenabteilung, also auf der Geschlossenen, ist es noch zu früh.«

Um Gottes willen. Wie sich das anhörte. Nach Zwangsjacke oder Vollnarkose. Nach Klinke außen.

Nein. Dieser Gedanke erschreckte mich. Mutter in der Geschlossenen, im Doppelzimmer? Gnade ihrer Mitbewohnerin! Die müsste schon so mit Drogen vollgepumpt sein, dass sie gar nichts mehr mitbekam. Nein, auch Mutter hatte das nicht verdient.

»Nein«, sagte ich. »Ausgeschlossen.«

»Und wenn Sie sich einfach weiter um sie kümmern?«, schlug Herr Matz freundlich vor. »Sie machen das doch ganz hervorragend!«

»Ähm, vielen Dank, aber ich hätte da noch ein eigenes Leben, das gerade aus dem Ruder läuft.«

Er nahm mich beiseite. »Sehen Sie die Krankheit Ihrer Mutter doch mal als Chance, verlorene Zeit mit ihr aufzuholen!«

Das hielt ich schon für eine ziemlich spitzfindige Idee. Was für ein Philosoph sich in so einem Kapuzenanorak verbarg!

»Das geht leider nicht: Erstens hab ich ein schulpflichtiges Kind, und zweitens muss ich mich in zwei Wochen scheiden lassen.«

Herr Matz guckte mich so seltsam an. »Was muss das für ein Trottel sein, dass der Sie einfach so gehen lässt!«

So etwas Ähnliches hatte der Dreitagebart auch gesagt. Hatte er? Nein! Der hatte gesagt, wie glücklich der Mann sein müsse, der mich zur Frau habe! Der wusste ja gar nichts davon, dass ich zu haben war!

Aber auch die Reaktion des nicht ganz so George-Clooney-mäßigen Herrn Matz rührte mich.

Von Mutter wusste ich allerdings, dass Herr Matz bereits zum zweiten Mal verheiratet war.

»Der hat ne ganz neue Evangelische!«

Mutter hatte sogar noch auf seiner Hochzeit Orgel gespielt. Hoffentlich nicht auch noch gesungen, schoss es mir durch den Kopf. Das würde so einiges erklären. An Frau Matzens Stelle hätte ich da den ersten saftigen Ehekrach vom Zaun gebrochen.

Ich fragte Herrn Matz, ob er nicht eine Dame kenne, die sich zu Hause um Mutter kümmern könnte? Vielleicht eine, die geduldig sei, sich auf keinen Fall wichtigmachen wolle und gern deutsches Liedgut singe?

Herr Matz versprach, darüber nachzudenken. Auf die Schnelle falle ihm keine Passende ein. »Ihre Mutter ist ja doch sehr speziell.«

»Ach was!«, sagte ich.

Mutter spielte noch etwas Klavier, wobei sie sich immer öfter verspielte. Keiner hörte ihr so richtig zu. Keiner klatschte, jubelte oder pfiff. Stattdessen packten die alten Leutchen ihre Pappmännchen weg und wackelten auf ihre Zimmer.

Mutter sah sich irritiert um. »Das war ja ein scheußliches Publikum. – Und, wohin gehen wir jetzt?«

»Nach Hause, Mutter. Jetzt geht es wieder nach Hause.«

Renate
Eichfahrt, 1963

»Jetzt geht es wieder nach Hause, Wanja.«

Dieser Satz kam mir nur schwer über die Lippen, aber meine Moskaureise war zu Ende. Wieder einmal mussten wir Abschied nehmen. Für wie lange diesmal?

Doch unsere Liebe war ungebrochener denn je. Wir wollten und würden heiraten. Jetzt galt es nur noch, die nötigen Papiere zu beschaffen. Für Wanja war es noch komplizierter als für mich, er musste Einreisedokumente für mich beantragen. Man sagte ihm bei der zuständigen Behörde in Odessa gleich, dass das dauern könne. Er solle sich auf Monate, wenn nicht auf Jahre des Wartens einstellen.

Ich beschaffte mir im Rathaus von Dunkelweiher das Ehefähigkeitszeugnis, was kein Problem war, denn ich war ja nachweislich noch nicht verheiratet. Schwieriger war es mit der Heiratserlaubnis aus Berlin, für die ich mit etlichen Papieren zu einem vorgegebenen Termin im Ministerium für Auswärtige Angelegenheiten erscheinen musste. Meine Mutter ahnte nichts von alledem, und bei meinem nächsten Besuch bei ihr suchte ich nachts heimlich im Schein der Taschenlampe nach meiner Geburtsurkunde, wobei ich mir ziemlich schäbig vorkam.

Berlin war schon eine mittlere Unternehmung, für die ich mir wieder zwei Tage freinehmen musste. Aber ich wurde beim Amt für Auswärtige Angelegenheiten trotz meiner erst neunzehn Jahre und angstvoll schlotternden Knie freundlich und respektvoll behandelt. Ich bekam sogar den Stempel mit der Heiratserlaubnis! Ein Dolmetscherbüro, das offizielle Dokumente übersetzte, gab es in Erfurt, wo ich ebenfalls mit dem Zug hinreiste und mein sauer Erspartes ließ. Ich wuchs mit jeder Aufgabe und fühlte mich sehr erwachsen.

Oft dachte ich an Uschi und fragte mich, ob sie meine Briefe bekommen hatte, die ich ihr regelmäßig schrieb. Sie antwortete nie, was gar nicht zu ihr passte. Ich wusste, dass Armin es nicht geschafft hatte, zu ihr zu gelangen, und das erfüllte mich mit tiefer Traurigkeit. Armin und sie waren kaum einen Kilometer Luftlinie voneinander getrennt gewesen, hatten aber wie die Königskinder einfach nicht zueinanderkommen können. Wanja und ich waren zweitausendfünfhundert Kilometer voneinander getrennt, aber wir hatten eine Zukunft.

Bald war wieder Sommer, und wir hatten im Kinderheim Ferien.

Zeit für eine weitere Russlandreise hätte ich also!, schrieb ich Wanja. *Und Geld habe ich auch wieder zusammengespart. Hast Du einen Plan?*

Schau mal nach, ob sie Gruppenreisen nach Odessa anbieten, schrieb Wanja zurück. *Dann hätten wir nur dreihundert Kilometer bis zu meinem Wohnort, wo wir heiraten können!*

Mit der Kraft zweier Herzen radelte ich wieder nach Dunkelweiher zum Reisebüro. Aber dort wurde Odessa nur als Tagesausflug im Rahmen einer Russlandrundreise angeboten.

An einem Tag Hunderte Kilometer hin und zurück inklusive Hochzeit? Ich atmete scharf aus. Bei aller Liebe, das ging sich nicht aus.

Neuer Plan!, schrieb ich Wanja. Mein Füller raste nur so über das Papier. *Ich buche wieder eine Woche Moskau und besteche erneut den Reiseleiter. Diesmal hauen wir vier Tage ab! In der Zeit sind die Kilometer bis in die Ukraine plus Hochzeit zu schaffen!*

Vier Tage waren es nämlich laut Prospekt, die so eine Reisegruppe in Moskau verweilte. *Fantastische Idee, kisja,* kam es postwendend von Wanja. *Ich erwarte Deine Reisegruppe bereits an der russischen Grenze in Brest. Wir bezirzen ihn zu zweit, das hat ja beim letzten Mal auch geklappt! Zieh wieder das reizende blau geblümte Kleid an, da erblindet er!*

So machen wir es, mein Schatz! Diesmal packe ich nicht nur einen Schleier, sondern ein Hochzeitskleid ein!

Mir wird ganz schwindelig vor Glück! Ich kann es kaum erwarten, Dich in meinen Armen zu halten, schrieb er zurück. Unermüdlich flogen unsere Briefe hin und her.

Reise gebucht! Vorletzte Augustwoche! Bestätigung diesmal schon da!, kritzelte ich mit fliegenden Fingern und drückte wie immer einen Lippenstiftkuss auf meine blassblaue Frauenhandschrift.

Den Stoff für das Hochzeitskleid hatte ich bereits in Dunkelweiher gekauft, und Gerlinde, meine treue Studienkollegin und Freundin, nähte mir daraus ein wunderschönes Brautkleid.

Meiner Mutter erzählte ich wieder nichts von meinen Plänen. Es brach mir das Herz, sie so zu hintergehen, aber das Wort Russland machte ihr schrecklich Angst. In ihrer Vorstellung war das ein furchtbar armes Land, in dem die Menschen auf dem Ofen schlafen. Sie hätte mich sicher Wanja gegeben, wenn die Hochzeit bei uns stattgefunden hätte. Aber die Ukraine war für sie unvorstellbar weit weg.

Der Zug Berlin – Moskau ruckelte an und fuhr Wanja entgegen.

Auch dieser Reiseleiter, ein untersetzter Rothaariger namens Fred Hoffmann, machte mir einen sehr sympathischen Eindruck.

Als wir am nächsten Morgen kurz vor der sowjetischen Grenze waren, setzte ich mich zu ihm ins Abteil und sagte:

»Hallo erst mal – ich weiß nicht, ob Sie es schon wissen,

aber ich heiße Renate Horn und möchte einen Sowjetbürger heiraten.«

»Aha!«, machte Fred Hoffmann und blies den Rauch seiner Selbstgedrehten zum Fenster hinaus.

»Ja, und zwar auf dieser Reise«, platzte es aus mir heraus.

Fred Hoffmann zog eine rötliche Augenbraue hoch, und mir fiel auf, wie viele Brauen wir schon dazu gebracht hatten, sich in Richtung Haaransatz zu bewegen.

Ich nahm all meinen Mut zusammen, denn draußen kam bereits die russische Grenze in Sicht, und der Zug verlangsamte sein Tempo.

»Wenn mein Freund mich jetzt in Brest abholt, wäre es dann für Sie in Ordnung, dass wir mal eben tausendzweihundert Kilometer in die Ukraine fahren, dort heiraten und, sagen wir mal, genau in vier Tagen wieder hier in Brest am Bahnhof stehen? So als wäre nichts gewesen?« Ich tippte keck auf meinen Ringfinger.

»Ähm … Nein!«, sagte Fred Hoffmann halb amüsiert, halb autoritär, und blies Rauchkringel in Richtung polnische Grenze.

»Oh, bitte! Wir werden auch alle unsere Kinder Fred nennen!«

Der Rothaarige schnippte seine Zigarette aus dem Fenster und sah mich nachdenklich an. Ich spürte, wie es hinter seiner Stirn arbeitete. Ja! Er mochte mich, er würde es erlauben, er würde wie alle anderen die »Haut-schon-ab-aber-seid-pünktlich-zurück«-Geste machen und mit seiner Gruppe nach Moskau weiterfahren. Während ich mit Wanja in die Ukraine fliegen würde. Ja, das Leben konnte ein Märchen sein! Grausam wie ein Märchen, aber eben auch wunderbar wie ein Märchen! Man musste sich nur was trauen!

Erste Grenzer marschierten mit hallenden Schritten durch den Gang. »Papiere bereithalten! Passkontrolle!«

Oh, ich war so aufgeregt! Mich hielt es kaum noch auf dem Sitz, so nervös und voller Vorfreude auf Wanja war ich! Gleich würde ich wieder in seinen Armen liegen!

»Leider nein«, sagte Fred Hoffmann. »Sehen Sie, kleine Renate, sosehr ich Ihnen Ihr Glück gönne: Ich komme in Teufels Küche, wenn ich Ihnen erlaube, sich ganze vier Tage von der Gruppe zu entfernen! Das könnte mich nicht nur meine Arbeit kosten, sondern noch schlimmere Konsequenzen für mich haben.«

Ach, ich mochte den Mann! Es fiel ihm sichtlich schwer, mir meinen Traum zu zerstören.

»Sie können ja noch mal drüber nachdenken«, schlug ich vor, während ich mich anschickte, wieder in mein eigenes Abteil zu schlüpfen. »Ich schwöre Ihnen bei meiner Liebe zu Wanja, dass ich nicht abhauen werde, sondern genau in vier Tagen wieder an diesem Bahnhof stehe.«

Er schüttelte nur lächelnd den Kopf, als wollte er sagen: Die Prinzessin hat dem Froschkönig auch ne Menge versprochen, damit er ihr den goldenen Ball aus dem Brunnen holt, und ihn am Ende an die Wand geschmissen. Aber da fuhren wir schon in Brest ein, und mein Wanja stand am Bahnsteig! Mein geliebter Mann, mein Leben! Ich riss die Tür auf und kullerte ihm fast vor die Füße.

Die anderen aus unserer Reisegruppe hingen in Trauben an den Fenstern und sahen sich kopfschüttelnd die Wiedersehensszene an.

Der Zug hatte in Brest zwei Stunden Aufenthalt, weil die Lok gewechselt wurde, und Wanja versuchte nun ebenfalls, Fred Hoffmann von unseren lauteren Absichten zu überzeugen. Mit seinem lückenhaften Deutsch redete er charmant auf ihn ein, aber der blieb, wenn auch nicht aus Böswilligkeit, hart.

»Ihr seid sicher das süßeste Pärchen der ganzen Welt«, sagte er und drehte sich schon wieder eine Zigarette. »Aber meine Arbeit riskiere ich nicht. Ich habe Frau und Kind.« Dann murmelte er noch etwas, das so ähnlich klang wie: »Ich wünschte, die würde sich für mich so in Stücke reißen.«

»Dann komme ich eben mit nach Moskau«, entschied Wanja und kaufte sich ein Ticket. »Wir werden versuchen, mithilfe der deutschen Botschaft in meine Heimat Reni zu fliegen. Die geforderten Papiere haben wir ja inzwischen.«

So stiegen wir alle wieder in den Zug. Weil im Abteil kein Platz für Wanja war, standen wir dicht aneinandergeschmiegt im Gang. Fred Hoffmann saß rauchend auf seinem Platz und starrte uns an. Der Zug rollte bereits, als er plötzlich die Abteiltür aufriss: »Macht, dass ihr rauskommt! Aber seid in genau vier Tagen pünktlich wieder da!«

Wir wussten gar nicht, wie uns geschah! Wie in Trance sprangen wir aus dem Zug. Fred warf mir noch meinen Koffer mit dem Brautkleid durchs Fenster, und wir tanzten wie die Verrückten auf dem Bahnsteig herum. »Danke, Fred, *druschba, spasibo, ty prekrasnij*, du bist der Beste, das werde ich dir nie vergessen!«

Mit dem Taxi ging es zum Flughafen. »Geben Sie Gas, Brüderchen«, feuerte mein begeisterter Wanja den Taxifahrer an. »Wenn Sie einen Zahn zulegen, schaffen wir die Nachmittagsmaschine nach Odessa noch!«

Tatsächlich landeten wir am frühen Abend in Odessa, und ich glaubte zu träumen, als ich an Wanjas Arm durch diese traumhafte Stadt am Schwarzen Meer bummelte. Er trug galant meinen Koffer und ich das Blaugeblümte, mit dem ich Fred erfolgreich bezirzt hatte, und so schwebte ich neben dem wunderbarsten, witzigsten und bestaussehenden Mann durch diese exotische Umgebung. Es war schon etwas anderes, mit ihm in seiner Heimat zu sein. In Deutschland hatte er sich kaum verständigen können, hier war er Herr der Sprache, und seine traumwandlerische Sicherheit machte ihn noch attraktiver für mich. Er zeigte mir die Potemkin'sche Treppe und führte mich darauf von der Altstadt in den Hafen.

»Und das ist das Palais Kinsky.« Wanja drückte fest meinen Arm, während er mir stolz seine Lieblingsstadt präsentierte. »Hier übernachtete Winston Churchill vor dem Treffen von Jalta.« Ich versank fast vor Ehrfurcht, als ich diese geschichtsträchtigen Orte sehen durfte. Und vor Stolz, so eine exklusive Privatführung zu bekommen! Kaum zu glauben, dass meine Reisegruppe jetzt in Moskau im Touristenhotel saß! Ich schickte tausend heimliche Kusshände an Fred Hoffmann, den rothaarigen Reiseleiter, und schwebte einfach nur im siebten Himmel.

Wir übernachteten natürlich nicht wie Winston Churchill, sondern bestiegen wieder mal den Zug, aber das Zugfahren waren wir inzwischen gewöhnt.

Die ersten Kilometer ging es am Schwarzen Meer entlang. Es war gerade noch hell genug, um die darin versinkende blutrote Sonne zu bestaunen. Das Meer lag vor uns wie ein roter Teppich, der mir zu Ehren ausgerollt worden war. Ich fühlte mich willkommen in der Ukraine. Dann ging es an der Donau entlang. Der behäbige Fluss lag träge wie Öl in der Landschaft. Er war so breit, dass man das andere Ufer kaum erkennen konnte.

»Noch eine Verhaltensregel, *kisja* – Kätzchen.«

»Ja?« Ich rieb mir die Augen und gähnte.

»Sie werden dich mit Selbstgebranntem empfangen. Den musst du unbedingt auf ex austrinken, hörst du? Das ist wichtig!«

»Ich soll Schnaps trinken?«

»Ja! Sonst sind sie beleidigt und denken, du achtest sie nicht.«

»Okay«, murmelte ich müde. »Gut zu wissen.«

Am nächsten Morgen rollten wir in Reni ein, und ich wunderte mich, für welch hohe Persönlichkeit diese Menschenmassen mit Blumenmeeren und Transparenten gekommen waren. Ich zupfte mein inzwischen leicht lädiertes Kleid zurecht, schenkte meinem Wanja ein scheues Lächeln und stieg mit zitternden Beinen aus dem Zug.

Als ich mich gerade unauffällig an dem wartenden Fanklub für den Prominenten vorbeidrücken wollte, griffen die ersten Arme nach mir und drückten mich, dass ich gar nicht wusste, wie mir geschah. Die Blumenmeere waren alle für mich und wurden mir unter Freudentränen in die Hände gedrückt.

O mein Gott, was für ein Empfang! Wie mussten sie Wanja lieben, dass sie bereit waren, mich so zu begrüßen, ohne mich überhaupt zu kennen!

»*Dobro poschalowat'!* – Herzlich willkommen!«, riefen alle durcheinander.

»Ist das etwa alles für mich?«, murmelte ich immer wieder fassungslos.

»Klar«, sagte mein Wanja lachend. »Du bist hier der Stargast!«

»*Ty nascha dotschka!*«, riefen sie und küssten mich. »Du bist unsere Tochter!«

»Sind das alles deine Verwandten?«

»Ja, die waren alle so gespannt auf dich, dass sie es zu Hause nicht mehr aushalten konnten!«

»Gehen die jetzt alle mit?«

»Nein, nur meine Eltern, meine Schwester, deren Kind und meine Tanten und Onkel.«

Wie in einem Triumphzug setzten wir uns in Bewegung. Wanjas Schwester schob einen hohen altmodischen Kinderwagen mit einem entzückenden dunkeläugigen Baby. Es fehlte nur noch die Blaskapelle, aber die hatte ich sowieso im Kopf.

Sie spielte so was wie Beethovens Neunte: »Alle Menschen werden Brüder, wo dein sanfter Flügel weilt …«

Wanjas Elternhaus, ein hübsches blau getünchtes Häuschen, lag an einer ruhigen Straße am Stadtrand. Es hatte eine schattige Weinlaube, wo einem die Trauben buchstäblich in den Mund wuchsen. Das reinste Schlaraffenland!

Wanja zog mich durch den üppigen Garten, und ich kam mir vor wie in einem Dschungel. Riesige Paprika und Tomaten gediehen hier, auch an exotischen Blumen mangelte es nicht. Es duftete unbeschreiblich würzig und süß.

Aus diesem Paradies stammte also mein Wanja. Das erklärte seinen warmherzigen Charakter. Hier konnte ja überhaupt kein Misstrauen oder Missgunst entstehen!

Wie Adam und Eva zogen wir uns aus und erfrischten uns unter dem Schwall einer Dusche, die hinter einem Bretterverschlag angebracht war: Man musste an einer Schnur ziehen, und sofort ergoss sich der Inhalt eines Metallfasses, das die Sonne erwärmt hatte, über unsere verschwitzten Körper.

Dermaßen erfrischt und in bequemen, leichten Klamotten schlenderten wir wieder zur fröhlichen Festgesellschaft zurück.

»So, Renate. Jetzt kommt dein großer Moment.« Wanja strahlte mich mit seinen blitzend weißen Zähnen an und nickte mir aufmunternd zu.

Mir wurde der Schnaps gereicht, und ich kippte ihn tapfer hinunter. Er brannte in meiner Kehle und schlug ein wie eine Bombe: In Odessa hatte ich nur ein kleines Eis gegessen, und die letzte ordentliche Mahlzeit lag lange zurück. Außerdem war ich ohnehin trunken vor Liebe!

In diesem Moment war ich die glücklichste junge Frau der Welt. Wanjas Familie kümmerte sich liebevoll um mich. Seine Eltern sahen älter aus, als sie waren, braun gebrannt und schmal, gezeichnet von harter Arbeit. Ihre Gesichter hatten viele Falten, doch die meisten kamen vom Lachen. Sofort wurden mir alle möglichen Köstlichkeiten aus dem Garten angeboten, dazu würzig frischer Schafskäse und frisches Weißbrot. Wir schlemmten, plauderten und lachten, hauptsächlich über meine Versuche, Russisch zu sprechen. Dann fielen wir wie tot ins Bett.

Am nächsten Morgen hatte ich kaum Zeit, mir Wanjas schlichte gemütliche Behausung näher anzusehen, denn in zwei Stunden mussten wir heiraten, komme, was da wolle. Denn am Tag darauf musste Wanja mich schon wieder zur Grenze bringen. Weil er kein Geld für weitere Flüge hatte, mussten die tausenddreihundert Kilometer mit dem Zug bewältigt werden. Die ganze Familie zitterte vor Aufregung, ob wir diesen engen Zeitplan schaffen würden. Es war ganz großes Kino, das Wanja ihnen da bot! Mit einer umschwärmten Hauptdarstellerin, die Renate hieß.

Rüttelnde Hände weckten uns aus komatösem Tiefschlaf. Das Standesamt in Reni warte schon, bedeutete man mir aufgeregt.

Mithilfe der reizenden Mutter zog ich mein Hochzeitskleid an und nahm die Handtasche mit den Papieren und den Schleier. Wanja trug eine schwarze schmale Hose und ein kurzärmliges weißes Hemd, das seine Mutter ihm frisch gebügelt hatte. Ein Anzug oder Jackett wäre bei diesen tropischen Temperaturen nicht zu ertragen gewesen.

Unter Küssen, Umarmungen und Freudentränen schubste die Familie uns zur Tür hinaus. Weil alles so schnell gehen musste, hatte man sich darauf geeinigt, dass sie das Hochzeitsmahl vorbereiten würden, während wir auf dem Standesamt waren.

Hand in Hand rannten Wanja und ich im Schatten einer Akazienallee ins Stadtzentrum. Die Handtasche und den Schleier hatte ich fest an mich gepresst, und das Adrenalin verlieh uns Flügel. Fünfzehn Minuten dauerte unser Spurt ins Glück. Auf einem kochend heißen Platz endete der Schatten, den die herrlichen Akazienkronen gespendet hatten, und wir traten in die sengende Sonne hinaus. Wir liefen buchstäblich wie auf Kohlen, und so fühlten wir uns auch! Hoffentlich würde diesmal alles klappen! Wanja zog mich durch die weit offen stehenden Türen ins Standesamt. Ein Ventilator surrte. Die Fenster waren vergittert, und ein paar dicke Fliegen suchten den Weg ins Freie. Von den grün gestrichenen Wänden bröckelte der Putz. Ich überlegte, ob ich schnell noch mal für kleine Mädchen gehen sollte, denn dies war mein großer Augenblick! Aber der Zustand der öffentlichen Toiletten ließ mich diesen Plan ganz schnell wieder vergessen.

Ich kniff die Augen zusammen. Wir waren da! Wir hatten es geschafft! Ich sandte einen liebevollen Gedanken an meine Mutti zu Hause, die von diesen Abenteuern ihrer Jüngsten keine Ahnung hatte. Ich würde als glücklich verheiratete Frau zurückkehren, ihr meinen Ring am Finger zeigen und ihr alles erklären.

Noch immer keuchend zog Wanja mich in einen Raum. Darin saß eine dralle Dame in hellbrauner Uniform, bestehend aus einem eng sitzenden Rock und einer weißen Bluse mit militärischen Abzeichen auf der Schulter, die auch schon mal bessere Zeiten gesehen hatte. Also sowohl die Bluse als auch die Dame.

Ich setzte mein bezauberndstes Lächeln auf und sagte meinen herzlichsten Gruß auf: Hallo erst mal, *sdrawstwujte*, ich bin Renate Horn aus Dunkelweiher und möchte heiraten, und zwar jetzt. Und wenn Sie den Mann an meiner Seite sehen, werden Sie keine weiteren Fragen mehr haben. Aber das sagte ich natürlich nicht, dazu war ich viel zu schüchtern. Ich sagte es stumm. Meine strahlenden, flehenden Augen sagten es.

Dafür trug Wanja unser Anliegen mit der gebotenen Sachlichkeit vor und betonte, dass wir hier und jetzt und noch vor Schließen des Amtes sofort heiraten müssten, da die junge Frau anschließend gleich wieder nach Brest müsse, da gehe kein Weg dran vorbei.

Alle erforderlichen Papiere und Genehmigungen lägen vor. Ich kramte sie eilfertig aus der Handtasche und legte auch die sorgfältig übersetzten und mit Stempel und allem Pipapo beglaubigten Dokumente auf Russisch dazu. Und hier, bitte schön, kleine Anekdote: mein Geburtsdatum. Eine Schnapszahl: vierter Vierter vierundvierzig. Die Vier war meine Glückszahl. In meinem Pass steckte ein vierblättriges Kleeblatt, das die Dame auch kurz beäugte.

Die dralle Dame mit der gewöhnungsbedürftigen Frisur sah uns fast mitleidig an.

»Wy chotitje schenit'sja? Njet, tak ne poidjot.«

Ihre kleinen grauen Augen gingen zwischen uns hin und her. Dann fragte sie, wie wir uns das denn vorstellen. Ihr Mund sprach viele Dinge, die ich in meiner Aufregung nicht verstand und die Wanja mir sofort übersetzte:

»Dafür müssen wir zum Stadtrat gehen und uns von ihm die schriftliche Genehmigung holen, damit die Dicke im Standesamt abgesichert ist. Angeblich kann sie nicht jedes Pärchen, das hier im Schweinsgalopp antrabt, eine Stunde vor Dienstschluss mal eben verheiraten. Nachher kommt einer, legt sein Veto ein, und sie ist dran. Ihre Stelle ist ihr lieb und teuer. *Njet.*«

Wir rafften in fliegender Eile unsere Papiere wieder an uns, rasten die Akazienallee zurück und stürmten das Stadtratsgebäude. Unsere Sohlen hinterließen regelrechte Bremsspuren auf dem Linoleum, als wir vor dem Schreibtisch des zuständigen Sachbearbeiters zum Stehen kamen.

Doch der war leider leer.

»Hallo! Ist hier jemand?«, rief Wanja verzweifelt, und in Ermangelung einer Glocke, mit der er auf uns aufmerksam hätte machen können, öffnete er einfach jede Tür, die er finden konnte.

»He! Bürger! Immer mit der Ruhe!« Ein immerhin anwesender Mitarbeiter erklärte uns, dass wir uns in diesem dringenden Fall an den Stellvertreter des nicht anwesenden Sachbearbeiters wenden könnten.

Der Stellvertreter, der inzwischen schon verständigt worden war, kam eiligst aus einem anderen Büro herbei. »Wo brennt's denn?«

Wir erklärten zum hundertsten Mal unser Anliegen. Erklärten, dass wir jetzt verdammt noch mal keine Zeit zum Diskutieren hätten, da das Standesamt in genau zweiunddreißig Minuten schließe.

Also Wanja erklärte das. Ich nickte nur, warf ab und zu ein bestätigendes *»Da! Da, poschalujsta!«* ein und versuchte ansonsten einfach nur, so bittend wie möglich zu blicken. Ich glaube, meine flehentlichen Blicke hätten sogar Lenin aus dem Mausoleum geholt und ihn zu Stempel und Siegelwachs greifen lassen.

Ich beschwor die Uhr an der Wand, langsamer zu ticken: Der große Zeiger schaffte es bei der Hitze sowieso nicht, sich zu bewegen. Ich hypnotisierte ihn regelrecht. Bleib stehen! Erde, dreh dich nicht mehr! Jetzt ist unser Moment, jetzt, jetzt, jetzt!

Doch der Stellvertreter drückte gemächlich seine Zigarette aus und meinte dann, er könne die Verantwortung nicht übernehmen. Nicht dass sein Chef Schwierigkeiten mache, wenn er zurück sei, seine Arbeit sei ihm lieb und teuer. Der große Zeiger machte einen gewaltigen Satz nach vorn und sagte wie zur Bestätigung: »Tick!«

»Ja, aber WER übernimmt hier mal Verantwortung!«, brach

es verzweifelt aus mir heraus, allerdings auf Deutsch. »Wer von euch Russen hat endlich mal Eier in der Hose!«

Ein Angestellter, der wegen des Aufruhrs neugierig aus seinem Büro gekommen war, rief nun dazwischen, ob sie unsere Lage denn nicht verstehen würden. Warum sie denn bloß so stur seien: Wir zwei würden doch nur heiraten und keinen Weltkrieg anzetteln wollen. Warum man uns nicht verdammt noch mal einen Stempel draufknallen könne, Herrgott noch mal! Das sei doch mal ne Braut, die sich traue!

»Na gut, Genosse«, sagte der Stellvertreter des abwesenden Sachbearbeiters zu seinem Kollegen. »Wenn du die Verantwortung dafür übernimmst, knall du den Stempel drauf. Hier bitte schön!« Er schob ihm das Stempelkissen hin.

Der Mitarbeiter brummte irgendwas in seinen Bart und schenkte mir einen Blick, den ich nie vergessen werde. Dann nahm er den Stempel und haute ihn aufs Papier. Da war das russische Ei des Kolumbus.

In Windeseile stellte uns nun der Stellvertreter die Bescheinigung aus, dass wir jetzt und sofort heiraten dürften.

Ich fiel meinem Retter um den Hals und dem Stellvertreter auch, und Wanja rief unter Tränen: »Danke, *spasibo*, danke!« Und dann stürmten wir auch schon wieder davon. Es war wie im Film, den man im Schnelldurchlauf ein paarmal vor- und zurückspult.

Im Standesamt saß immer noch die Dralle und feilte sich gerade die Fingernägel. Es war sechzehn Minuten vor zwei.

»Da seid ihr ja wieder, ihr Turteltäubchen.«

»Ja, und hier ist die gestempelte Bescheinigung!«

So, patsch! Alles wieder auf den Schreibtisch.

Mein Schleier an meinem Busen machte schon einen leicht zerknitterten Eindruck.

»Ja«, sagte die Standesbeamtin nach eingehender Prüfung der Papiere. »Nun brauchen Sie noch zwei Trauzeugen.«

Wir ließen im Amt alles stehen und liegen und rannten wieder raus.

Gähnende Leere auf dem flirrend heißen Vorplatz. Der Asphalt schien vor meinen Augen zu zerfließen. Trauzeugen. Woher nehmen und nicht stehlen!? Ja, wo waren die denn, die Bürger von Reni? Klar, bei der Hitze hielten die Siesta. Vielleicht sollten wir in den nächstbesten Hauseingang rennen und die Menschen aus ihren Wohnungen zerren?

Da! Was war das? Eine Fata Morgana? In der flirrenden Luft waberten zwei weibliche Gestalten mit Einkaufstaschen über den Asphalt. Sie waren arglos beim Einkaufen, doch Wanja erklärte ihnen den Ernst der Lage, riss ihnen die Körbe aus der Hand, dass die Kohlköpfe über den Platz kullerten, und zerrte sie ins Amt.

Die eine murmelte noch: »Wie sehe ich denn aus!«, und zupfte an ihrem Kopftuch, und die andere merkte an, so etwas habe sie ja noch nie gemacht, aber gegen uns waren sie machtlos.

Dann begann die Zeremonie, die darin bestand, dass die Dralle uns mit unbewegter Miene in militärischem Ton über unsere Rechte und Pflichten als Eheleute belehrte.

In der Eile vergaß ich ganz, mein Kränzchen mit dem Schleier aufzusetzen. Nach zehn Minuten waren wir verheiratet. Wir mussten fünfzig Kopeken bezahlen und auf die Papiere warten. Die Dralle warf einen unwilligen Blick auf die Uhr, weil sie jetzt vier Minuten »Überstunden« machen musste, war aber großzügig bereit, eine Ausnahme zu machen.

Das Ganze ging so schnell, dass wir uns nur ganz kurz küssten. Als wir wieder draußen standen, setzte mir die eine Trauzeugin im Nachhinein den Schleier auf, damit alles seine Ordnung hatte. Und sich selbst das Kopftuch, das sie für die Zeremonie abgenommen hatte.

Wir waren verheiratet! Ich konnte es einfach nicht fassen! Erschöpft, aber glücklich kehrten wir zu Wanjas Haus zurück.

Dort traute ich meinen Augen nicht: Auf dem Hof unter der Weinlaube war aus mehreren Tischen eine lange Tafel aufgebaut worden. Damit die Sitzgelegenheiten reichten, hatte man über jeweils zwei Stühle Bretter gelegt und darauf eine Decke. So hatten auf zwei Stühlen vier bis fünf Personen Platz. Die Tische waren schön gedeckt und bogen sich unter den Speisen. Es gab gefüllte Paprikaschoten und Tomaten, gebratenen Fisch, krosse Kartoffeln vom Blech und im Ofen gegrilltes Huhn, gefüllte Weinblätter und andere, mir unbekannte Köstlichkeiten. Es duftete unbeschreiblich verführerisch, und mir lief das Wasser im Mund zusammen. An frischen Säften, köstlichem Wein, kaltem Bier und dem bereits erwähnten Schnaps konnte man sich nach Herzenslust bedienen.

Es war mein Hochzeitsmahl, und ich fühlte, wie meine Geschmacksknospen bei jeder Speise explodierten. Wir mussten oft auf Zuruf mit allen anstoßen und uns küssen. Durch das viele Essen vertrug ich den Schnaps besser als am Vortag.

»Na sdorow'je, na sdorow'je«, rief ich immer wieder, während Wanja mich stolz anstrahlte. Ich versuchte, mir die vielen freundlichen Gesichter zu merken, die ja alle zu Wanjas engster Verwandtschaft gehörten. Es waren fünfundvierzig Personen, sie alle waren am Bahnhof gewesen und hatten auch bei der Zubereitung der Speisen geholfen.

Ich wollte mich gerade satt zurücklehnen, als Wanja meine Hand nahm.

»Zeit für unsere Hochzeitsreise«, sagte er strahlend. »Du kannst unmöglich abfahren, ohne unsere Melonenfelder gesehen zu haben!«

Wir radelten auf alten klapprigen Drahteseln aus der Stadt hinaus und dann einen staubigen Feldweg entlang. Vierzig

Minuten dauerte die Fahrt bestimmt. Wanja rief lachend, dass seine Eltern diesen Weg jeden Morgen zu Fuß gingen und am Abend wieder zurück!

Auf dem riesigen Feld empfing uns ein Wächter. Es handelte sich um eine Kolchose, eine landwirtschaftliche Produktionsgenossenschaft.

Die Melonen waren so riesig, dass Wanja sie kaum halten konnte. Er klopfte darauf, bevor er sie aufschnitt. Ich war so durstig, dass mir diese Köstlichkeit paradiesisch vorkam, obwohl sie warm war.

Wir lagen neben unseren Fahrrädern in den Ackerfurchen, Wanja schnitt mir mundgerechte Melonenstücke ab, und ich stopfte mich hemmungslos damit voll, wobei mir der rote Saft übers Kinn lief. Wanja beugte sich zu mir und küsste ihn weg.

»Das darf ich«, sagte er zu dem Wächter. »Sie ist meine Frau. Seit einer Stunde und zwölf Minuten!«

Der Wächter humpelte kopfschüttelnd zu seinem Verschlag und murmelte was von Sonnenstich.

Die Rückfahrt gestaltete sich mühsam, denn ich musste alle zehn Minuten den Melonensaft an die Natur zurückgeben.

Wanja hielt kopfschüttelnd beide Räder und lachte, während ich mich kichernd in die Ackerfurchen verzog. »Da kannst du gleich mal sehen, was man als Ehemann alles mitmachen muss«, rief ich ihm übermütig zu. »Durchschnittlich stehen Ehemänner ein Viertel ihrer Lebenszeit vor Damentoiletten und halten ihren Frauen die Handtasche!«

Die Nacht war kurz. Es war unsere Hochzeitsnacht, und schöner, zärtlicher und aufregender konnte eine Hochzeitsnacht gar nicht sein. Wanjas Eltern hatten uns extra ihr Schlafzimmer gegeben, damit wir ungestört sein konnten. Sie selbst schliefen auf einer Liege in der Sommerküche.

Am nächsten Morgen hatten fleißige Hände schon Ordnung gemacht, und wir frühstückten noch einmal unter Weinlaub.

»Wanja, sag deiner Familie, dass ich ihr für alles von Herzen danke und dass ich die glücklichste Ehefrau der Welt bin!«

Wanja übersetzte, und die Eltern und die Schwester umarmten mich zärtlich. Ihnen allen standen Tränen in den Augen.

»Euer Zug fährt erst um vier«, wechselte der Vater schnell das Thema, während er sich mit dem Hemdzipfel über die Augen wischte. »Wanja! Was willst du deiner Frau noch bieten? – Reni! Was möchtest du von Reni sehen? Wir haben ein Kino …«

»Ich möchte einmal in der Donau baden!«

Wanja nahm mich an der Hand, und wir spazierten nur zehn Minuten zum breiten Strom, der träge in der Sonne glitzerte. Riesige Kräne blitzten vom gegenüberliegenden Hafen herüber, aber es gab einen lauschigen Badeplatz, an dem sich bereits andere junge Leute tummelten. Wir planschten und alberten im Wasser herum. Alle Sorge, allen Stress schienen die silbernen Wellen der Donau mitzunehmen.

Der Abschied von Wanjas Familie, die nun auch meine war, verlief genauso herzlich und tränenreich wie unsere Ankunft. Lieber Himmel, wir waren nur zwei Nächte in Reni gewesen, und doch kam es mir vor wie ein halbes Leben! Hier gehörte ich hin, das spürte ich mit allen Fasern meines Herzens. Wir hingen noch lange winkend aus dem Zugfenster, unser Gepäck war um ein Vielfaches angewachsen wegen all der Geschenke und Proviantpakete, die man uns zugesteckt hatte.

Wieder hatten wir Aufenthalt in Odessa. Nachdem wir unser ganzes Hab und Gut am Bahnhof in einem Gepäckfach eingeschlossen hatten, bummelten wir noch einmal durch diese herrliche Stadt am Schwarzen Meer. Auf der

Potemkin'schen Treppe ließen wir uns fotografieren, als frischgebackenes Ehepaar! Ich musste immer wieder stehen bleiben und mich in den Arm kneifen. Es hatte geklappt! Wir hatten es geschafft! Ich war verheiratet! Ich hieß Frau Kalinina!

Nachmittags ging es dann weiter mit dem Zug nach Brest. Alles verlief genau nach Plan: Schon eine halbe Stunde vor dem Eintreffen unserer Reisegruppe saßen wir auf unseren Koffern am Gleis und spuckten Melonenkerne.

Die anderen hingen in Trauben aus den Fenstern, vor lauter Neugier, ob wir auch wirklich beide dastehen würden. Einen erleichterteren Reiseführer als Fred Hoffmann hat es bestimmt nie gegeben. Er ließ sich aus dem Zug fallen, umarmte uns wortlos, wobei er sich Tränen aus den Augenwinkeln wischen musste, und verdrückte sich erst mal in einen stillen Winkel, um eine Selbstgedrehte zu rauchen. Die anderen tanzten mit uns auf dem Bahnsteig, Wanja verteilte unseren Hochzeitsschnaps und bat alle, auf ex zu trinken. Wieder trank man auf unser Wohl, die Männer schlugen Wanja auf die Schulter, und die Frauen wollten alle meinen Ring bestaunen. Ich weinte eigentlich die ganze Zeit, vor Freude, vor Erschöpfung … und weil ich schon wieder von meinem Wanja auf unbestimmte Zeit Abschied nehmen musste.

Der Zug wurde umgesetzt, und wir beobachteten das Manöver mit wachsender Wehmut. Die in der Ferne schmaler werdenden Gleise schienen mir ein Symbol zu sein für das, was mich erwartete: ein Leben ohne Wanja, ein Leben als Erzieherin in Eichfahrt bei Dunkelweiher.

Mit einem Glas Selbstgebranntem ging ich zu Fred Hoffmann, der so tat, als müsste er den Fahrplan studieren, und sagte: »Prost, Herr Hoffmann. Ihnen verdanken wir, dass wir verheiratet sind. Ihnen und Ihrer Zivilcourage.«

Er kippte das Zeug weg und sagte: »Wehe, ihr werdet nicht glücklich!«

Ich versprach ihm das Gegenteil.

Dann stiegen wir wieder in den Zug, ohne meinen Wanja. Der Abschied war ganz furchtbar.

Wie konnten wir es anstellen, dass ich für immer zu meinem Mann konnte? Ich grübelte und grübelte.

Lisa

Schierchstadt, September 2013

Ich grübelte und grübelte, was aus Mutter werden sollte, als sich wenige Tage später der nette Herr Matz bei mir meldete. Nach einigem Nachdenken seien ihm doch zwei sehr nette Damen eingefallen, die meine Suchkriterien perfekt erfüllten: weiblich, ledig, duldsam, schweigsam und Volksliedern nicht abgeneigt. Hilde Dornkämper und Rose Knift. Beide hätten schon ehrenamtlich bei ihm im Heim gearbeitet und würden sich gern was dazuverdienen. Sie seien spontan bereit, in Mutters Dienst zu treten: die eine vormittags, die andere nachmittags, sodass ich mich in Ruhe scheiden lassen könne.

»Kennen die beiden Damen denn meine Mutter?«, fragte ich vorsichtig, was Herr Matz bedauernd verneinte. Aber sie würden sie ja bald kennenlernen. Dieser Allwetterkapuzenmann aus dem Schattenbachheim war ja echt zu Scherzen aufgelegt!

Weiter konnten wir uns leider nicht unterhalten, denn Mutter wollte wieder dringend wissen, wer da drin sei.

»Es ist Herr Matz, Mutter. Dein Freund!«

»Herrmatz? Ich kenne keinen Freund.«

Mit diesen Worten warf Mutter das Telefon in den Brotkasten.

Na, das wird sich ändern!, dachte ich. Du wirst dich vor lauter Freunden gar nicht mehr retten können. Kaum hatte ich sie an die dreißig Tablettenfrauen gewöhnt, drückte ich ihr noch zwei barmherzige Schwestern aufs Auge. Was hier einmal in aller Deutlichkeit erwähnt werden muss, ist nämlich, dass Mutter mich nicht mehr um sieben aus dem Bett riss, nur weil es um neun Uhr klingeln würde! Im Gegenteil! Die letzten Tablettenfrauen hatten mich sogar im Bademantel und mit Handtuchturban entspannt von oben winken sehen! Mutter kam klar. Wir nabelten uns voneinander ab, Mutter und ich! Nun war es Zeit, mich vollkommen zu ersetzen.

Mit einer schwungvollen Geste bat ich die beiden Damen herein.

Beide waren um die Mitte vierzig: Hilde Dornkämper eher drall, blond und energisch, Rose Knift eher knabenhaft, dunkel und sanft. Das perfekte gemischte Doppel.

Beide machten nicht den Eindruck, als wollten sie sich wichtigmachen. Das war schon mal ein guter Anfang.

Artig hörten sie sich »Alla turca« an, dann bestaunten sie die Nummer mit dem einen Bein, versenkten sich andächtig in den Artikel von 1961, Stichwort Einheitshymne, und zuckten kaum zusammen, als Mutter das hohe Fis schmetterte. Zum Schluss wurde noch Leila Feiges Roller aus dem gegenüberliegenden Garten geholt und einmal aus der Einfahrt gerollt.

Ich seufzte. So, das hätten wir geschafft.

Ich bot allen einen Kaffee an, und Mutter sagte galant: »Dann lass es dir trinken, Schatz.«

Ja, sie hatte mich inzwischen fast ein bisschen gern. Jedenfalls wenn sie die Wahl zwischen mir und Fremden hatte.

Nein, im Ernst. Wir hatten uns einander angenähert, Mutter und ich. Es fiel mir zunehmend schwer, sie in ein paar Tagen zu verlassen.

Als wir uns an den Tisch setzten, um das Finanzielle zu besprechen, kippte Mutters Laune. Sie stand nicht mehr im Mittelpunkt. Deshalb sagte sie verstimmt: »Wenn ICH jetzt auch mal was sagen darf …«

»Aber Mutter, du hast doch schon so viel gesagt!«

»Das ist MEIN Haus, und wer soll denn das!«

»Das sind Rose und Hilde, die besuchen dich jetzt öfter.«

»Wie komm ich denn dazu.«

»Das ist nun mal so.«

»Die wollen sich nur wichtigmachen. Das interessiert mich nicht.«

»Ja, liebe Mutter. Wir sind hier, weil DU SO WICHTIG bist!« So, wo waren wir stehen geblieben? »Also wenn wir nach dem Modell der geringfügig Beschäftigten …«

Mutters Stimme wurde immer ungehaltener und lauter, und schließlich schlug sie wütend auf den Tisch. »Ich kann das alles mit den Tabletten. Ich geh die kaufen und lassen und alles gut und prima. Aber ich soll ja nicht mehr Auto fahren, und zum Putzen bin ich wohl auch zu blöd! Ich bin KEIN KIND!!«

»Nein«, sagte ich freundlich zu ihr und den beiden Damen. »Herr Matz …«

»Der Matz, der Matz!«, fuhr sie mir ins Wort. »Nun danket alle Gott, und so weiter. Was hat der denn davon!«

So ging das weiter, bis beide Betreuerinnen immer nervöser an ihren Hemdblusen zupften – eine geblümt und die andere gestreift.

»Hilde und Rose? Wer soll das sein?«

»Diese beiden Damen hier!«

»Das glaubt ihr ja wohl selber nicht! Wilde Hose!«

Hilde und Rose versicherten mir, dass sie das gewohnt seien, ich solle mir keine Sorgen machen. Sie hätten je eine Schwiegermutter über Jahre gepflegt und ertragen. Da dachte ich bei mir, dass ich für keinen Mann der Welt DESSEN Mutter pflegen und ertragen würde, wenn mich schon meine eigene nach ein paar Wochen zum seelischen Wrack machte. Ich sah über ihren geblümten und gestreiften Blusen schon Heiligenscheine schweben, einen in Bleu und einen in Pink.

Da sie nicht Gedanken lesen konnten, sprachen sie beruhigend auf mich ein. Mutter werde sich bestimmt an sie gewöhnen.

Ich bat Hilde und Rose um je ein Foto, und dann pappte ich sie neben die dreißig Tablettenfrauen auch noch an die Küchenwand. Daneben schrieb ich: »Nette Damen, die dir Gesellschaft leisten!«

Renate

Dunkelweiher, September 1963

»Das ist aber eine nette Dame, die mir Gesellschaft leistet! Kind, du siehst so anders aus!«

Mutti hielt mich von sich ab und betrachtete mich prüfend. Es war September, der Heimalltag hatte wieder begonnen, und ich hatte meine Ausbildung abgeschlossen. An meinem ersten freien Wochenende stand der gefürchtete Besuch bei meiner Mutter an.

»Findest du?«, fragte ich bang.

»Besser! Viel besser! Du siehst erholt aus, glücklich und – erwachsen!«

»Das liegt daran, dass ich meine Prüfungen alle bestanden habe!« Ich zog Mutti ins Haus.

Noch hatte sie meinen Ring nicht gesehen. Meine Knie waren weich wie Pudding, und ich hatte lange überlegt, wie ich ihr die Wahrheit beibringen sollte. Für sie war ich gar nicht weg gewesen, hatte mich nur länger wegen »Prüfungsstress« nicht gemeldet, und sie hatte mir auch ganz fest die Daumen gedrückt.

»Da hat mein Daumendrücken also geholfen!« Mutti schenkte uns Kaffee ein und schnitt den Pflaumenkuchen an, den sie extra für mich gebacken hatte.

Kurz flackerte die Erinnerung an den Empfang bei Wanjas Eltern auf, an die Weinlaube in brütender Hitze, die vielen Verwandten, die andere Welt. War das erst letzte Woche gewesen?

Jetzt saßen wir in Muttis gemütlicher Wohnküche am winzigen Tisch unter dem Fenster.

»Möchtest du mein Diplom sehen?«

»Aber klar!« Mutti stand auf und suchte in ihrer Küchenschublade nach der Lesebrille.

»Nun ist auch mein fünftes Küken flügge!« Sie strich mir liebevoll eine Strähne aus dem Gesicht, während ich mich über meine Handtasche beugte und unauffällig den Ring hineinfallen ließ. Nein, ich brachte es nicht fertig. Das hatte sie einfach nicht verdient. Sie hatte uns durch den Krieg gebracht, allen Kindern eine Ausbildung ermöglicht und ihre eigenen Bedürfnisse immer zurückgestellt.

Mit zitternden Fingern holte ich mein Diplom aus der Tasche und legte es vor sie hin.

Sie las es konzentriert und ehrfürchtig, und plötzlich blieb ihr Zeigefinger neben meinem Namen liegen. »Renate Kalinina? Wer soll das sein?«

Da fasste ich mir ein Herz und sah ihr tief in die Augen. »Ich, Mutti.«

Sie starrte mich verständnislos an, und in ihren Augen glomm ein Ahnungsschimmer auf.

»Der sowjetische Offizier?«

»Ja, Mama.«

»Wegen dem du damals das Konservatorium verlassen musstest?«

»Ja, Mama. Wir haben geheiratet.«

Mutti schob das Diplom von sich und starrte bestimmt fünf Minuten wie versteinert vor sich hin.

Dann sagte sie matt: »Ich würde dir so gern gratulieren und dir alles Glück der Welt wünschen. Aber jetzt habe ich dich auch noch verloren.«

Das waren bittere Worte, und wir beide brachen sofort in Tränen aus. Wir fielen uns um den Hals und weinten und weinten, und ich spürte, wie lieb ich sie hatte. Dass ich sie nie so hatte enttäuschen wollen.

»Mutti, ich konnte nicht anders! Er ist die Liebe meines Lebens«, schluchzte ich.

»Ist ja gut, meine Kleine, ist ja gut!« Mutti klopfte mir tröstend auf den Rücken, und ich musste noch viel mehr weinen.

»Wir kümmern uns um dich, das versprech ich dir, Mutti. Wir lassen dich hier nicht allein!«

»Aber willst du mich alte Frau in die Ukraine schleppen? Ich kann doch nicht noch mal von vorn anfangen!«

»Es wird sich alles finden, Mutti! Du bist doch noch gar nicht so alt.«

Mutti war gerade mal sechzig, aber nach allem, was sie im Krieg und mit fünf Kindern, die von ihr allein großgezogen worden waren, durchgemacht hatte, fühlte sie sich einfach alt.

»Du wirst uns besuchen!« Eifrig kramte ich in der Handtasche, steckte mir den Ring wieder an und zeigte ihr dann das Foto von Wanja und mir auf der Potemkin'schen Treppe. Während der Kaffee kalt wurde und der Kuchen unbeachtet stehen blieb, schilderte ich ihr in leuchtenden Farben Wanjas Heimat und Familie, berichtete von dem herzlichen Empfang und brachte noch ein bisschen Komik ins Spiel, als ich von unserer Chaoshochzeit im menschenleeren Standesamt bei vierzig Grad im Schatten erzählte.

Mama lachte unter Tränen. »Ich wünsch dir alles Glück der Welt, Kind«, sagte sie schließlich und hielt meine Hand mit dem Ring ganz fest. »Vergiss nur deine arme alte Mutti nicht!«

»Aber Mutti, wir werden dich einfach mitschleppen in die Ukraine, und du wirst sie alle lieben«, rief ich vor lauter Erleichterung, dass mein großes Geheimnis endlich draußen war.

Weihnachten und Silvester waren sehr traurige Feste, denn ich hatte große Sehnsucht nach meinem Mann, der es immer noch nicht geschafft hatte, eine Einreisegenehmigung für mich zu erwirken. Meine Mutter litt mit mir und hoffte gleichzeitig, ich würde ihr noch lange erhalten bleiben.

Meine Arbeit im Heim machte mir nach wie vor viel Spaß. Nach meiner bestandenen Prüfung war ich als fest angestellte Mitarbeiterin übernommen worden, und eigentlich hätte ich allen Grund zur Freude gehabt. Wäre da nur nicht die alles verzehrende Sehnsucht nach meinem Mann gewesen!

Im März erhielt ich endlich die Genehmigung aus Odessa, meinen Mann für zwei Monate besuchen zu dürfen. Zum Glück war diese Einladung ein Jahr lang gültig. Wir hatten uns schon in Briefen und Telefonaten auf diese Reise vorbereitet und vereinbart, dass ich in Dunkelweiher alle Zelte abbrach. In der Ukraine wollten wir dann versuchen, ein dauerhaftes Bleiberecht für mich zu bekommen. Die Vergangenheit hatte gezeigt, dass unser Auftritt als liebendes Paar überzeugender war als Tausende Dokumente mit Stempel.

Wieder war es ein mutiger Schritt ins Ungewisse, aber es gab kein Zurück.

Ich kündigte meine lieb gewordene Stelle im Kinderheim, verkaufte mein Fahrrad und verschenkte meinen Hausrat an junge Kolleginnen.

Die Schlafwagenzüge in die Ukraine fuhren alle von Berlin-Ostbahnhof ab.

Hier traf ich Gerlinde, meine frühere Zimmergenossin. Es war ein Donnerstag, Ende April. Aufgeregt stand sie am Bahnsteig. »Hast du schon alles geregelt? Fahrkarte und so?«

»Ja, habe ich, du Neunmalkluge!«

»Du weißt, dass auf dieser Strecke nur Schlafwagen eingesetzt sind!«

»Ja, ich hab mir schon ein Bett reserviert.«

»Dann ist ja gut!« Gerlinde hakte sich bei mir unter, und schwatzend spazierten wir in Richtung Innenstadt, um einen Abschiedsbummel in der deutschen Großstadt zu machen.

»Du glaubst gar nicht, was das für ein Gefühl ist!«, platzte es aus mir heraus. »Eben stand ich noch in Dunkelweiher, und jetzt werde ich Deutschland für immer verlassen!«

»Und was sagt deine Mutter?«

»Dass sie uns bald besuchen wird. Jetzt freut sie sich sogar schon darauf, nachdem ich ihr so von der Ukraine und von Wanja vorgeschwärmt habe!«

»Muss Liebe schön sein!«, seufzte Gerlinde und drückte meinen Arm. »Und deine Mutti ist eine ganz Süße. Die liebt dich einfach und denkt am wenigsten an sich selbst.«

»Ich bin so durcheinander! Auf dem Amt für Auswärtige Angelegenheiten habe ich mindestens dreimal vorgesprochen, alle meine Papiere vorgelegt und gefragt, ob ich auch alles beisammenhabe!«

»Und? Hast du? Sonst ziehst du eben bei mir ein!«

»Haha, sehr witzig! Nein, die Amtsschimmel haben mir dreimal versichert, dass ich alles habe für meine ›zweimonatige Ausreise‹.« Ich malte Gänsefüßchen in die Luft. »Doch bald bin ich Sowjetbürgerin!«

»Komm, dann lass uns jetzt deine letzten Ostmark auf den Kopf hauen!«

Es war ein letzter Freundinnen-Nachmittag, und wir genossen ihn ausgelassen, hin- und hergerissen zwischen Wehmut und Übermut. Am Abend setzte mich Gerlinde, bereichert um eine neue Jeans aus dem Intershop, in meinen vorreservierten Schlafwagen.

»Mach's gut, Süße, ich wünsch dir alles Glück der Welt! Und sag deinem Wanja, dass er dich nicht zu sehr in seinem Gemüsegarten schuften lassen soll«, scherzte Gerlinde und drückte mir noch einen Kuss auf die Wange.

Die anderen Schlafwagengäste drängten mit Sack und Pack herein, und Gerlinde sprang zurück auf den Bahnsteig, wo ihr dann doch die Tränen kamen.

»Verrückte Nudel!«, schimpfte sie halb lachend, halb weinend. »Werd verdammt noch mal glücklich!«

Ich versprach es ihr.

Dann rollte der Zug in Richtung Osten, und während ich mich auf meine Pritsche legte, gingen mir tausend Gedanken durch den Kopf. Ich war gerade mal zwanzig, hatte am vierten April noch mit meiner Mutti zusammen Geburtstag gefeiert. Und doch wusste ich hundertprozentig, wohin ich gehörte und was ich wollte. Ich wollte Wanja, war bereit, ihm bis ans Ende der Welt zu folgen. Ich wunderte mich selbst, dass ich den Mut und die Stärke hatte, alles hinter mir zu lassen, was mein bisheriges Leben ausgemacht hatte: meinen Beruf, meinen festen Arbeitsplatz, meine Freunde, meine Heimat, in der ich mich sehr wohlgefühlt hatte – und nicht zuletzt meine heiß geliebte Mutti.

Wieder einmal musste ich an Uschi denken. Wie es ihr wohl ging? Hatte sie auch das Glück, zu lieben und geliebt zu werden? Ich wünschte es ihr, denn alles andere war belanglos.

Schlafen konnte ich nicht, dazu war ich viel zu aufgeregt. Mein Wanja würde wieder in Brest stehen! Gleich an der russischen Grenze! Ich sehnte diesen Moment seit meiner Abreise aus der Ukraine herbei, konnte keine Sekunde an etwas anderes denken.

Nach zwei Stunden verließen wir Deutschland. Die deutschen Grenzer kontrollierten meine Papiere, knallten ihre Stempel drauf und polterten ins nächste Abteil. Der Zug rollte weiter, jetzt auf polnischem Gebiet, und blieb dann nach wenigen Metern stehen. Ich kannte die Prozedur schon und hielt meine Papiere griffbereit.

Zweimonatige Ausreise in die Ukraine, auf Einladung des Ehemanns. Hin- und Rückfahrt. Abgestempelt und bewilligt in Odessa, übersetzt, beglaubigt und abgestempelt in Berlin. Ich war mir sicher, meine Hausaufgaben gut gemacht zu haben.

Schwere Schritte im Gang kündigten die polnische Grenzkontrolle an.

»Alles muss seine Ordnung haben«, versuchte ein Mitreisender zu scherzen, der sich schon mal mit seinem Rucksack auf die oberste Pritsche verzogen hatte. Er ließ seinen Arm mit den Papieren lässig herabbaumeln. Ich bewunderte ihn für seinen Mut. Es gab Grenzer, mit denen war nicht zu spaßen. Eigentlich gab es keinen einzigen Grenzer, der zu Späßen aufgelegt war.

Die Tür wurde aufgerissen. »Papiere!«

Vier Arme schossen ihnen entgegen, der Lässige von der oberen Pritsche sprang runter und stand stramm.

Als der Grenzbeamte meine Papiere in der Hand hatte, blätterte er hin und her und her und hin. Seine Miene war undurchdringlich.

Mich durchzog es heiß und kalt. Ich räusperte mich und setzte mein bezauberndstes Lächeln auf, mit dem ich schon halb Russland zum Dahinschmelzen gebracht hatte. »Alles klar?«

Allein dass ich es wagte, ihn anzusprechen, war schon Beamtenbeleidigung.

Derb wurde ich in gebrochenem Deutsch aufgefordert, mit meinem Gepäck den Zug zu verlassen.

Mir wurde schlecht. Es war kurz vor Mitternacht, und wir standen im polnischen Niemandsland. Vor milchigen Laternen tanzte der Sprühregen.

»Los! Raus! Nächster!«

»Aber warum?!«, stieß ich einer Ohnmacht nahe hervor.

»Sie haben kein polnisches Transitvisum!«

»Ja, aber ich wusste nicht … Ich bin doch schon ein paarmal mit einer Reisegruppe …« Meine Hände krallten sich in mein Bettgestell.

»Ist das Ihre Reisegruppe?«, wurde ich angeschnauzt. »Nein?! Jetzt fahren Sie allein und brauchen ein Transitvisum.«

»Das hat mir keiner gesagt! Ich war extra dreimal auf dem Amt für Auswärtige Angelegenheiten und habe gefragt, ob ich alle Papiere zusammenhabe.«

»Verlassen Sie den Zug! Sofort!«

»Aber mein MANN steht in Brest auf dem Bahnsteig und holt mich ab!«, wimmerte ich. »Sie können mich doch hier nicht einfach aussetzen, mitten im Niemandsland …«

»Steigen Sie aus, oder wir helfen Ihnen!«

Schluchzend packte ich meinen Kram zusammen. Eine Welt brach für mich zusammen. Ich hatte alle Zelte abgebrochen, ich konnte nicht zurück! Ich wollte zu meinem Wanja! Es brach mir das Herz, wenn ich mir vorstellte, dass er schon wieder über tausend Kilometer bis nach Brest gefahren war und morgen früh vergeblich auf mich warten würde!

Der Beamte stand ungeduldig wartend auf dem Gang und starrte mich an. Sein Gesicht war so kalt und böse, als hätte ich Polen persönlich den Krieg erklärt. Er würde sich nicht erweichen lassen. Der nicht.

Weinend suchte ich in meinem BH nach dem Foto von Wanja und hielt es meinen Mitreisenden unter die Nase.

»Wenn ihr diesen Mann in Brest auf dem Bahnhof seht«, schluchzte ich, »ihr habt ja da zwei Stunden Aufenthalt, weil der Zug umgesetzt wird, dann sagt ihm bitte, dass seine Frau auf jeden Fall kommt. Aber wann, ist fraglich.«

Grob wurde ich aus dem Zug verfrachtet, und ein anderer Beamter führte mich wortlos in ein leer stehendes hässliches Bahnhofsgebäude, so eine Art Wartehäuschen mit einem Stuhl an der Wand. Von außen schloss er ab und stiefelte davon.

Ich weinte bis zur Erschöpfung, fühlte mich einsamer denn je und dachte schon, man würde mich hier verrotten lassen, als die Tür in den frühen Morgenstunden wieder aufging. Ein neuer Grenzbeamter befahl mir rüde mitzukommen, und da fuhr auch schon der Zug aus Moskau in Richtung Berlin ein, in den er mich ohne großes Federlesen setzte. Die Tür wurde zugeschlagen, und schon rollte ich gegen meinen Willen in meine alte Heimat zurück.

Gerlinde staunte nicht schlecht, als sie mich an diesem verregneten Nachmittag vor ihrem Fenster stehen sah.

»Hat er dich nicht abgeholt?«

»Sie haben mich nicht durch Polen fahren lassen!«

Ich fiel ihr heulend in die Arme.

»Na, dann komm erst mal rein, Süße«, tröstete mich Gerlinde. »Noch ist Polen nicht verloren.«

Unglücklicherweise war nun auch noch Wochenende, was erstens bedeutete, dass alle Behörden geschlossen waren, und zweitens, dass mein armer Wanja tagelang in Brest warten musste! Der Gedanke an meinen geliebten Mann brach mir fast das Herz. Hoffentlich hatten meine Mitreisenden ihn erkannt und ihm meine Botschaft ausgerichtet! Nicht, dass er glaubte, ich käme überhaupt nicht, und wieder nach Reni zurückfuhr! Ich raufte mir die Haare. O Gott, darüber wollte ich gar nicht erst nachdenken!

»Komm, ich mach uns erst mal einen Tee und dann bezieh ich dir das Gästesofa.«

Als wir diesmal bei Regen und geschlossenen Läden durch Ostberlin bummelten, fand ich die Stadt so trostlos und öde, dass ich ständig mit den Tränen kämpfte.

Am Montag musste Gerlinde arbeiten, und so kämpfte ich mich allein durch den Behördendschungel Ostberlins. Ich erfuhr, dass ich zum polnischen Konsulat gehen müsse.

Dort hörte man mich an und teilte mir mit, ich müsse aufs Amt für Auswärtige Angelegenheiten, wenn ich durch polnisches Hoheitsgebiet reisen wolle.

»Aber da war ich doch schon dreimal!«

»Sie brauchen so ein Blatt …« Man zeigte es mir. »Das müssen die Ihnen in den Ausweis heften und bestätigen, dass es nur in Verbindung mit Ausweisnummer und in persönlicher Begleitung der Ausweisinhaberin, sprich von Ihnen, Gültigkeit hat.« Die Beamtenhand schnellte mitsamt meinem Pass unter meine Nase. »Wenn Sie dieses Blatt haben, kommen Sie wieder. Wir stempeln es dann ab.«

Dann winkte mich die Beamtenhand weiter. »Nächster!«

Ich war zermürbt, aber auch wütend.

»Aber Sie haben das Blatt doch hier, in Ihren Händen! Und dass ich zu meinem Pass gehöre, sehen Sie doch. Können Sie nicht selbst …?«

»Der Nächste!«

Völlig gedemütigt, trollte ich mich und fühlte mich wie ein getretener Hund.

Aber diese Hürde würde ich auch noch schaffen. Wir hatten doch schon so viel geschafft, Wanja und ich! Sie würden mich nicht kleinkriegen. Der Gedanke an meinen Mann ließ mich die Schultern straffen und zielstrebig einen Schritt vor den anderen setzen.

Zwei Stunden später stand ich wieder bei den Beamten im Auswärtigen Amt, bei denen ich schon dreimal gewesen war, und erklärte ihnen, was der Mann vom polnischen Konsulat mir erklärt hatte. »Also Sie das Blatt und die Bestätigung, dass ich zu Blatt und Pass gehöre, und das Konsulat dann den Stempel. Bitte heute noch.«

Der Mann fasste sich an den Kopf, murmelte was von bürokratischem Wahnsinn und wünschte mir alles Gute. Mein Mann in Brest möge nicht den Mut verlieren.

Das wünschte ich mir auch.

Auf dem polnischen Konsulat ließ man mich warten. Der Tag neigte sich dem Ende zu. Der Typ von heute Nachmittag war schon gar nicht mehr da. Ich stellte mich schon darauf ein, hier zu übernachten, denn noch mal verscheuchen ließ ich mich ganz bestimmt nicht.

Um kurz vor sechs ging die Tür auf, Pass und Blatt wurden mir aus der Hand gerissen, ich hörte einen Stempel, und zehn Sekunden später schnellte die Hand mit dem Pass wieder heraus, und dic Tür wurde wieder zugeknallt.

Es war eine Sache von zehn Sekunden gewesen.

Endlich hatte ich mein polnisches Transitvisum.

Zwei Stunden später brachte Gerlinde mich wieder zum Bahnhof.

»Süße, bist du sicher, dass du dir das noch mal antun willst?«

Vor uns stand der abfahrbereite Zug nach Moskau. Schätzungsweise derselbe, aus dem man mich vor drei Tagen rausgeworfen hatte. Drei Tage stand mein Wanja jetzt in Brest! Aber diesmal würde ich fahren! Und wenn es auf dem Dach sein musste oder auf den Puffern zwischen den Wagen.

Vor jedem Waggon stand ein Kontrolleur, der die Tickets kontrollierte. Eine Fahrkarte hatte ich, aber diesmal keine Reservierung für Schlafwagen und Bett. Normale Sitze gab es in diesem Zug nicht. Nur diese voll belegten Schlafwagenabteile. Ich musste es schaffen.

Wir versuchten es wieder mit weiblichem Charme. Einer musste mich reinlassen!

»Der nicht. Der sieht grimmig aus.«

Ich zog Gerlinde weiter zum nächsten Waggon. »Der auch nicht. Der geht zum Lachen in den Keller.«

»Der erst recht nicht. Der frisst kleine Mädchen zum Frühstück.«

»Der da hinten sieht am wenigsten unsympathisch aus.«

Gerlinde und ich setzten unser süßestes Lächeln auf und gingen auf ihn zu. In meinem schönsten Russisch sagte ich mein Sprüchlein auf.

»Hallo erst mal, ich weiß nicht, ob sie es schon wussten, ich bin Renate Kalinina aus Dunkelweiher und möchte zu meinem Mann nach Brest, der da seit drei Tagen auf dem Bahnhof rumsteht. Aber der Haken ist, ich habe keine Schlafwagenreservierung.«

Der Schaffner, der tatsächlich so sympathisch war, wie wir dachten, hörte sich alles geduldig an. Doch dann teilte er mir bedauernd mit, dass nicht nur sein Waggon, sondern der ganze Zug restlos ausgebucht sei. Jedes Bett sei belegt.

»Ich steh im Gang«, versprach ich. »Das macht mir nichts aus!«

»Im Gang darf niemand befördert werden. Das ist gegen die Vorschriften.«

»Bitte, bitte, bitte«, flehte ich, und im gleichen Moment

liefen mir schon Sturzbäche von Tränen aus den Augen. »Mein Wanja steht seit drei Tagen in Brest, und sein Zuhause ist über tausend Kilometer weit weg. Wenn ich jetzt warte, bis ich ein freies Bett im Schlafwagen buchen kann, steht der Weihnachten immer noch da!«

»Wirklich!«, sagte Gerlinde. »Für ihren Liebsten ist sie schon durch die Hölle gegangen.«

»Wir sind doch verheiratet und haben solche Sehnsucht nacheinander«, wimmerte ich.

»Lassen Sie sie doch in der Zugtoilette mitfahren«, bettelte Gerlinde.

»Das ist alles verboten, und ich verliere meine Arbeit.« Der Zugbegleiter schaute mich mitleidig an, dann nahm er die Mütze vom Kopf und kratzte sich. Ich sah, wie es hinter seiner Stirn arbeitete.

»Also gut, ich ziehe heute Nacht aus meinem Dienstabteil aus. Sie können mein Bett haben.«

»Wirklich? Echt?« Gerlinde und ich hüpften auf dem Bahnsteig herum und küssten den überraschten Schaffner, der uns anflehte, hier nicht so ein Theater zu machen, sein Vorgesetzter würde schon gucken.

»Und jetzt rein mit Ihnen, kleine Julia! Lassen wir Ihren Romeo nicht länger warten!«

Gerlinde trommelte mit beiden Fäusten ans Fenster des Schlafwagenschaffners, in dessen Abteil ich es mir seufzend gemütlich machte, und schrie, dass ich ja wisse, wo sie wohne. Nur für den Fall, dass ich nächste Nacht wieder bei ihr schlafen müsse.

»Nie im Leben!«, sagte ich jubelnd. Ich kam mir vor wie ein Stehaufmännchen und war hin- und hergerissen zwischen Euphorie und Erschöpfung. Deshalb fand ich im Schaffnerbett keine Ruhe. Welche Gemeinheit würde den Grenzern diesmal einfallen? Ich lauschte. Vielleicht ging die Lok kaputt?

Oder man würde mich aus dem Dienstabteil zerren, weil das gegen die Vorschrift war?

Doch die Grenzkontrollen verliefen reibungslos: Hände entrissen mir meinen Pass, blätterten hin und her, Augenbrauen wurden hochgezogen, Stempel aufgedrückt … und dann ging die Abteiltür wieder zu.

Ich rollte durch Polen! Ganz legal!

In Warschau kam der nette Schaffner und brachte mich in ein Viererabteil, in dem gerade ein Bett frei geworden war.

Ich dankte ihm noch mal herzlich für seine Selbstlosigkeit, und er zog eine Braue hoch. Vielleicht war sein Vorgesetzter gerade in der Nähe.

Wie sich herausstellte, waren die drei anderen Reisenden Mädels einer westdeutschen Reisegruppe. Drei Wessis! Mein wortreicher Umzug in dieses Abteil hatte sie neugierig gemacht, und aufgeregt überfielen sie mich mit Fragen. Ich erzählte ihnen meine abenteuerliche Geschichte vom Anfang bis zum vorläufigen Ende, das hoffentlich in Brest stattfinden würde. »Mein Mann wartet, und davon bin ich felsenfest überzeugt, seit fünf Tagen und Nächten in Brest auf dem Bahnsteig.«

Nun gab es unter den Mädels kein Halten mehr. »Oh, wie süß! Das ist ja ›Romeo und Julia‹ in Reinform!« »Dass es so was heutzutage noch gibt!« Wir redeten die ganze Nacht, und die Mädels aus Westdeutschland waren so gerührt, dass sie mich mit Geschenken überhäuften: Milka-Schokolade, Coca-Cola und kleine Fläschchen 4711!

»Och, Mensch, das ist mir peinlich«, wehrte ich ab. »Ich kann mich bei euch doch gar nicht revanchieren!«

»Du hast uns die schönste Liebesgeschichte der Welt geschenkt«, sagte eine, die sich mit Elke vorgestellt hatte. »Und wenn er morgen früh wirklich dasteht, war allein das die Moskaureise wert.«

»Ja, ich habe sie in ein Tagebuch geschrieben.« Stolz zeigte ich es ihnen. »Schreiben hilft, sonst wird man bei dem ganzen Bürokratiewahnsinn selbst wahnsinnig. – Und woher kommt ihr?« Ich wollte mal das Thema wechseln.

»Aus Köln.«

»Wir studieren da.«

»Also ich bin gerade mit dem Studium fertig und ziehe demnächst in eine neu erbaute Trabantenstadt, ganz in der Nähe der deutsch-deutschen Grenze«, sagte Elke, eine sympathische junge Frau mit schulterlangen braunen Haaren. »Da sind die Reihenhäuser billig.«

»Aber doch nicht nach Schierchstadt?« Ich setzte mich kerzengerade hin.

»Doch! Genau da hin! Da haben sie nach dem Mauerbau ganz neue Schulen gebaut und suchen Lehrer!«

Mir fiel die Kinnlade runter.

»Ich komme ursprünglich aus dem Ostteil dieser Stadt! Aus Dunkelweiher!«

»Ach!«, staunte sie. »Durch das Schattenbachtal verläuft ja jetzt die Grenze! Aber das macht uns nichts aus. Schierchstadt hat alles, was sich junge Familien wünschen!«

»Wie ist die neue Stadt denn so?« Neugierig knabberte ich auf meinem Milkariegel. Wenn alles im Westen so wunderbar war wie diese Schokolade, hatte Uschi ja ein Traumleben!

»Quadratisch, praktisch, gut«, sagte Elke, die angehende Lehrerin, in ihrer unkomplizierten direkten Art. »Mein Verlobter kommt auch mit, Walter ist Lehrer für Biologie und Sport, und wir werden dort eine Familie gründen.«

Mir wurde heiß und kalt. Sie zog genau in Uschis Stadt! Einem plötzlichen Impuls folgend, zog ich mein Tagebuch aus der Handtasche und schrieb vorne Wanjas Adresse hinein.

»Sag mal, kannst du mir einen Gefallen tun?«

»Klar«, sagte Elke.

»Ich habe da eine Freundin. Im Café Wolke. Sie heißt Uschi Wolke. Würdest du ihr das hier geben?«

»Dein Tagebuch?«, fragte Elke zögernd. »Bist du sicher?«

»Bitte versprich mir, dass du es ihr persönlich gibst!« Meine Finger klammerten sich an das kleine Buch. »Bitte gib es nicht ihren Eltern und auch sonst niemandem. Nur ihr. Versprich es mir. Und sag ihr, dass ich an sie denke und sie nie vergessen werde.«

»Ja, gern.« Elke nahm es ehrfürchtig entgegen. »Aber dann hast du keines mehr.«

»Ich kann es neu schreiben«, beeilte ich mich zu sagen. »Ich schreibe schnell und gern.«

»Ich verspreche dir, dass ich nicht darin lese.« Elke verstaute das Tagebuch sorgfältig in ihrem Rucksack.

»Das darfst du ruhig«, versicherte ich ihr. »Es ist auf keinen Fall langweilig!«

»Ich werde es hüten wie meinen Augapfel.«

Als wir spätabends in Brest einfuhren, hingen sämtliche Touristen der westdeutschen Reisegruppe aus den Fenstern. Natürlich hatten meine Waggongenossinnen ihren Kameraden erzählt, dass da offensichtlich ein Typ seit fünf Tagen und Nächten auf seine Angebetete wartete.

Sogar mein Schaffner schaute aus dem Fenster und tat so, als wäre es aus dienstlichen Gründen. Ich war so aufgeregt und überdreht, dass ich auf meiner Faust kaute. Ich hatte schon einen richtigen Giraffenhals, so sehr verrenkte ich mir den Kopf nach Wanja.

Ich sah keinen Wanja. Stattdessen einen Riesenblumenstrauß, hinter dem sich mein treu wartender Mann verbarg. Ich schrie: »ER IST DA!«, und stürmte zur Wagentür.

Mein Freund, der Schlafwagenschaffner, verhinderte, dass ich vor Halt des Zuges hinaussprang.

Bremsen quietschten, und ich eilte Wanja entgegen.

Unfassbar, Wanja hatte gewartet. Inzwischen war es Mittwoch früh.

Die Touristen aus dem Zug vom Freitag hatten ihn erkannt und ihm mit Händen und Füßen klargemacht, was geschehen war.

Wanja stammelte erschöpft, dass er so oder so gewartet hätte. Wir holten mein Gepäck aus dem Zug, und es gab nicht einen Touristen, der sich nicht verstohlen die Augen wischte. Elke umklammerte das Tagebuch, umarmte mich fest und flüsterte: »Mach's gut, du mutiges Mädchen! Ich werde deine Uschi finden!«

Alle umarmten uns und wünschten uns alles Gute. Schließlich zog Wanja mich mit sich fort. Eng umschlungen betraten wir die Räume für Erholung. Die gab es auf allen großen sowjetischen Bahnhöfen, denn die Fahrten durch die UdSSR dauerten oft Tage, und wenn man umsteigen musste, konnte es vorkommen, dass man den Anschlusszug verpasste. In den Räumen für Erholung konnte man für sehr wenig Geld ein Bett mieten. Es gab auf diesen Bahnhöfen auch Räume für Mutter und Kind, Duschen, chemische Reinigungen, Geschäfte aller Art und Marktfrauen, die frische Erzeugnisse anboten – sogar Friseursalons. Ich war fasziniert.

»Hier ist der Männerraum, in dem ich seit Freitag hause«, sagte Wanja grinsend und öffnete eine Tür.

Die Aufsichtsfrau, die für Wanjas Raum zuständig war, riss mich in die Arme, küsste mich, weinte herzzerreißend und drückte mich immer wieder an sich. Sie freute sich so sehr über meine Ankunft, als wäre ich ihre verlorene Tochter. Sie machte mir klar, wie sehr mein Mann gelitten hatte, und sie mit ihm. Sie erklärte mir, dass Wanja zu jedem Zug aus Berlin geeilt sei.

»Und immer hat er einen großen Strauß Blumen gekauft

und ihn anschließend verzweifelt in den Mülleimer gepfeffert!«, erklärte sie mir. »Dann hat er sich auf sein Bett geworfen und an die Decke gestarrt! Ich habe ihm gesagt, dass er schlafen soll, aber er hatte Angst, Ihre Ankunft zu verpassen. Da habe ich ihm versprochen, ihn zu wecken. Aber er hat sich nicht getraut einzuschlafen. Seit fünf Tagen und Nächten hat er kein Auge zugemacht!«

»Liebster!«, sagte ich. »Jetzt bin ich hier. Du legst dich jetzt in dieses Bett und schläfst.«

»Und du?«

»Ich gehe in den Frauenraum.«

»Nein. Dann kann ich wieder nicht schlafen.«

Die Aufsichtsfrau, eine robuste Mamuschka im Kittel, bedeutete mir, mich in das Nachbarbett zu legen. Sie zog einen großen Schlüssel aus der Kitteltasche, zeigte ihn mir und sagte: »Männerraum ausgebucht.« Dann schloss sie von außen ab. Ganz ohne vorher die Braue zu heben.

So genossen wir das erste Mal seit unserer Hochzeitsnacht wieder etwas Zweisamkeit und fielen danach in totenähnlichen Schlaf.

Am nächsten Nachmittag bekamen wir Platzkarten für den Zug Brest – Kiew – Odessa. Von dort aus ging es noch mit dem Bus nach Reni. Mein Mann und ich haben uns die ganze Fahrt nicht losgelassen.

Jetzt konnte es anfangen, mein neues Leben!

Lisa

Salzburg, Oktober 2013

Jetzt kann es anfangen, mein neues Leben!, dachte ich, nachdem ich wieder in meine Wohnung zurückgekehrt war. Hilde und Rose waren für mich in den Krieg gezogen, bewaffnet mit dem Schild der Nächstenliebe und der Keule der Gelassenheit.

Aber vorher gab es noch was zu erledigen: In puncto Scheidung hatte ich so einiges mit meinem Anwalt zu besprechen. Jetzt, wo Frank und Sandra um Weihnachten herum ihren Eumel erwarteten, ersuchte mich Frank über seinen Anwalt, ihm und der jungen Familie das Haus zu überschreiben. Mir hatten sie – auf meinen eigenen Wunsch hin – eine geräumige Wohnung in der Altstadt überlassen, die schon vorher unserer Firma gehört hatte und in der ich früher oft gewohnt hatte, wenn Frank und ich mal eine Auszeit brauchten. Ich tat ihnen gern den Gefallen, ich wollte keinen Krieg. Mutters Verfall hatte mir vor Augen geführt, wie vergänglich die Zeit und wie wichtig innerer Frieden ist. Irgendwie war ich durch sie milde geworden. Auch von meinem turbulenten Leben mit den vielen Reisen konnte ich mich leichter trennen als gedacht. Die Zeit mit Mutter hatte aus mir einen ruhigeren, genügsameren Menschen gemacht. Kaviar hatte ich genug gegessen. Essen auf Rädern schmeckte auch, wenn man hungrig war.

Und Hunger würde ich weiß Gott nicht leiden müssen: Die Scheidung selbst tat mir nicht besonders weh. Frank sicherte mir für ein Jahr eine großzügige finanzielle Unterstützung zu, bis ich mich beruflich wieder neu orientiert hätte. Was immer das sein würde – ein Jahr erschien mir ausreichend und fair.

Dieses eine Jahr wollte ich Ronja widmen, damit sie ein gutes Abitur machte.

Und dann? Alles war möglich. Ich war längst nicht so deprimiert, wie man hätte annehmen können. Stattdessen genoss ich die Zeit mit Ronja.

Wir hatten noch einige Fahrstunden vor uns, damit sie auf die für die Fahrprüfung erforderlichen Kilometer kam. Währenddessen betrachtete ich Ronjas wirren Haarschopf und ihr rührend konzentriertes Gesicht. Sie war nun fast erwachsen, bald würde sie mich nicht mehr brauchen. Mithilfe des Führerscheins wurde sie im wahrsten Sinne des Wortes flügge. Noch ein paar Monate, dann würde sie zum Studium irgendwohin ziehen.

Und dann? Wo gehörte ich dann hin? Eine Frau meines Alters kann ja leicht ins Grübeln kommen, erst recht, wenn es Herbst wird. In solchen Momenten hörte ich Mutters metallische Stimme. Also die der Mutter von früher: Wer bist du denn? Dein Reisebüro läuft auch ohne dich weiter. Frank und Sandra fangen noch mal von vorne an. Ronja geht ihrer Wege. Du bist ersetzbar.

Das war eine bittere Erkenntnis. Wem fehlte ich denn?

Doch da merkte ich, dass es gar nicht wirklich die Stimme meiner Mutter war, die mir das einflüsterte. Es waren nur meine Ängste, die sich Gehör verschafften.

Jetzt wusste ich, wem ich fehlte: Mutter. Also der Mutter von heute. Der alten, verwirrten Frau, die mit der Blockflöte um die Reihenhäuser zog und die ganze Nachbarschaft auf Trab hielt. Komisch, sie fehlte mir auch. Was war denn jetzt los?

Zwanzig Jahre waren wir uns komplett aus dem Weg gegangen, und nun dachte ich jeden Moment an sie. Hatte sie alles, was sie brauchte? Waren Rose und Hilde nett zu ihr? Was machte sie wohl gerade? Stand sie auf einem Bein oder spielte sie gerade »Alla turca«? Versuchte sie, mich mit der Fernbedienung anzurufen? Stand sie vor meinem Bild an der Küchenwand?

Rainer Maria Rilkes Gedicht ging mir durch den Kopf:

Herr: es ist Zeit. Der Sommer war sehr groß.
Leg deinen Schatten auf die Sonnenuhren
und auf den Fluren lass die Winde los.

Befiel den letzten Früchten voll zu sein.
Gib ihnen noch zwei südlichere Tage,
dränge sie zur Vollendung hin und jage
die letzte Süße in den schweren Wein.

Wer jetzt kein Haus hat, baut sich keines mehr.
Wer jetzt allein ist, wird es lange bleiben,
wird wachen, lesen, lange Briefe schreiben
und ruhelos in den Alleen hin und her
wandern, wenn die Blätter treiben.

Ganz gegen meine frühere Gewohnheit rief ich Mutter täglich in Schierchstadt an und fand sie bei unterschiedlichster Laune vor: Mal lief sie sofort zu ihrem »schwarzen Tier«, dem Steinway, und spielte Fragmente von »Alla turca« darauf. Mal hörte ich eine der Gesellschafterinnen zaghaft mitträllern. Dann war die Stimmung gut.

Oft aber, und das immer öfter, weinte und jammerte sie am Telefon, dass ich gar nicht ahne, was sie da mitmachen müsse. Wo ich denn sei und wann ich wiederkäme!

»Wo bleibt denn meine Mutter!«, rief sie wütend in den Hörer. »Da kann man sich ja nicht drauf einlassen!«

»Ich bin in Salzburg, Mutter. Ich lasse mich scheiden.«

»Scheiden? Dann HILF mir doch!«

»Mutter, ich komme wieder, sobald ich kann. Es geht nicht immer nur um dich.«

»Das ist doch alles zum Kotzen ist das hier!« Wütendes Schubladenknallen und Türenknallen.

»Mutter! Wer ist denn jetzt bei dir?!«

»BEI MIR? Wer soll das denn sein?«

»Hilde oder Rose, Mutter?«

»Rosemutter! Ich muss mir das nicht länger anhören!«

Beschwichtigendes Gemurmel, schüchternes »Geben Sie mir mal den Hörer, Frau Klüger«.

»Nennen Sie mich Uschi Wolke, oder ich schließe den Laden ab!«

»MUTTER! Wer ist denn jetzt bei dir? Hilde oder Rose?«

»Hilderose kann überhaupt nichts kaufen. Das ist ne scheußliche Frau.«

Oje. Das hörte sich aber nicht gut an.

»Guck mal, wer da jetzt neben dir steht!«

»Hier steht nur so ne Dösige, die sich wichtigmacht. Die Übliche, die will ich wirklich nicht. Die soll nach Hause gehen, sonst kommt die Polizei.«

Lautes Gerangel um den Hörer. Schließlich: »Frau Klüger? Ich bin's, Rose Knift.«

Wer war noch mal Rose Knift? Die energische Blonde im Quergestreiften oder das sanfte Heideröslein mit der blumigen Bluse?

»Ach, hallo, Rose, das hört sich aber gar nicht gut an«, sagte ich besorgt.

»Sie tut sich schwer«, kam es sanft aus dem Hörer. »Sie hat sich selbst die Haare geschnitten.«

»Ja, weil das sonst keiner macht, Sie scheußliche Brause!«

»Ich wollte mit ihr zum Friseur gehen, aber sie weigert sich.«

»Versuchen Sie Salon Antje! Neben der grünen Kirche!«

»Keine Chance. Sie lässt sich von niemandem anfassen.«

Ich sah sie vor mir. Das Heideröslein war's. Ich mochte sie sehr, sie war so sanft und gleichbleibend freundlich. Wenn die eines nicht machte, dann sich wichtig. Mutter konnte doch gar nichts Besseres passieren, als so eine liebenswürdige, geduldige Dame um sich wehen zu haben. Auch die blonde Energische war klasse. Jede auf ihre Weise: wie gesagt, das perfekte gemischte Doppel. In meinen Augen hatte Herr Matz das ideale Betreuerinnenteam ausgesucht.

»Knift, das kenne ich nicht, wer soll das sein, Knift oder Stift! Und meinen Kopf schraube ich immer noch selbst ab.«

»Sie haben es nicht leicht mit meiner Mutter, nicht wahr?«

»Sie schimpft viel und sie weint. Sie fragt nach Ihnen.«

Im Hintergrund hörte ich Mutter die Namen der Rote-Blusen-Brigade vorlesen. »Die kommen alle und schön und gut und schnell wieder weg. Aber diese hier … Zum Kopfwaschen will die mich zwingen, nein, das breche ich nicht länger ab!«

»Was machen Sie denn so?«, fragte ich. »Wenn Sie nicht miteinander rangeln?«

»Na ja, entweder sie spielt Klavier, oder sie sitzt im Sessel und schläft. Oder sie sitzt im Sessel und weint.«

»Das hört sich alles gar nicht gut an.«

»Nein.«

»Halten Sie mich auf dem Laufenden?«

Die sanfte Rose versprach's. Ich solle mir keine Sorgen machen, das werde schon. Mit der Schwiegermutter habe das auch gedauert, und am Ende seien sie ein Herz und eine Seele gewesen.

Im Hintergrund hörte ich Mutter verzweifelt »Hallo! Warum hilft mir denn niemand!« rufen. Und dann Rose: »Wenn den Roller, dann bitte mit Helm! Warten Sie, ich komme mit!«

Lautes Klirren.

Renate

Reni, 1964

Lautes Klirren. Mir war die Küchenschere aus der Hand gefallen. Meine Schwiegermutter lachte.

»*Ukrop!*«

»Wie?«

»*Ukrop*«, wiederholte sie freundlich.

»Ach so, ja, klar.« Ich nahm die Küchenschere erneut von der Anrichte und ging hinaus in den Garten, um das gewünschte Kraut zu holen.

Es war das falsche Kraut, das ich brachte. Meine Schwiegermutter schüttelte belustigt den Kopf, nahm mich an der Hand und zeigte mir das richtige Kraut.

»*Eto ukrop:* Dill für Borschtsch.«

Kräutlein für Kräutlein ging sie mit mir durch, nannte den russischen Namen, ließ mich daran schnuppern und erklärte mir mit einer Engelsgeduld, in welches Gericht was gehörte. Ich wiederholte artig jeden Begriff, und wenn ich ihn nicht richtig aussprach, wiederholte Schwiegermutter ihn so lange, bis ich ihn konnte.

Ich lernte Kräuterkunde, Kochen und Russisch zugleich!

Mein Leben als junge Ehefrau und Schwiegertochter ließ sich gut an. Wanja und ich bewohnten die gute Stube meiner Schwiegereltern, die sie uns freundlicherweise überlassen hatten. Den Fußboden bedeckten selbst gewebte Läufer. In der Mitte stand ein runder Tisch mit zwei Stühlen. Vor den Fenstern hingen lange Vorhänge. An der Wand stand ein Bollerofen und daneben ein großer alter Schrank. An der anderen Wand befand sich unser Bett, das tagsüber als Sofa diente. Selbst gehäkelte Spitzendeckchen und farbenfrohe Kissenbezüge verliehen unserem Stübchen eine behagliche Atmosphäre. Im Zimmer nebenan wohnte Wanjas Schwester mit ihrem Baby, und die Schwiegereltern hatten wieder ihr Schlafzimmer bezogen, das sie uns für die Hochzeitsnacht zur Verfügung gestellt hatten.

Mit dem Geld, das Wanja im Laufe seiner achtjährigen Offizierskarriere in Dunkelweiher verdient hatte, hatten die Schwiegereltern das unbebaute Nachbargrundstück gekauft und mithilfe der gesamten Verwandtschaft ein Haus darauf gebaut.

Zum Zeitpunkt meiner Ankunft im April 1964 war es noch im Rohbau, doch jetzt war der Einzug in die eigenen vier Wände in greifbare Nähe gerückt. Ich half selbst eifrig beim Fliesenlegen, Wändeverputzen und Streichen. Die Toilette befand sich in einer Holzhütte mit Herzchen im Hof. Moderne Toiletten gab es nur in den Plattenbauten im Stadtzentrum. In den kleinen Einfamilienhäusern am Rande der Stadt hatte man noch ein gutes altes Plumpsklo.

Mein Mann arbeitete im Donauhafen auf einem Schwimmkran und belud und entlud Schiffe. Da meine Schwägerin als Kinderkrankenschwester arbeitete, übernahm ich den Haushalt und die Babyaufsicht. Meine Schwiegereltern gingen bei Tagesanbruch mit der Hacke aufs Feld, was einen Fußmarsch von eineinhalb Stunden bedeutete. Ich kannte die Strecke ja von meiner »Hochzeitsreise« mit dem Fahrrad zum Melonenfeld. Am Griff ihrer Hacke baumelte eine *koschniza,* eine Korbtasche. Sie enthielt trocken Brot, ein Stück selbst gemachten Schafskäse und eine Flasche Leitungswasser. Körperliche Schwerarbeit bei jedem Wetter hatte meine Schwiegereltern zu dem gemacht, was sie waren: genügsame, geduldige, gutmütige Menschen. Sie freuten sich an Wanjas und meinem Glück. Das war für sie der Sinn des Lebens: dass ihre Kinder glücklich waren. Ebenso liebevoll kümmerten sie sich um Wanjas Schwester und deren Kind.

In die Stadt ging ich während der ersten Wochen nur mit meinem Mann. Es war lange hell, ein herrlich warmer Mai, und die Geschäfte hatten bis zweiundzwanzig Uhr geöffnet. Wir genossen es, Arm in Arm durch die blühenden Akazienalleen zu flanieren.

»Schau mal, wer da ist!« Ich stupste Wanja in die Seite. »Der Mann, der da so freundlich rübergrinst!«

Es war der hilfsbereite Mitarbeiter, der uns vor einem Jahr Stempel und Unterschrift gegeben hatte, damit wir heiraten konnten. Wir trafen ihn häufig und grinsten uns jedes Mal von einem Ohr bis zum anderen an.

Mein erster Sommer in Reni war ein Sommer wie im Bilderbuch.

Wir radelten mit Freunden zu unserem Badeplatz an die Donau, kauften frischen Fisch direkt vom Fischerboot, spannten ein Seil zwischen zwei Bäumen, hängten einen gusseisernen Topf mit Henkel daran und kochten über dem offenen Feuer eine *ucha,* eine köstliche Fischsuppe. Selbst gemachter Wein, Speck vom selbst geschlachteten Schwein, selbst gebrannter Schnaps und frisches Brot waren ein köstliches Mahl. Wir tummelten uns im Wasser und schmusten auf einer Wolldecke.

»Wanja, ich würde so gern wieder in meinem Beruf arbeiten«, sagte ich eines Tages, als ich im Badeanzug neben ihm lag. »Ich habe schon meine Fühler ausgestreckt.« Wanja drehte sich auf den Bauch und sah mich an. »Die Volkshochschule in Reni sucht Deutschlehrer! Viele Erwachsene drücken noch mal die Schulbank, jetzt wo Wirtschaft und Industrie immer höhere Anforderungen an die Genossen stellen.«

Ruckartig setzte ich mich auf. »Was ist eigentlich mit meiner Aufenthaltsgenehmigung?«

Wanja kramte in seinem Rucksack. »Überraschung!«

Mit einem behördlichen Schreiben ließ er sich zu mir auf die Decke plumpsen.

»Vorsicht, nass!« Ich reichte ihm meinen Handtuchzipfel. »So etwas muss man mit der gehörigen Sorgfalt behandeln, mein Herr.«

»Also, schöne Frau.« Wanja entfaltete mit wichtiger Miene den Schrieb. »Pünktlich zu unserem ersten Hochzeitstag habe ich dir folgende amtliche Mitteilung zu machen: Nachdem du ja schon zweimal um Verlängerung der Aufenthaltsgenehmigung angesucht hast beim ostdeutschen Konsulat in Moskau …« Er räusperte sich und sah mich vieldeutig an.

»Mach's nicht so spannend!« Ich zappelte vor Ungeduld.

»… schickt man dir Formulare mit dem Angebot, für die nächsten fünf Jahre das Aufenthaltsrecht in Reni zu beantragen.«

Ich sprang auf, tanzte um unser Lagerfeuer und stimmte ein Indianergeheul an. »Juhuu! Das machen wir sofort!«

Wir verzogen uns auf einen Baumstumpf und füllten eifrig die Formulare aus.

»Möchten Sie während Ihres Aufenthalts in der UdSSR deutsche Zeitschriften zugeschickt bekommen?«, las ich begeistert vor. »Ja! Ankreuzen!!« Ich machte ein extra dickes Kreuz in dieses Kästchen! Sie waren alle so zuvorkommend! Ich liebte die Freundlichkeit der ostdeutschen Botschaft!

So kam es, dass ich regelmäßig Zeitungen und Magazine aus Dunkelweiher bekam, und meine Schwiegermutter staunte über die schönen Bilder und Rezepte.

Am ersten September fing ich als Deutschlehrerin an der Volkshochschule an. In meiner Klasse saßen Erwachsene, die teilweise schon fünfundsechzig waren – zu meiner großen Freude auch mein lieber Ehemann und einige Freunde. Mit den Lehrbüchern hatte ich mich schon im August vertraut gemacht, und beim Übersetzen von deutschen Texten ins

Russische halfen mir mein Mann und meine Schwägerin sehr.

Die ersten Stunden, die ich die Klasse meines Mannes unterrichten musste, war ich so nervös, dass Wanja freiwillig auf den Flur ging, um mich zur Ruhe kommen zu lassen. Auf seine Ehefrau zu warten war inzwischen eine seiner leichtesten Übungen! Später habe ich ihm nur eine Drei gegeben, obwohl Wanja viel besser war. Ich wollte auf keinen Fall den Eindruck erwecken, dass ich ihn vorzog. Er nahm seine ungerechte Note mit stoischer Gelassenheit hin und freute sich mit dem Rest der Klasse und Kollegen, denen ich eine Zwei gegönnt hatte, obwohl sie viel schlechtere Deutschkenntnisse hatten als er. Wir tauschten verstohlene Blicke, und in diesem Moment liebte ich ihn mehr denn je.

Ein Jahr später hatte ich schon eine Anstellung in einer Mittelschulkasse. Dort nahm ich mit meinen Schülern gerade lehrplanmäßig den Wilhelm Tell durch, als sich der Direktor ein Bild von seiner neuen jungen Deutschlehrerin machen wollte. Ich rief den Jungen nach vorn, der meiner Ansicht nach am besten Deutsch konnte, und bat ihn vorzulesen, um beim Direktor Eindruck zu schinden. Da deklamierte der junge Bursche mit heiliger Andacht:

»Wilchelm Tell scheißt den Apfel vom Kopf seines Sohnes.«

Ich versuchte, mich zusammenzureißen, mied bewusst den Blick des Direktors, kam aber nicht umhin, mir diese Szene bildlich vorzustellen. Irgendwann konnte ich nicht mehr an mich halten und prustete los. Ich spürte, wie ich knallrot wurde, und der Direktor wunderte sich ebenso wie der Junge. Ich entschuldigte mich unter Lachtränen, aber immer wenn ich zu einer Erklärung ansetzen wollte, prustete ich wieder los. Inzwischen lachte die ganze Klasse, ohne zu ahnen, worüber, und der Junge und der Direktor lachten auch. Eine halbe Stunde versuchte ich, den Unterricht wiederaufzunehmen – ohne Erfolg.

Kleinlaut schlich ich anschließend zum Direktor, um meinen unreifen Ausbruch zu entschuldigen. In seinem Büro erklärte ich dem ahnungslosen Mann, welch schwerwiegende Folgen das harmlose Verwechseln zweier Vokale haben kann, und da lachte er noch einmal Tränen.

Auch unser Haus wurde fertig, und wir konnten mit meinen ersten selbst verdienten Rubeln Möbel kaufen. In meiner Klasse saß auch der Leiter des örtlichen Möbelgeschäftes, ein über sechzigjähriger Herr, der mich sehr mochte. Sein Geschäft wurde in unregelmäßigen Abständen mit Einrichtungsgegenständen aus der DDR beliefert, und wenn sich das wie ein Lauffeuer herumgesprochen hatte, standen die Leute schon um zwei Uhr nachts vor seinem Laden Schlange.

»Meine Liebe, es wäre ja wohl gelacht, wenn Sie als meine Lieblingslehrerin nicht die besten Stücke bekämen«, sagte der Möbelhausleiter in einer Pause.

Er reservierte uns eine Grundausstattung, ohne dass Wanja und ich eine Nachtschicht vor seinem Geschäft einlegen mussten.

Ich fürchtete mich ein bisschen vor der Missgunst der Nachbarn. Aber im Gegensatz zu Deutschland freuten sich hier alle von Herzen, gratulierten, brachten Sekt und Kuchen und bestaunten neidlos den neuen Luxus.

Die Monate vergingen, und ich war einfach nur glücklich: Vor allem, als ich merkte, dass ich schwanger war. Wanja und ich schwebten im siebten Himmel. Am Morgen des zwölften Dezember 1965 war es dann so weit, die Wehen setzten ein. Meine Schwiegermutter machte mir gerade ein Frühstück, als Wanja im Overall zur Tür hereinpolterte.

»Oh, *kisja*, lass uns sofort fahren! Ich hab den Krankenwagen schon mitgebracht!«

Wanja war so besorgt, dass ich noch nicht mal mehr frühstücken durfte.

Anita wurde nach zwanzig Stunden Wehen am nächsten Morgen um vier Uhr früh, bei zwölf Grad minus im Krankenhaus von Reni geboren.

Als man mir mein Kind brachte, zerriss es mir schier das Herz.

»Was habt ihr denn damit *gemacht?!*«

Das winzige Baby war so in ein Flanelltuch geschnürt worden, dass es sich nicht mehr rühren konnte. »So verpackt man Geschenke, aber doch keine kleinen Menschenkinder!«, empörte ich mich. »Im Mutterleib durfte sich mein Kind schließlich auch nach Herzenslust bewegen!«

Noch bevor ich mein Baby an die Brust legte, packte ich es erst mal vorsichtig aus.

Es war alles dran! Und was waren sie winzig, diese Zehen und Finger! Als ich sie gerade andächtig zählte und streichelte, kam die robuste Schwester rein und riss mir mein Kind weg.

Sie schimpfte auf Russisch auf mich ein, dass das bei der Kälte reiner Kindsmord sei und es in ihrer gesamten Dienstzeit noch keine junge Mutter gewagt habe, ein Kind auszupacken, das sie eingepackt habe!

Wütend stapfte sie mit meiner kleinen Anita davon, und ich musste erst recht weinen.

Leider war es damals nicht Sitte, dass Väter ihren Frauen beistehen, und da auch meine Schwiegermutter und meine Schwägerin arbeiten mussten, war ich dem Drachen allein ausgeliefert.

Der ließ sich erst vierundzwanzig Stunden später dazu herab, mir gnädigst mein Kind wiederzubringen: eingepackt und verschnürt wie ein Überlandpaket.

»Und wehe, Sie rühren die Verpackung noch einmal an!«

Ich traute mich nicht, mich dem Befehl zu widersetzen, und ertrug eine Woche den Anblick meiner »Raupenpuppe«.

Als Wanja uns endlich nach Hause holte, befreiten wir mein armes Würmchen als Erstes von seiner Zwangsjacke und steckten es in einen Strampler.

Unser Leben war ein Traum, und meine Schwiegereltern trugen mich auf Händen. Trotzdem vermisste ich meine Mutter sehr.

Ein halbes Jahr später war es endlich so weit: Mutti kam mich mit meinem Bruder, dessen Frau und ihrem zweieinhalbjährigen Sohn besuchen. Was war ich stolz, ihnen meinen wunderbaren Mann, die Traumfamilie und unser neues schmuckes Häuschen zeigen zu dürfen!

Sosehr ich die Anwesenheit meiner Lieben genoss, so anstrengend war sie auch für mich, denn ich musste ständig hin und her übersetzen. Nach einigen Tagen war ich völlig erschöpft und zog mich mit meinem Baby in unser Häuschen zurück. Vom Küchenfenster aus spielte ich Mäuschen.

Meine Schwiegermutter und meine Mutti saßen gemeinsam im Hof in der Laube, und jede rupfte ein Huhn.

Schwiegermutter erzählte Mutter auf Russisch aus ihrem Leben. Beide sahen sich an und lachten. Dann erzählte meine Mutter auf Deutsch aus ihrem Leben, und die beiden lachten wieder. Sie hatten kein Wort verstanden.

Ich fand die Situation zwar auch lustig, aber mir kamen die Tränen, so traurig war ich, dass sich die beiden wichtigsten Frauen in meinem Leben nicht verständigen konnten.

Wir unternahmen viel miteinander. Auf dem Basar erstanden wir frischen Fisch, den wir in einem großen Topf zu Fischsuppe verarbeiteten oder auf dem Grill mit frischen Kräutern brieten.

»Mein Kind, ich freue mich so, dass du so glücklich geworden bist!« Mutti saß in der gemütlichen Weinlaube, labte sich an all den Köstlichkeiten und sah mich mit Tränen in den Augen an.

»Du glaubst gar nicht, was für Sorgen sie sich um dich gemacht hat«, ließ mein Bruder mich wissen. »Du warst erst neunzehn, als du einem fast Fremden in ein fremdes Land gefolgt bist!«

»Ja, anders als in der Heimat ist es hier wirklich«, gab ich grinsend zu. »Aber ich liebe es hier!«

»Ich finde das wahnsinnig mutig von dir«, sagte meine Schwägerin, die ihren Sohn fütterte. »Viele andere hätten sich nie getraut, ihren Traum zu leben!«

»Erinnerst du dich noch an deine Freundin Uschi?« Mutter sah mich nachdenklich an. »Sie war immer die Wildere von euch beiden, die Verrücktere. Ich habe mir oft Sorgen gemacht, dass sie dich zu gefährlichem Blödsinn anstiftet.«

Ich schaukelte meine kleine Anita auf den Knien und schaute versonnen in die Ferne.

»Sie hat immer gesagt, lebe deinen Traum und träume nicht dein Leben. Das habe ich nie vergessen.«

»Das war eine ganz Kecke!«, meinte mein Bruder lachend. »Wie die damals auf dem Mopedgepäckträger freihändig gefahren ist!«

»Um dann in der Gülle zu landen«, merkte meine Mutter an. »Ja, ihre Mutter, die Bäckerin, hatte es nicht leicht mit ihr!«

Wir erzählten der Frau meines Bruders von Uschis Streichen. »Die ist ja im Westen geblieben«, erklärte meine Mutter. »Hoffentlich hat sie was aus ihrer großen Freiheit gemacht. Hast du je wieder was von ihr gehört?«

»Ich hab eine junge Frau im Zug getroffen.« Nachdenklich strich ich meiner Kleinen über den Kopf. »Eine frischgebackene Lehrerin aus Köln. Sie hieß Elke. Elke Wegscheider.

Die stand kurz davor, in die Neubausiedlung zu ziehen. Nach Schierchstadt, weil es da billige Häuser gibt.«

»Die haben da eine ganz neue Stadt aus dem Boden gestampft«, erklärte mein Bruder seiner Frau. »Quasi die Antwort auf Dunkelweiher!«

»Ich habe ihr aufgetragen, in die Bäckerei Wolke zu gehen und Uschi mein Tagebuch zu geben. Auf meine Briefe habe ich ja nie eine Antwort bekommen.«

»Hoffentlich ist sie auch glücklich geworden«, sagte meine Mutter warm. »Nach allem, was passiert ist …« Sie wischte sich über die Augen, weil sie an Armin denken musste. »Ich würde es ihr wirklich wünschen.«

Ich seufzte. »Wie ich mich freuen würde, wieder etwas von ihr zu hören!«

Ursula

Schierchstadt, 1964

Liebste Renate!

Wie ich mich freue, endlich wieder von Dir zu hören! Eine junge Lehrerin wollte bei Wirbergs im Café ein Päckchen für mich abgeben, und nachdem sie mich dort nicht angetroffen hat, hat sie sich persönlich zu mir durchgefragt. Elke ist eine reizende Person, ich hab sie gleich zum Kaffee auf meine schöne neue Terrasse eingeladen. Sie hat mir von Eurer Begegnung im Zug erzählt und gemeint, sie habe noch nie so eine verrückte Hummel getroffen wie Dich. Das konnte ich nur bestätigen! Was für eine rührende Geschichte, dass Wanja und Du trotz aller widrigen Umstände zusammengefunden habt! Aber habe ich es Dir damals nicht gesagt? Der meint es ernst – nimm ihn und lauf!

Dann hab ich das Päckchen ausgepackt und konnte es nicht fassen: Dein Tagebuch!! Mir sind die Tränen gekommen. Danke dafür! Nachdem Elke weg war, habe ich es gleich verschlungen, konnte gar nicht mehr aufhören zu lesen! Du und Dein Wanja, ja, da passt wohl keine Briefmarke dazwischen. Ich freue mich so für Dich, dass Du die Liebe Deines Lebens geheiratet hast! Deine Schilderungen sind so plastisch und mitreißend, dass ich oft genug das Taschentuch gezückt habe. Man könnte direkt neidisch werden!

Allerdings geht es mir hier im Westen auch sehr gut. Ich habe Dir einige Male geschrieben, aber nie eine Antwort bekommen. So musste ich davon ausgehen, dass es Dir entweder schlecht geht oder Du nichts mehr von mir wissen willst! Da sich nun beide Befürchtungen in Luft aufgelöst haben, nutze ich die Gunst der Stunde und berichte Dir von meinem Leben im »goldenen Westen«. Wenn man bedenkt, dass ich nach dem Mauerbau das einsamste und traurigste Mädchen der Welt war, kann ich Dir heute nur in bunten Farben schildern, was sich seitdem getan hat.

Stell Dir vor, ich residiere in einem nagelneuen modernen Reiheneckhaus in Ananasgelb, und unsere Adresse ist, MEINE ERFINDUNG, Ananasweg 1 a. Ich durfte nicht nur die Farben sämtlicher Häuserzeilen auswählen, sondern auch den neuen Straßen Namen geben. Nachdem diese Stadt ja auf Sand gebaut wurde und erst mal recht trostlos wirkte, hatte ich die Idee mit den Früchten und Beeren. Wir wohnen im Südfrüchteviertel.

Jetzt fragst Du Dich bestimmt, wieso ausgerechnet ich diese Ansammlung von seelenlosem Beton auf Sand und Schotter mit fruchtigem Leben füllen durfte: Tja, Vitamin B, meine

Liebe! Kurz nach dem Mauerbau lernte ich den damaligen Bauleiter und heutigen Stadtdirektor Doktor Ewald Klüger kennen und hielt es für klüger, ihn auch gleich zu heiraten.

Nein, es ist nicht Armin. Ach, Renate, vielleicht weißt Du es ja noch nicht, aber Armin hat kurz nach dem Mauerbau versucht, zu mir zu gelangen. Dabei wurde er von einem Grenzschützen tödlich getroffen. Ich glaubte, selbst sterben zu müssen, als ich davon erfuhr. Ich fühle mich noch heute mitschuldig an seinem Tod. Wäre ich damals nur mit ihm in den Osten gegangen! Aber damals glaubte ich, das meinen Eltern nicht antun zu können. Leider sind sie schon bald nach dem Mauerbau gestorben. Vater starb an Magenkrebs. Mutter hat die Bäckerei bald darauf an die Wirbergs verkauft und sich noch am selben Tag das Leben genommen. Es war eine furchtbare Zeit, liebste Freundin! Damals stand ich endgültig alleine da. Voller Schuldgefühle und Selbsthass, ohne jede Zukunftsperspektive. Mein Studium in Kastenstadt war trostlos, der Professor ein Sadist, und mein Klavierspiel entwickelte sich auch nicht weiter.

Ich wäre wohl eingegangen vor Einsamkeit, wäre da nicht der nette Ewald aufgetaucht. Es muss Fügung gewesen sein, dass wir uns trafen. Ewald ist ein ruhiger, besonnener Mann, also das genaue Gegenteil von mir! Aber wie heißt es so schön? Gegensätze ziehen sich an. Was ihn an mir fasziniert, ist meine Fantasie, das Spontane, Kreative – und letztlich auch die ansteckende Lebenslust, die zum Glück nie ganz versiegt ist. Er hat mir so sehr geholfen, sie wiederzubeleben, dass ich ihn einfach lieben muss! So tun wir einander gut, Renate, auch wenn das nichts mehr mit meinen früheren Träumen zu tun hat. Weißt Du noch? Ich habe von Ruhm und Reisen geträumt, von Konzerttourneen und einem eigenen Chor, von umjubelten Auftritten und von einem musikerfüllten Leben mit Armin, der genauso unangepasst war wie ich.

Immerhin habe ich einen Flügel, mein geliebtes »schwarzes Tier«, das großzügige Hochzeitsgeschenk meines Mannes. Auf ihm spiele ich jetzt für ihn.

Um das Café Wirberg mache ich einen großen Bogen. Die haben dort völlig renoviert – Du würdest unsere gemütliche Backstube von früher nicht mehr wiedererkennen.

Ich starte jetzt ganz neu durch, Renate. Die jungen Familien ziehen in Scharen hier ein, und ich glaube, Deine Elke aus dem Zug wird mit ihrem Mann Walter zu meinen ersten Freunden gehören. Ich will hier einen Chor gründen – und wenn sie alle zu mir ins Wohnzimmer zum Proben kommen! Der gemischte »Früchtewürfelchor« wird noch von sich hören lassen! Ewald will meinen Schaffensdrang nicht bremsen, und ich kann hier nur Farbe reinbringen in sein Werk – wir sind ein gutes Team.

Ewald ist ein guter Mann. Er ist intelligent, treu und zuverlässig. Meine Mutter Lina hat damals gesagt: »Kind, er ist der Richtige für dich, an dem hast du immer Halt.«

(Den hatte ich an Armin nicht – ich bin schließlich in die Gülle gefallen.) Bitte verzeih mir meinen Galgenhumor, aber so was hilft, glaub mir!

Mit Kindern wollen wir noch warten, denn Ewald ist mit neuen Bauprojekten sehr beschäftigt, und ich will mir hier erst mal einen Stamm von Klavierschülern aufbauen.

Wie sehr ich unsere alten Zeiten vermisse! Aber die Zeiten ändern sich, und ich bin aus zähem Holz geschnitzt, wie mein Vater immer so schön sagte. Ich lass mich nicht unterkriegen. Und Du Dich bitte auch nicht, dort in der fernen Ukraine!

Ich umarme Dich und wünsche Dir alles Glück der Welt!

Deine alte Uschi, die eine gestandene Beamtengattin geworden ist! (Man beachte das Büttenpapier!)

PS Vergiss mich nicht!

Lisa

Schierchstadt, November 2013

»PS Vergiss mich nicht!« Immer wieder flüsterte die Stimme in meinem Kopf, die der meiner Mutter zum Verwechseln glich, mir diesen Satz ein. Und so saß ich schon einen Tag nach der Scheidung wieder im Flieger und nahm einen Leihwagen nach Schierchstadt. Mit dem Zug war meine geliebte Heimatstadt immer noch nicht so richtig zu erreichen, da hatten die Städteplaner wohl gepennt. Die einzige Alternative wäre der außerhalb der Stadt gelegene Bahnhof Kracks gewesen, aber da wollte ich wirklich nicht tot überm Zaun hängen: Industriegebiet, Erotikfachmarkt, Autostrich. Und dieses Viertel trug den unschuldigen Namen »Apfelkernchen«! Mutters Werk und Teufels Beitrag, hahaha! Sie hätte früher drauf kommen können, dass Früchte faulen und schimmeln. In Gedanken formulierte ich Mutters kreatives Werk um, während ich meinen Mietwagen durch die immer trostlosere Gegend lenkte. Auch mir fielen auf Anhieb Straßennamen ein, die viel besser zum heutigen Schierchstadt passten: Schabenweg, Stubenfliegenplatz und Silberfischallee.

Mit diesen Fantasien erreichte ich den Ananasweg, dessen einst fröhlich-gelbe Häuser der Gilb inzwischen fest im Griff hatte.

Mutter konnte es nicht fassen, als sie mich sah. »Acht Pfund und noch sieben obendrein?«, fragte sie immer wieder, obwohl ich täglich mit ihr telefoniert und mein Kommen immer wieder angekündigt hatte. Woraufhin sie mir alles Liebe und Gute gewünscht und aufgelegt hatte.

Sie begrüßte mich wie einen verschollenen Kriegsheimkehrer, sank mir weinend an die Brust und zeigte anklagend auf Rose, die dezent im Wohnzimmer stand und Topfblumen abstaubte.

»Du glaubst nicht, was ich alles mitmache!« Dann, verschwörerisch flüsternd: »Die Dösige ist soooo langweilig, und die andere will sich immer nur wichtigmachen!«

»Aber Mutter, die beiden sind doch prima …«

»PRIMA?! Immer muss ich Tee trinken, alte Fotos gucken und geschälte Äpfelchen essen. Mit der verwelkten Hagebuttin.«

»Wer ist denn die verwelkte Hagebuttin?«

»Na, die hier. Die will sogar mit mir ›Mensch ärgere dich‹ spielen! Unverbeulte Zumutung!«

Eines musste ich Mutter lassen: Sie war immer noch höchst kreativ, wenn es ums Erfinden von Namen ging. Das Unterhaltungsprogramm der beiden Damen hörte sich allerdings nach verschärfter Folter und seelischer Grausamkeit an.

Mutter weigerte sich einfach, sich von zwei fremden Damen einen Tagesrhythmus aufzwingen zu lassen. Sie wollte selbst bestimmen, wann sie Tee trank und Äpfelchen aß. Wann sie Pipi machte und die Rollläden runterließ! Sie wollte weder bespaßt noch unterhalten werden, schon gar nicht bevormundet oder beaufsichtigt! Sie wollte sich auch ihre Fotoalben lieber alleine ansehen.

Fazit: Mutter wollte eigentlich in Ruhe gelassen werden und allein sein, konnte aber leider nicht mehr alleine bleiben. Trotzdem schwante mir, dass die Hilde-Rose-Lösung für vormittags und nachmittags nicht die richtige war. Ich überlegte, wie ich es den Damen taktvoll beibringen konnte. Doch als ich sie nacheinander zum Gespräch ins Café Wirberg bat – der einzige Ort, den Mutter nie betreten würde –, gaben mir sowohl Rose als auch Hilde zu verstehen, dass sie sich ihre Halbtagsbeschäftigung bei einer rüstigen alten Dame doch anders vorgestellt hätten. Ihre Schwiegermütter seien harmlos dagegen gewesen. Erleichtert quittierten sie den Dienst. Als sie anfingen, mir minutiös die Stunden und Minuten in einem klein karierten Rechenheft aufzuzeichnen, nicht zu vergessen die Wochenenden, die sie bei Mutter ausgeharrt hatten, legte ich großzügig noch ein halbes Monatsgehalt drauf, und wir trennten uns diskret in aller Freundschaft.

Dann saß ich wieder bei Mutter im Wohnzimmer, bei Kamillentee und Essen auf Rädern. Das hatte ich im schönen Salzburg doch erheblich verklärt: In Wahrheit handelte es sich zum Beispiel um lauwarme Würstchen in pampiger Sauce, die aussah wie Schuhcreme. Scheußliche Brause! Die Rollläden waren schon lange unten, und ich hatte Mutter eine Wärmflasche auf die Gartentischdecke gelegt, weil es nun schon so kühl war.

Was hätte ich nicht darum gegeben, Mutters Demenz rückgängig machen zu können. Es musste doch irgendeinen Weg geben, ihren Zustand zu verbessern oder den mentalen Verfall wenigstens aufzuhalten. Am klarsten im Kopf war sie immer, wenn sie von früher sprach. Von Dunkelweiher, dem Grenzkonzert … Irgendeinen Schlüssel zu ihrer Vergangenheit, der ihr weiterhelfen würde, musste es doch geben.

»Renate, Mutter. Erinnerst du dich an Renate?«

»Re…na…?«

»Ich habe ihr Tagebuch gelesen. Es steckt in deiner Handtasche.«

»Ach so.«

Ich legte ihr das Büchlein in die Hände, und sie starrte ins Leere. »Vier, vier, vier, vier.«

Mutter war nur noch ein kleines, in sich zusammengesunkenes Häufchen Müdigkeit. Ihr früherer Hochmut war einem Dauertief gewichen, das sich gar nicht mehr verziehen wollte.

»Renate«, beharrte ich. »Deine Freundin aus Dunkelweiher.«

»Dunkelweiher ist ganz schön und gut und prima.«

»Ja, lass uns doch mal wieder hinfahren«, regte ich an.

»Und dann getan?«

»Dann sehen wir weiter. – Renate, deine Freundin. Erinnerst du dich?«

»Kein Bedarf.«

»Die den sowjetischen Offizier Wanja geheiratet hat. Sie ist in die Ukraine gegangen. Das steht in ihrem Tagebuch, das sie dir geschickt hat. Und du hast ihr geantwortet, Mutter!« Ich wedelte mit ihren Briefen.

»Hier schau mal, deine eigene Handschrift. Der Brief ist allerdings wieder zurückgekommen.«

»Das ist nicht von mir.«

»Doch!«, beharrte ich trotzig. »Soll ich es dir vorlesen?«

Mutter starrte ins Leere. »Mir ist kalt«, sagte sie schließlich.

»Ja, es ist auch November.« Ich hängte ihr eine Decke um die Schultern und versuchte erneut, Erinnerungen zu wecken. »Früher sind wir an diesem Tag mit der Laterne gegangen.«

»Davon wüsste ich nichts.«

»Wir haben an fremden Haustüren geklingelt und gesungen, damit wir Süßigkeiten kriegen.«

»So was Scheußliches haben wir bestimmt nicht getan.«

»Nicht du, Mutter. Hannah und ich.«

»Wer ist Hannah?«

»Deine Tochter, Mutter. Meine Schwester.«

»Meine Tochtermutterschwester?«

Ja, das war jetzt auch verwirrend. »MEINE Schwester.«

»Ja, habe ich denn eine Schwester? Das hat mir noch keiner gesagt.«

»Du hast keine Schwester. ICH habe eine Schwester. Sie hält ihren Hintern in die Südsee und hat einen Riesenspaß. Bei ihr fließt das Wasser in der Badewanne verkehrt herum ab.«

»Das ist deine Sache. Davon will ich nichts wissen.«

Okay, falsches Thema. Bloß keine unnötige Überforderung. Ich sang mit kindlicher Stimme:

»Ich geh mit meiner Laterne, rabimmel, rabammel, rabumm.«

»Ist nicht mein Niveau.«

»Nein. Klar. Möchtest du ›Alla turca‹ spielen?«

»Nein.«

Ich legte ihr eine frische Wärmflasche auf die Knie und rührte seufzend in ihrer Teetasse.

»Mutter, wir müssen eine Lösung finden.«

»Bleib immer bei mir.«

»Das ist ein guter Denkansatz, aber … Ich habe eine Tochter, die mitten in der Abiturvorbereitung steckt.«

»Schöne Grüße und alles Liebe, und das Wetter ist schön.«

Ich verdrehte die Augen. Kamen wir denn hier gar nicht weiter? Wenn ich diese Renate auftreiben könnte, würde uns das vielleicht weiterhelfen.

»Renate, Mutter. Du hast ihr 1964 einen Brief geschrieben.«

»Einen Brief? Was stand denn da drin?«

Aaah, jetzt also doch!

Eifrig begann ich vorzulesen, aber sie fuhr mir über den Mund. »Das ist doch eine Zumutung!«

»Willst du das nicht hören? Du hast ihr geschrieben, dass es dir gut geht! Weißt du noch?«

Blöde Frage. Weißt du noch! Ich schlug mir mit der flachen Hand vor die Stirn.

»Mir geht es nicht gut. Mir geht es ganz und gar nicht gut.«

»Ja, aber damals ging es dir gut.«

»Das will jetzt keiner mehr hören.«

»Ich möchte so gern, dass es dir wieder gut geht, Mutter.«

»Kein Gedanke. Acht Pfund. Und noch sieben obendrein. Wie kann es mir da gut gehen.«

»Aber das ist doch jetzt schon lange her!«

»Lange her?«, herrschte sie mich an. »Das war GESTERN!«

Okay. Neuer Versuch.

»Vielleicht gibt es irgendwas, womit ich dir helfen kann.«

Sie nahm meine Hand und flehte mich an: »Bleib bei mir.«

»Ja, schon, gern. Aber leider nicht für immer. Das musst du doch verstehen.«

Das mit dem schulpflichtigen Kind, dem G 8 und einer völlig überforderten Abiturientin, die schon erwog, die Schule abzubrechen und Bestatterin zu werden, konnte ich ihr jetzt nicht erklären. Als ich stattdessen versuchte, ihr was vom »Struwwelpeter« zu erzählen, der jetzt zu Hause sitze und mich brauche, fiel sie mir barsch ins Wort.

»Ich hab hier IMMER alles gut und schön und prima und ganz klar ...« Ihr Tonfall wurde weinerlich. »Und jetzt wird mir hier der mickrige Murks über den Kopf gehauen!«

»Mutter, ich verspreche dir, wir finden eine Lösung.«

»Ja was denn für eine LÖSUNG, verdammt noch mal! Ich sitz doch hier und bin noch gar nicht tot! So. Punkt!«

Die Verzweiflung ließ ihre Stimme endgültig brechen. Sie begann hemmungslos zu weinen. »Solche Schmerzen kann mir keiner nachpressen! Kein Arzt auf der ganzen Welt!«

»Aber nein!« Ich streichelte ihr sanft übers Haar. »Deswegen suchen wir ja nach einer Lösung für dich! Du willst doch zu Hause bleiben, nicht wahr?«

»Ja, wo denn sonst?!«

»Im Altersheim?!«

»ALTERSHEIM!«, schrie sie mich an, als hätte ich vorgeschlagen, dass sie im Wald in einer Höhle leben soll. »Was SOLL ich denn da!«

»Ja eben. Deswegen bleibst du ja zu Hause.«

»Zu Hause?! Wo ist denn zu Hause!?«

»Ananasweg.«

»Pah, Ananasweg! Da wohnen doch nur noch alte Leute! Guck sie dir doch an!«

Tja, da hatte sie wohl recht! Im inzwischen verholzten Ananasweg floss nicht mehr so recht der Saft. Daran konnten weder Hagebuttinnen noch Apfelkernchen was ändern.

Und ich? Sollte es das mit meinem unbeschwerten Leben in Freiheit jetzt gewesen sein? Wieder ins Elternhaus ziehen? Nach einem Blick auf den barmherzig Brot austeilenden Jesus auf diesem düsteren Gemälde über der Essecke erwog ich die Möglichkeit, bis zum Lebensende bei meiner Mutter im Ananasweg zu bleiben. Als Buße für meine irdischen Sünden, für das Flirten mit Millionären und das Singen ruchloser Lieder in Bars, barfuß und whiskygeschwängert mit Schlitz im Kleid. Ich kam auf tausend solcher Sünden und bot dem lieben Gott mal ganz unverbindlich tausend Tage in Schierchstadt an, in denen ich hier unter den erstaunten Blicken der Apostel mit Mutter das Essen auf Rädern teilen würde. Wäre Ronja nicht gewesen, hätte ich mich wahrscheinlich tatsächlich dazu hinreißen lassen. Aber sie brauchte mich. Und ich wollte eine bessere und fürsorglichere Mutter sein als a) meine Mutter und b) ich selbst – bisher.

Während ich diese Gedanken hegte, wiederholte sich unser Gespräch ohne Ende. Wie bei einem Tischtennismatch ging es hin und her und hin und her:

Bleib bei mir, ich kann nicht. Warum nicht, wir müssen eine Lösung finden. Ich bin doch nicht tot, nein, aber alt. Ich will nicht ins Altersheim, du brauchst eine Betreuung. Dann bleib doch hier, ich kann nicht. Schierchstadt ist doch schön, ja, aber ich habe eine Tochter – alles Liebe, alles Gute, und das Wetter ist schön.

Plötzlich nahm Mutter meine Hand. »Ganz schöne Schimmernägel hast du. Tadellos. Du bist von Kopf bis Fuß eine Dame.«

Ich lächelte gerührt. Solche Momente schenkte uns das Schicksal jetzt. Alzheimer hatte auch seine schönen Seiten.

Mein Lächeln verlieh ihr Flügel. Energiegeladen sprang sie auf und führte mich mit geheimnisvoller Miene auf den scheußlichen Dachboden.

Sie zupfte an der Bettdecke mit dem scheußlichen Bettbezug. »Alles allerfeinste Qualität! Vom FEINSTEN! Da darfst du ganz alleine schlafen!«

»Wahnsinn. Ich freu mich.«

»Und hier …« Sie demonstrierte mir stolz die Rollläden, ließ sie rauf- und runterdonnern: »Funktioniert wie ne Eins.«

»Toll. Ich bin begeistert. Wie dunkel das hier werden kann.«

»Und hier …« Sie öffnete den knarrenden Kleiderschrank, aus dem mir sofort wieder diese muffige Oma-Lina-Wolke entgegenkam, und präsentierte mir stolz die Mottenfänger von Schierchstadt.

»Hier. Reine Schurwolle. Echte Markenqualität.«

Es handelte sich um das mir bekannte orange-braun geblümte Lieblingskostüm aus den Fünfzigerjahren, das sie im Sommer Tag und Nacht getragen hatte. »Ganz neu. Das hatte ich noch nie an!«, behauptete sie, ohne mit der Wimper zu zucken.

Na, das wüsste ich aber.

»Und – komma gucken, hier!« Eine Welle der Großzügigkeit überflutete sie, vielleicht war es auch nur ein Bestechungsversuch. Sie wuchtete den tonnenschweren Persianer vom Bügel, unter dem schon Ronja hustend zusammengebrochen war, und hielt ihn mir vor die Brust. Dann sagte sie in einem Tonfall, als würde sie mir gerade den Friedensnobelpreis verleihen, feierlich: »Den SCHENK ich dir.«

»Mutter«, sagte ich gerührt. »Den kann ich doch nicht annehmen.«

»Ganz neu. Schick und elegant. Da werden dich alle beneiden.«

Ja, wenn ich mit diesem mottenverseuchten Sack in Salzburg auftauchen würde, würde mich mein Mann glatt wegen einer Jüngeren verlassen – hahaha. Humor ist, wenn man trotzdem lacht.

Während ich überlegte, ob sich ihr unglaubliches Verkaufstalent irgendwie zu Geld machen ließe, zum Beispiel, indem ich sie in einem Dauerwerbekanal beim Fernsehen unterbrachte, legte sie mir noch die rosafarbene Perlenkette von Eduscho um. Dann schmiegte sie sich an mich wie ein kleines Tier, das Nähe sucht. »Meinst du, dass du mich noch lieben könntest?«

»Ja«, sagte ich aus tiefstem Herzen. »Ich war mir noch nie so sicher.«

Ursula

Schierchstadt, Juni 1968

Liebe Renate,

Ich war mir noch nie so sicher: Ich habe richtig gehandelt, als ich Ewald geheiratet habe! Denn nun hat sich unser ganz großes Glück erfüllt: Vor zwei Wochen habe ich gesunden Zwillingen das Leben geschenkt. Wäre Ewald nicht Beamter und als solcher Geheimnisträger, weshalb es uns verboten ist, in den Ostblock zu reisen, würde ich Dich sofort in der Ukraine besuchen, sobald meine Kleinen reisetauglich sind! Aber so …

Mein Brief an Dich ist ja leider zurückgekommen, hoffentlich erreicht Dich wenigstens diese Botschaft! Also noch mal alles der Reihe nach:

Ich bin in Schierchstadt mit einem reizenden Städteplaner verheiratet. Im ehemaligen Dunkelweiher-West, der Trabantenstadt mit den putzigen Früchtenamen. (Stell Dir vor, ich durfte sämtliche Straßen selbst benennen!) Ja, und jetzt habe ich zwei Kinder, bin Mutter wie Du, denn Deine Briefe habe ich wie durch ein Wunder erhalten. Mit großer Freude habe ich von Deinem turbulenten Leben in der Ukraine gelesen. Wie ich mich freue, dass Du Deinen Traum lebst!

Zwei Tage lag ich stöhnend in den Wehen, denn meine beiden Brocken wogen acht und sieben Pfund, was ich ihnen nie verzeihen werde! Sie haben mich schier zerrissen, und ich sehe aus wie ein geplatzter Luftballon. Aber Ewald stört das nicht, er liebt mich, wie ich bin. Und unsere zwei kleinen Mädchen! Hoffentlich haben sie Ewalds Intelligenz und meine Kreativität. Ich werde ihnen jedenfalls Klavierunterricht geben, und Ewald führt sie in die Geometrie ein, sobald sie einen Griffel halten können.

Sie heißen Elisabeth und Hannelore, das war Ewalds Wunsch. Seine Mutter und seine verstorbene Tante heißen nämlich so, und ich habe klein beigegeben. Denn wenn meine Mutter Lina mich eines gelehrt hat, dann: den unteren Weg gehen und kleine Brötchen backen.

Meine Kinder sind so süß, Renate! Aber auch schrecklich anstrengend! Ich wusste gar nicht, dass man vor Freude weinen kann, wenn man mal zwei Stunden hintereinander geschlafen hat.

Ewald tut alles, um mir das Leben zu erleichtern. Er hat mir eine junge Polin zur Seite gestellt, von der er glaubt, sie könne mir helfen. Aber diese Ludmilla ist ein strohdoofes Stück, das nicht bis drei zählen kann.

»Frau Klügärr Tää trinkän! Frau Klügärr hinsätzän!! Frau

Klügärr schlafään!« Am Ende meiner Schwangerschaft wollte sie mir sogar die »Schuhää bindään«.

Nein danke, das kann ich selbst.

Es gab einige heftige Szenen hier, aber Ewald bestand darauf, dass Ludmilla in Rufweite bleibt, wenigstens, solange ich stille. Wie gesagt: Die Zwillinge schaffen mich. Ich würde so gerne meinen Chor gründen, aber wegen der Babys kann ich im Moment gar nichts planen. Manchmal möchte ich sie an die Wand werfen. Ich will endlich wieder Musik machen, das habe ich schließlich studiert!

Ich muss jetzt Schluss machen, die Kleinen schreien schon wieder. Bleib tapfer und halte durch! Ich tue es auch!

Lisa

Schierchstadt, November 2013

Bleib tapfer und halte durch!, ermahnte ich mich verzweifelt, als Mutter mal wieder ohne Unterlass »Alla turca« spielte. Gleichzeitig wurde ich aktiv: Fürs Wochenende hatte ich eine Anzeige im Schierchstädter Tageblatt geschaltet:

»Suche für meine demente, aber körperlich mobile Mutter eine liebevolle, geduldige Rund-um-die-Uhr-Betreuung. Gerne auch aus Polen, schönes Haus mit eigenem Zimmer und Balkon vorhanden, Bezahlung überdurchschnittlich.«

Bei »schönes Haus« hatte ich dreimal trocken geschluckt, mir dann aber eingeredet, dass »schön« ja relativ sei und für Polinnen vielleicht erst recht. Erst hatte ich »leicht demente« geschrieben, aber dann dachte ich, man muss immer bei der Wahrheit bleiben. Außerdem war die Anzeige so billiger.

Am Samstag klingelte das Telefon ohne Pause. Immer wenn ich auflegte, klingelte es schon wieder.

»Sag alles Liebe und Gute, und das Wetter ist schön«, sagte Mutter. »Gib mir mal den Knochen. Wer ist denn da drin?«

Wenn du es wüsstest!, dachte ich.

Es waren unzählige Ludmillas, Dorotas, Ewas und Marias, die in mehr oder weniger gebrochenem Deutsch eifrig ihre Dienste anboten, was mich total begeisterte. Mein Kugelschreiber raste nur so über das Papier, während ich versuchte, mir ein Bild von den Damen zu machen.

»Ja, gutten Tack. Habe ich geläsen Anzeige in Zaitung … Und kannich gutt mit alte Leute, viele Gedulde und immer singe und spazieregehe und auf jede Stufe waaarte …«

»Das ist schön! Sie müssen auf keiner Stufe warten. Meine Mutter hüpft da noch einbeinig rauf und runter! Sie können froh sein, wenn Sie hinterherkommen!«

»Braucht Windäln?«

»Nein, nein, die ist topfit und sehr mobil! Sie braucht jemanden, der DA ist.«

»Bin da, immär da, und Schuhä bindän, und Rollstuhl schiebän und Tää trinkän …«

»Nein, nein, sie kann das alleine!«

»Was müssen machen?«

»DA sein. Ihr zuhören. Sie bewundern, wenn sie tanzt oder Klavier spielt oder mit der Blockflöte durch die Vorgärten zieht.«

»Abär kann auf Toilette? Alleinc?«

»Ja, kann sie!«

»Und anzieht sich allein?«

»O ja. Sie werden staunen. Allerfeinste Schurwolle.«

»Und nachts nicht immer wandert?«

»Nein, die pennt wie ein Stein. Ihre Rollläden sind eins a Spitzenqualität.«

»Also was mache?!«

»DA sein.«

»Gutt, gutt gutt, ich nähme Job. Was zahle?«

Solche Gespräche hatte ich etwa zwei Dutzend, und schon bald konnte ich sie nicht mehr auseinanderhalten. Ich vertröstete alle darauf, dass ich zurückrufen würde, und notierte mir ihre Telefonnummern, was äußerst schwierig war, weil Mutter immer lauter und ärgerlicher dazwischenging:

»Darf ICH hier auch mal was sagen!«

»Ja, Mutter, gleich.«

»MEINE Meinung interessiert ja hier wohl keinen!«

»Doch, auf jeden Fall. Entschuldigung, wie war noch mal Ihr Name? Wie buchstabiert man das? Und Sie haben WELCHE Erfahrung in der Altenbetreuung? WANN könnten Sie kommen?«

»ICH bin ja wohl LUFT!«, ging Mutter dazwischen, und ich versicherte ihr, dass es einzig und allein um SIE gehe, wie immer. Sie sei uneingeschränkt die Hauptperson.

Außer den freundlichen Polinnen, Rumäninnen und Litauerinnen, deren Akzent ich nicht auseinanderhalten konnte, gab es ein paar von Raucherhusten geschüttelte Sozialhilfeempfänger mit deutschem Akzent. Auch männliche Bewerber waren darunter. Das war ja eine ganz neue Variante, die ich ernsthaft in Betracht zog. Mutter flirtete doch so gern. Jeder war doch ein wunderbarer Mann, an dessen Brust sie sich schmiegen wollte.

»Also, ich sach getz ma frei vonne Trinkerleber wech: Ich bin dick, und ich rauche. So. Könnse jetz mit machen, wat Se wollen. Ich bin wenigstens ehrlich und schleim hier nich rum. Aber ich würd den Job wohl machen.«

»Vielen Dank, die Stelle ist schon vergeben.«

Nächster Anruf.

»Ich happ bei meine Omma gewohnt, bisse hundat war. Also, wenn einer mit de alte Leute umgehen kann, dann bin dat ich. Ich sach immer: Nich verzärteln, die brauchen auma n deutliches Woat. Und wenn et nötich is, auch ma eine geschallat. Hat geklappt, bisse tot war.«

Danke, Nächster.

Mutter rief nach plötzlichem Stimmungswandel erfreut: »Alles Liebe und Gute! Das Wetter ist schön!«, und spielte »Hoch solln se leben!«. Auch zum einen oder anderen »Alla turca« ließ sie sich hinreißen, um den Anrufer zu erfreuen, und schon bald wollte mir niemand mehr glauben, dass mein Hilferuf ernst gemeint war.

»Wie? Die spielt ja noch Klavier! Wozu braucht die denn eine Betreuung!«

»Das wissen Sie erst, wenn Sie sie kennen!«

Schließlich hörte ich auf eine Anruferin, Frau Hildegard Haunig, die mir in akzentfreiem Deutsch ihre Perle Maria anpries, da diese ihre Eltern geduldig bis zum bitteren Ende gepflegt hatte. Wie es der Zufall so wollte, kam der Anruf aus Gitterbalken, aus dem Gelbe-Säcke-Paradies, und das war mir schon mal sehr sympathisch. Gitterbalken bot schnelle unbürokratische Lösungen.

»Glauben Sie mir, unsere Maria ist ein Engel!«

»Ja, schön – und kann sie gut Deutsch?«

»Für meine alten Eltern hat es immer gereicht! Maria ist die Geduld in Person, sechs Jahre lang hat sie bei uns gewohnt, und es gab nie ein böses Wort!«

Also in sechs Jahren sollte sie doch wohl Deutsch gelernt haben. Das überzeugte mich. Nie ein böses Wort. Her mit dieser Maria!

Mit Mutter fuhr ich gleich am nächsten Tag hin. Sie dirigierte mich wieder zu Armins Haus und wollte mich zwingen, dort auszusteigen.

»Ich sage doch, HIER! Sonst NIRGENDS!! HIER! BITTE! HILFE und AMEN!«

»Nein, Mutter, Armin ist nicht zu Hause. Wir fahren zur Familie Haunig.«

»Hau mich? Aber warum denn? Ich hab doch keinem was getan!«

»Die haben eine ganz nette MARIA!«

»Maria mit dem Kinde lieb?«

»Genau. Und die KÜMMERT sich demnächst um dich!«

Bei Haunigs hatte Mutter mal wieder einen ganz großen Auftritt. Das reizende Ehepaar, dessen Eltern inzwischen verblichen waren, führte uns ins Wohnzimmer. Erster Kontrollcheck: Kein Klavier. Das konnte schwierig werden. Aber Mutter entdeckte einen Prospekt von »Klüger Reisen« auf dem Wohnzimmertisch, denn die Herrschaften waren ja nun endlich frei, und da gab es kein Halten mehr. Sie nahm den Prospekt und gab den erstaunten Leuten eine Tanzperformance, die ihresgleichen suchte: Sie tanzte mit mir. Mit meinem Bild. Sie drückte es an ihre Brust und küsste es, presste es an ihre Wange und sagte: »Acht Pfund. Und sieben obendrein.« Das konnten die Leute natürlich nicht verstehen. Dabei lag die Erklärung auf der Hand: Sie hatte etwas Vertrautes entdeckt. Etwas, das ihr Halt gab und ihr die Angst vor der fremden Umgebung nahm. Etwas, worauf sie offensichtlich stolz war, auch wenn sie sich eher die Zunge abgebissen hätte, als das zuzugeben.

»Die ist ja noch mopsfidel«, freute sich der Herr des Hauses.

»Also unsere Eltern lagen im Bett beziehungsweise saßen im Rollstuhl.« Die nette Frau Haunig, die mich angerufen hatte, staunte. »Ihre Mutter ist doch kein Pflegefall!«

»Nein, aber sie braucht einen Menschen, der im Hintergrund da ist.«

Mutters Performance war zu Ende. Ich klatschte Beifall, als Mutter sich todernst verbeugte, und die Haunigs lachten und klatschten auch.

Mutter lächelte geschmeichelt: »War ne kleine Kostprobe, war nichts Besonderes.«

»O doch«, versicherten die Haunigs. »Für uns war das echt was Besonderes.« Wenn man bedenkt, dass deren Eltern scheintot gewesen waren, war das nachvollziehbar.

Mutter, die immer noch nicht bereit war, die Bühne zu verlassen, drückte mir den Prospekt in die Hand. »Sag es ihnen!«

»Ja, Mutter. ICH bin das auf dem Prospekt. Und ich habe bei der Geburt acht Pfund gewogen. So. Jetzt wissen Sie es!«

Die Haunigs holten ihre Brillen und machten die Leselampe an. Sie schauten erst auf den Prospekt und dann auf mich. Und dann wieder auf den Prospekt. Ich wollte im Gitterbalkener Boden versinken vor Scham.

»Ist schon ne ältere Aufnahme«, stammelte ich und wünschte mir, mich wenigstens heute geschminkt und geföhnt zu haben.

»Och«, sagte Herr Haunig. »Das hätte ich jetzt wirklich nicht geglaubt.«

»Ach, HERMANN! Die Frau Klüger sieht doch immer noch super aus!«

Meine Mutter drehte sich eitel wie ein Pfau im Kreis und machte Schnalzgeräusche. »Kannste mal sehen. Ich bin siebzehn!« Sie hob ein Bein und blieb so stehen. »Acht Pfund! Und sieben obendrein!« Achtung, anschnallen!, dachte ich, gleich kommt das hohe Fis.

»Wir reden von Ihrer TOCHTER«, schrie Herr Haunig, »Die sieht doch super aus!«

Bitte nicht! Schweig stille! Ich zog den Kopf zwischen die Schultern. Das will Mutter nicht hören! SIE ist der Dreh- und Angelpunkt! Ich bin unscheinbarer als ein Maulwurfshügel!

Und Frau Haunig, ganz weibliche Intuition, wandte sich an Mutter. »Aber Sie sind doch auch noch gut dabei!«

»Gut dabei« war für Mutter kein adäquates Kompliment. »Gut dabei« war eine Beleidigung. Mutter war einzigartig, wunderbar, hochbegabt und unvergleichlich originell. Niemand konnte ihr das Wasser reichen!

Ich ahnte, dass hier schnellstens das Bühnenbild gewechselt werden musste, um die Situation nicht eskalieren zu lassen. In dem Moment erschien wie durch göttliche Fügung die Jungfrau Maria: leibhaftig und polnisch, ahnungslos und willig.

Sie war etwa fünfzig, hatte dunkle kurze gewellte Haare und trug einen Trainingsanzug für Frau von Unterwelt und Pantoffeln.

»Schicke Hose«, sagte meine Mutter.

Und ehe wir uns noch die Ohren zuhalten konnten, schmetterte sie das hohe Fis, dass die Gläser in Haunigs Einbauwand nur so klirrten. Der Hund draußen im Zwinger heulte erschrocken auf, und sämtliche Gitterbalkener Nachbarhunde gerieten außer Rand und Band.

»Uff«, sagte ich, während mir der kalte Schweiß ausbrach. »Ich glaub, das war's.«

Die Haunigs lachten. »Die ist ja ne Marke für sich.«

»Ne Marke?«, kokettierte Mutter. »Ich hab den Pfirsichen die Namen gegeben! Alle Beeren sind von mir! Ananas ist die beste Adresse!«

»Ja, Mutter. Jetzt ist es genug.«

»Eins a! So, wie sich das gehört!«

Maria-mit-dem-Kinde-lieb stand leichenblass in der Tür. »Maria, jetzt bewirte doch mal die Damen!«, polterte Herr Haunig jovial, und Maria tat, wie ihr geheißen, und holte Weihrauch, Myrrhe und Gold aus dem Schrank. Beziehungsweise Schnaps, Bier und Knabberbrezeln (Mutter roch daran und legte sie dann angewidert in den Aschenbecher, was die Haunigs erneut zu Lachstürmen hinriss). Wir verabredeten, dass Maria am nächsten Montag bei uns einziehen würde.

»Ganz tolles Zimmer mit Balkon!«, machte ich ihr die Sache schmackhaft. Ich hatte inzwischen Vaters Arbeitszimmer ein wenig umgestaltet und eine Art Loriot-Sofa hineingewuchtet, mit Lampe und Kissen als Deko – und Maria freute sich. Sie hatte ein liebes Gesicht, und ich mochte sie auf Anhieb.

Mutter begutachtete ihre braune Kurzhaarfrisur und sagte: »Schöne Haare.« Und als die Frau verlegen lachte, setzte sie gönnerhaft noch einen drauf: »Schöne Zähne.«

Sie bleckte dann die ihren, und ich erklärte, dass wir vor einiger Zeit beim Zahnarzt gewesen seien, weil Mutter sich an der Blockschokolade ein Stück vom Vorderzahn ausgebissen habe.

»Nicht wahr, Mutter?«

»Wolln wir mal sehen.«

Das war eine muttertypische Abmoderation. Jetzt nicht weiter darauf herumhacken, hieß das.

Maria würde sich auf jeden Fall nicht wichtigmachen. Mein Gehaltsvorschlag übertraf ihre bisherigen Erfahrungen bei Weitem, und sie stieß ein paar spitze Jubelschreie aus.

»Na, das ist ja jetzt weit über unserem bisherigen Tarif«, lachte Herr Haunig und drohte mit dem Zeigefinger.

»Dafür ist meine Mutter nicht so pflegeleicht wie Ihre alten Leutchen«, gab ich zu bedenken.

»Die waren nur inkontinent und saßen im Rollstuhl und konnten nicht mehr sprechen und sich nicht mehr bewegen und mussten gefüttert werden«, wandte Herr Haunig ein.

»Und es waren zwei«, setzte Frau Haunig noch einen drauf.

»Und dement waren sie auch«, steigerte Herr Haunig das Szenario.

»Ja, aber Mutter ist anders. Sie hat viel Temperament.«

»Da ist unsere Maria genau die Richtige, Sie werden schon sehen, Frau Klüger!«

»Nennen Sie mich Uschi Wolke und schreien Sie nicht so. Der Armin wohnt doch gleich nebenan!«

Maria-mit-dem-Kinde-lieb schenkte noch mehr Schnaps ein, also jedenfalls mir und den Haunigs, und die Stimmung war großartig – bis Mutter mir böse Blicke sandte: Abflug.

Beim Abschied fiel Mutter Herrn Haunig um den Hals. »Sie sind ein wunderbarer Mann.« Na gut. Im Vergleich zum schönen Jens, dem Optiker mit der Prinz-Eisenherz-Frisur, musste man bei Herrn Haunig ein paar Abstriche machen, aber dafür waren es herzensgute Leute, die schließlich meine Rettung gewesen waren.

Wir hatten eine Polin! So wie alle anderen Schierchstädter auch!

Auf der Rückfahrt murmelte Mutter was von »schrecklichen Proleten« und schaute dabei zähnebleckend in den Schminkspiegel auf der Rückseite ihrer Sonnenblende.

»So weit wird es noch kommen!«, murmelte sie. »Das war wirklich kein Ananasweg.«

»Komma ganz schnell gucken!«

Mutter kam auf Socken auf die Straße gerannt, als ich gerade vom Joggen zurückkehrte. Sie schwenkte schon von Weitem die Gartentischdecke wie eine Friedensfahne. Aufgeregt zog sie mich ins Haus und schleifte mich die Treppe rauf in Vaters Arbeitszimmer.

Ja. Da stand ein brauner Koffer. Und auf dem Bett lag ein Trainingsanzug. Das war nicht weiter verwunderlich. Das ganze Wochenende hatte ich Mutter darauf vorbereitet, dass Montag früh Maria einziehen würde.

»Die hat sich da reingebrochen!«

»Aber nein, Mutter, ich habe dir doch erklärt, dass sie jetzt hier wohnt!«

Sie flüsterte verschwörerisch und zeigte auf die Küche. »Da treibt die sich drin rum und klaut Löffel!«

»Aber Mutter! Das ist Maria! Die kennst du doch schon!«

»Was hat die hier zu suchen, die verkommene Person!«

»Mutter, bitte.« Ich musste mir erst mal die Schuhe ausziehen und die Nase putzen. »Die ist nicht verkommen, die ist lieb! Maria mit dem Kinde lieb!«

»Die hat kein Kind. Und wenn, dann hat sie es geklaut.«

»Nein, Mutter. Hör auf mit dem Blödsinn. Maria ist in Ordnung.«

»Ordnung?« Jetzt wurde ihre Stimme kalt und schrill. »Die macht Ordnung? Da kannst du aber gucken!«

Wütend zog sie mich in die Küche, und tatsächlich: Maria hatte sich unseres Chaos schon sehr professionell angenommen. Sie putzte gerade die Schubladen, die sie auf dem Tisch ausgeleert hatte: unzählige Lakritzschnecken, Einmachglasgummis, Plastiktüten, angebrochene Kekspackungen, angebrochene Packungen Blockschokolade, Klopapierrollen, Wäscheklammern, alte Kalender, Notizblocks, Briefe, Noten und fromme Sprüche: »Die Geduld ist die Tugend der Weisen.«

»Jetzt reicht's mir aber!« Mutter schlug ganz undamenhaft auf den Küchentisch ein. »Das ist MEIN Haus! Wo denken Sie denn hin!«

»Okay«, ich kratzte mich ratlos am Kopf. »Maria. Ich weiß, Sie meinen es gut, und die Küche gehört auch dringend aufgeräumt, aber es wäre besser, Sie würden vielleicht jetzt erst mal Frühstück machen. Aufräumen tun Sie dann so peu à peu, ganz unauffällig.«

»Pö a pö. Ja. Gutt. Ich frühstückmache.«

»Sie lassen Ihre FINGER von meiner Küche, keiner fasst in meine Brause!«

Das fing ja schon mal gut an. Apropos Brause …

Ich schleppte Mutter ins Bad.

Was blieb mir anderes übrig, als mich nackt vor ihr auszuziehen und zu duschen? Man wird ja anspruchsloser mit der Zeit. Ich hatte schon vor ihr auf dem Klo gesessen und mir vor ihr die Zehennägel geschnitten – alles Dinge, die ich noch nicht mal vor Frank gemacht hatte. Aber man passt sich den Umständen an.

Mutter beobachtete fasziniert das an die Glasscheibe prasselnde Wasser und kommentierte mein Tun. Dann reichte sie mir einen haarigen Lockenwickler. »So. Jetzt ist es genug! Wasser ist teuer und hiermit kannst du dich schick machen.« Als ich dieses großzügige Geschenk nicht annahm, sondern energisch die Duschtür schloss, um in Ruhe weiterzuduschen, wurde sie des Schauspiels müde, huschte davon und kam mit einem rosa Zettel wieder, den sie mir in die Dusche hielt.

Ich hatte Wasser in den Augen. »Was ist das, Mutter?«

»Da kannste aber staunen.«

Es war ihr Studentenausweis aus dem Jahr 1962.

»Ja, da staune ich aber auch.« Ich griff nach einem Handtuch. »Das ist toll, Mutter, wirklich.«

»Da kann die da unten erst recht staunen!«

»Möchtest du Maria deinen Studentenausweis zeigen?« Ich hielt das für ein gutes Friedensangebot.

Doch ehe ich ihr folgen konnte, war Mutter die Treppe runtergerannt und hielt Maria, die unter Tränen den Küchentisch deckte, ihr Dokument von anno Tobak unter die Nase.

»Ja! Da fehlen Ihnen die Töne!«

Ich rannte nass und nur mit einem Handtuch bekleidet hinterher, um gröbere Zwistigkeiten im Keim zu ersticken. »Das ist ihr Studentenausweis, Maria! Kastenstadt 1962!«

»Ich nix getan habe!«

»Nein, nein, sie will Ihnen nur was zeigen!«

»Ich nix geklaut, gar nicht angefasst die Dokumente!«

»Nein, Maria, nein, beruhigen Sie sich doch!« Ich griff nach dem Handtuch, das sich genauso bereitwillig von mir trennte wie Frank und einfach zu Boden fiel. »Sie will es Ihnen nur ZEIGEN!«

»Ich nix damit gemacht!«

Wie sollte ich Maria jetzt auf die Schnelle erklären, dass meine Mutter innerhalb von Sekunden von Kriegserklärung auf Bewundertwerdenwollen umgeschaltet hatte?

»Nicken Sie einfach! Lächeln Sie!«

Das fiel der verwirrten Maria schwer, aber sie nickte und lächelte tapfer. »Schöne Foto!«

»Stempel!«, schrie meine Mutter und schlug mit der flachen Hand darauf. »Staatlicher Stempel! Geprüfte Klavierlehrerin!« Um dann stinksauer hinzuzufügen: »Acht Pfund!«, und auf meine spärlich bekleidete Wenigkeit zu zeigen. »Das brechen Sie mir erst mal nach!«

»Jaja, Mutter, es ist ja schon gut!«

»NICHTS ist gut! Kann die Klavier spielen?«

»Nein, ich nix gewusst, das könne müsse …«

»Aber nein. Davon war in der Stellenausschreibung doch nicht die Rede!«

Mutter zerrte an Marias Arm. »Kommen Sie mal mit. Da können Sie aber staunen.«

Die arme Maria stellte noch schnell die Eier klein und dackelte folgsam ins Wohnzimmer, wobei sie mir ängstliche Blicke zuwarf. Mutter drosch »Alla turca« in den Flügel, dass es rauschte.

Maria staunte nicht, sie kroch vor Ehrfurcht fast unter die Teppichfransen. Sie hatte schon vorher Angst vor Mutter gehabt, aber das gab ihr den Rest. Mutter hämmerte dermaßen auf ihr »schwarzes Tier« ein, als wollte sie Kleinholz daraus machen.

Zu allem Überfluss klingelte jetzt auch noch die Tablettenfrau. Ich sprintete zur Tür. Zu meiner freudigen Überraschung war es Frau Tonka.

»Hallo! Sie sind ja wieder hier!«, sagten wir unisono. Fast wäre ich der netten Frau um den Hals gefallen. Aber ich war ja quasi nackt, und wie sagte Mutter immer so schön: Man kann es auch übertreiben. Immerhin: Mit Frau Tonka hatte alles begonnen, und ihre dreißig Tablettenfrauen waren eins a – inzwischen das Highlight in Mutters Tagesablauf. Sobald eine klingelte, rannte Mutter auf wackeren Beinchen zur Tür, fiel der Tablettenfrau um den Hals und zerrte sie an den Flügel.

Aber da stand jetzt schon ihr neues Opfer, Maria.

»Mutter ist gut drauf?«

»Geht so. Wir haben eine Polin.«

»Das wurde auch langsam Zeit.«

»Frau Tonka, dürfte ich mich schnell anziehen und föhnen? Schaffen Sie das? Die Polin ist gerade ein bisschen überfordert.«

»Ich hab genau fünf Minuten«, sagte Frau Tonka.

Wie eine Mutter von schreienden Zwillingsbabys stürzte ich die Treppe rauf. Mein Gott!, dachte ich. Was Mutter damals wohl mitgemacht hat!

Als ich sechs Minuten später wieder runterkam, war Frau Tonka weg. Maria saß auf Mutters hochheiligem Herrscherinnenthron am falschen Ende des Küchentischs. Regiefehler. Meine Schuld. Hätte ich im Vorfeld verhindern können. Der Tisch war adrett gedeckt, mit aufgeschnittenen Paprikastückchen, Tomaten, Gurken, Margarine, Marmelade und Eiern. Super, das sah appetitlich aus!

Ein polnisches Festtagsfrühstück. Sie hatte sich viel Mühe gegeben.

Mutter schlich, in Selbstgespräche verwickelt, im Esszimmer herum.

»Maria, das ist Mutters Platz!«

»Oh, Äntschuldigung!«

Maria sprang auf, als hätte sie auf einem Wespennest gesessen.

»Passt schon, das konnten Sie ja nicht wissen. Mutter!«, rief ich und reckte den Hals. »Frühstück!«

»Kein Bedarf.«

»Och bitte, Mutter! Es gibt frische Eichen!«

»Frische Eicheln?« Verstimmt erschien sie in der Küchentür. »Die können die Türken essen.«

»Mutter!«

Ich entschuldigte mich bei Maria für die rassistischen Äußerungen. »Sie meint es nicht so.«

Maria köpfte mit feuchten Augen ihr Ei. »Ich bin kein Türk.«

»Ich weiß doch, Maria!« Ich tätschelte ihre Hand. »Aber wenn, wären Sie uns genauso willkommen. Einige Tablettenfrauen sind Türkinnen. Und sie sind alle supernett.«

Maria biss in eine Paprika.

»Mutter, sei doch so lieb und leiste uns Gesellschaft«, schmeichelte ich. »Lecker, lecker Frühstück! Komm, ich rühr dir Honig in den Tee.«

Dabei kam ich mir ziemlich bescheuert vor. Hätten wir früher als Kinder so rumgezickt, hätte es zur Strafe überhaupt kein Essen gegeben. Wo kommen wir denn da hin! Ab in den Kartoffelkeller, Licht aus und mach dich nicht so wichtig.

Maria knurpselte stumm auf ihrer Paprika herum. Die Stille wurde langsam unerträglich. Ich griff aus reiner Solidarität zu einer Gurkenscheibe und knurpselte meinerseits darauf herum. Wenn Mutter wenigstens Klavier spielen würde, dachte ich verzweifelt. »Alla turca«, zum Beispiel. Aber sie dachte gar nicht daran. Sie stand in der Küchentür und musterte die ungewohnte Szene wie ein Habicht sein Nest, in dem fremde Eier liegen.

»Hmmm, köstlich!«, sagte ich und streute Pfeffer und Salz auf die Gurke.

»Komm, Frau Urrsulla. Sitzän«, fasste Maria neuen Mut und klopfte einladend auf den freien Stuhl.

Uiuiui. Das war vielleicht schon zu viel der plumpen Vertraulichkeit. Vornamen nennen, duzen und dann auch noch in die eigene Küche einladen. Als fremde Polin, die erst heute aufgetaucht war. Ein tollkühnes Unterfangen. Ungefähr so tollkühn wie Felix Baumgartner, als er mit Überschallgeschwindigkeit in den luftleeren Raum sprang und nicht wusste, ob er lebend landen würde.

Ich hielt die Luft an und hielt mit dem Kauen inne. Das war spannender als jeder Thriller.

Was würde Mutter tun?

Ein Messer ziehen, auf den Tisch schlagen, schreien, schimpfen, drohen? In Zornestränen ausbrechen?

Stattdessen ließ sie sich wie eine Königin auf ihren Thron nieder. Ganz Dame von Welt.

Umpf, geschafft! Wir atmeten hörbar aus.

»Soll ich dir das Eichen köpfen?«, hörte ich mich schleimen. Gott! Ich konnte diese Frau zwanzig Jahre nicht leiden und sie mich auch nicht! Was war nur mit mir los?

Sie gestattete es. Ich köpfte das Ei. Es war perfekt. Maria war ein Profi. Es war ihr Meisterstück. Ich reichte Mutter den Eierlöffel. Maria verfolgte jeden Handgriff mit angstgeweiteten Augen. »Is gutt?«

»Ist dobsche«, radebrechte ich. »Super. Besser geht es nicht.«

Mutter nahm den Eierlöffel und legte ihn neben das Ei. Schweigen. Ganz großes Kino.

»Mutter, jetzt musst du das Ei nur noch essen.«

Mutter faltete die Hände und schwieg.

»Vorher bätän?«, erkundigte Maria sich angetan.

Keine Reaktion.

»Also ich würde sagen, wir frühstücken.«

Maria knurpselte wieder eine Paprikaschote, und ich knurpselte eine Gurke.

Die Stille war wirklich unerträglich. Warum sang sie denn jetzt nicht? Oder tanzte, oder stellte sich auf ein Bein? Warum strafte sie uns jetzt mit dieser Nullnummer, wo wir gesellig beieinandersitzen wollten?

»Mutter?«

»Ich bin nicht da.«

»Du bist nicht da?«

»Nein.«

Sie schwieg. Und fastete. Und machte einfach NICHTS. Maria und ich kamen uns extrem bescheuert vor. So hatten wir uns ihren ersten Arbeitstag nicht vorgestellt.

»Komm sitzän, Frau Urrsulla!«

Maria hatte eine Wärmflasche gemacht. Und Tee. Im Grunde hatte sie alles richtig gemacht. »Tääää trinken!«

Mutter lief empört hin und her und presste ihre Handtasche an sich. »Schaff mir diese Person vom Hals!«, flüsterte sie mir augenverdrehend zu.

»Aber Mutter, du kennst sie doch! Familie Haunig!«

»Honig? Brauch ich nicht, danke.«

»Die nette Maria, deren Haare und Zähne du so bewundert hast!«

»ICH?! Habe NICHTS bewundert.«

»Nein, ich weiß«, entfuhr es mir. »Du willst nur selbst bewundert werden!« Meine Geduld hatte gerade eine Auszeit.

»BITTE«, jammerte Mutter nun wieder. »BITTE, bleib bei mir!«

»Ja, ich bleibe ja. Bis du dich an Maria gewöhnt hast.«

»Gewöhnlich? Ja, die ist so was von gewöhnlich!«

»Mutter! Bitte versuch doch, dich mit Maria anzufreunden! Mir zuliebe!«

»Ich liebe dich, das kannst du glauben!« Sie sank weinend in den Sessel, den Maria ihr angepriesen und angewärmt hatte. »Was hab ich denn Böses getan!«

Die ganze Leier ging wieder von vorne los, weshalb ich beschloss, mit ihr einen Ausflug nach Dunkelweiher zu machen. Unverzüglich. »Los, Mutter! Wir fahren nach Dunkelweiher! Ins Konservatorium! Frühstücken!«

»FRÜHSTÜCKEN! HALLELUJA AMEN, das hat mir ja noch keiner angemacht!«

»Doch, das haben Maria und ich dir eben angeboten, aber da wolltest du nicht!«

Egal. Mutter raffte ihre Handtasche mitsamt dem unvermeidlichen Krimskrams an sich, riss ihren Mantel und ihren Hut vom Haken und band sich die Schuhe, während Maria fragend mit ihrer Teetasse in der Tür stand und lieb guckte.

Erster Tag. Bis jetzt Scheiße. Die beiden sollten sich doch kennen und lieben lernen. Bestimmt würde Mutter in Dunkelweiher auftauen, in schönen Erinnerungen schwelgen und Maria in ihre Welt mitnehmen. Ich fand, das war eine Spitzenidee.

»Maria, du kommst natürlich mit.«

Mutters Adlerblick durchbohrte mich. Ihre Mundwinkel sanken.

Maria zog eiligst ihren Trainingsanzug an und schloss sorgfältig die Haustür. Ich hatte ihr natürlich schnellstens einen Hausschlüssel zugesteckt. Mutter war stinksauer deswegen. »Was nimmt diese Person sich hervor?«

Wir fuhren nach Dunkelweiher. Das Winterwetter gab sich gnädig und ließ die Sonne hinter dunklen Wolken hervorschauen.

»Hab mein Wage vollgelade«, sang ich, und Mutters Laune wechselte wie das Fernsehprogramm beim Umschalten. Sie ging sofort ab wie ein Zäpfchen, stimmte total entfesselt mit ein. Natürlich wollte sie der auf dem Rücksitz zusammengesunkenen Maria zeigen, wo der Hammer hing.

»Wir sind in Lichtenau! Da ist der Himmel blau! Da tanzt der Ziegenbock mit seiner Frau im Unterrock!«, jubelten wir im Duett.

Maria auf dem Rücksitz kicherte schüchtern. Sie ging davon aus, dass jetzt alles wieder gut wäre, und das hoffte ich auch. Singen ging immer.

In Dunkelweiher parkte ich auf dem Rathausplatz. Die Sonne tauchte die gemütliche Altstadt mit den wunderschön restaurierten Fachwerkhäusern in freundliches Licht. Maria war begeistert, war offensichtlich noch nie aus Gitterbalken herausgekommen.

Alles hätte perfekt sein können. Wir strebten auf der Allee dem Schloss entgegen.

Meistens fing Mutter hier schon an zu hüpfen und zu springen, gern begleitet von lautem Jubeln: »Danke!« oder »Wie wunderbar!« oder »Diese Bäume, die Farben, dieses Grün!«. Und hatte so was wie einen Seniorenorgasmus.

Diesmal kam sie nicht in Stimmung.

Maria wagte es tollkühn, vielleicht aus alter Gewohnheit, Mutter ihren Arm zum Unterhaken anzubieten.

Mutter ignorierte das stoisch, und ihre Nase zeigte spitz geradeaus.

Wir gingen etwa zehn Minuten schweigend spazieren, nur unsere knirschenden Schritte waren zu hören. Die Stimmung war so eisig, als überquerten wir die zugefrorene Moldau. Ich wechselte ein paar belanglose Worte mit Maria, was Mutter erst recht zu wütenden Blicken hinriss. Dass ich mit dieser Feindesperson auch noch sprach, war Verrat pur!

Aber bei mir würde Mutter sich vielleicht unterhaken. Das tat sie doch sonst so gern! Deshalb näherte ich mich ihr freundlich, um ihr Arm und Geleit anzutragen. Damit war ihre Geduld endgültig überstrapaziert. Zack, riss sie sich los und marschierte in die Gegenrichtung.

»Mutter! Wir wollen noch nicht wieder zum Parkplatz!«

»Ich bin doch kein Kind«, schnauzte sie über die Schulter.

»Aber du benimmst dich wie eines!«

»Nicht schimpfän. Wird schon zurückkommän, Zeit gebän.«

Die Geduld ist die Tugend der Weisen. Maria hatte es ja voll drauf.

Maria und ich blieben ratlos auf dem Weg stehen und sahen Mutters Gestalt immer kleiner werden. Das Hütchen zitterte vor Wut. Die machte Ernst! Die ging zum Auto! Und dann? Nicht dass sie damit davonfuhr!

Ergeben trabten wir hinterher. Auf dem Parkplatz hatte sie zwei Leute angesprochen, erzählte von der Dunkelweiher Einheitshymne und hatte den Zeitungsartikel von 1961 aus der Handtasche gekramt.

»FRRAU URRSSULLA, bittä kommän!«

Mutter verdrehte die Augen und sagte zu den fremden Leuten: »Das ist ne ganz Dösige. Die macht sich nur wichtig.«

»Entschuldigung, nichts für ungut, schönen Tag noch.«

Ich startete einen zweiten Versuch. »Wir gehen jetzt zum Schloss, ja, Mutter?«

»Mal sehen.«

»Und da frühstücken wir. Oder vielleicht gibt es sogar schon Mittagessen.«

»Vielleicht.«

Schweigend trabten wir erneut über die Schlossallee. Mutter wollte sich partout nicht anfassen, geschweige denn in ein Gespräch verwickeln lassen. Sie schwieg und strafte uns mit Verachtung. Zwei Kilometer können ganz schön lang sein. Ich fühlte mich wieder haargenau wie damals als Kind, wenn sie uns stundenlang mit Verachtung strafte, weil ihr irgendwas nicht passte. Oft wussten wir als Kinder gar nicht, was wir falsch gemacht hatten. Genau wie jetzt. Dass so ein Gefühl der Unzulänglichkeit nie vergeht, nicht einmal, wenn man erwachsen, erfolgreich, selbstständig und von ihren Launen nicht mehr abhängig ist!, dachte ich erschüttert.

Eigentlich sollte ich jetzt zu Hause sein und mich um MEIN Kind kümmern. Aber das ging ja nicht. ICH war wieder das Kind.

Ich wagte nicht, mich mit Maria zu unterhalten oder womöglich sogar freundlich zu lachen, denn das wäre der allergrößte Verrat gewesen. Der Kies knirschte unter unseren Füßen wie heute morgen die Paprika und Gurken unter unseren Zähnen.

Schließlich erreichten wir das Schlosscafé. Ich dachte schon, Halleluja!, schlimmer kann es nicht werden – doch es ward schlimmer. Da hing ein Schild: »Heute Ruhetag.«

Oje. Nicht gut. Gar nicht gut.

Mutter rüttelte an der Klinke.

»Ruhetag, Mutter. Leider. So ein Pech.«

Mutter überhörte das und hämmerte an die Scheibe.

»Mutter! Sie sind heute nicht da! Das Café ist geschlossen!«

»BITTE! HILFE! BITTE! ICH BIN USCHI WOLKE!« Unverdrossen schlug sie weiter gegen die Glasscheibe. »Hilfe!«, schrie sie. »Hilfe! BITTE!!«

Mir brach der Schweiß aus.

»Mutter, selbst wenn du die Königin von England wärst: Sie haben heute Ruhetag! Es ist keiner da!«

»FRRAU URRSULLA, bittä kommän! – Komm Hand gebän, nach Hause gehän!«

Schnauze, Maria!

»Mutter, es ist niemand da! Sieh es doch ein!« Aber einen Alzheimer-Patienten zu bitten, etwas einzusehen, ist ziemlich bescheuert. Trotzdem, was sollte ich denn machen, verdammt! Ein trotzendes Kleinkind konnte man in so einer Situation hochnehmen und davontragen. Aber mit Mutter ging das natürlich nicht.

Sie schluchzte und rief so laut um Hilfe, dass ich schon befürchtete, die Feuerwehr würde kommen.

Schließlich kam ein erschrockener Hausmeister mit einem Schlüsselbund angerannt und schloss hastig auf.

»Sie sind ein wunderbarer Mann!« Mutter sank ihm weinend an die Brust. »Wenn Sie wüssten, was ich alles durchgemacht habe!«

Der Mann sah mich erschrocken an. »Alzheimer«, formten meine Lippen, und ich verdrehte die Augen.

»Ich bin Uschi Wolke«, erklärte Mutter dem Hausmeister. »Ich habe im Dunkeln die Hymne kommentiert, nur dass Sie staunen!« Sie suchte schon wieder nach dem Zeitungsausschnitt.

»Na, dann kommen Sie mal rein! Aber die Küche ist zu.«

Okay, sie hatte ihren Willen durchgesetzt. Irgendwie schaffte sie das immer. Und irgendwie war ich auch ein bisschen stolz auf sie. Wenn die mal vor dem Himmelstor stehen würde, da konnte Petrus was erleben! Der konnte sich schon mal warm anziehen. Und bloß nicht »Heute Ruhetag« dranschreiben, von wegen am siebten Tage und so. Uschi duldete so was nicht. Wenn die in den Himmel wollte, kam die in den Himmel. Halleluja singen, frohlocken – das ganze Programm!

In diesem Moment wunderte ich mich ernsthaft, dass sie hier tatsächlich vor zweiundfünfzig Jahren die Mauer gebaut hatten. Dass sie das gewagt hatten! Wo Uschi Wolke doch deutlich gesagt hatte, sie möchte das nicht.

Wir trippelten hinter dem Hausmeister her. Im Café war es dunkel und kalt, und alle Stühle waren hochgestellt. Der Hausmeister verschwand in irgendwelchen Hinterzimmern. Wir hörten einen Staubsauger.

Tja, da waren wir. Als ich an den Handymann mit dem Golden Retriever denken musste, zog sich mein Herz schmerzhaft zusammen. Wie schön und warm war es hier gewesen, überall Familien, Hunde und Kinder, anregende Gespräche, heimeliges Licht und dieser wunderbare Mann. Ich rieb mir fröstelnd die Arme.

»Hier ist es nicht wirklich gemütlich, Mutter. Wir kommen ein andermal wieder.«

Mutter geisterte zwischen den Tischen hindurch.

»Wo ist das schwarze Tier!«

Sie suchte den Flügel. Und da stand er. In eine Ecke hinter einen schweren, staubigen Vorhang geschoben. Abgedeckt mit einer Lederplane.

Mutter zerrte sie herunter und versuchte, den Deckel aufzuklappen. Der Flügel war abgeschlossen.

O Gott!, dachte ich. Heute ist aber wirklich nicht ihr Tag.

Mutter brach weinend über dem Flügel zusammen. Sie lag auf ihm wie auf dem Sarg eines geliebten Menschen und hämmerte verzweifelt darauf herum.

»Mutter! Du hast doch zu Hause einen Flügel!« Ich wollte sie hochziehen, aber sie schlug nach mir.

»Das schwarze Tier ist tot, das schwarze Tier ist tot!«

Maria-mit-dem-Kinde-lieb hatte nun auch keinen Plan mehr.

»Was hab ich nur Böses getan«, jammerte Mutter. Es schüttelte sie nur so vor Verzweiflung. So hatte ich sie wirklich noch nie weinen sehen. Und das sollte was heißen, denn Mutter hatte schon immer laut und oft geweint, auch und gerade in meiner Kindheit. Das Paradoxe war, dass sie uns Kinder immer anschrie, wir sollten kein solches Drama machen, wenn WIR weinten. All das sah ich wieder vor mir, während ich zwischen den hochgestellten Stühlen im dunklen Raum stand. Und wunderte mich, dass sich nicht die leisesten Rachegedanken einstellten. Ich empfand nichts als grenzenloses Mitleid mit dieser armen Frau, die jetzt auf meine Hilfe angewiesen war.

Mit neuer Entschlossenheit stiefelte ich zum staubsaugenden Hausmeister. Weil er mich nicht hörte, zog ich einfach den Stecker raus.

»Wir brauchen den Schlüssel für den Flügel«, flehte ich. »Bitte! Meine Mutter dreht sonst durch.«

»Na, Sie haben's aber auch nicht leicht!«

»Die kann noch viel ungemütlicher werden, und in diesem Fall steht der Aufwand in keinem Verhältnis zur bevorstehenden Katastrophe. Bitte! Nur für fünf Minuten.«

Der Hausmeister schloss brummend den Flügel auf und wollte ihn noch ins Helle rollen, aber Mutter fing schon im Gehen an, darauf zu spielen. »Alla turca« wollte nicht so recht klappen, sie war zu aufgeregt und fand ins Stück nicht hinein.

»Sag du's«, forderte sie mich auf.

»Also, ich wog acht Pfund und bin das auf dem Klüger-Reisen-Plakat …«

»Nicht DAS!«, schrie sie mich an.

»Okay, also meine Mutter hat die Dunkelweiher Einheitshymne …«

»NICHT DAS!«

»Okay, meinst du das mit den Straßennamen? Pfirsich, Sauerkirsche, Ananas?!«

»NEIN! HILFE! BITTE! SAG ES DOCH!«

»Was denn, Mutter? Was soll ich sagen?«

»Was der hier sagen soll!« Sie schlug mit den Fäusten auf die Tasten.

»Alla turca?! A-Dur. Drei Kreuze, Mutter. Diddeldiddeldimmm, diddeldiddeldimm.«

»Gott und Kunst und alles nicht!«

»Wem Gott will rechte Gunst erweisen?«

Das war die Erlösung! Mutter sank mit Hut und Mantel auf den Klavierhocker, den ich ihr eiligst in die Kniekehlen geschoben hatte, und spielte dieses Lied.

»DU musst es sagen«, schrie sie dabei.

»Singen?«

»Ja! Was denn sonst!« Mann, war ich schwer von Kapee.

Ich reichte Maria die Handtasche, und diese hielt sie artig fest.

Ich sang, so laut ich konnte: »Wem Gott will rechte Gunst erweisen, den schickt er in die weite Welt!«, und Mutter sang laut und vibratoreich die zweite Stimme. Es klang wie zwei Katzen auf der Mülltonne, die den Vollmond anheulen.

Aber der Hausmeister und Maria klatschten.

Mein eingebautes Navi sagte: »Sie haben Ihr Ziel erreicht.«

»Mutter, wir sollten jetzt essen gehen! Nicht dass das Restaurant am Marktplatz auch noch schließt.«

Mutter überhörte mich. Gott wollte ihr immer noch rechte Gunst erweisen. Und dann musste sie ja auch noch zum Städtele hinaus. Das dauerte. Zum Glück hatte der Hausmeister zu tun, und Maria war wirklich ein Engel. Sie stand festgemauert in der Erden da, hielt die Handtasche … und den Mund.

»Pass auf, Maria. Ich geh jetzt ins Restaurant rüber, schau, du siehst es durchs Fenster, und reservier schon mal einen

Tisch. Es ist fünf vor zwei. Du kommst dann mit Mutter nach, ja?«

»Verrrsuche ich.«

»Klar, das klappt schon. Die muss ja inzwischen einen Bärenhunger haben!«

Ehrlich gesagt, brauchte ich dringend mal ne Auszeit. Wozu hatte ich denn Maria eingestellt? Die würde schon an ihrer Aufgabe wachsen. Ich ging die zwanzig Meter ins Restaurant, setzte mich an den Tisch, bestellte mir ein Bier und kündigte an, dass wir mit drei Personen essen würden. Dann nutzte ich die Zeit, um schnell meine SMS und E-Mails auf meinem Handy zu checken. Bei Mutter im Ananasweg hatte ich ja noch nicht mal Internet und lebte buchstäblich hinterm Mond. Während ich an meinem Bier nippte und leise über Ronjas witzige Nachrichten lachte, flog die Tür auf, und Maria stand da.

»Hallo, da seid ihr ja!«, sagte ich. »Es gibt noch warme Küche.«

»Frrau Urrsulla weggelaufen. Ganz böse!«

»Aber das kann doch nicht sein!«

Hastig sprang ich auf, ließ das Handy liegen und das Bier stehen und rannte mit Maria ins Schlosscafé zurück.

Der Hausmeister schloss gerade das Klavier wieder ab und rollte das schwarze Tier hinter seinen Vorhang.

»Wo ist sie?«

»Keine Ahnung, ich dachte, Sie sind mit ihr weggegangen?!«

Maria fing an zu weinen. »Hat mich Handtasche weggerissen und gesagen, ich Diebin ganz gemeine. Geschlage und dann weggelaufen.«

Ach du Schreck! Die arme Maria! Das hatte sie wirklich nicht verdient!

Wir rannten beide in verschiedene Richtungen, und ich

schrie laut »Mutter!«, während Maria zaghaft leise »Frrau Urrsulla« rief.

Weit konnte sie doch noch nicht gekommen sein!

Doch sosehr wir auch suchten, wir fanden sie nicht. Sie war wie vom Erdboden verschluckt. Die schmucken Häuschen standen arglos in der schräg stehenden Nachmittagssonne, und das beschauliche Leben in der kleinen Stadt ging einfach so weiter: Busse fuhren, Straßenbahnen klingelten, und von der Kirche läutete es zwei.

»Die kann sich doch nicht in Luft aufgelöst haben!«

»Vielleicht in Bus gestiegen.«

Ich kratzte mich am Kopf. »Ja, das kann sein.«

»Oder in Straßenbahn.«

»Ja. Das kann auch sein.«

»Oder Taxi genommen.«

Maria war doch sehr viel heller als gedacht.

»Ja, aber das wäre doch alles ganz fürchterlich! Sie hat ja auch kein Geld!«

Wir rannten verzweifelt auf und ab, fragten Passanten, stürmten Läden und Cafés, fragten überall nach Mutter und beschrieben sie, ernteten aber nur allgemeines Kopfschütteln.

Plötzlich ertönte ein Hupen, erst vereinzelt, dann ein richtiges Hupkonzert.

Wir rannten um die Ecke.

»O Gott!«

»Da ist sie!«

Tatsächlich! Mutter stand mitten im Kreisverkehr, umtost von Autos und Bussen, sodass wir sie beziehungsweise ihr wippendes Hütchen nur teilweise sehen konnten. Aber eines war sicher: Sie dirigierte die Autos, als hätte sie es mit einem großen gemischten Chor zu tun. Manche gaben erst recht Gas und donnerten an ihr vorbei. Andere drosselten plötzlich das Tempo. Das konnte jeden Moment zu Auffahrunfällen führen.

»Scheiße!«, entwich es mir, und da rannte ich auch schon los, mit den Armen fuchtelnd zwischen den wartenden und drängelnden Autos hindurch, die alle in den Kreisverkehr fahren wollten, hupten, die Scheibe heruntergekurbelt hatten und unflätige Sachen riefen.

»Entschuldigung!«, rief ich, »sorry, Moment … Anhalten!«

Hastig quetschte ich mich zwischen den Autos hindurch, und keine Sau wollte mal auf die Bremse treten oder gar anhalten. Ich sah schon Mutter oder wahlweise mich über eine Kühlerhaube fliegen wie im Film, als ein schwarzer BMW galant anhielt, und mich der Fahrer mit einer freundlichen Geste vorbeiließ.

Eine Erinnerung blitzte auf. So war ich doch schon mal reingewunken worden, von einem telefonierenden … freundlich lächelnden …

»Mutter! Nicht!«

Ich erreichte meine Mutter in genau der Sekunde, in der sie einem Lastwagen gefährlich nahe kam, und packte sie. Der Laster hupte zum Steinerweichen.

»Mezzoforte!«, herrschte meine Mutter ihn an. »Wissen Sie nicht, was mezzoforte ist?!«

Endlich bremsten alle, und das Hupkonzert erstarb. Der ganze Kreisverkehr stand still.

»Mutter«, keuchte ich immer noch voller Angst. »Was machst du denn für Sachen!«

»Das ist ein gemischter Chor: Sopran – Alt – Tenor – Bass.« Sie zeigte auf verschiedene Autos.

Ich nahm Mutter an die Hand.

»Der Gemischte-Früchte-Chor?«

»Ja!«, jubelte Mutter und schickte ein glockenhelles Lachen hinterher! »Genau! Woher weißt du das?«

»Weil ich deine Tochter bin? So, jetzt gehen wir ganz fein hier vorbei …«

Wieder schlängelte ich mich an dem schwarzen BMW vorbei, aus dessen Innern mich dunkle Augen amüsiert anblitzten. Und in der Sekunde wusste ich, wer es war: der Handymann! Der Dreitagebart! Mir wurden die Knie weich. Eben hatte ich noch an ihn gedacht!

O Gott, musste der denn immer zur Stelle sein, wenn ich gerade den gesamten Straßenverkehr zum Erliegen brachte?

Er erkannte mich auch und ließ seine Scheibe herunter – sehr zum Missfallen der anderen Autofahrer, die nun endlich weiterfahren wollten.

Ich erwog gerade, kurz mit ihm zu plaudern und endlich unsere Handynummern zu tauschen, als die mollige Maria auch schon beherzt auf uns zugestolpert kam, sich ebenfalls durch die Autoschlangen kämpfend: »Frrrau Urrrsulla, bittä kommän!« Die wollte an ihrem ersten Arbeitstag wirklich alles richtig machen.

»Da kommt die Diebin!«

Mutter riss sich los und eilte in die Gegenrichtung.

Mir blieb nichts anderes übrig, als hinter ihr herzurennen und den wunderbaren Handymann erneut aus den Augen zu verlieren.

Völlig aufgelöst schleppte ich die sich wehrende Mutter ins Restaurant, wo immer noch mein Handy auf dem Tisch lag. Das Bier war inzwischen warm.

Die Küche sei nun leider zu, teilte man uns mit. Aber wir könnten gern noch etwas zu trinken haben.

Maria wollte bitte gern ein Wasser, und Mutter wollte beleidigt dasitzen, fasten und uns mit bösen Blicken strafen.

»Bittää Frrrau Urrsula! Trinkän!«

Mutter wischte Marias Glas zornig vom Tisch, und Maria stand auf, holte einen Lappen und kämpfte mit den Tränen.

Ich winkte nach der Rechnung und kämpfte auch mit den Tränen.

Das war's gewesen mit dem Handymann. Wie sehr hoffte ich in diesem Moment, er würde zur Tür reinkommen und mich retten! Man sieht sich immer dreimal. Konnte es nicht ausnahmsweise ein viertes Mal geben?

Ich verleibte mir mein schal schmeckendes Bier ein und wusste, dass das mit Maria nichts werden würde – sosehr sie sich auch bemühte.

Ihre Unterwürfigkeit hatte sie Kopf und Kragen gekostet. Mutter verachtete sie. Und das würde sich nie mehr ändern.

Ursula

Schierchstadt, 1983

Liebe Renate,

das wird sich nie mehr ändern, dass wir durch zwei politische Systeme voneinander getrennt sind, davon bin ich fest überzeugt. Heute starte ich einen letzten Versuch, wenigstens auf diese Weise zu Dir durchzudringen: Alle meine Briefe an Dich sind leider wieder zurückgekommen. Wenn das noch mal passiert, gebe ich auf, so schwer es mir auch fällt.

Also, hier noch mal die Kurzfassung: Ich bin in Schierchstadt mit einem Beamten verheiratet, Ewald. Gemeinsam haben wir zwei Töchter, Zwillinge. Sie heißen Hannah und Lisa. Alles läuft bestens. Ich habe endlich einen Chor gegründet! Der »Gemischte-Früchte-Chor«, bestehend aus dreiunddreißig eifrigen Laien, hatte vor Kurzem ein tolles Konzert in der

Aula des Kokosnuss-Gymnasiums. Ich habe natürlich selbst dirigiert und bekam nachher sehr viel Beifall. Die Zeitung hat auch darüber berichtet. Wir haben die Dunkelweiher Einheitshymne gesungen, wobei im ganzen Raum Kerzen angezündet wurden. Und meine Zwillinge haben, Hand in Hand wie wir damals, das Solo gesungen. Da musste ich fast weinen, Renate. Und zwar nicht vor Rührung, sondern weil sie nicht sonderlich musikalisch sind und mit dünnen schiefen Stimmchen gesungen haben. Sich vor Lampenfieber fast in die Hose gemacht haben. Also von MIR haben sie das nicht!! Da steckt ganz viel Ewald drin, wenn Du mich fragst. Der hat sich noch nicht mal getraut, auf meinem Geburtstag *»Happy Birthday«* zu singen. Also, so lieb und nett mein Ewald ist, ein musikalischer Held ist er nicht. Und die Zwillinge haben seine Mittelmäßigkeit geerbt. Und Du weißt ja: Wenn ich eines hasse, dann Mittelmäßigkeit. Manchmal lasse ich mich zu dem Wortspiel hinreißen: »Ich wünschte, ihr würdet nicht nur so heißen, sondern es auch sein: Klüger!«

Aber ich fürchte, die beiden sind nur mittelmäßig begabt, nur mittelmäßig fleißig und mittelmäßig ehrgeizig – dazu ein bisschen pummelig und faul. Ich muss sie immer sehr antreiben, Klavier zu üben, für die Schule zu lernen und natürlich im Haushalt zu helfen.

Aber bei meinen Klavierschülern, die jeden Nachmittag kommen, sind ein paar ganz ordentlich Begabte dabei. Mit ihnen veranstalte ich regelmäßig Hausmusikabende bei uns im Ananasweg, und dann sitzen da schon mal zwanzig, dreißig Eltern aus allen Fruchtvierteln. Auch Elke Wegscheider, die mir Dein Tagebuch gebracht hat, ist immer dabei!!

Das macht mehr Spaß als die Auftritte auf dem Friedhof. Aber mit denen bessere ich meine Haushaltskasse auf. Ich will keine Ehefrau sein, die von ihrem Mann Taschengeld bekommt! Die Zwillinge müssen mit. Eine sagt immer »Beileid«, das habe ich ihr beigebracht, aber die andere möchte das nicht.

Huch, jetzt läuten schon wieder die Glocken, und ich muss zu einer Gruftmucke. So fass ich mich auch heute kurz und grüße Dich von Herzen!

Deine Uschi

Lisa

Schierchstadt, Dezember 2013

»Ich grüße Sie von Herzen!«, sagte ich überschwänglich, als ich Mutters neue Polin vom Kracker Bahnhof abholte, die mit dem Nachtbus aus Kattowitz gekommen war.

Diesmal hatte ich eine erstklassige Agentur in Anspruch genommen und ein eindeutiges Anforderungsprofil erstellt: Die neue Betreuerin musste gut Deutsch können, gebildet sein und hochmusikalisch, am besten mit einem Konzertexamen in Klavier oder Geige. Sie musste Erfahrung mit Alzheimer-Patienten haben, sportlich sollte sie sein, am besten einbeinig Roller fahren können. Geduld, Güte und Bescheidenheit sollten sie zieren, aber sie durfte auch nicht zu unterwürfig sein. Ich brauchte eine starke Persönlichkeit, die Mutter Grenzen setzen und klare Regeln aufstellen würde, ohne sie in ihrem Entfaltungsdrang einzuschränken.

Für einen stolzen Preis hatte die Agentur auch das im Angebot. Wie man mir versicherte, auch über Weihnachten. Denn da wollte ich spätestens wieder zu Hause bei meiner

Tochter Ronja sein. Nicht auszudenken, dass sie mit Frank, Sandra und dem Eumel feierte!

Bei strömendem Regen war ich auf dem Weg zum Bahnhof am grünen Haus von Armin, dann am rot blinkenden Erotikcenter und dem Gebrauchtwagenparkplatz vorbeigekommen, um die Eier legende Wollmilchsau im Schafspelz abzuholen. Es war ein wirklich grässlicher Morgen, um in so einer grässlichen Stadt anzukommen, und die neue Polin tat mir jetzt schon leid.

Ich war zwischen den wartenden, auch ihre Dienste anbietenden weiblichen Gestalten herumgekurvt, um die abzu-holende Domina zu suchen, als ich sie unter dem Dach der Döner-Bude entdeckte. Sie war groß und blond, hatte eine Helmfrisur, einen Ledermantel und einen kantigen Rollkoffer.

Mit vereinten Kräften wuchteten wir ihn in den kleinen Kofferraum, in dem schon mein eigenes Gepäck lag. Dass sie so anpacken konnte, war mir auf Anhieb sympathisch! Sie hatte etwas Herbes, Stolzes, Unnahbares. Also genau das, was ich bestellt hatte! Keine Arschkriecherin.

Vor lauter Erleichterung, dass sie wirklich da war, umarmte ich sie jetzt, was sie sehr zu verwundern schien. Ihr Ledermantel fühlte sich kalt und klamm an, und sie roch nach Rauch.

Ich hatte doch eine Nichtraucherin bestellt!

Na ja, vielleicht konnte man nicht alles haben. Ich war bereit, großzügig darüber hinwegzusehen und positiv zu denken, denn sehr viel Alternativen blieben mir nicht.

Wir unterhielten uns, während die Scheibenwischer quietschten und der Sturm heulte, und ich fragte sie vorsichtig aus. Ich erzählte ihr von Mutters liebenswerten Eigenheiten und erwähnte, dass sie wahrscheinlich eine Autoritätsperson brauche, denn mit allen anderen würde sie die Molli machen. Sie berichtete in gebrochenem Deutsch, dass sie früher bei der Polizei gearbeitet habe, und ich sah vor meinem inneren Auge auch gleich einen Gummiknüppel an ihrer Seite.

Als die Domina und ich ankamen, schritt Mutter gerade im Nachthemd die Treppe hinunter.

Das war der Moment, der alles entscheiden würde.

»Hallo, Mutter, das ist Walhalla.«

»Walhalla, das ist Mutter.«

Mutter breitete die Arme aus und hob ein Bein. Das war ja schon mal ein gutes Zeichen.

»Sie mag Sie!«, raunte ich. »Sie heißt Sie willkommen.«

»Is gutt. Ich gehe rein.« Walhalla schickte sich an, mir die Tür vor der Nase zuzumachen.

»Ja. Und ich?«

»Ich anrufe. Bei Bedarf.«

»Ähm … Wie?«

»Ist besser, wenn ich mache das allein. Sie fahre nach Hause.«

»Nach Hause?« Welch betörend Wort!

Mutter war inzwischen in den Regen hinausgeweht und schickte sich an, im Nachthemd Leila Feiges Roller aus dem Nachbargarten zu holen.

»Mutter! Du erkältest dich!« Schon wollte ich hinterherhechten oder wenigstens Hut und Mantel vom Haken reißen.

»Ist gutt. Ich mache.« Walhalla zeigte auf das Auto. »Ich jetzt arbeite. Werde ab heute bezahlt.«

»Aber Sie kennen Mutter doch noch gar nicht …«

»Ich kennenlerne. Und sie mich kennenlerne!«

Daran bestand kein Zweifel.

Mutter glitt inzwischen mit dem Roller zum Vorgartentürchen hinaus.

Ihr Nachthemd und ihre weißen, fedrigen Haare flatterten ihm Sturm.

»Mutter! Vorsicht! Es ist glatt!«

»Ich mache. Besser. Nicht alle beide. Ich weiß. Sie gehe.«

»Aber ich kann doch nicht einfach so ohne Abschied …«

»Hat kein Zweck alle beide. Konzentration: ich.« Sie zeigte mit Zeige-und Mittelfinger auf ihre Augen.

Huch!

»Und wenn es Probleme gibt?«

»Gibt keine Probleme. Kümmern du dich um deine Tochter.«

Und schon rannte Walhalla in ihrem Ledermantel hinter Mutter her.

»Ich auch mal fahre!«, hörte ich sie rufen, während sie im Morgennebel verschwand.

»Rufen Sie mich an?«, rief ich ihr hinterher.

»Bei Bedarf.«

Sosehr mich die Aussicht auf eine sofortige Heimreise auch reizte, und so gern ich mir wie Pontius Pilatus meine Hände in Unschuld gewaschen hätte, weil ich ja meine Pflicht getan und meine Verantwortung abgegeben hatte, so zögerlich drückte ich mich jetzt an der Ananasfront herum und beobachtete aus der Ferne, wie die beiden Frauen in ein Gespräch vertieft gemeinsam den Roller zurückschoben.

Mutter gehorchte Walhalla!

Oh, das sah ja echt vielversprechend aus.

Ich wich in das gegenüberliegende Feigsche Vorgartengebüsch zurück, damit sie mich nicht sehen und mir weinend an die Brust sinken konnte – von wegen »du ahnst ja nicht, was ich alles mitmache« –, als ich fast rückwärts in die sich öffnende Gartentür gefallen wäre.

Da stand der langhaarige Freak, wie ich Mutters Nachbarn, den ich irgendwie unheimlich fand, insgeheim nannte.

»Na, so früh schon auf?«

»O Gott, hast du mich erschreckt!«

»Das hab ich früher schon gern getan!«

Also hatte ich wohl wirklich mit ihm gespielt. Mutter behauptete das ja immer. Vielleicht sah er damals ganz attraktiv aus? Ich erinnerte mich einfach nicht! Vielleicht hatte ich den ganzen Kerl verdrängt?

»Willst du auf einen Kaffee reinkommen?« Der Freak deutete auf sein schwach beleuchtetes hundekotfarbenes Reihenhaus.

Das war natürlich eine Einladung, die ich nicht ausschlagen konnte.

Drinnen lagen tausend Computerkabel und Fernbedienungen auf dem schmuddeligen Fußboden, dem speckigen Ledersofa und dem klebrigen Tisch. Der Freak war ein Computerfreak. Was mich nicht weiter verwunderte.

Aus einer schmuddeligen Spüle angelte er zwei Tassen und goss flüssiges Pech hinein, das dampfte.

»Wow. Starkes Zeug.«

»Bist du wohl nicht gewöhnt, was?«

»Na ja, bei meiner Mutter drüben gibt es nur Kaffee Hag.«

»Ich weiß.« Der Freak nahm ein Fernglas von der Fensterbank und hielt es mir hin.

»Ich kenne jedes Staubkorn bei euch drüben.«

»Bitte … was?«

»Am besten war deine Aktion mit den gelben Säcken. Köstlich!«

Entsetzt starrte ich durch das Fernglas, das ein so scharfes Bild lieferte, dass ein Jäger mit seiner Hilfe einen Spatz in Spanien hätte abschießen können.

»Verdammt! Du hast doch tatsächlich gesehen, wie ich den

ganzen Abfall …« Ich richtete das Fernglas auf Badezimmer und Schlafgemach und wollte gerade die eins a Rollläden lobpreisen, als mir die Ungeheuerlichkeit seines Tuns erst richtig bewusst wurde. »Du beobachtest uns?«

»Ja. Was soll ich denn sonst machen? Ist sonst so langweilig.«

»Von hier wegziehen?!«

»Nö. Ist doch schön hier. Deine Mutter hat so einen Unterhaltungswert. Guck! Jetzt frühstücken sie.«

Ich starrte durch das Fernglas und sah Mutter perfekt angezogen in Schluppenbluse und Goldknopfstrickjacke auf ihrem Platz sitzen und artig kleine Leberwursthäppchen essen. Daneben stand eine Tasse Kakao.

Die Domina saß auf meinem Stuhl und aß auch. Schweigend.

Ich konnte es nicht fassen.

Wie hatte die das denn hingekriegt?

Ich fragte den Freak, ob ich noch ein bisschen bleiben dürfe, es sei der ideale Beobachtungsposten. Und er meinte, das wisse er, ich könne so lange bleiben, wie ich wolle. Er vertiefte sich rauchend in seine Computer und kratzte sich am Kopf.

Walhalla beschrieb nun in tadelloser Handschrift große Wandpappen, die sie neben die dreißig Tablettenfrauen an die Küchenwand heftete.

Heute: Mittwoch.

Walhalla: meine Betreuerin.

Frühstück: 8 Uhr 30.

Mittagessen: 12 Uhr 30.

Mittagsschlaf: 13 Uhr bis 15 Uhr 30.

Spaziergang: 16 bis 17 Uhr.

Abendessen: 18 Uhr.

Bettruhe: 19 Uhr.

Mutter schien das zu brauchen. Vielleicht sehnte sie sich schon die ganze Zeit nach einer festen Hand, die ihr schwierige Entscheidungen abnahm und für sie plante und organisierte. Trotzdem musste ich frösteln. War das nicht alles ein bisschen krass? Ich beschloss, so lange zu bleiben, bis ich dem Braten da drüben trauen konnte. Andererseits konnte ich den Freak schlecht fragen, ob ich bei ihm pennen dürfe.

Und selbst wenn ich es gedurft hätte: Ich WOLLTE es nicht!

»Mann, fahr doch endlich nach Hause!«, brummte der Freak. »Ich pass schon auf deine Mutter auf!«

»Echt? Das würdest du tun?«

»Das tu ich schon seit Jahren.«

Das stimmte. Wenn ich es recht bedachte, strich er ständig um ihr Haus und stand eigentlich immer wie aus dem Boden geschossen da, wenn sie die Haustür öffnete. Erst hatte ich ihn für bekloppt gehalten, aber er passte wirklich auf sie auf!

Er war einfach ein netter Nachbar. Und dass er nicht aussah wie mein heimlicher Schwarm, der Dreitagebart, dafür konnte er ja nichts!

Sein Name war Holger Dillschneider, und ich schämte mich meiner früheren Vorurteile. Ich wollte ihn ab sofort nie wieder Freak nennen. Er war ein total netter Kerl, hilfsbereit, sanft und freundlich, und er nahm das Wort Nachbarschaftshilfe ernster als so manch betuliche Hausfrau, die ich bei den Mülltonnen oder Garagen traf und die immer als Erstes laut herausposaunte, dass bei ihr im Oberstübchen zum Glück noch alles stimme – während Mutter danebenstand.

Holger Dillschneider versprach mir, mich anzurufen, sobald er etwas Verdächtiges beobachte, und ich legte ihm sämtliche Visitenkarten mit »Klüger Reisen«, Privat- und Handynummer hin, was ich früher nur unter Androhung der Todesstrafe gemacht hätte. Aber ich hatte ja in und von Schierchstadt viel gelernt. Ich umarmte Holger Dillschneider zum Abschied – etwas, das ihn und mich gleichermaßen erstaunte.

Kurz darauf machte ich mich auf den langen Heimweg. Ich kam fast um vor schlechtem Gewissen, aber irgendwann musste ich ja mal wieder zurück in mein eigenes Leben und zu meinem Kind!

Auf der Fahrt erinnerte ich mich wieder an die Weihnachtsnacht, als ich mein Werbeplakat zerknüllt auf dem Bett vorgefunden und schluchzend und verzweifelt davongefahren war.

Diesmal fuhr ich auch schluchzend und verzweifelt davon. Nur dass mein Herz jetzt an Mutter und Schierchstadt hing und ich jetzt schon überlegte, wann ich wiederkommen könnte.

Ronja brütete in der Küche ganz allein über ihren Matheaufgaben und war der Verzweiflung nahe. Sie hatte mich so vermisst! Ich tröstete, hörte zu, fand auch, dass alle Lehrer bescheuerte Arschlöcher seien, räumte erst mal zwei Tage lang die Wohnung auf und entsorgte unendlich viel Müll.

Wie gut, dass ich jetzt Walhalla hatte! Mein Platz war bei meiner Tochter! Den Rest der Woche über bemühte ich mich, meinem armen Kind jeden Tag gesunde Mahlzeiten zu kochen und knackige Salate zuzubereiten. Ich presste Zitrusfrüchte aus und kochte Tee, fühlte mich mit diesem Kind und in meiner eigenen Wohnung viel besser als in Schierchstadt. Wir verbrachten eine kuschelige Woche, und ich hoffte, unser Leben würde nun wieder in geordnete Bahnen finden.

Weihnachten kam, und der Eumel wurde geboren. Das hatte den angenehmen Nebeneffekt, dass Ronja auf keinen Fall bei Frank und Sandra wohnen wollte, da der Eumel Tag und Nacht schrie.

Als ich mit Walhalla telefonierte, meinte sie, Mutter habe gar nicht bemerkt, dass Weihnachten gewesen sei. Sie sei wie immer gegen 19 Uhr ins Bett gegangen. Auch Silvester habe sie komplett verschlafen, und alles sei in bester Ordnung.

Als ich Mutter sprechen wollte, sagte sie, Mutter schlafe gerade.

»Sie nicht anrufe. Ich rufe. Bei Bedarf.«

Das fand ich in Ordnung.

So vergingen einige Wochen. Walhalla hatte es echt drauf. Ich wiegte mich gerade wieder in Sicherheit, als Holger eines Vormittags anrief und paffend berichtete, zwei Bauarbeiter von der Bananenallee wären auf Mutters Hilferufe hin herbeigeeilt und würden sie gerade aus dem Klofenster ins Freie hieven.

»Um Gottes willen! Was ist passiert?!«

»Deine Mutter ist wohl eingeschlossen!«

»Und wo ist Walhalla?«

»Wahrscheinlich in Ruhe eine rauchen oder mal ne Runde pennen. Vielleicht auch einkaufen. Ich hab sie jedenfalls nicht auf dem Schirm.«

»Ja aber …«

»Sie drehen deine Mutter gerade wie einen Sektkorken aus der Flasche durchs Klofenster«, berichtete er genüsslich. »Das sieht echt witzig aus.«

»Und jetzt? Ist sie draußen?«

»Ja.« Er sog genüsslich Rauch ein und stieß ihn wieder aus. »Jetzt ist sie den Bauarbeitern um den Hals gefallen und holt gerade Leila Feiges Roller aus dem Vorgarten.« Er nahm einen weiteren Zug. »Jetzt rollert sie in Richtung Bananenallee. Die Bauarbeiter sind ganz baff.«

»Und jetzt?«

»Eieieiei!« Er inhalierte. »Da steht ja die Dampfwalze. Sie

asphaltieren gerade die Bananenallee, ist ja ne Riesenbaustelle. Nicht dass deine Mutter im frischen Teer stecken bleibt!«

»Ich komme!«, rief ich und legte auf. »Du bist ein ganz wunderbarer Mann!«

Wir saßen wieder am Küchentisch, Mutter und ich, seit einigen Wochen schon. Der Frühling hielt langsam Einzug. Gleich würden wir einen Spaziergang um die Reihenhäuser machen. Wie jeden Tag hatte ich schon den Zeitungsartikel von 1961 bewundert, den staubigen Pelzmantel anprobiert und die eins a Rollläden vorgeführt bekommen. Ich hatte an der Bettwäsche gefühlt, wir hatten wieder Essen auf Rädern geteilt und »Wem Gott will rechte Gunst erweisen« gesungen. Vor den Tablettenfrauen hatte sie Klavier gespielt. »Alla turca«, wenn auch sehr ausgedünnt. Jetzt saß sie müde am Tisch, und ich wollte ihr gerade wieder aus Renate Kalininas Tagebuch vorlesen, als ich Holger entdeckte. Ich bat ihn freundlich auf einen Kaffee herein, den er aber dankend ablehnte: Er habe nur noch einen Zehntelmagen und habe absolutes Kaffeeverbot. Abwartend stand er in der Küchentür.

»Willst du dich nicht setzen?«, fragte ich.

Nein. Wollte er nicht.

Er fragte, ob Mutter eigentlich Taschengeld habe, für den Fall, dass er mal mit ihr ins Café Wirberg oder in die Cafeteria des Schattenbachheims gehen wolle.

Mutter hatte einen Verehrer! »*Harold and Maude*« oder was?!

»Du willst mit Mutter spazieren gehen?«

»Klar! Machen wir oft!«

»Da kannste aber staunen«, sagte Mutter, zog ihr Brillenetui aus der Hosentasche und hielt es uns unter die Nase.

Es waren ein paar Münzen darin. »Die hauen wir auf den Kopf!«

»Ja dann …« Ich lehnte mich lächelnd an die Küchenwand, an der die vielen beschrifteten Fotos prangten. Wir schwiegen und standen einfach so rum. In Schierchstadt hatte man für so was Zeit. An Burn-out würde Holger bestimmt nicht sterben. Aber kümmert es die Gelassenheit, aus welcher Quelle sie sich speist?

»Das Geld ist in der Kiste«, sagte Mutter und steckte ihr Brillenetui wieder ein.

»Lass mal stecken, Uschi.« Holger verabschiedete sich. Er müsse jetzt mal weiter, seine Computer warteten auf ihn. Dafür werde er später wieder vorbeischauen.

Er war ein netter Freak. Ich mochte ihn, wie ich fast alle Schierchstädter inzwischen mochte.

»Mutter, magst du den?« Ich schaute ihm versonnen nach.

»Wen?!«

»Na, den Holger!«

»Welchen Holger?!«

»Na, der gerade hier war. Holger Dillschneider!«

»Ach, der will immer Klavierstunden haben.«

»Ja?« Ich musste lachen. »Und? Ist er begabt?«

»Er macht sich wenigstens nicht wichtig.«

Das fand ich auch.

»Und was machen wir jetzt, Mutter? Möchtest du ein Schläfchen halten?«

»Vier, vier, vier, vier.« Sie steckte ihre magere Hand nach dem Tagebuch aus. »Das muss doch einer mal begreifen. Ist doch Frühling!«

»Ich hab es schon gelesen, Mutter. Soll ich dir daraus vorlesen?«

Kopfschütteln. »Vier, vier, vier, vier!«, beharrte sie. »Kann das denn so schwer sein!« Ihre Stimme kippte schon wieder ins Weinerliche. Sie hatte etwas auf dem Herzen, und ich blöde Kuh kapierte es nicht!

»Sollen wir einen Ausflug machen?«

»Ja! Die Siebzigjährige! Es ist doch schließlich bald so weit!«

Ich verstand nur Bahnhof. Hatte ich nicht neulich eine Idee gehabt, wie man Mutters Gedächtnis wieder etwas auf die Sprünge helfen könnte? Ja, genau, Renate Kalinina – Mutters beste Freundin. Wenn es mir gelingen würde, sie zu finden! Doch wie kam ich an sie ran?

In meinem Kopf ratterte es. Da war doch was gewesen, ein Name, eine Verbindung … Plötzlich fiel der Groschen. Das Mädchen aus dem Zug! Elke Wegscheider! Die war doch zehn Jahre nach der Begegnung im Zug meine Klassenlehrerin geworden! Seit ihrer Heirat hieß sie Elke Waterbör, ich selbst war ja als kleines Mädchen bei der Hochzeit dabei gewesen, weil Mutter die Orgel spielte! Das Mädchen aus dem Zug hatte den Sport- und Biologielehrer geheiratet, der mir das Schwimmen beigebracht hatte. Natürlich! Vielleicht wussten sie, wo Renate Kalinina abgeblieben war? Warum war mir das nicht früher eingefallen!

»Die Lehrer müssen doch im Schierchstädter Telefonbuch stehen. Moment, schauen wir mal, W wie Waterbör …« Das Lehrerehepaar stand drin. Mitsamt Adresse. Pfirsichweg 8.

Ich packte Mutter mitsamt ihrem unvermeidlichen Zubehör ins Auto – Holger ließ es sich nicht nehmen, mich rauszuwinken – und stand kurz danach vor einem adretten rostroten Reihenhaus direkt am Waldrand. Vor der Haustür lag eine Fußmatte mit der Aufschrift: »Tritt ein, bring Glück herein.«

Ich klingelte. Mutter stand auf dem Zufahrtsweg und machte selbstvergessen ein paar Tanzschritte.

Frau Waterbör öffnete. Ihre damals schulterlange, dauergewellte Mähne war einem praktischen Allwetterkurzhaarschnitt gewichen, aber ihre wachen, freundlichen Augen waren immer noch dieselben.

»Lisa!« Freudig überrascht bat sie mich herein. »Walter, guck mal, wer da ist!«

»Welch Glanz in unserer Hütte!« Walter, mein ehemaliger Sportlehrer, kam glatzköpfig, aber mit jugendlichem Elan die Treppe hinuntergeeilt und lud mich mit einer ausladenden Verbeugung in sein kleines Reich ein.

»Du bist ja noch schöner als auf dem Plakat!«

»Oh, sagen Sie das nicht. Das hört Mutter nicht so gern.«

»Oh, guck mal, Uschi ist auch mit dabei!«

Mutter machte ein paar Tanzschritte auf ihre Freundin zu, sah aber dann mit heiligem Ernst durch sie hindurch.

»Mensch, Lisa, das finden wir schön, dass du dich auch mal um deine Mutter kümmerst!«

»Auch mal? Ich bin jetzt gefühlt ein Jahr hier!«

»Hättest dich ja mal eher blicken lassen können!«

Elke Waterbör machte Kaffee, und Walter setzte sich zu uns auf das spartanische Sofa. Das Häuschen war zwar genauso geschnitten wie das von Mutter, aber viel aufgeräumter und sauberer. Man sah, dass hier noch vier Hände und zwei klare Köpfe walteten. Die Waterbörs mussten Mitte siebzig sein, wirkten allerdings deutlich jugendlicher und wacher als Mutter.

»Bis jetzt hatte Hannah immer Uschi an der Backe, was?« Walter Waterbör drückte sich nach wie vor sehr unverblümt aus. »Mit ihren Leichen im Keller und der dementen Mutter hatte sie wirklich die doppelte Arschkarte.«

»Walter!«

»Ich sag doch nur, was ich denke! Find ich toll, dass sich die weltgereiste Madame auch mal dazu herablässt, hier die Basisarbeit zu machen.«

»Nimm es ihm nicht übel, Lisa! Er war schon immer sehr direkt.«

Ich winkte ab. »Kein Problem.«

»Und? Wie geht es mit Uschi?«

»Wir hatten zweimal eine Rund-um-die-Uhr-Betreuerin aus Polen, aber beide Male hat es nicht geklappt.«

»Das glaube ich sofort.« Elke Waterbör stemmte die Hände in die Hüften und sah Mutter prüfend an, die irritiert durch die Räume geisterte. »Wir haben sie mal zum Kartenspielen eingeladen, Walter und ich, aber sie konnte nicht ein einziges Kartenspiel! ›Uschi!‹, habe ich gefragt, ›hast du denn nie mit deinen Kindern Karten gespielt?‹«

Ich lächelte. »Nein. Niemals. Meine Mutter spielt keine Karten.«

Mutter suchte offenbar das schwarze Tier.

»Tja, Uschi, Klavier haben wir nicht!«

»Sie müssen nicht so schreien, meine Mutter hört gut, versteht aber nichts.«

»Wie alt ist deine Mutter jetzt, Lisa?!«

»Sie wird Ende Mai neunundsechzig.«

»Siebzig!«, schrie meine Mutter. »Vier, vier, vier, vier!«

»Eigentlich kein Alter für Alzheimer, was?!«

»Walter!«, mahnte Elke. »Sei doch mal ein bisschen taktvoller.«

»Den einen erwischt's früher, den anderen später!« Walter kratzte sich an der Glatze. »Ist vielleicht gar nicht so dumm, wenn man den eigenen Verfall nicht mehr so mitkriegt! Ich hab Rheuma in den Knien und kann nie wieder Volleyball spielen!«

»Davon geht die Welt nicht unter, Walter!« Elke sah ihn tadelnd an und begab sich dann in die Küche, wo sie geschäftig mit den Kaffeetassen klapperte. »Wir waren ja letztes Jahr noch mal mit Uschi und der evangelischen Gemeinde auf Borkum«, rief sie durch die Durchreiche. »Und da war sie auch schon so verwirrt.«

»Ja, aber noch lange nicht so doll …«

Die beiden ergingen sich in Erinnerungen und schilderten mir Mutters Eigenheiten, die ich ja nun schon zur Genüge kannte. »Wenn sie n Klavier findet, dann ist sie glücklich«, sagte Elke. »Walter, deck mal den Tisch.«

»Ja, oder ne Orgel. Ne? Da ist sie ja in ihrem Element.« Mutter kam von der Wohnungsbesichtigung zurück und machte ihren Ausdruckstanz. »Aber hallo!«, sagte sie erfreut. »Da könnt ihr alle staunen. Und eins a Rollläden.«

»Die machen wir jetzt aber noch nicht runter, Mutter.«

»Setz dich doch, Uschi!«

»Sie sind ein ganz wunderbarer Mann«, sagte meine Mutter zu Walter.

Wir brachen in Gelächter aus. Walter fühlte sich geehrt.

»Ja«, sagte ich. »Sie haben mir das Schwimmen beigebracht. Wenn auch durch Reinschubsen und Untertauchen.«

»Ach komm! Du warst das? Ich dachte, das war deine Schwester Hannah, diese Bangebüx! Du konntest es ja in Schierchstadt nicht aushalten, was? Nimm dir Zucker und Milch, oder achtest du auf deine Figur?«

»Nein«, gab ich offen zu. »Also beides nein.«

»Aber die Hannah macht hier mit ihrem Bestattungsinstitut den großen Reibach. Was, Uschi?«

»Aber hallo«, sagte meine Mutter erfreut. »Acht Pfund. Und sieben noch dabei. Das macht mir keiner nach.« Sie machte chinesische Kampfkunst und schnalzte dabei mit der Zunge.

»›Klüger Reisen‹ und Klüger-Wasserthal. Du bist bestimmt stolz auf deine Töchter, Uschi!«, rief Elke aus der Küche.

Mutter reckte den Hals. »STOLZ?!«

»Mutter hat es nicht so gern, wenn sie nicht selbst im Mittelpunkt steht«, entfuhr es mir.

»Hörste gut zu«, mischte sich Mutter ein. »Eins a Pelzmantel. Das Geld ist in der Kiste. Und alle Früchte sind von mir.«

»Ja, die Früchtenamen«, sagten die Lehrer lachend. »Wir haben uns daran gewöhnt, was, Walter? Wir finden es nett hier in Schierchstadt.«

Die Waterbörs schilderten mir, was es hier alles gab: ein Hallenbad und einen Sportverein und einen Wanderweg und einen Kirchenchor.

»Das reicht uns zum Glücklichsein. Wir brauchen keine Karibik und kein Manhattan.«

Ist ja schon gut, Leute! Ich finde Schierchstadt ja auch schön. Wie konnte ich jemals in die Karibik fahren, wo es doch Schierchstadt gibt! Da muss man doch nicht in die Südsee. Man kann es auch übertreiben.

Sie fragten nach Hannah, und ich erzählte ihnen, dass sie und ihr Mann Klaus Klüger-Wasserthal sich ein Jahr Auszeit genommen hätten, um ihre Ehe zu retten. Etwas, das mir mit meinem Frank leider nicht gelungen sei.

»Da kannste mal sehen!«, bemerkte meine Mutter triumphierend. So verwirrt sie auch war – ihre vergifteten Wortpfeile trafen immer noch mitten ins Ziel.

Wir plauderten, und ich spürte, wie sehr sich meine alten Lehrersleutchen freuten. Als sie »Klüger Reisen« ansprachen und die Plakate in den Reisebüros erwähnten, auf denen ich ja sehr gut aussehe und ne tolle Figur mache, konnte Walter sich natürlich nicht verkneifen zu fragen: »Ist das gephotoshopped, Lisa? Sachma ehrlich! Ham die wat dran gedreht oder?« Mutter nahm ihre Wanderung mit einem verächtlichen Adlerblick wieder auf.

»Das kann sie nicht so gut ab, was?«

»Nein, sie hatte immer Probleme mit meiner Lebensweise.«

»Du darfst das nicht persönlich nehmen«, meinte Elke. »Deine Mutter ist zwar damals auf der Westseite geblieben, aber richtig frei war sie nie. Erst das mit ihren Eltern, dann das Leben in dieser Kleinstadt, dein Vater, Zwillinge, Reihenhaus. Von ihren Träumen ist da wohl einiges auf der Strecke geblieben.«

»Du kannst jedenfalls sehr stolz auf deinen Erfolg sein, Lisa. Lass dir das nicht ausreden. Deine Mutter war jahrelang neidisch auf dich, so wird ein Schuh draus! Und deine Schwester auch!«, gab Walter von sich.

Mutter stand mit dem Gesicht zur Glasveranda und moderierte die Pflanzen an. »Da sind ja schon die Stiefmütterchen, ganz prima Stiefmütterchen. Und da sind auch die Väterchen, Stiefväterchen, einer nach dem anderen …«

Sie redete irgendwas, Hauptsache, sie musste nicht hören, was Walter da eben auf den Punkt gebracht hatte.

Ich wechselte abrupt das Thema. »Sie haben doch im Zug nach Moskau ihre ehemalige Freundin getroffen, die im Osten geblieben ist, Frau Waterbör.«

»Ja, richtig. Wann war das, Walter?«

»Musst du doch wissen.« Walter betrachtete Mutter, die in beschauliche Selbstgespräche vertieft war.

»1963«, rief er über die Schulter. »Da hatte ich gerade in Köln Examen gemacht und fing dann an, hier in Schierchstadt dicke Kinder unterzutauchen.«

Er kniff mich in die Wange.

»Ich war nicht dick. Das war meine Schwester.«

»Die Freundin hieß Renate«, sagte Elke. »Eine tolle Frau.«

»Ich habe ihr Tagebuch gelesen«, erzählte ich. »Mutter trägt es ständig in ihrer Handtasche mit sich herum.«

»Was seid ihr alle dösig!«, rief Mutter aufgebracht über den Stiefmütterchen. »Vier, vier, vier, vier!«

»Na, das ist ja interessant!« Auf einmal kam Leben in Elke Waterbör. »Ich habe ihr das Tagebuch damals höchstpersönlich gebracht!« Elke bekam ganz rote Wangen. »Gleich nach unserem Einzug bin ich ins Café Wolke, um der besagten

Uschi« – sie zeigte auf meine Mutter, die mit den Stiefmütterchen sprach – »das Tagebuch zu geben. Ich schwöre, ich habe nie einen Blick hineingeworfen!«

»Das kannste glauben«, sagte Mutter. »Die Siebzigjährige hat ne Schnapszahl.«

»Aber die hat da nicht mehr gearbeitet. Also habe ich mich zu eurer Mutter durchgefragt, bis in den Ananasweg. Da saßen wir bei euch auf der nagelneuen Terrasse.«

»Das ist doch alles gar nicht wichtig«, schrie Mutter erbost. »Vier, vier, vier, vier! DAS ist wichtig!«

»Was meint sie bloß damit? Haben Sie eine Ahnung, was sie damit meint, Frau Waterbör?«

»Sag doch Elke zu mir, mein Gott, du bist doch jetzt erwachsen!«

»Okay, ich versuch's. Elke.«

»Und ich bin der Walter, der gemeine Untertaucher!«

»Okay. Walter.«

»Zu tragisch, dass die beiden durch die politischen Umstände getrennt worden sind. Wenn man jemandem sein Tagebuch schenkt, muss man denjenigen wirklich sehr, sehr geliebt haben.«

»Soweit ich weiß, hat Mutter ihre beste Freundin von damals nie wiedergesehen«, sagte ich. »Ich habe Briefe meiner Mutter an Renate gefunden, aber die sind wieder zurückgekommen. Und so ist der Kontakt zwischen den beiden endgültig abgerissen.«

»Vier, vier, vier, vier! Von wegen!«, ließ Mutter erneut vernehmen.

»Was meint sie nur damit?« Ich war traurig und ratlos.

»Ja, was meine ich wohl!«, herrschte meine Mutter mich böse an. »Was SEID ihr alle dösig!« Dabei schlug sie sich mit der flachen Hand wütend vor die Stirn.

»Eine Telefonnummer ist es nicht.«

»Es könnte ein Datum sein«, meinte Walter. »So ne Schnapszahl. Hat sie das nicht eben gesagt?«

»Der kapiert es endlich!«, rief Mutter und sank Walter an die Brust. »Sie sind ein wunderbarer Mann.«

»Apropos: Will einer ein Schnäpschen?«

Schnäpschen. Selbstgebrannter. Fieberhaft ordnete ich meine Gedanken. Ich sah die junge Renate vor mir, die mit ihren ukrainischen Verwandten in der Weinlaube saß, erinnerte mich an ihren Kampf gegen die Bürokratie. Damit sie ihren geliebten Wanja endlich heiraten konnte. Am Tag der Hochzeit hatte sie doch was Lustiges zu der Standesbeamtin gesagt … Ein Gedanke schwirrte durch meinen Kopf wie eine Wespe, die herauswollte. Irgendwas mit dem Pass. Da war doch was drin gewesen – ein Kleeblatt! Ein vierblättriges Kleeblatt! Vier, vier, vier, vier!

Und plötzlich fiel es mir wie Schuppen von den Augen.

Vierter Vierter vierundvierzig! Das konnte hinkommen! Das war Renates Geburtstag!

Und heute war der zweite April!

Dann wurde Renate übermorgen siebzig!

Plötzlich wurde mir so einiges klar. Ich musste diese Renate finden, und zwar schnell!

»Habt ihr irgendeine Ahnung, was aus Renate geworden ist?« Ich sprang aufgeregt auf.

»Leider nein«, antwortete Elke. »Ich selbst hatte ja nie wieder Kontakt zu ihr. Dabei wüsste ich zu gern, ob das mit ihrer Heirat geklappt hat …«

Oje, die wussten ja noch weniger als ich. Ich musste diese Renate einfach finden! Ich musste Mutter und ihre Freundin wieder zusammenbringen.

Um meine Gastgeber nicht zu verstimmen, trank ich den mir angebotenen Schnaps auf ex und verabschiedete mich hastig.

Lisa

4. April 2013

»Okay. Mutter, bist du bereit?«

Bewaffnet mit einem großen Blumenstrauß, klingelten wir am Gartentor des urigen, efeuumrankten Häuschens. Die Vögel zwitscherten, und ein frischer Aprilwind wehte uns um die Ohren. Die Magnolien standen in voller Blüte.

»Kalinina« stand auf dem Klingelschild. Von der nahe gelegenen Kirche schlug es elf Uhr. Genau die richtige Zeit für einen Geburtstagsbesuch.

Ich atmete tief durch. Sie wohnte nach wie vor in Dunkelweiher!

Nach meinem Besuch bei Elke und Walter Waterbör war ich sofort zu meinem Freund Holger Dillschneider gefahren.

»Du musst mir helfen!«, hatte ich nach lautem Sturmklingeln gerufen und mich an dem erstaunten Holger vorbei in seine Wohnung geschoben. Schnurstracks war ich zu seinem Computer gegangen und hatte Google aufgerufen.

»He, Moment, was machst du da!«, hatte mein Freak alarmiert ausgerufen.

Doch ich tippte bereits ungeduldig auf seiner Tastatur herum. »Ich suche eine Renate Kalinina.«

Atemlos erklärte ich ihm meinen Plan, Mutter und ihre alte Freundin wiederzuvereinen. Und zwar anlässlich von Renates siebzigstem Geburtstag am vierten April. Also in zwei Tagen. Nur dass ich überhaupt nicht wusste, wo diese Renate lebte.

Keine Ahnung, was ich gemacht hätte, wenn ich in der Ukraine fündig geworden wäre. Aber als ehemalige Mitinhaberin eines Reisebüros hätte ich Mittel und Wege gefunden, Mutter und mich ans Ziel zu bringen. Zur Not hätte ich uns auch für eine Heliski-Tour in Kamtschatka angemeldet – Hauptsache, wir waren rechtzeitig zu Renates Geburtstag da: »Vier, vier, vier, vier!« war Mutters Hilferuf seit Wochen!

Mit Holgers Hilfe startete ich meine Recherche.

»Da ist sie!«, schrie ich, als ich die Liste zum x-ten Mal durchging. Wie hatte ich sie nur übersehen können, da stand es doch Blau auf Weiß: »Renate Kalinina, Russischlehrerin … Das muss sie einfach sein!«

Ich jubelte und fiel Holger in meiner Begeisterung um den Hals. Es hätte nicht viel gefehlt, und ich hätte ihn geküsst.

Ein Telefonat genügte, und ich hatte Gewissheit: Volltreffer!

Und so kam es, dass ich jetzt hier mit Mutter in einem unbekannten Stadtteil von Dunkelweiher war. Eichfahrt! Weit und breit waren keine eintönigen Betonsiedlungen zu sehen, stattdessen gab es wunderschön restaurierte und in prächtigen Farben gestrichene Häuser. Manche waren alt und zum Teil baufällig, aber sie hatten Charakter und atmeten Geschichte. Noch einmal atmete ich tief durch und drückte die Klingel. Aus dem Küchenfenster duftete es verführerisch. Hier konnte jemand kochen.

Ich bekam Herzklopfen, denn ich hatte unseren Überraschungsbesuch nicht angekündigt. Nichts geschah, doch dann hörte ich Schritte im Flur.

Renate Kalinina öffnete. Sie war eine temperamentvolle schwarzhaarige Frau und trug eine knallrote Bluse.

»Guten Tag«, sagte ich und reichte der fröhlichen Jubilarin den Blumenstrauß. »Herzlichen Glückwunsch zum Geburtstag!«

»Oh, vielen Dank, die sind ja wunderschön«, freute sie sich, und ihre grünen Augen strahlten mit den Blumen um die Wette. »Und mit wem habe ich das Vergnügen?«

Ich schob Mutter nach vorn. Die stand mit leerem Blick in ihrem Oma-Lina-Kostüm da, und ihre weißen Haare unter dem Hütchen standen wirr nach allen Seiten ab. Neben ihrer ehemaligen Schulfreundin und Altersgenossin wirkte sie um zwanzig Jahre älter.

»Bleib bitte bei mir!«, sagte sie bange.

»Ursula Klüger«, sagte ich. »Geborene Wolke.«

»Sagen Sie Uschi Wolke zu mir, sonst hole ich die Polizei.«

In dem Moment riss Frau Kalinina ungläubig die Augen auf, sah zwischen mir und Mutter hin und her.

»… Uschi? Uschi!« Mit tränenerstickter Stimme zog sie die verschollen Geglaubte an sich.

»Ja, wir kommen spät, aber hoffentlich nicht zu spät.«

»Ihr kommt ganz genau richtig!« Renate konnte es nicht fassen. »Das ist ja ganz unglaublich, nach dreiundfünfzig Jahren! Das ist meine schönste Geburtstagsüberraschung! Dass sie sich diesen Termin gemerkt hat!«

»Mutter hat mich schon seit Monaten darauf hingewiesen«, stammelte ich verlegen.

»Ja, meinen Geburtstag vergisst so schnell keiner«, lachte Renate und winkte uns mit dem Blumenstrauß in die Wohnung. »Kommt doch herein! Ich mache gerade Pelmeni, die essen meine Kinder so gern!«

»Deshalb riecht es hier so gut!«

»Pellkartoffeln?«, fragte Mutter keck.

»Pelmeni, Mutter.«

»Khomeini?«

»Ach, vergiss es!«

Wenig später saßen wir in Renates modern eingerichtetem Wohnzimmer, in dem alles blinkte und blitzte. Blumenmeere und Glückwunschkarten türmten sich neben bunt verpackten Geschenken. Die großen Fenster gaben den Blick auf einen gepflegten Garten frei.

»Ich erwarte nachher noch Besuch. Meine Kinder und Enkel«, erklärte Renate und stellte die Blumen in die Vase. »Aber jetzt sind wir ungestört! Uschi! Erinnerst du dich noch an mich?«

»Vielleicht gleich«, sagte ich.

»Ich hab sie nur erkannt, weil Sie ihr so ähnlich sehen!«

»Ich habe noch eine Zwillingsschwester«, sagte ich. »Die sieht mir auch ähnlich.«

»Na so eine Überraschung, so eine Überraschung!« Renate war wirklich aus dem Häuschen.

»Mutter hat Ihnen geschrieben«, sagte ich. »Oft. Die Briefe sind hier in ihrer Handtasche. Leider sind sie alle wieder zurückgekommen.«

»Ja, die habe ich nie erhalten.« Renate schlug die Hände über dem Kopf zusammen. »Ich habe so oft versucht, Kontakt zu ihr aufzunehmen! Aber als ich auf meine Briefe nie eine Antwort bekommen habe, dachte ich, sie will vielleicht nicht mehr an unsere Zeit erinnert werden.« Sie senkte den Blick, und ich ahnte, an wen sie dachte: Armin.

»Im Gegenteil!«, beeilte ich mich zu sagen. »Sie trägt den Zeitungsausschnitt von eurem Grenzkonzert und Ihr Tagebuch ständig mit sich herum!«

»Nein, ich bin wirklich überwältigt ...«

Renate Kalinina schlug immer wieder die Hände über dem Kopf zusammen – bestimmt auch wegen Mutters Zustand. Immer wieder zuckten ihre Blicke verlegen zu ihr, um dann an mir hängen zu bleiben.

Mutter geisterte abwesend durch die Räume, dann entdeckte sie das schwarze Tier.

Sie fing an zu spielen, wusste aber bereits nach ein paar Takten nicht mehr weiter.

Normalerweise endete das immer in peinlichem Schweigen, Räuspern, Stühlescharren.

Zu meiner freudigen Überraschung setzte Renate sich neben Mutter und spielte eine Melodie. Ich kannte sie, weil Mutter sie früher oft gespielt hatte.

»Auweia, Dunkelweiher!«, rief Renate. »Kennst du das noch, Uschi? Das hast du komponiert!«

»Das kannste aber glauben!«, sagte Mutter.

Und plötzlich fügten sich Mutters Finger immer zielsicherer in Renates Spiel ein. So spielten die beiden Freundinnen gemeinsam ihr altes Grenzzaunstück und lächelten verzückt.

Ich sah die beiden grundverschiedenen Frauen nebeneinandersitzen, und es brach mir schier das Herz: Die eine war jung und lebendig geblieben, die andere war alt und verwirrt. Aber mithilfe der Musik fand sie in ihr altes Leben zurück. Renate hatte auf Anhieb den Schlüssel zu Mutters Erinnerungen gefunden.

Auf dem Klavier entdeckte ich das schwarz gerahmte Foto eines gut aussehenden, etwa fünfzigjährigen Mannes mit samtbraunen Augen. Er kam mir entfernt bekannt vor. Wer hatte mich denn vor Kurzem genau so angeschaut? Ich kam nicht drauf. Na, egal! Der Mann auf dem Foto musste Wanja sein. Genau so hatte ich ihn mir vorgestellt.

Als sie fertig waren, umarmten sich die beiden ungleichen Freundinnen. Renate war so überwältigt, dass ihr ein paar Tränen über die Wangen liefen. »Uschi! Dass ich dich wiederhabe!«

»Vier, vier, vier, vier«, sagte Mutter.

Ich musste mir verstohlen über die Augen wischen.

»Sie hat es wirklich so oft gesagt, und ich bin erst im letzten Moment draufgekommen, was es bedeutet!«

»Los, setzt euch doch! Darf ich euch ein Glas Champagner anbieten? Bitte erzählt doch, wie ist es euch ergangen?«

Ich sagte, dass Mutter seit dem Mauerbau in Schierchstadt

lebe und dass sie der ganzen Stadt Straßennamen gegeben habe, nachdem sie die Frau des Stadtplaners geworden sei. Renate schüttelte immer wieder den Kopf und lachte. »Ja, das sieht ihr ähnlich! Ich war nie im Westteil, in dieser Trabantenstadt!«

Mutter machte wieder ihre Tanzschritte und drehte sich im Kreis – mit ernstem Gesichtsausdruck, in dem auch etwas Entrücktes lag. Sie hob ein Bein und war wieder in ihrer eigenen Welt.

»So hat sie früher immer getanzt«, lachte Renate gerührt. »Sie musste immer eine Show abziehen!«

Wir ließen Mutter tanzen.

»Ich habe Ihr Tagebuch gelesen«, gestand ich, während Renate den Champagnerkorken knallen ließ. Ich hielt zwei Gläser unter den Strahl, und Renate schenkte ein. Ihre Hände zitterten immer noch vor Überraschung. »Aber nur bis zu der Stelle, an der Sie es der jungen Lehrerin aus dem Westen übergeben haben!«

»Elke Wegscheider! Aber danach ist noch viel passiert«, sagte Renate lachend.

»Sie heißt jetzt Waterbör.«

»Ach, deshalb habe ich sie nicht gefunden!«

»Wie ging es weiter mit Wanja und Ihnen?« Ich lehnte mich mit meinem Champagnerglas zurück und prostete ihr zu.

Renate begann zu erzählen.

Renate

1968–2014

»Nachdem ich im September 1967 wieder mit meiner Arbeit in der Schule begonnen hatte, während meine Schwiegermutter zu Hause unsere Tochter Anita hütete, passierte etwas, womit niemand gerechnet hatte: Ich wurde krank. Ausgerechnet ich, die ich nie auch nur den Anflug einer Erkältung hatte. Was habe ich mich damals unverwundbar gefühlt!

Aber meine Herzbeschwerden wurden so stark, dass ich nicht mehr zur Arbeit gehen konnte. Kein Arzt war in der Lage, mir zu helfen, noch nicht mal der Herzspezialist in Odessa.

›Es könnte mit dem Klima zusammenhängen‹, sagte er und steckte kopfschüttelnd sein Stethoskop ein. ›Organisch kann ich nichts feststellen!‹

›Aber ich habe das Klima doch bis jetzt gut vertragen!‹

›Ihr Körper hat sich seit der Geburt verändert‹, erklärte der Kardiologe. ›So etwas kommt vor.‹

›Dann gehen wir eben in deine alte Heimat zurück‹, entschied Wanja sofort.

Es brach mir das Herz. Wir sollten dieses Paradies hier aufgeben? Unser neues Haus, das wir uns mühsam erarbeitet hatten? Ganz zu schweigen von den wunderbaren Menschen, die meine Familie geworden waren?

Ich weinte bitterlich, doch mein Gesundheitszustand verschlechterte sich immer mehr. Eines Tages konnte ich nicht mehr aufstehen. Es hatte keinen Zweck. Also beantragten wir die Ausreise, die schnell genehmigt wurde. Unser Haus und alle Anschaffungen überließen wir Wanjas Bruder. Mit kleinem Handgepäck fuhren wir zurück in die

DDR, mitsamt unserer kleinen Anita. Meine Mutti wollte uns aufnehmen, bis wir Wohnung und Arbeit gefunden hätten.

So kamen wir im Januar 1969 in Dunkelweiher an. Mutti war damals sechzig, und ich bin ihr heute noch unendlich dankbar, dass sie uns so selbstlos in ihrer winzigen Wohnung beherbergt hat – und das mit einem Kleinkind, um das sie sich auch noch kümmern musste. Ich war ja krank, und Wanja suchte Arbeit.

Doch schon im März ging es mir wesentlich besser. Ich bekam Arbeit als Schwangerschaftsvertretung in einer Schule und Wanja als Zerspaner in einem großen Betrieb.

Wir suchten verzweifelt nach Wohnraum. Bei einem Spaziergang durch unser heiß geliebtes Dunkelweiher erreichten wir eine moderne Plattenbausiedlung, die noch im Bau befindlich war. Plattenbau war ja damals superschick und heiß begehrt.

›Schau mal, im Erdgeschoss sind gerade die Maler drin. Ob wir mal einen Blick hineinwerfen dürfen?‹

Wir durften. Ich war entzückt über den zweckmäßigen Schnitt der Dreizimmerwohnung: Wohnzimmer, Schlafzimmer, Kinderzimmer, Einbauküche mit Elektroherd, Bad mit Wanne und WC!

›Von so was kann man bei uns in der Ukraine nur träumen‹, lachte Wanja.

›Von so was kann man bei uns in der DDR nur träumen!‹, setzte ich noch einen drauf.

›Na ja, träumen darf man ja.‹

›Schönen Dank und auf Wiedersehen.‹ Wir spazierten weiter.

Wir wussten, dass wir keine Chance auf so eine Traumwohnung hatten. Wir waren ja gerade erst wieder in die DDR zurückgekehrt, und solche Wohnungen waren bei

Parteimitgliedern heiß begehrt. Sicherlich waren sie schon für die nächsten zehn Jahre vorreserviert. Genau so war es auch.

Im Mai war im Werk meines Mannes die Woche der deutsch-sowjetischen Freundschaft.

Man behandelte Wanja sehr freundlich und kollegial. Der Parteisekretär und der Vorsitzende der deutsch-sowjetischen Freundschaft hielten schützend die Hände über ihn.

Genau diese beiden Männer waren es auch, die mir meinen leicht betrunkenen Wanja nach dem Fest im Dienstwagen nach Hause brachten.

›Wir dachten, sowjetische Offiziere sind trinkfest‹, riefen sie lachend. ›Lassen Sie ihn erst mal seinen Rausch ausschlafen, Frau Kalinina!‹

Ich nahm meinen taumelnden Mann entgegen. ›Meine Güte, das tut mir leid, das ist ihm noch nie passiert …‹

›Lassen Sie mal gut sein, Frau Kalinina. Er ist ein großartiger Kerl. Er hat Akkordeon gespielt, dass die Kollegen auf den Tischen getanzt haben. Da hat er halt von jedem einen Schnaps spendiert bekommen!‹

›Wanja! Liebster! Schaffst du es in die Wohnung?‹ Ich bedankte mich bei beiden Herren und bugsierte ihn in Muttis Wohnung.

›Wirhmsnewohnung!‹

›Ja! In die Wohnung! Bitte leise, Mutter und die Kleine schlafen schon!‹

›Wirhamsonewohnung!‹

›Ja doch! Pscht! Du weckst ja die anderen auf. Schlaf dich erst mal aus!‹

Erst am nächsten Tag, als Wanja mit Eiswürfeln auf der Stirn an Mutters Ofen saß, konnte er mir die gute Nachricht mitteilen. ›Wir haben so eine Wohnung!‹

Ich konnte es noch gar nicht richtig glauben. Wir hatten

tatsächlich genau so eine Neubauwohnung zugewiesen bekommen!

Bald kam von der Wohnungsverwaltung der Bescheid, dass wir uns den Schlüssel abholen könnten. Es war genau die Wohnung über der, die wir besichtigt hatten, im selben Plattenbau, identisch geschnitten! Wir waren überglücklich. Endlich eigene vier Wände!

Im September bekam ich eine volle Stelle als Russischlehrerin. Was für ein Glück, dass ich es perfekt konnte!

So ging es bei uns langsam, aber stetig bergauf. Mein Mann bekam ein tolles Angebot im Betonwerk als Autokranführer. Und unser Anitchen einen Kindergartenplatz, der nur drei Minuten von unserer Wohnung entfernt war. Mit der deutschen Sprache haperte es bei ihr aber sehr. In der Ukraine hatte ich es leider versäumt, mit unserem Kind deutsch zu sprechen. So rollte sie noch lange das russische R und machte auch sonst ein paar ulkige Fehler – so ähnlich wie damals der Schüler, der Wilhelm Tell den Apfel vom Kopf seines Sohnes scheißen ließ.

Wanja selbst lernte auf seiner Arbeitsstelle immer besser Deutsch und natürlich durch das Fernsehen und die Treffen mit den Nachbarn und Freunden. Wir führten ein geselliges Leben genau wie in der Ukraine.

1971 kam dann unser Sohn Alexander zur Welt.

Im gleichen Jahr fuhren wir erstmals wieder in den Sommerferien nach Reni. Die Freude bei der Familie war groß!

Im nächsten Jahr konnten wir billig ein ehemaliges Taxi, einen Wolga kaufen, ein geräumiges Auto mit viel Stauraum. Damit fuhren wir jedes Jahr gleich am ersten Sommerferientag mit den Kindern und Sack und Pack die zweitausend Kilometer nach Reni, wofür wir bis zu sieben Tage brauchten. Mit Kleinkindern muss man ja öfter eine Pause machen. Wir fuhren über Polen, die Tschechei und Ungarn,

Rumänien und später nach der Wende auch durch Österreich.

1994 machten Wanja und ich unsere letzte gemeinsame Reise nach Reni. Die Eltern waren leider schon seit einigen Jahren nicht mehr am Leben. Wir besuchten Wanjas Schwester.

Bald darauf spürte ich, dass mein Mann sich mit etwas quälte, mir aber nichts sagen wollte. Er wollte mich schonen. Im Oktober 1995 kam er dann ins Krankenhaus, wurde an einem aggressiven Darmkrebs operiert und starb nach schrecklichen Wochen, von denen er hoffentlich nicht mehr allzu viel mitbekommen hat, am 29. Dezember 1995.

Für unsere Kinder und mich war das ein ganz furchtbarer Tag. Inzwischen haben wir uns an das Leben ohne ihn gewöhnt, doch er bleibt unvergessen. Wir sind ihm dankbar für seine Liebe und Treue.

Tja, und Uschi glaubte ich auch verloren zu haben, nachdem sie sich nie wieder gemeldet hat. Und jetzt steht sie hier! An meinem siebzigsten Geburtstag! Das ist wie ein Wunder!«

Renate Kalinina blinzelte eine Träne weg.

Lisa

Dunkelweiher, April 2014

Ich wischte mir auch über die Augen.

»Sie trägt Ihr Tagebuch mit sich herum wie einen Schatz!«, brachte ich schließlich heiser hervor. »Wanja und Sie – das war ja ein bisschen wie die viel besungenen Königskinder. Nur dass das Wasser für euch nicht zu tief war.«

Renate lächelte. »Die Liebe versetzt Berge. Wenn man wirklich liebt, wenn man wirklich weiß, wo man hingehört, dann ist alles möglich.«

Ich seufzte. Genau das fehlte noch in meinem Leben. Ich wünschte mir in diesem Moment nichts sehnlicher, als dass noch mal ein Prinz angeritten käme und mich auf sein Schloss mitnähme. Aber danach sah es nicht gerade aus. So nett ich Holger inzwischen fand: Der Dörrpflaumenweg war nicht das Ziel meiner Träume.

Wir tranken einen Schluck Champagner und lächelten uns an.

»Können wir nicht du zueinander sagen?«, schlug Renate vor. »Es kommt mir komisch vor, die Tochter meiner besten Freundin zu siezen. Zumal du ihr so ähnlich siehst.«

»ICH sehe meiner Mutter ähnlich?«, fragte ich entsetzt.

Renate lachte. »Du siehst der Uschi von damals ähnlich. Der mit den blitzenden Augen.«

Na gut, damit konnte ich leben.

»Mutter, hat dir Renates Geschichte gefallen?«

Mutter hatte die ganze Zeit im Sessel am Fenster gesessen und teilnahmslos hinausgestarrt. Zwischendurch war sie eingeschlafen, aber jetzt regte sie sich und schaute uns verwundert an.

»Wie soll man das verstehen?«

»Renate hat aus ihrem Leben erzählt, Mutter. Sie ist mit Wanja glücklich geworden!«

Mutter rappelte sich mühsam auf, näherte sich Renate, strich ihr bewundernd über das schöne Jackett und sagte: »Schöne Schuhe haste. Schöne Haare, schöne Jacke. Alles schön.«

Renate streichelte ihre Hand und lächelte verlegen.

»Darf ich mal fragen …«, Mutter ging zu Wanjas schwarz gerahmtem Bild auf dem Klavier und streichelte vorsichtig darüber.

»Wer ist dieser wunderbare Mann?«

Wir lachten. »Das ist Wanja, Mutter.«

»Wanjamutter?«

»Der lebt nicht mehr. Der ist seit zwanzig Jahren tot.«

»Weiß er das?«

Wir sahen uns verblüfft an.

»Ich denke schon.«

»Da hattest du n ganz Wohlen«, sagte Mutter zu Renate. »Lieb und wohl und gut gemacht.«

»Ja, den hatte ich wohl.«

»Du bist auch ne Wohlgute.« Mutter streichelte das Bild, das Klavier und Renate. »Alles prima. Ganz prima und alles Liebe, alles Gute.«

Die beiden Frauen umarmten sich. Es war ein rührendes Bild. Wieder wurde mir bewusst, dass Renate zwar im Osten eingesperrt gewesen war, aber wirklich das Beste aus ihrem Leben gemacht hatte. Sie hatte ihre große Liebe gefunden, mit allen Mitteln um sie gekämpft und sich ein riesiges Stück vom Kuchen des Lebens genommen, einschließlich der tollen Reisen. Also genau das, was Mutter mir immer vorgeworfen hatte. Mut macht glücklich!

Sie war eine Gefangene ihrer selbst geblieben. Deshalb verhielt sie sich auch immer so trotzig. Sie hatte Schierchstadt nie verlassen. Sie war nie gereist, hatte nichts gewagt, hatte vielleicht ihr Leben geträumt, aber nie ihre Träume gelebt. Und eine Vernunftehe geführt. Genau wie Hannah, ging es mir durch den Kopf. Die war auch so neidisch und sauertöpfisch gewesen.

Vielleicht ging es Hannah jetzt viel besser, nach diesem Jahr Auszeit? Sie lebte doch jetzt auch ihre Träume, mit ihrem Klaus. Eigentlich waren die beiden total in Ordnung, und ihre Söhne erst recht. Pfiffige Burschen!

Auf einmal hatte ich heftige Sehnsucht nach meiner Zwillingsschwester. Ich wollte ihr um den Hals fallen und sagen, wie sehr ich sie für das schätzte, was sie geleistet hatte. Und ihr danken, dass sie bei Mutter geblieben war.

Plötzlich bekam ich eine Gänsehaut. Was, wenn sie zum Muttertag wiederkäme?

Wäre das nicht wunderschön? Ein Familientreffen im Mai?

Konnten wir nicht auch so eine harmonische Familie sein wie die von Renate Kalinina?

Ich erschrak, als ich auf die Uhr sah. Wir waren viel zu lange hier gewesen. Frau Kalinina – Renate – erwartete doch noch Besuch.

»Mutter, ich denke, wir müssen jetzt gehen!«

Sanft löste ich Mutter aus der Umarmung ihrer Freundin und strebte mit ihr zur Tür.

»Vielen Dank, Renate, für die Geschichte und den Champagner. Wir haben deine Zeit lange genug beansprucht. Und bevor ich es vergesse … Hier hast du dein Tagebuch zurück.«

Ich kramte in Mutters Handtasche und wollte das kostbare Stück daraus hervorholen. Das übliche Zeug quoll daraus hervor: Lockenwickler, Lakritzschnecken, Blockschokolade und der Zeitungsausschnitt. Mutter hielt ihn Renate unter die Nase. »Kennen Sie die?«

»Ja«, sagte Renate lachend. »Die kenne ich! Das sind wir beide, Uschi und Renate! Du und ich!«

»Du hast mir so geholfen«, sagte Mutter plötzlich. »Und dann sind wir weitergefahren, weißte noch?«

»Das Tagebuch könnt ihr behalten«, wehrte Renate ab, als ich es ihr reichen wollte. »Ich glaube, deine Mutter würde es vermissen.«

»Das kannste glauben«, sagte Mutter und stopfte das Tagebuch wieder in ihre Handtasche.

»Aber Sie brauchen doch … Du brauchst doch deine Geschichte«, sagte ich.

»Die habe ich hier.« Renate zeigte auf ihr Herz. »Keine einzige Silbe geht daraus verloren.«

Wir setzten gerade zur großen Abschiedszeremonie im Flur an, als draußen eine Autotür zuschlug. Dann näherten sich kräftige Schritte.

»Das ist Alexander!«, freute sich Renate und öffnete die Tür. »Jetzt gibt's Essen!«

Ein riesiger Blumenstrauß auf Beinen stand in der Tür, und als das Gesicht dahinter zum Vorschein kam, traf es mich wie der Blitz: Denn da stand der dunkelhaarige, samtäugige Mann mit dem schelmischen Lächeln, den ich noch eben in dem schwarz gerahmten Bild auf dem Klavier gesehen hatte. Wanja? Aber das war doch nicht …? Mir wurden die Knie weich.

Ich schaute nach draußen. Dort parkte ein schwarzer BMW.

Der Handymann? Der Dreitagebart? War er es? Ja konnte das denn sein? Dieser hier war frisch rasiert.

Mutter und Sohn fielen sich erst mal auf das Herzlichste in die Arme, und ich kam mir plötzlich schrecklich überflüssig vor.

»Wir wollten gerade gehen«, stammelte ich und zog Mutter am Mantelzipfel.

»Da kommt ja der Offizier«, sagte Mutter. »Guck mal in diese dunklen Augen …«

Lieber nicht. Oder doch?

Wir sahen uns an, der Doppelwanja und ich, und plötzlich wurde ich flammend rot. Er war immerhin der Traum meiner schlaflosen Nächte in Schierchstadt gewesen. Um seine Mundwinkel zuckte es.

»Ach, Sie sind das!«, sagte er. »Man sieht sich immer dreimal! Oder ist es schon das vierte Mal?«

»Vier, vier, vier, vier«, sagte Mutter.

Renate machte ein verständnisloses Gesicht. »Ihr kennt euch?«

»Sie sind ein wunderbarer Mann!« Mutter sank ihm zärtlich an die Brust. Dann stupste sie Renate an. »Hab ich es nicht gesagt? Der liebt dich! Nimm ihn und lauf!«

»Das ist Wanjas Sohn, Mutter!«

»Wanja hat n Sohn? Ja, wo will der denn auf einmal hin?«

»Nirgendwohin«, rief Renate. »Ihr am besten auch nicht! Oder habt ihr einen dringenden Termin?«

Ich musste feixend zugeben, dass wir selten dringende Termine hatten. Die nächste Tablettenfrau würde erst wieder am Abend kommen.

Renate schob uns wieder ins Wohnzimmer, und ich starrte zu Alexander hinüber. Alexander zeigte sich völlig unbeeindruckt. So als träfe er jeden Tag Frauen, die die Autobahn oder den Verkehr blockierten, bei seiner Mutter im Wohnzimmer. Oder war er nur zu taktvoll?

Mutter eilte sofort wieder zum Klavier, denn den großen Auftritt vor dem schönen Mann wollte sie sich nicht entgehen lassen. »Alla turca«, was sonst! Als sie sich verspielte, eilte Renate ihr erneut zu Hilfe. Ich fand es so rührend, dass die beiden nun nach fünfzig Jahren wieder nebeneinandersaßen und dass es keinen trennenden Zaun mehr zwischen ihnen gab. Außer den des seligen Vergessens.

Alexander sandte mir ähnliche Blicke wie Wanja wohl damals Renate. Ich wusste jedenfalls gar nicht mehr, wohin ich schauen sollte. Mir wurde ganz heiß.

Wir setzten uns in die Sofaecke und ließen die beiden Mütter spielen. Ich veratmete erst mal eine Hitzewallung. Alexander eröffnete das Gespräch.

»Ich hab Ihre Mutter mit diesem Stück immer noch auf dem Handy!«

»Pssst!«, machte Mutter. »Unverschämtheit!«

»Ja, und bestimmt auch diverse Fast-Auffahrunfälle«, flüsterte ich. »Danke, dass Sie mich immer reinwinken.«

»Ja. Hab Sie ja gerade auch wieder reingewinkt.« Er grinste. »Sonst wären Sie ja gegangen.«

»PSSST!! Schreckliche Proleten!«

»Sie sind also der Sohn Ihrer Mutter«, flüsterte ich nach einer Anstandspause. »Wer hätte das gedacht.«

»Und Sie die Tochter Ihrer Mutter«, gab er zurück. »Netter Zufall, oder?«

»Ich bin auch noch die Mutter meiner Tochter. Der Vollständigkeit halber.«

»Wie geht's dem Wirrschopf? Hat sie inzwischen den Führerschein?«

»Immer noch nicht. Dreitausend Kilometer sind lang.«

»Wir SPIELEN!!«

Wir lauschten ergriffen. Dann hielt es ihn nicht länger.

»Und was machen Sie so, wenn Sie nicht auf Ihre Mutter aufpassen oder mit Ihrer Tochter Auto fahren?«

»Tja«, seufzte ich. »Was mache ich? Ich sehe meinem trostlosen Ende in Schierchstadt entgegen, in dem Reiheneckhaus im Ananasweg, das ich vor fünfundzwanzig Jahren für immer verlassen wollte.« Ich nahm einen Schluck Champagner.

»RUHE! UNVERSCHÄMTHEIT!«

Ich bekam einen roten Kopf, weil Mutter mich so vor ihm rügte. Sofort war ich wieder das kleine Mädchen.

Alexander prostete mir verstohlen zu und schenkte mir jenes warmherzige Lächeln, das er mir immer schenkte, wenn er mich reinwinkte oder mich sonst irgendwie rettete. Ich musste das erst mal verdauen. Der Handymann. Renates Sohn. Wanjas Sohn.

»Wohnen Sie in Dunkelweiher?«, fragte ich neugierig. Das wäre ja zu schön, um wahr zu sein! Schon liebäugelte ich damit, für immer nach Schierchstadt zu ziehen.

»RUHE! Verwandt und zugenäht!«, schrie Mutter.

Schweigend lauschte ich dem ungleichen Freundinnen-Paar. Inzwischen war die Sangeslust ausgebrochen, und sie intonierten ein Duett aus der Dunkelweiher Einheitshymne. Mutter war selig.

Alexander schob mich in die Küche, damit wir uns in Ruhe unterhalten konnten. Er schnupperte und steckte sich Pelmeni in den Mund.

»Hm, göttlich! Die müssen Sie probieren!«

Mit diesen Worten steckte er mir auch eine gefüllte Teigtasche in den Mund. Sie schmeckte wirklich fantastisch.

»Und was machen *Sie*, wenn Sie nicht Ihre Mutter besuchen?«, spielte ich dann den Ball zurück, den er mir vorhin zugeworfen hatte.

»Auch ich befinde mich gerade in einer Umbruchphase«, begann er und spielte mit einem Glasuntersetzer. Ich betrachtete seine Hände, die kräftig und gepflegt waren und aussahen, als könnten sie ordentlich zupacken.

»Ich habe bis vor Kurzem in der Spitzengastronomie gearbeitet, und darüber ist meine Ehe zerbrochen. Wir haben dem Stress unseres Sternerestaurants in Kalifornien nicht standgehalten. Nun habe ich vor Kurzem ein völlig abgelegenes Schlosshotel in der Steiermark übernommen.«

»Also das volle Kontrastprogramm.«

»Ja. Genau wie bei Ihnen.« Er lächelte, dass mir die Knie weich wurden. »Oder?«

»Ja. Wobei ich anmerken muss, dass ich Schierchstadt inzwischen richtig schön finde. Alle dreißig rotblusigen Tablettenfrauen habe ich ins Herz geschlossen, auch den netten Nachbarn mit dem Fernglas, und Essen auf Rädern ist der Höhepunkt meines Tages. Schmeckt mindestens so gut wie die Pelmeni Ihrer Mutter.«

Alexander hatte mir noch so eine Teigtasche in den Mund gesteckt, und ich leckte mir das Fett von den Lippen.

»Nein, jetzt mal im Ernst: Ich kann Mutter nicht allein lassen. Und ich bringe es nicht fertig, sie ins Heim zu geben.«

»Sie sollten sich mein Schlosshotel mal anschauen«, meinte Alexander plötzlich und reichte mir seinen Prospekt. »Ich habe lange nachgedacht, wie ich es wieder mit Leben füllen kann. Es liegt so ruhig und abgelegen inmitten von unverfälschter Natur, dass ich mich für eine exklusive Altersresidenz entschieden habe.«

»Das hört sich toll an.« Ich ließ meinen Blick über das herrschaftliche weiße Schloss vor einem Bergmassiv inmitten grüner Hügel schweifen. Herrlich, sogar mit Golfplatz!

»Aber so eine exklusive Altersresidenz können wir uns nicht leisten«, sagte ich seufzend.

»Sie sollen ja nur mal vorbeischauen«, meinte Alexander. »Ich brauche auch noch Hilfe bei der Planung und Organisation. Neulich habe ich Sie übrigens im Jibbi-Einkaufszentrum gesehen. Im Reisebüro. Die Frau mit dem weißen Kleid, die barfuß auf einem Kreuzfahrtschiff tanzt?« Plötzlich wurde auch er rot. »Ich habe immer gegrübelt, woher ich Sie kenne! SIE sind das!«

»Na ja, das Foto ist mindestens fünf Jahre alt und außerdem gephotoshopped …« Ich wusste gar nicht, wohin ich schauen sollte vor lauter Verlegenheit.

»Ihre Werbung ist doch sehr professionell! Ihr Rat wäre mir lieb und teuer.«

»Ja. Wir könnten Mutter ganz groß auf das Plakat machen. Mit ihrem schwarzen Tier. Sie könnte barfuß auf dem Flügel tanzen oder noch besser: Roller darauf fahren.« Ich zeichnete Gänsefüßchen in die Luft. »Klüger altern …«, sagte ich zynisch.

Alexanders Mundwinkel zuckten. »Ich meine es ernst! Schauen Sie sich die Sache an.«

Erfreut trank ich mein Glas Champagner leer. »Meine Tochter Ronja muss immer noch siebenhundert Kilometer Auto fahren, bevor sie ihren Führerschein machen kann. Das wäre eine Gelegenheit. Dann hätten wir ein Ziel.«

»Es wäre mir eine große Ehre, Sie in meinen heiligen Hallen beherbergen zu dürfen. Bringen Sie Ihre Mutter mit. Es würde ihr bei uns gefallen. Sie könnte singen, tanzen und Roller fahren, so viel sie will. Es gibt bei uns keinen Straßenverkehr und niemanden, der sich daran stört.«

»Wie gesagt: Leider haben wir nicht das nötige Kleingeld«, wiegelte ich ab. »Ich meine, für ein paar Tage wird es schon reichen, aber für immer kann ich meine Mutter bestimmt nicht in so einer Residenz einquartieren. Noch nicht mal, wenn ich als Zimmermädchen bei Ihnen anfange.«

Alexander sah mich schmunzelnd an. »Ich glaube, Sie haben andere Qualifikationen.«

»Na ja, ich will mich nach meiner Scheidung schon beruflich neu orientieren, aber etwas mit Tourismus sollte es doch sein. Ich meine, ich kann nichts anderes.« Ich wusste gar nicht, wohin mit meinen Händen.

»SIE können nichts.«

»Nein.«

»Da habe ich aber einen anderen Eindruck.«

»Der täuscht.«

Alexander sah mich erneut so durchdringend an, dass mir das Herz bis zum Hals schlug.

»Wie wäre es mit Muttertag? Dann könnten wir unsere alten Damen wieder zusammenbringen.«

Muttertag! Hatte ich nicht vorhin selbst an Muttertag gedacht? Hannah musste auch kommen! Alle sollten kommen!

»Die alte Linde wird blühen.«

»Welche alte Linde?«

»Vor dem Schloss steht eine tausendjährige Linde.«

»Welche tausendjährige Linde kann das schon von sich behaupten«, stotterte ich. »Dass sie noch blüht.« Ich war wirklich völlig durch den Wind.

Die Damen hatten aufgehört, Klavier zu spielen, und kamen lachend in die Küche.

»Jetzt werden aber die Pelmeni gegessen! Oh, ich sehe, ihr seid schon dabei!«

»Finger weg, oder es gibt eins hinter die Löffel!«, sagte Mutter streng. »Wir sind keine Proleten.«

»Ich mache Ihnen einen Sonderpreis«, redete Alexander weiter auf mich ein. »Bis auf eine alte Dame, die sich vor Kurzem für den Rest ihres Lebens bei uns einquartiert hat, steht das Hotel noch leer.« Alexander stand galant auf und überließ seiner Mutter den Platz auf der Küchenbank.

»Sauerrahm?«

Er schob Mutter einen Stuhl hin, aber Mutter war so aufgekratzt, dass sie sich nicht setzen wollte. »Ich will jetzt kein Sauerkraut, danke. Ich muss üben, Kinder, ich muss ganz viel üben. Wir haben bald das Grenzkonzert.« Sie stellte sich in Positur und dirigierte mit Gabel und Löffel einen imaginären Chor.

»Oh, ich höre das Anitchen kommen, mit ihrem Mann André und den Kindern!« Renate huschte ans Küchenfenster und winkte aufgeregt.

Uff, dann würde es hier eng werden. Nein, das war ihr Familienfest. Wie hatte Mutter mich erzogen? Nie länger als eine Stunde bei Leuten rumhängen, die einen nicht eingeladen haben! Andernfalls Prozess am Hals!

»Okay, dann werden wir jetzt gehen.«

»Bleibt doch, bleibt doch!«

Ja, das war die viel besungene ukrainische Gastfreundschaft. Ich sah Renate schon über jeweils zwei Stühle Bretter legen. »Nein, ihr Lieben, jetzt ist es genug«, wiegelte ich ab.

»Bitte bleibt! Ihr gehört doch zur Familie!«

Ich sah Alexander verlegen an.

»Man kann es auch übertreiben«, sagte Mutter streng.

Das gab den Ausschlag. Ich blies zum Aufbruch, wobei Alexander und ich einen Blick wechselten, der mich schwindelig machte. Inzwischen konnte ich gut verstehen, dass Renate ihrem Wanja damals buchstäblich bis in die Walachei gefolgt war! Dem würde ich auch folgen! Wo war dieses weiße Traumhotel vor dem Bergmassiv? Vielleicht wenn ich doch als Zimmermädchen oder Altenbetreuerin … Ich könnte auch Golfbälle einsammeln, mit rollernder Mutter im Schlepp! Auf jeden Fall würde ich die luxuriöse Residenz zu Hause sofort googeln.

An der Haustür prallten wir mit Anita zusammen, die mitsamt ihrem Mann und ihren zwei fast erwachsenen Kindern zum Gratulieren kam. Auch wenn man uns noch so herzlich drängte, einen Wodka zusammen zu trinken: Das war völlig ausgeschlossen. Denn irgendwie mussten Mutter und ich ja wieder nach Schierchstadt kommen. Wir hatten einen wichtigen Termin: In einer Stunde kam die Tablettenfrau.

An diesem Wochenende schrieb ich Hannah eine lange Mail. Mein Herz hatte sich so geöffnet, dass die Worte nur so aus mir herauspurzelten. Meine Finger flogen über die Tasten. Ich brachte zum Ausdruck, wie sehr ich es bedauerte, dass wir uns so auseinandergelebt hätten. Wie schade ich es fände, dass der Neid, der kleine Bruder des Hasses, eine so große Rolle in unserem Leben gespielt habe. Dabei hätten wir über all die Jahre die besten Freundinnen sein können. Ich bedauerte, dass ich sie niemals eingeladen hätte, obwohl das ein Leichtes gewesen wäre.

Ich schrieb Hannah, wie sehr ich sie für das bewunderte,

was sie mit Klaus aufgebaut habe. Dafür, dass sie es so lange mit Mutter ausgehalten habe, und wie dankbar ich ihr für diese Chance sei, Mutter noch einmal richtig kennen und lieben zu lernen. Auch dass ich Schierchstadt und seine Bewohner inzwischen ins Herz geschlossen hätte, schrieb ich ihr. Diese Menschen hatten mich so genommen, wie ich war. Sie legten keinen Wert auf Äußerlichkeiten. Ihnen war furzschnuppe, von welchem Designer meine Kleidung war, welchen Wagen ich fuhr, ob ich in der Bunten stand und wie viele den »Gefällt mir«-Button auf meiner Homepage gedrückt hatten! Unter ihren Allwetterjäckchen hatten sie das Herz auf dem rechten Fleck!

Ich berichtete Hannah schonungslos von meinen Problemen mit Frank, von meinen Selbstzweifeln nach der Katastrophe mit Sandra und dem Eumel. Bei Mutter in Schierchstadt sei ich buchstäblich zur Ruhe gekommen, hätte gelernt loszulassen. Ich fühlte mich wie befreit von Leistungsdruck und dem Zwang, immer alle beeindrucken zu müssen.

Ich schrieb ihr, wie sehr ich mich darüber freute, dass unsere Kinder sich so gut verstünden und dass der Keil zwischen uns keine Auswirkungen mehr auf die nächste Generation habe. Fast hätte ich geschrieben: Ist doch auch gar nicht schlimm, dass dein Johannes Paul schwul ist. Aber dann drückte mein Zeigefinger auf »Entfernen«. Dieses Geheimnis zu lüften stand mir wahrhaftig nicht zu. Hannah würde zu gegebener Zeit von selbst darauf kommen.

Dann berichtete ich von dem wunderbaren Treffen mit der großen bunten Familie von Mutters Jugendfreundin, das in mir die Sehnsucht nach einer ebensolchen Familie geweckt habe. Ob sie sich vorstellen könne, am Muttertag im Mai gemeinsam mit unseren Kindern und unserer Mutter im Schlosshotel in der Steiermark Versöhnung zu feiern?

Mutter sei nun in einem Stadium geistiger Umnachtung, in dem sie möglicherweise gerade noch in der Lage sei, zu begreifen, dass sie ZWEI Töchter habe. Zwei wunderbare, einmalige, begabte und keineswegs mittelmäßige Töchter. Das schrieb ich und wischte mir dabei die Augen.

Ans Ende setzte ich ein Augenzwinkern und schloss mit dem Satz: *Du hast dich jetzt genug amüsiert, also heb deinen Hintern aus der Südsee und komm!*

Bevor ich es mir anders überlegen konnte, drückte ich auf »Senden« und schickte die Mail ans andere Ende der Welt. Hoffentlich trudelte sie dort nicht verkehrt herum ein.

In dieser Nacht konnte ich nicht schlafen. Immer wieder dachte ich an Hannah, fragte mich, ob sie meine Mail in den falschen Hals bekommen würde. Vielleicht antwortete sie: »Unverschämtheit!« oder »Zumutung!« oder »ausgebeulte Frechheit«. Vielleicht sehnte sie sich auch genau wie ich nach einer friedlichen zweiten Halbzeit.

Ich wanderte ruhelos in meiner Dachkammer herum. Weil mir kalt wurde, öffnete ich den Kleiderschrank und hängte mir gedankenverloren Oma Linas Pelzmantel um.

Ach, Hannah!, dachte ich. Wir hatten es wirklich nicht leicht mit Mutter. Aber hatte Mutter es leicht mit IHRER Mutter gehabt? Was für eine Frau war das eigentlich gewesen? Wir hatten sie ja nie kennengelernt. Ich kramte das grüne alte Fotoalbum hervor und blätterte darin. Sie war mir fremd, wie sie da vor ihrer Bäckerei stand, so klein und drall, die Hände in die Hüften gestemmt. Und neben ihr das spindeldürre hyperaktive Kind mit den Zöpfen. Opa Paul, der kriegsversehrte, einbeinige Mann mit den Krücken, sah lieb aus vor seinem Bollerwagen mit den Broten. Aber auch er besaß so gar keine Ähnlichkeit mit Mutter oder uns. Irgendwie waren mir meine Vorfahren total fremd. Klar, ich kannte sie nur aus Mutters Erzählungen, und die waren mehr als spärlich. Trotzdem, sie wirkten so – anders.

Vielleicht hatte Mutter auch nicht genug Nestwärme bekommen. Ein Leben lang sehnte sie sich nach Anerkennung. Und ihre ganze Leidenschaft war die Musik.

Merkwürdig, dass so ein Bäckerskind so versessen aufs Klavierspielen war. Böse Zungen hätten jetzt gesagt, die waren doch dumm wie Brot.

Nein, die waren sicher nicht dumm, aber bestimmt auch nicht wild auf Chopin und Mozart. Ich blätterte durch das angestaubte Album. Stand da irgendwo ein Klavier? Spielte der einbeinige Opa vielleicht Geige? Gingen die in klassische Konzerte? Lief in der Backstube klassische Musik? Was hatte Mutter damals dazu gebracht, Klavier zu spielen, ja sogar ein Stipendium für Hochbegabte zu bekommen? Von wem hatte sie diese Begabung geerbt?

Und wie alt diese Leute waren! Auch wenn die damalige Mode älter machte, waren sie doch sicherlich Mitte fünfzig auf diesen Bildern. Und Mutter gerade mal vierzehn oder fünfzehn. Wie schade, dass ich Mutter nicht mehr danach fragen konnte!

Sag mal, Mutter, bist du vielleicht damals im Krankenhaus vertauscht worden? Vielleicht hockt jetzt irgendwo eine stämmige Dicke an einem Konzertflügel, den sie zum Bügelbrett umfunktioniert hat! Vielleicht musste sie als Kind immer üben und wäre doch viel lieber Bäckerin geworden!

Nachdenklich hockte ich in dem schweren Pelzmantel auf dem Boden und kaute an meinem Daumennagel. Meine Hand glitt automatisch in die Tasche … und stieß auf einen Zettel. Auf einen uralten, zerknitterten Zettel mit verblasster, schnörkeliger Schrift.

Ich zog die Leselampe tiefer und kniff die Augen zusammen. Was könnte das heißen? Das Ding sah aus wie ein Einkaufszettel. Oder ein Bon. Ganz oben stand in altmodischen Druckbuchstaben: »Bäckerei Wolke, Dunkelweiher, am Schattenbachtal.«

Und darunter, in verschwommener, blasser Handschrift: *Ban…croft* oder so? *John und Ingeborg Bancroft, geb. Gartner* oder *Gärtner. Santa Barbara, Kalifornien.*

Wahrscheinlich hatte Oma Lina den Pelzmantel gebraucht erworben. Von dieser Ingeborg. Nach dem Krieg oder so.

Ich steckte den Zettel wieder zurück und begann, die Kiste mit den Fotoalben ein wenig näher zu inspizieren. Der hier, der junge hübsche Kerl mit den wirren Locken, das musste Armin sein. Armin und Uschi. Ein Liebesbrief von Armin. Voll stürmischer Leidenschaft. Ich bekam rote Ohren, als ich ihn las. Solche Liebesbriefe hatte sie von unserem Vater Ewald sicher nicht bekommen. Den hatte sie bis zu seinem Tod »Vati« genannt – ihren eigenen Mann! Diesen Armin hier hätte sie sicherlich nicht Vati genannt. Nicht nach ihrem leidenschaftlichen Knutschen hinter der Hecke. Ich legte den Brief weg. Ging mich ja gar nichts an. Wieder ein Foto. Armin und Uschi auf dem Motorroller. Uschi auf dem Gepäckträger mit ausgebreiteten Armen. Da, der Grenzzaun! Die vielen jungen Leute mit ihren Gitarren. Ach, guck mal einer an! Ich musste grinsen. Das war ja Renate! Und im Hintergrund … Ich kniff die Augen zusammen. Der sowjetische Offizier da … Alexander?! Ich bekam Gänsehaut. Wanja natürlich! Wie der auf die Mädels guckte! Genau wie Alexander heute auf mich! Ich wusste schon, warum ich nicht schlafen konnte!

Ich wühlte weiter, tauchte richtig tief in Mutters Jugend ein. Mutters Handtasche war nur die Spitze des Eisbergs.

Da, wieder die strenge Bäckersfrau, die nie lachte. Eine Postkarte von der Bäckerei: »Dunkelweihers beliebtes Ausflugslokal am Schattenbach.« Brechend voll alle Tische. Das musste eine Goldgrube gewesen sein. Meine Hände suchten und wühlten. Bis zu den Ellbogen steckte ich schon in den Untiefen dieser Kiste.

Plötzlich ertasteten meine Hände viele Zettel. Sehr viele Zettel. Alle gleich groß, mit Gummis darum. Ich stutzte, hörte innerlich Mutters Stimme:

»Das Geld ist in der Kiste!«

Ahnungsvoll schob ich die Fotos und Noten zur Seite – und schaute auf ein Dutzend dicke Bündel Geldscheine.

Einen Monat später hatte Ronja ihr Abitur mit Auszeichnung geschafft. Ich lachte und weinte vor Begeisterung, als sie ihr Zeugnis mit der Note 1,1 freudestrahlend entgegennahm. Wie süß: im Dirndl mit Rastalocken! Während der feierlichen Ansprachen der Direktorin und Klassenlehrerin saß ich zwischen Mutter und Frank in der Aula. Und zum ersten Mal tat es nicht mehr weh. Wir waren jetzt geschiedene Eltern, wie so viele andere auch. Auf der anderen Seite des Ganges saßen Ronjas allerbeste Freunde: Johannes Paul und Benedikt, genannt Jonny und Benny, mit coolen Haarschnitten, angesagten Klamotten und diversen Ringen im Ohr. Neben Jonny saß sein schwuler Freund Joey, und daneben wiederum Ronjas bunte Clique. Sie winkten uns lässig zu, und ich winkte zurück. Mutter verhielt sich erstaunlich ruhig. Abgesehen davon, dass sie halblaut vor sich hin murmelte, fiel sie nicht weiter auf.

Die Direktorin kündigte den Klaviervortrag eines ihrer Schüler an, und ein geschniegelter Jüngling schritt feierlich zum Flügel. Ich beobachtete Mutter aus den Augenwinkeln. Würde sie es ertragen, wenn jemand anderes spielte? Oder würde sie nach vorn stürmen und ihn vom schwarzen Tier wegschubsen? Ich spannte schon mal alle Muskeln an, um sie gegebenenfalls daran zu hindern, aber sie hatte die Augen geschlossen. Das war wirklich ungewohnt. Na gut, ich hatte ihr ein bisschen was in den Tee getan. Das war ich Ronja schuldig.

Zur allgemeinen Überraschung war der Flügel abgeschlossen, und der Abiturient stand ratlos davor. Leute im Publikum lachten und scharrten mit den Füßen.

»Das ist natürlich eine unschöne Panne«, sagte die Direktorin peinlichst berührt.

»Das ist ja oberpeinlich«, sagte Frank mit verächtlichem Schnauben. »Und auf eine solche Pannenschule ist unsere Tochter acht Jahre lang gegangen?!«

»Wo ist der Hausmeister?«

»Schon nach Hause gegangen!«

»Kann ihn jemand auf dem Handy erreichen?«

»Och, so lange wollen wir hier aber nicht warten.« Allgemeines Kopfschütteln und Murren im Saal. »Ich muss dann auch nach Hause zu Frau und Kind.«

Frank und ich sahen uns an – und dann schnell wieder weg.

»Geh ruhig!«, sagte ich. »Ich hab ja jetzt Zeit.«

»Ist jemand im Saal, der etwas aus dem Stegreif vortragen kann?«, fragte die Direktorin, was ich für eine berechtigte Frage hielt. Nachdem das ein musisches Gymnasium war, das Tänzer, Sänger, Musiker und Dichter hervorbrachte, musste es doch möglich sein, dass einer von ihnen irgendwas zum Besten gab – jedenfalls so lange, bis man den Hausmeister aufgetrieben hatte!

Peinliche Stille breitete sich im Saal aus. Niemand wollte etwas aus dem Stegreif zum Besten geben.

Zum Glück auch nicht Mutter. Sie schlief.

Im Hintergrund standen noch eine Harfe und ein Cello, aber niemand bequemte sich, sie auszupacken. Das war den meisten wohl auch ganz recht so, denn jeder liebäugelte mit dem ersten Glas Sekt.

Plötzlich stand Ronja auf. Meine kleine Ronja. Im Dirndl und mit Dreadlocks tänzelte sie auf die Bühne.

Ich klammerte mich erschrocken an Franks Arm. Bitte, Ronja, mach jetzt keinen Scheiß!, flehte ich innerlich. Du kannst doch gar kein Instrument spielen! Und peinliche Auftritte haben wir genug in der Familie! Frank, der schon aufgesprungen war, setzte sich wieder hin.

Aber Ronja stellte sich lächelnd aufs Podium und begann frei zu sprechen. Es wurde ein richtig witziges Gedicht über die Schule und ihre Pannen, über einzelne Lehrer, Mitschüler, frühere Klassenreisen und die hygienische Situation auf den Toiletten. Sie erntete mehrmals laute Lacher und spontanen Beifall.

Auch wenn ihr Gedicht kein hundertprozentig korrektes Versmaß hatte und sich nicht alle Reime wirklich reimten, war es doch eine köstliche Abschiedsrede auf ihre letzten acht Jahre. Sie endete so rührend, dass alle Eltern die Taschentücher zückten, und die Mitschüler trampelten vor Begeisterung.

Mutter wachte auf.

»Geht jetzt alle nach Hause, ihr dummen Rehe, sonst kommt die Polizei!«, sagte sie. Und Frank meinte, das sei es ja wohl jetzt gewesen, umarmte Ronja und verschwand durch den Mittelgang.

Der Hausmeister erschien in seiner Joppe und stammelte, er habe den Flügel kurz vor der Feier extra noch stimmen lassen. Er sei mit Sicherheit aufgeschlossen gewesen, da müsse sich jemand einen Jux erlaubt haben.

»Das schwarze Tier schläft«, flüsterte Mutter verschwörerisch.

Die Direktorin wandte sich ans Publikum und bat, den Schlüssel doch einfach wieder herauszurücken. Es sei schon okay, der- oder diejenige müsse weder mit einem Disziplinarverfahren rechnen noch mit einem Schulverweis – wie auch, die Schulzeit sei für die Abiturienten schließlich zu Ende.

Aber niemand hatte den Schlüssel, keiner spielte mehr Klavier, sodass sich die Abschlussfeier an dieser Stelle in Wohlgefallen auflöste.

Ich wünschte den Kindern noch viel Spaß auf ihrer After-Show-Party, schärfte den Neffen ein, gut auf meine Ronja aufzupassen, nahm das kostbare Zeugnis in die eine und Mutter an die andere Hand und ging nach Hause.

Sie irrte in meiner Wohnung herum und stand lange vor dem Kleiderschrank. »Wo sind denn jetzt meine Sachen?«

»In deinem Koffer, Mutter. Wir fahren ja gleich morgen in die Steiermark.«

Ich führte sie ins Bad und wartete taktvoll draußen.

Während ich über Ronjas bezaubernden Auftritt nachdachte und mir klar wurde, dass auch Ronja ein kleines bisschen von dem Rampensau-Gen hatte, das in uns brodelte, kam Mutter splitternackt aus dem Bad.

Sie lachte und tanzte und hatte eine Bombenlaune. Ich lachte auch. Das sah aber auch zu komisch aus, ihr Ausdruckstanz auf meinem Schlafzimmerteppich! Sie schien heute Abend ein bisschen frivol gestimmt zu sein. So hatte ich sie noch nie erlebt.

»Mutter, du wirst dich erkälten! Komm, wir ziehen ein Nachthemd an!«

»Ich hab ihn, ich hab ihn, ich hab ihn«, sang Mutter keck und hielt mir triumphierend einen kleinen Schlüssel hin. »Den hatte ich im Schlüpfer«, kicherte sie und wollte sich über sich selbst kaputtlachen. »Die ganzen dummen Rehe haben bloß blöd geguckt – und deine struppige Dirndltochter hatte einen tollen Auftritt!«

Am Muttertag saßen wir im Auto und fuhren durch das wunderschöne Salzkammergut – Großmutter, Mutter und Kind. Ronja saß am Steuer und kurvte schon sehr souverän um den Fuschlsee. Ich war hingerissen von dieser Aussicht und hatte natürlich wahnsinniges Herzklopfen wegen Alexander. Mutter saß hinten auf der Rückbank und hatte wieder ihren Einkaufsbeutel auf dem Kopf.

So muss Renate sich gefühlt haben, als sie Polen durchquert hat, dachte ich, während Ronja mutig einen Trecker überholte. Halb war ich in heller Vorfreude, halb aber auch bange, ob Alexander sich überhaupt noch an seine Einladung erinnern oder sie eventuell bereuen würde. Bestimmt wollte er so einen Käfig voller Narren gar nicht haben.

»Mutter, schau doch nur, dieser wunderschöne See!«, rief ich nach hinten. »Türkisblau wie in der Karibik!«

»Du solltest ihr nicht mit der Karibik kommen!«, mahnte Ronja. »Du weißt doch, wie neidisch sie wird.«

»Klüger Reisen«, sagte Mutter aber gönnerhaft. »Nur sterben ist schöner.«

Irgendwie schien der Kreis sich zu schließen. Fast ein Jahr war vergangen, und mein Kind saß wieder am Steuer. Nur dass wir diesmal zum Glück nicht nach Schierchstadt, sondern in die Gegenrichtung fuhren.

»Wie war es denn noch mit Johannes Paul und Benedikt auf der Abiturfeier?«

»Mama, die heißen Jonny und Benny und sind so was von abgefahren!«

»Da wär ich auch gern mitgefahren«, ließ Mutter sich vom Rücksitz vernehmen. »Aber mir hat keiner was gesagt.«

»Aber du fährst doch mit, Mutter!«

»Wohin fahren wir denn?«

»In die Steiermark! Ins Schlosshotel Pichlarn!«

»Pich…?«

»Zu Alexander!«

»Den kenne ich nicht.«

»Wanjas Sohn!«

Mein Herz machte einen kleinen Hopser.

»Nicht, dass ich wüsste«, sagte Mutter. »Ich hab keinen Sohn.« Und dann kramte sie wieder in ihrer Handtasche.

Wir fuhren inzwischen die Serpentinen nach St. Gilgen hinunter, und vor uns breitete sich atemberaubend schön der Wolfgangsee aus. Hunderte von weißen Segelbooten tanzten darauf, und im Hintergrund erhob sich majestätisch der Schafberg, auf dessen Kuppe immer noch ein Schneehäubchen in der Sonne flirrte. Ach, ihr lieben Schierchstädter, wenn ihr das doch nur einmal erleben könntet! Ich würde es euch von Herzen gönnen!, dachte ich.

Weder meine Mutter noch meine Tochter hatten einen Sinn für die traumhafte Kulisse. Ronja erzählte weiter von der Wahnsinnssause nach der Abiturfeier: Das Ganze habe in einer Almhütte geendet, die dem Vater eines Kumpels gehörte, und man habe jede Menge Schnaps getrunken. Natürlich hätten am Ende alle gekotzt, trotzdem sei es ein Heidenspaß gewesen.

»Wir hatten auch Spaß, damals an der Mauer«, sagte Mutter mit ihrem Einkaufsbeutel auf dem Kopf. »Das kannste aber glauben.«

In dem Moment klingelte mein Handy.

»Darf ich drangehen?« Aufgeregt angelte ich danach, in der Hoffnung, es könnte vielleicht Alexander sein.

»Klar!«, sagte Ronja. »Ich bin ja keine Fahranfängerin mehr.«

Es war Hannah. Sie wollte Mutter zum Muttertag gratulieren. Dass sie nachher leibhaftig in Pichlarn auftauchen würde, wollte sie ihr noch nicht verraten.

Als ob Mutter solche Spitzfindigkeiten noch bemerkt hätte!

»Ich reich dich mal weiter!«

Mutter nahm das Handy und warf es in ihre Handtasche. »Diese Kralle muss ich nicht ertragen.«

»Aber Mutter! Es ist Hannah! Deine Tochter!«

»ICH habe eine Tochter?«

Jetzt ging das wieder los! Vor knapp einem Jahr wollte sie nicht glauben, dass ich ihre Tochter war, und jetzt fiel ihr Hannah nicht mehr ein?

»Mutter, du hast zwei Töchter! Hannah und Lisa.«

»Das Mädchen muss sich konzentrieren«, sagte Mutter. »Nicht mit dem Fahrer sprechen.«

»Das ist Ronja!«

Sie kramte in ihrer Handtasche und hielt mir den Zeitungsausschnitt von 1961 hin. »DAS ist Ronja!«

»Nein, Mutter, das bist du.«

»Und das ist die Russische. Die Siebzigjährige.«

»Ja, die kommt gleich auch!«, jubelte ich.

»Vier, vier, vier, vier?«

»Mutter. Das Telefon. Gib mir das Telefon!«

»Der Knochen sagt nichts mehr.«

Sie nahm das Handy, schüttelte es und hielt es sich ans Ohr. »Wer war denn da drin?«

»Hannah. Warte, ich ruf sie zurück.«

Hannah hörte sich erst beleidigt an, aber als ich ihr erklärte, dass ich sie nicht weggedrückt hatte, was sie mir doch tatsächlich unterstellte, taute sie ein bisschen auf.

»Also, wir sind planmäßig in Wien gelandet und müssten es bis genau … Schatz, was sagt das Navi?«

Klaus rief dazwischen, dass sie noch genau vierunddreißig Minuten brauchen würden.

»Wir sind auch gerade unterwegs«, sagte ich fröhlich. »Ronja fährt. Deinen Söhnen geht's gut. Und wie geht es euch?«

Hannah erklärte mir umständlich, dass sie einen Leihwagen hätten nehmen müssen, dessen Kofferraum das ganze Gepäck nicht fasse. Klaus sei mit den Nerven am Ende und ihre Erholung schon wieder im Eimer.

Ich verdrehte die Augen. Hatten die sich denn kein bisschen geändert?

»Ich denke, ihr habt fast ein Jahr lang Urlaub gemacht!«

»Ja, aber nicht voneinander«, blökte Klaus ins Telefon. »Sie wollte doch tatsächlich einen noch kleineren Mietwagen nehmen, um Geld zu sparen!«

Ich musste innerlich lachen. Wir hatten uns sehr verändert im Lauf des letzten Jahres, aber manche Dinge ändern sich eben nie. Plötzlich war ich wahnsinnig froh, dass ich von Frank geschieden war. Man stelle sich vor, ich hätte Alexander kennengelernt und wäre noch mit Frank verheiratet gewesen! Das wäre ja richtig schade gewesen! Perlen vor die Rehe sozusagen.

Ich war ein freier Mensch! Ich konnte fahren, wohin ich wollte! Niemand drangsalierte mich mehr – na gut, höchstens Mutter.

Doch dann hörte ich, wie auch Klaus und Hannah fröhlich lachten. Schmatz!, machte es. Küssten die sich etwa? Ich überlegte gerade, meine Schwester jetzt wegzudrücken, um ihre Privatsphäre nicht zu stören, als sie mir sagte, dass sie gerade am Altausseer See seien.

»Dann seid ihr gleich da! Es ist nicht mehr weit! Hinter Bad Mitterndorf rechts ab!«

»Benny und Jonny treffen auch bald ein«, wusste Ronja zu berichten, die natürlich über WhatsApp und Facebook ständig mit ihren Cousins verbunden war. »Mit dem Leichenwagen! Da liegen noch ein paar Schnapsleichen von gestern drin.«

»Also großes Familientreffen in Schloss Pichlarn?«, freute

ich mich. Ha! Was die Russen konnten, konnten wir auch! Die ganze Sippe rückte an!

»Wir sind alle dabei. Treffpunkt um drei!«, rief Klaus.

»PUNKT drei! Wörtlich und definitiv!«

Ich sah mich erfreut nach Mutter um. »Hannah und Klaus kommen auch! In einer halben Stunde!«

»Dann sag ich denen, du wärst meine halbe Mutter«, antwortete sie, und ich fand, sie hatte den Sachverhalt ziemlich gut begriffen.

»Das ist ja mal ein Ding«, sagte ich zu Ronja, die inzwischen konzentriert den Pötschenpass in Angriff nahm. Schräg unter uns lag glitzernd der Hallstätter See.

»Wisst ihr, dass die Chinesen Hallstatt mitsamt dem See exakt nachgebaut haben?«

»Drei Chinesen mit dem Kontrabass«, stimmte Mutter an.

»... saßen auf der Straße und erzählten sich was. Da kam die Polizei ...«

»Seid jetzt ruhig, sonst kommt die Polizei«, sagte Mutter und zog ihren Einkaufsbeutel in die Stirn.

»Noch nie gab es ein so vollzähliges Familientreffen!«, freute ich mich. »Ein Vierteljahrhundert sind wir einander aus dem Weg gegangen! Aber heute zum Muttertag ...«

»... treffen alle ihre Mutter«, vervollständigte Ronja spöttisch meine Rede, die schon ins Pathetische auszuufern drohte.

Sie ahnte ja nicht, nein, konnte zu diesem Zeitpunkt noch nicht ahnen, wie sehr sie damit ins Schwarze getroffen hatte!

Um punkt drei lenkte Ronja den Wagen auf den großen Schlossplatz. Es war ein atemberaubender Anblick. Das riesige weiße Schloss mit den grünen Fensterläden erhob sich majestätisch vor einem noch viel majestätischeren Berg, dessen Spitze schneeweiß vor einem stahlblauen Himmel leuchtete. Davor stand eine riesige, uralte Linde, deren Stamm von einer grünen Bank umringt wurde. Bestimmt zwanzig Leute hatten darauf Platz. Mutter würde jubeln: »Wo wir uns finden wohl unter Linden! Zur Abendzeit!« Es war ein Kraftplatz der besonderen Art.

Rechts und links vom Schlosseingang standen goldene Kutschen, die in der Sonne blitzten. Gepflegte Blumenbeete rundeten das Entree ab. Ich konnte einen riesigen Swimmingpool erkennen und weiter hinten einen Golfplatz sowie bewaldete Hügel, mit kleinen versprengten Bauernhäuschen: eine Landschaft wie aus dem Märchenbuch. Sofort verstand ich, warum Alexander dieses Hotel übernommen hatte.

Keine zwei Minuten nach uns fuhr Hannahs Leihwagen auf den Parkplatz, und Bennys und Jonnys Leichenwagen war auch schon da.

Zwei livrierte Pagen schossen mit goldenen Kofferwagen auf uns zu und luden unser Gepäck aus.

Mutter kletterte von der Rückbank und staunte.

»Mutter!«, sagte ich, »schau, wer da ist!«

»Wer soll das denn sein?«

»Hannah! Deine Tochter Hannah! Ihr seid verwandt!«

»Verwandt?«

Sie schaute zwischen Hannah und mir hin und her, dann nahm sie meinen Arm und drückte ihn. »Du bist meine beste Freundin. Bleib bitte immer bei mir.«

Das rührte mich zutiefst. Ich hatte es geschafft. Ich hatte das Herz meiner Mutter zurückgewonnen! Und, was noch viel besser war: Sie hatte meines wiedergewonnen.

»Natürlich bleibe ich bei dir. Versprochen!«, hörte ich mich sagen, bevor die stürmischen Umarmungen im Familienkreis begannen. Ich hielt Hannah von mir ab.

Hannah sah gut aus, viel besser als damals! Sie hatte abgenommen, trug schicke Klamotten und war braun gebrannt. Klaus sah ebenfalls prima aus: lässig mit Dreitagebart … Haha, Dreitagebart!, dachte ich nervös, riss mich aber zusammen und umarmte Klaus.

Die beiden umarmten mich, und Klaus sagte: »Das hast du super gemacht, Schwägerin! Hut ab!«

»Hut ab? Ich denke nicht daran!«, widersprach Mutter. Sie hatte immer noch den Einkaufsbeutel auf dem Kopf.

»Mutter, ich bin wieder bei dir«, rief Hannah und wollte ihre Hand nehmen, aber Mutter klammerte sich an meinen Arm. »Ich hab schon eine Schwester.«

»Die Verwandtschaftsverhältnisse kriegt sie nicht mehr so auf die Reihe, was?«, meinte Klaus.

»Ja, wir sind eben alle irgendwie miteinander verwandt«, scherzte ich. »Da kann man schon mal durcheinanderkommen.«

»Wir sind verwandt, gebt euch die Hand!«, sang Mutter fröhlich und machte ihren Ausdruckstanz. Sie nahm Hannahs, Ronjas und meine Hand und legte sie aufeinander.

»Das sind alles meine Schwestern.«

»Wir sind deine Töchter, Mutter.«

»Und ich bin deine Enkelin«, sagte Ronja.

»Wir sind auch deine Enkel«, pflichteten Benny und Jonny ihr bei. Jonny wollte sofort auch beim Ringelreihentanz mitmachen.

»Und ich bin dein Schwiegersohn.«

»Nicht, dass ich wüsste.« Mutter distanzierte sich und setzte ihren üblichen Adlerblick auf.

»Verwandt oder verschwägert«, meinte Klaus gekränkt. »Ist doch egal.«

»Verwandt in alle Ewigkeit«, sagte Mutter plötzlich. »Da könnt ihr einen drauf bauen.«

Wir sahen uns verblüfft an.

Klaus lachte. »Hört sich an wie ein Fluch!«

»Oder wie ein Segen!« Hannah zwinkerte mir zu. »Es kommt nur drauf an, was man draus macht!«

»Zwillinge, Drillinge«, sagte Mutter vorwurfsvoll. »Acht Pfund.« Sie zeigte auf mich. »Und sieben noch hinterher. Und Haue obendrein.«

Ja, das war O-Ton Mutter, wie sie leibte und lebte.

Die Kinder lachten. »Ja, Oma, die Platte kennen wir schon.«

Hannah und ich sahen uns an und prusteten drauflos. Zum ersten Mal seit fünfundzwanzig Jahren fielen wir uns um den Hals.

»Weißt du was, Schwester?«, sagte Hannah an meiner Halsbeuge. »Du hast meine Ehe gerettet. Ich glaube, ich hab dich fast ein bisschen lieb.«

»Ich dich auch«, murmelte ich überwältigt.

Und dann sah ich den Mann, an den ich seit einigen Monaten täglich denken musste: Alexander. Der Hoteldirektor stand im Eingangsbereich. Er passte unglaublich gut hierher. Er sah aus wie ein Baron. Oder zumindest wie ein Schlossherr. Jedenfalls sehr cool.

Er breitete herzlich die Arme aus, als würden wir uns schon ewig kennen. Gleichzeitig spürte ich, dass auch er ziemlich nervös war.

»Hatten die Herrschaften eine gute Anreise?«

»Ja, wunderbar«, stotterte ich, und Hannah sandte mir einen wissenden Blick.

Renate tauchte ebenfalls in der Tür auf und winkte uns zu, genauso wie ihre nette Tochter Anita und deren Kinder.

Wir umarmten alle unsere Mütter und riefen: »Alles Gute zum Muttertag«, aber eigentlich hatte ich nur Augen für diesen wunderbaren Mann.

Ronja murmelte bei der Umarmung: »Alles fit im Schritt, Mama?«

»Ähm … Ja, klar.« Wir setzten uns auf die grüne Bank um die Linde, und Mutter fing an zu singen.

»Kein schöner Land in dieser Zeit, als wie das unsre weit und breit …«

Die ganze Familie sang brav mit, sogar Benny, Jonny und Ronja, auch wenn sie dabei die Augen verdrehten und heimlich kicherten. Mutter war selig. Sie dirigierte uns mit heiligem Ernst, als wären wir der Grenzchor von Dunkelweiher. Renate und ich warfen uns verständnisinnige Blicke zu.

Auf einmal hätte ich die ganze Welt umarmen können. Hier gehörte ich hin. Zu diesen Menschen. Unter diese Linde. Ach, wie lieb ich sie alle hatte.

Plötzlich sprang Jonny auf. »Mama, Papa, ich muss euch was sagen.«

»Ein Muttertagsgeschenk?« Hannah setzte sich aufrecht hin und lächelte erfreut.

»Ich bin schwul.«

»Schwül?«, fragte Mutter und nahm den Einkaufsbeutel vom Kopf.

»Wir sind eine Familie, und wir halten zusammen«, hörte ich mich sagen.

»Definitiv«, sagte Hannah.

»Wie in der Ukraine«, bestätigte Renate.

Wieder fielen wir uns alle in die Arme.

Aus den Augenwinkeln sah ich, wie Alexander einer sehr alten Dame über die Schwelle half, die wohl von unserem Gesang angelockt worden war.

Sie war sicherlich weit über achtzig, aber sie ging gerade und aufrecht, hatte einen wachen Blick und sah sehr gepflegt aus.

»Das schöne alte deutsche Liedgut«, rief sie mit leicht amerikanischem Akzent. »Wie lange habe ich dieses wundervolle Lied nicht mehr gehört!«

»Komm, sing mit!«, rief Mutter und winkte sie herbei. »Da kannste staunen! Stell dich an den Zaun!«

»Ja, das tue ich!«

»Darf ich vorstellen?«, sagte Alexander und führte die betagte Dame galant in unsere Familienrunde ein.

»Dies ist unsere erste Residentin, die den Westflügel unseres Schlosses bewohnt, Mrs. Bancroft aus Kalifornien.«

Bancroft? Ich wurde hellhörig.

»Mutter, das ist eine Amerikanerin«, sagte ich.

»So wird man auch verspottet.«

»Mrs. Bancroft ist erst vor einigen Wochen bei uns eingezogen. Ich hoffe, Sie fühlen sich bei uns wohl!« Alexander beugte sich galant zu ihr hinab.

»Absolutely«, sagte die Dame. »Ach, ich sollte Deutsch sprechen. Wie geht es Ihnen?«

»Uns geht es fabelhaft«, beteuerten wir ihr.

»Bitte setzen Sie sich doch zu uns!«

Wir rutschten alle ein bisschen enger zusammen.

»Dürfen wir Ihnen einen Muttertagscocktail anbieten?«

Diese Dame hatte etwas an sich, das uns alle in ihren Bann schlug.

»Ich erwarte auch noch den Besuch meiner Tochter!« Die alte Dame lächelte, dass sich tausend Falten in ihrem Gesicht knitterten. »Meine Tochter Kathrin ist auch schon zweiundsiebzig, und meine Söhne kommen extra aus Amerika, um meine Residenz hier zu bestaunen. Mein Gott, ist das ein wunderbares Fleckchen Erde! Und jetzt ist endlich Leben hier! Es war so still wie im Grab, und da bin ich noch lange nicht!«

Ich überlegte. Wenn die Tochter zweiundsiebzig war, dann musste die Frau über neunzig sein!

»Schierchstadt ist auch sehr schön«, sagte meine Mutter. »Alles gut und prima, und die Früchte hab ich mir selbst ausgedacht.«

Die alte Dame lachte, und ihre tausend feinen Gesichtsfältchen verzogen sich.

»Sie ist zweiundneunzig«, raunte Alexander mir zu, als ich ihn fragend anschaute.

»Nachdem ihr Mann in Kalifornien gestorben ist, hat sie beschlossen, nach Europa zurückzukehren. Sie hat lange nach einer passenden Residenz gesucht. Bezaubernde Dame!«

»Ich bin siebzehn«, sagte meine Mutter zu ihr. »Und mein Vater will es nicht erlauben.«

Sie sah uns fragend an. *»Excuse me?«*

»Sie wird siebzig«, erklärte ich entschuldigend.

»Das bringt sie immer durcheinander«, sagte Hannah.

»Mein Name ist Ingeborg«, sagte die Dame freundlich zu meiner Mutter und rollte das R amerikanisch. »Ingeborg Bancroft, geborene Gärtner.«

Ich traute meinen Ohren kaum. Der Doppelname von dem Zettel – das konnte doch kein Zufall sein? Mir wurde ganz heiß!

»Ich bin nach dem Krieg ausgewandert, also mein Deutsch ist rudimentär.«

Mutter nahm sie an die Hand und sagte: »Mein Name ist Uschi. Alles klar. Komm doch jetzt bitte rein.«

Über Ingeborgs Gesicht ging ein erstauntes Lächeln. »Alles klar«, wiederholte sie, und es klang wie »alles Clara«.

»Clara? Wer ist Clara?«, insistierte Mutter.

»Meine Tochter«, sagte Ingeborg. »Die hieß Clara. Leider habe ich sie direkt nach der Geburt in den Kriegswirren verloren. Sie ist dann von einem Bäckerpaar adoptiert worden, das keinen Kontakt zu uns wollte …« Ihre Stimme erstarb.

»Wolke!«, sagte Mutter. »Alles Clara!«

»Woher wissen Sie das?« Ingeborg traute ihren Ohren nicht. »Da war ich, doch man wollte mir mein Kind nicht geben!«

In meinem Kopf ratterte es wie verrückt. Doch bevor ich etwas sagen konnte, rief Mutter triumphierend: »DAS ist meine Mutter«, nahm die alte Lady am Arm und zog sie mit sich.

»Lassen Sie mich erklären …« Ich wollte schon aufspringen, aber Hannah hielt mich zurück.

»Lass sie doch!«

»Ach, das macht doch nichts!«, freute sich die alte Dame. *»I like her! She is gorgeous!«* Sie plauderte und lachte mit Mutter, und gemeinsam verschwanden sie im Schloss.

»Ich kann Klavier spielen«, hörte ich Mutter sagen. »Hast du zu Hause ein schwarzes Tier?«

»Sure, of course!«, antwortete die alte Dame. »Was sollen wir spielen?«

»Du kannst es dir wünschen. Du bist ne ganz Wohle, Liebe.«

Ich wollte aufspringen, als Alexander mich festhielt. »Sie zeigt ihr das Klavier im Salon«, sagte er beruhigend. Dabei berührte sein Bein ganz leicht das meine. Meine Güte, was hatte es mich erwischt!

»Aber, aber …« Ich wollte gerade zu einer Erklärung ansetzen, meinen ungeheuerlichen Verdacht in Worte fassen, als er fortfuhr:

»Hier kann nichts passieren. Für deine Mutter haben wir eine schöne Suite. Gleich neben Frau Gärtner.«

Mein Herz machte einen Hüpfer. Er duzte mich!

»Aber das können wir nie und nimmer bezahlen!« Hilflos schaute Hannah zu Klaus hinüber. »Nicht wahr, Schatz? Du verwaltest doch ihr Geld. Das ist beim besten Willen nicht drin! Die Rente ist doch sehr begrenzt.«

»Wenn es Mutter hier gefällt, kann sie hier einziehen«, sagte ich. »Ihre finanzielle Lage ist geklärt. Das Geld ist in der Kiste.«

Ich erzählte von meinem unglaublichen Fund in der Kiste. Mutter besaß umgerechnet hundertvierzigtausend Euro.

»In bar. Sie hat es immer wieder gesagt.«

»Was?« Hannah machte lange Ohren um den Lindenbaum herum.

»Es ist Mutters Geld. Nicht UNSER Erbe. Sie kann damit machen, was sie will«, gab ich zu bedenken.

»Woher weißt du denn, was Mutter will?«

»Sie will bei ihrer Mutter sein«, sagte ich schlicht. »Das ist doch nicht zu viel verlangt.«

»Hä?«, machte Hannah. »Bei ihrer Mutter?! Oma Lina ist doch schon lange tot!«

Alexander sah mich mit seinen dunkelbraunen Augen an und zeigte das gleiche schelmische Grinsen, das er schon so oft für mich übrig gehabt hatte.

»Ich würde dich gerne wieder reinwinken … Diesmal in mein Schloss. Es gibt so viel zu tun, und du wärst genau die Richtige, mit der ich hier etwas aufbauen könnte.« Er küsste meine Hand.

In diesem Moment knirschte der Kies, und ein breiter amerikanischer Straßenkreuzer fuhr vor.

Darin saßen zwei dunkelhäutige Herren mit Dreadlocks und eine ältere Dame.

»Hi, my name is Kathrin«, begrüßte sie uns, und die coolen Typen mit den Dreadlocks fielen Ronja lachend um den Hals.

»Voll geil«, staunte Jonny. »Die haben's ja voll drauf!«

»Ihr tut so, als würdet ihr euch schon lang kennen«, wunderte sich Hannah. »Hab ich was verpasst?«

»Hört mal!« Ich hielt den Finger in die Luft. Aus dem alten

Turm erklang Klaviermusik. Die beiden alten Damen spielten vierhändig. Ich glaubte, sie singen zu hören. »Wo wir uns finden wohl unter Linden – zur Abendzeit …«

»Verwandt in alle Ewigkeit«, sagte ich und lachte und weinte gleichzeitig. »Das ist gut. Das hat was.«

Nachwort der Autorin

Dieser Roman ist fast komplett erfunden.

Das Thema Alzheimer interessiert mich, seit ich den beeindruckenden Film »Vergiss mein nicht« von David Sieveking gesehen habe. Er hat seine Mutter mit der Kamera begleitet und vieles für betroffene Angehörige verständlich gemacht. Dass seine Großmutter väterlicherseits mit über neunzig noch völlig klar im Kopf war, hat mich auf meine Romanidee gebracht.

Die einzige fast wahre Geschichte ist die von Renate und Wanja, und ich danke Frau Renate Kranga, dass ich sie lesen und verwenden durfte. Danke auch für die fantastischen Pelmeni in Anitas Haus in Westerwiehe! Und Sascha ist ein wunderbarer Mann!

Alle anderen Personen und Gegebenheiten sind frei erfunden, das schwöre ich bei den Rastalocken meiner Tochter!

Ich danke herzlich »Bestattungen Wissmann« für den Einblick in das Bestatterwesen und muss an dieser Stelle zugeben, dass dort wirklich Frank Weihrauch arbeitet und ich mir eher die Hand abgebissen hätte, als mir so einen Namen in so einer Berufssparte entgehen zu lassen.

Wie immer danke ich meiner Verlagschefin Britta Hansen, die mir bei diesem heiklen Thema schon nach dem ersten Entwurf das Okay gegeben hat, und dem fantastischen Team des Diana Verlags für inzwischen zwölf erfolgreiche Bücher!

Januar 2014, Hera Lind